Monica

HOPE FOI

* * *

*»Über alles hat der Mensch Gewalt,
nur nicht über sein Herz.«*

Copyright © 2018 Monica Mills

Alle Rechte vorbehalten.

ISBN: 9781981032563

.

KAPITEL 1
RYAN
* * *

RYAN LEHNTE SICH in seinen Chefsessel zurück und kontrollierte das Exposé, das die neue Maklerin erstellt hatte. Auf den ersten Blick sah es gut aus. Alle wichtigen Informationen waren enthalten: Größe, Baujahr, Besonderheiten und Preis des Objekts.

Das acht Millionen Dollar Anwesen lag in der Stone Canyon Road in Bel Air und war damit praktisch schon verkauft.

Trotzdem wollte er, dass sich seine Angestellten penibel vorbereiteten und da Ella erst seit ein paar Monaten für ihn arbeitete, sah er sich genötigt, ihre Arbeit zu kontrollieren. Er war ein Perfektionist und erwartete das auch von seinen Angestellten. Ein guter Makler wusste alles. Er konnte dem Interessenten nicht nur die Anzahl der Schlafzimmer oder die Pooltiefe nennen, er wusste auch, wo sich der nächste Stripclub oder der Kindergarten befand. Seine Makler waren die besten. Dieser Ruf sorgte dafür, dass er als top Adresse galt, wenn es darum ging, einen Immobilienkauf zu tätigen.

Die Gegensprechanlage summte. »Mr. Parker?«

»Ja?« Unterbrechungen nervten ihn. Wenn er die Exposés und die Ergebnisse der Begehungen kontrolliert, wollte er nicht gestört werden. Seine Sekretärin wusste das.

»Kyle Lambert ist am Telefon. Leitung zwei.«

»Danke.« Ryans innere Anspannung schoss in die Höhe. Kyle Lambert war sein Anwalt. Sein Anruf war wichtig. Hoffentlich gab es endlich Neuigkeiten über seinen ehemaligen Geschäftspartner: Scott Coleman. Er hasste den Kerl. Gemeinsam hatten sie Parker

Estate gegründet und waren damit innerhalb weniger Jahre reich geworden. Ryan hatte sein gesamtes Erbe investiert, denn Scott kam aus einer mittel-ständigen Familie und hatte damals kein nennenswertes Vermögen besessen. Dafür hatte er seine Augen und Ohren überall und schaffte es, ihre Konkurrenten aus dem Weg zu räumen. Wie ihm das gelungen war, darüber hatte er sich ausgeschwiegen. Auf jeden Fall gehörte Coleman heute zu den reichsten Männern Kaliforniens.

Ryan nahm den Hörer ab und wählte die Leitung. »Kyle. Was gibt's Neues?« Nervös knetete er seinen Stressball. Wenn es um seinen ehemaligen Geschäftspartner ging, neigte er zu extremer innerer Anspannung und die musste irgendwie raus.

»Schlechte Nachrichten, Mr. Parker«, der Anwalt zögerte. Er wusste, was schlechte Nachrichten bewirken würden und hatte scheinbar Angst vor den Konsequenzen, als wäre Ryan ein böser König, der den Überbringer von schlechten Nachrichten hinrichten ließ.

»Ich höre«, sagte Ryan. Seine Geduld ließ bei diesem speziellen Thema stark zu wünschen übrig.

Der Anwalt stieß den Atem aus. »Die Anklage gegen Coleman wird fallengelassen.«

»Fuck.« Heiße Wut durchzuckte Ryan. Er hatte es geahnt. Es gab nicht genug Beweise dafür, dass sein ehemaliger Partner ihn übers Ohr gehauen hatte. Seine illegalen Geschäfte tarnte der Mistkerl gut.

»Die Staatsanwaltschaft sieht die Beweislage als uneindeutig. Weder die Geldwäsche noch die illegalen Geschäftspraktiken konnten belegt werden. Es gab Verdachtsmomente, ja, aber die reichten nicht.« Der Anwalt räusperte sich. »Tut mir leid, Mr. Parker.«

Ryan ballte die Fäuste, quetschte den Stressball auf ein Maximum zusammen. Es war ihm scheißegal, ob es seinem Anwalt leidtat oder nicht. Coleman hatte ihn beinahe in den Ruin getrieben. Zwei Jahre später stand der Mistkerl besser da als je zuvor, galt sogar als einer der einflussreichsten Männer des Staates. Zweifellos setzte er dafür genau die Geschäftspraktiken ein, mit denen Ryan damals nicht einverstanden gewesen war: illegale Parteispenden, Erpressung und Geldwäsche. Ryan konnte sich nicht beschweren, auch seine Geschäfte liefen gut, doch er wollte sich an Coleman rächen. Der Mistkerl hatte ihn hintergangen und nun schützten ihn seine Beziehungen vor der gerechten Strafe. Es war zum Kotzen.

Ryan legte auf und lehnte sich zurück, knetete seinen Stressball, während er nachdachte. Nachdem das Gesetz versagt hatte, brauchte er einen Plan B, denn eines würde er ganz sicher nicht: Die Sache auf sich beruhen lassen. Jedes Mal, wenn er an Coleman dachte oder ihm über den Weg lief, würde er den Kerl am liebsten erwürgen. Auf einer Party war er mal auf ihn losgegangen. Das hatte ihm eine Anzeige wegen Körperverletzung und eine einstweilige Verfügung eingebracht. Seitdem durfte er sich dem Arschloch nicht mehr nähern.

Nein, die Sache auf sich beruhen zu lassen, war keine Lösung, weil er das nicht konnte. Er musste einen anderen Weg finden. Nur fiel ihm spontan nicht das Geringste ein.

Egal. Für den Augenblick brauchte er eine Ablenkung, sonst würde er platzen vor Wut. Er nahm sein Smartphone zur Hand und tippte eine Nachricht an Ella. Die kleine Maklerin war ein versautes Luder und himmelte ihn an. Nach ihrer Hausbegehung könnte er sich mit ihr treffen und sie quer durchs Haus vögeln, bis er nicht mehr an Scott Coleman dachte.

Ellas Antwort kam prompt, und zwar in Form eines Bildes. Sie schickte ihm einen Schnappschuss von ihrem Dekolletee. Er konnte die schwarze Spitze ihres BHs sehen.

Ich freu mich auf dich, schrieb sie dazu.

Ryan legte den Stressball auf den Schreibtisch. Wenigstens auf Ella war Verlass. Wirklich besser fühlte er sich dadurch allerdings nicht.

KAPITEL 2
HOPE
* * *

»Ey Hope, wo ist der verdammte Wodka?« Ohne anzuklopfen, riss Dean die Tür zu ihrem Zimmer auf und starrte sie aus blutunterlaufenen Augen wütend an. Es war halb zwölf. Er war gerade aufgestanden und begann sofort, seinen Alkoholpegel zu füllen.

»Ich hab deinen Scheiß Wodka nich'. Verpiss dich, Mann.« Genervt trat Hope gegen die Tür, sodass sie direkt vor Deans Nase ins Schloss fiel. Ihr Zimmer war so winzig, dass die Tür nur haarscharf an ihrem Bett vorbeischrammte.

Sie hasste Dean. Er war ein alter Lüstling. Sie hasste es, in dieser Bruchbude mit den beiden bescheuerten Typen leben zu müssen, die nicht müde wurden, sie entweder anzubaggern oder zur Schnecke zu machen, wenn sie nicht genug Kohle oder Alkohol brachte, was meistens der Fall war. Sie war eine Niete beim Klauen und im Schnorren sowieso. Es sollte ihr leichtfallen, hatte Dean gesagt, schließlich bräuchte sie nur ihre Titten rauszustrecken. Das Arschloch hatte keine Ahnung. Es war demütigend, wenn jeder zweite Kerl sie nach einem Blowjob fragte, bloß weil sie ein paar Dollar schnorren wollte. Mittlerweile hatte sie kaum noch Titten, die es sich rauszustrecken lohnte und sie war froh darüber. Eine Frau zu sein war hart genug, aber ohne Job in Downtown L.A. war es die Hölle.

Dean stieß die Tür wieder auf. Sie knallte gegen die Wand. Gerade noch rechtzeitig zog Hope ihre Füße zurück.

»Hör zu Schlampe. Wenn du anfängst, meinen Stoff wegzurauchen und meinen Wodka zu saufen, schmeiß ich dich raus.«

Hope rollte mit den Augen. Immer die gleichen leeren Drohungen. Langsam könnte der alte Sack mal eine andere Platte auflegen. »Was regst du dich auf? Es war bloß ein Joint. Du vergreifst dich ständig an meinem Scheiß.«

Drohend trat Dean näher. Seine Haut war blass und schweißig. Er trank zu viel, mittlerweile eine ganze Flasche Hochprozentiges am Tag plus Bier, Zigaretten und Joints. Er brüstete sich damit, kein Crack zu rauchen, dabei war er Hopes Ansicht nach genauso abgefuckt wie seine cracksüchtigen Kunden. Und er hatte ihre Mutter draufgebracht. Das würde sie ihm nie verzeihen.

»Redest du von dem Mikrowellenfraß, den du immer mitbringst?«, sagte er abfällig. »Das Zeug schmeckt wie Pappe. Stell dich lieber in die Küche und koch was, so wie deine Mutter. Ihren Fraß konnte man wenigstens essen.«

Wut stieg in Hope empor. Sie hatte nicht das Essen gemeint, sondern ihr Zeug im Badezimmer. Ständig verschwanden ihre Sachen - Shampoo, Haarbürste oder die Zahnpasta. Und die Zahnbürste lag nie da, wo sie liegen sollte. Glücklicherweise hatte sie von einem Stand, der für eine Zahnklinik warb, einen ganzen Haufen Einmalzahnbürsten mitgehen lassen, sodass sie im Zweifelsfall wechseln konnte. Doch sie wollte keinen Streit, denn dabei würde sie sowieso den Kürzeren ziehen. Deans Haus, Deans Regeln - das hatte er ihr klargemacht, als sie nach dem Rauswurf ihrer Mutter hatte bleiben wollen. Eine seiner Regeln lautete: Sie kümmerte sich ums Essen.

In Hopes Augen war das eine total bescheuerte Regel, doch weil sie ein Dach über dem Kopf brauchte, hatte sie zugestimmt.

»Du würdest den Unterschied sowieso nicht schmecken. Deine Geschmacksnerven sind schon lange tot«, gab Hope zurück. Mit gleichmütiger Miene fasste sie ihre schwarzen Haare mit den blondierten Spitzen zu einem Pferdeschwanz zusammen. »Und jetzt verschwinde. Frag Jay, ob er deinen Scheiß Wodka hat. Ich hab ihn jedenfalls nicht.«

Dean schnaubte. »Jay is nich' ansprechbar.«

Hope zuckte mit den Schultern. »Nicht mein Problem.«

Deans Gesichtsfarbe wechselte von bleich zu rot. Mit einem Schritt war er bei ihr, packte sie am Kragen und riss sie vom Bett. Seine Augen funkelten zornig. Sein ranziger Atem schlug ihr ins Gesicht. Er stank nach leerem Magen und Zigaretten. »Halt deine vorlaute Klappe! Du gehst jetzt los und besorgst mir eine neue Flasche, sonst fliegst du raus, hast du mich verstanden? Dann kannst du zu deiner Mutter kriechen.«

Hope überlegte, ob sie sich mit ihm anlegen sollte. Höchstwahrscheinlich würde das mit einem blauen Auge und einer aufgeplatzten Lippe enden, aber ungeschoren würde er auch nicht davonkommen. Von ihren Fingernägeln hatte er noch immer zwei helle Striemen auf der Wange. Sie starrten einander an. Auch wenn Deans Mundgeruch ihr Übelkeit verursachte, durfte sie jetzt nicht wegsehen. Dean war wie ein wildes Tier. Sie musste beweisen, dass sie keine Angst vor ihm hatte. Dass sie ihm überlegen war.

Etwa eine Minute lang starrten sie einander an, bis Hope zu befürchten begann, sie könnte den Kürzeren ziehen, als er sie plötzlich losließ. »Hast Glück gehabt, Schokoshake, dass ich so gutmütig bin.«

Er spuckte auf ihren Teppich und verließ das Zimmer, die Tür ließ er provokativ offen. Am liebsten wäre Hope ihm in den Nacken gesprungen. Sie hasste es, wenn er sie Schokoshake nannte. Ihr Vater war ein Afroamerikaner gewesen. Ihre Mutter dagegen war weiß, deswegen sah sie ein wenig aus wie die junge Halle Berry. Zumindest hatte sie so ausgesehen, bevor sie sich die Haarspitzen blondiert und zwanzig Pfund abgenommen hatte.

»Blöder Wichser.« Sie trat die Tür zu und warf sich aufs Bett. Die Bettfedern quietschten. Letztendlich würde sie den verdammten Wodka besorgen, bevor Dean sie wieder nächtelang vom Schlafen abhalten würde, indem er die Musik auf volle Lautstärke drehte oder mit irgendwelchen Kumpels im Haus herumpolterte. Bei diesem Irren zu leben war Folter. Sie musste weg. Doch wohin? Sie hatte kein Geld, keinen Job und sah mittlerweile aus wie ein kokainsüchtiges Magermodel. Dabei hatte sie noch Glück gehabt.

Seit Dean ihre Mom rausgeschmissen hatte, weil sie sich an seinen Crackvorrat vergriffen hatte, lebte sie auf der Straße.

Zornerfüllt zerrte Hope ihren Rucksack unter dem Bett hervor und kramte die Sachen heraus, die sie in einem Second Hand Laden hatte mitgehen lassen. Ein knielanger, schwarzer Rock, hochhackige Schuhe und eine superhässliche Bluse mit einer großen Schleife am Kragen. Wer zog sowas bloß an?

Sie hielt die Sachen hoch und betrachtete sie. Hoffentlich waren sie nicht zu groß. Wenn sie wie Lumpen an ihrem Körper hingen, würde ihr niemand die Businessfrau abnehmen. Dann könnte sie ihren Racheplan vergessen.

Ungeduldig schlüpfte sie in den Rock. Der Bund war einige Zentimeter zu weit, aber wenn sie die Bluse reinstopfte, würde es gehen. Sie zog die Bluse an und band die alberne Schleife. Zumindest versuchte sie es. Die Schlaufen waren entweder ungleichmäßig, zu groß oder zu klein. Fluchend zerrte sie an dem Stoff. Wenn sie nicht bald eine ansehnliche Schleife hinbekam, würde sie das Ding in Fetzen reißen.

Zehn Minuten später betrachtete sie sich im Spiegel. Die Klamotten waren okay, die blondierten Haarspitzen waren allerdings ein Problem. Die sahen einfach nicht nach Geschäftsfrau aus. Sie nahm das People Magazin von der Kommode und blätterte bis zu dem Artikel über die mexikanische Modedesignerin Rosita Sanchez. Auf einem Bild trug sie die Haare in einem strengen Knoten am Hinterkopf. Jep. Mit dieser Frisur würde es gehen. Hope sammelte sämtliche Haarnadeln, die sie finden konnte, und fummelte ihre Haare am Hinterkopf zusammen. Mit dem Knoten konnte sie das spröde Blond verstecken. Dann tuschte sie ihre Wimpern und zog ihre vollen Lippen mit dem roten Lippenstift nach, den ihre Mom dagelassen hatte.

Jetzt noch die Schuhe und fertig war die neue Hope. Mit gerunzelter Stirn betrachtete sie sich im Spiegel. Die Verwandlung war halbwegs gelungen, doch ob diejenigen, die sie zu imitieren versuchte, sie als ihresgleichen betrachten würden, wagte sie zu bezweifeln. Die Unterschicht klebte an ihr, durchdrang die Kleider wie ein schlechter Geruch. Egal. Sie würde die Sache durchziehen. Viel zu lange hatte sie es vor sich hergeschoben.

Heute war der Tag der Rache.

Sie straffte sich und versuchte sich an einem herablassenden Lächeln. »Guten Tag«, sagte sie gestelzt. »Wie geht es Ihnen?«

Shit, sie klang lächerlich, als würde sie irgendwen verarschen wollen. Kein normaler Mensch redete so.

Seufzend steckte sie den Elektroschocker und das Messer in den Rucksack, stopfte die hochhackigen Schuhe dazu und schlüpfte stattdessen in ihre Sneakers, dann verließ sie ihr Zimmer. Im Wohnzimmer saß Dean und glotzte sie an wie eine Außerirdische. »Yo, was geht mit dir ab? Willst du ein paar Schlipsträger abziehen?«

»Geht dich nichts an«, gab Hope missmutig zurück.

Dean grinste. »Bring Wodka mit.«

»Hör mit dem Saufen auf.«

»Halt's Maul«, rief er ihr hinterher. Hope warf die Haustür zu.

* * *

Nervös schaute Hope auf ihr Smartphone. Gleich halb sechs. Seit zwei Stunden lungerte sie in der Tiefgarage herum und wartete auf Ryan Parker. Im Internet hatte sie gelesen, dass er jeden Tag um siebzehn Uhr sein Büro verließ, doch heute machte er wohl eine Ausnahme. Langsam wurde sie nervös. Viel länger konnte sie sich nicht verstecken, irgendwann würde einer der Wachleute sie entdecken und herausfinden, dass sie hier unten nichts zu suchen hatte. Der rote Lippenstift und die hochhackigen Schuhe hatten vielleicht den Schlipsträger täuschen können, mit dessen Hilfe sie in die Tiefgarage gelangt war, doch das Wachpersonal würde garantiert nach ihrer Zugangsberechtigung fragen. Die sie natürlich nicht besaß.

Missmutig betrachtete sie die Schickimickischlitten um sich herum, in denen es sich wahrscheinlich besser leben ließ als in der Bruchbude, in der sie hauste. Das Leben war ungerecht. Wenn man den schwarzen Peter gezogen hatte, dann wurde man ihn nicht wieder los.

Aufmerksam sah sie sich um und schlenderte dann unauffällig zu Parkers Auto. Er fuhr einen schwarzen Audi mit getönten Scheiben. *ParkerEst 1* stand auf dem Nummernschild. Neugierig spähte sie durch die Frontscheibe. Schwarze Ledersitze und eine Armatur aus glänzendem, dunklen Holz. *Blöder Snob.* Vielleicht sollte sie lieber den Wagen zerkratzen oder die Reifen platt stechen und verschwinden, aber was wäre das für eine erbärmliche Rache? Für einen Typen wie Parker wäre das nicht mehr als ein kleines Ärgernis. Nichts, worauf er einen zweiten Gedanken verschwenden oder was ihn aus der Bahn werfen würde. Nein. Reifen platt zu stechen war zu wenig. Sie wollte ihn verletzen. Ihm zeigen, wie es sich anfühlte, wenn man hilflos und ängstlich war. Wenn niemand da war, der einem helfen konnte.

Sie hörte die Fahrstuhltüren und duckte sich schnell. Schritte näherten sich. Vorsichtig spähte Hope über die Motorhaube. Da war er. Ryan Parker. Steinreicher Immobilien-Spekulant, skrupelloser Geschäftsmann und Junggeselle aus Überzeugung. So stand es zumindest im Internet. Für Hope war er einfach nur ein riesengroßes Arschloch. Ihr Herz pochte aufgeregt. Würde sie es wirklich schaffen, ihn anzugreifen?

Er hatte ihre Familie zerstört. Ihre Mom war drogensüchtig geworden, ihre Schwester hatte den falschen Kerl geheiratet, nur um nicht auf der Straße zu sitzen und sie selbst war der totale Loser. Sie hatte keine Zukunft, deshalb konnte sie die genauso gut auch im Knast verbringen. Da hatte sie wenigstens ein Dach über dem Kopf und bekam drei Mahlzeiten am Tag.

Ryan Parker musste büßen!

Mit großen Schritten, die nur so vor Selbstbewusstsein strotzten, steuerte er seinen Wagen an. Er hatte dunkelblonde Haare, selbstverständlich perfekt frisiert, und ungewöhnliche graugrüne Augen, die einen starken Kontrast zu seiner gebräunten Haut bildeten. Er war größer und jünger, als Hope aufgrund der Bilder im Internet vermutet hatte, und er strotzte nur so vor Vitalität, aber dafür hatte sie den Überraschungseffekt auf ihrer Seite. Geduckt huschte sie hinter den danebenstehenden Wagen und ging in Deckung. Mit zitternden Fingern zog sie das Messer aus dem Rucksack. Die Klinge war lang und gezackt und sah ziemlich gefährlich aus. Sie hatte das Ding von Dean geklaut, denn sie selbst besaß so etwas nicht.

Parker öffnete den Wagen, das Piepsen erschreckte Hope, und sie zuckte zusammen. Oh Mann. Sie musste sich zusammenreißen. Wenn sie sich vor Angst in die Hosen machte oder zögerte, spielte sie ihm damit in die Hände. Er war kein totales Weichei, das erkannte sie auf einen Blick, deshalb musste der erste Angriff sitzen.

Dann stand er vor der Fahrertür, mit dem Rücken zu ihr. Jetzt oder nie. Hope sprang auf und stürmte mit erhobener Klinge auf ihn zu.

KAPITEL 3
RYAN
* * *

GENERVT ROLLTE RYAN mit den Augen. Trotz seines Stelldicheins mit Ella war der Tag beschissen gewesen und nun auch noch sowas. Er hatte den Schatten bemerkt. Hinter der Motorhaube des Mercedes versteckte sich jemand. Das machte ihn wütend. Stinkwütend sogar. Angst verspürte er keine - wer so unprofessionell vorging, stellte keine wirkliche Gefahr dar.

Außerdem lauerte ihm nicht zum ersten Mal jemand auf. Seit er in Immobilien investierte, hatten seine Entscheidungen einige Proteste hervorgerufen. Die Menschen mochten es nicht, wenn er Mietshäuser kaufte, um sie abreißen oder teure Eigentumswohnungen daraus machen zu lassen. Völlig unverständlich für ihn. Anstatt zu jammern und die Schuld für ihr finanzielles Unvermögen bei anderen zu suchen, könnten sich diese Leute einen besser bezahlten Job suchen oder in die Vororte ziehen, wo es billiger war. Stattdessen bemalten sie Pappschilder und skandierten alberne Parolen. *Wir bleiben!* oder: *Das ist unser Zuhause!*

Er tat, als würde er den Schatten nicht bemerken, zog seinen Wagenschlüssel aus der Hosentasche und betätigte die Funkfernbedienung. Er ging davon aus, dass der Angreifer ihn nicht einfach erschießen würde, denn wenn er das wollte oder es ihm möglich gewesen wäre, hätte er das bereits getan. Seiner Einschätzung nach würde es auf einen Nahkampf hinauslaufen.

Wahrscheinlich würde ihn der Angreifer von hinten anfallen, eine frontale Konfrontation kam für einen solchen Feigling nicht infrage.

Demonstrativ drehte Ryan dem Schatten den Rücken zu. Seine Sinne waren hellwach, sein Körper aufs Äußerste gespannt. Eigentlich kam ihm der Überfall fast schon gelegen, denn auf diese Weise konnte er vielleicht ein paar Aggressionen loswerden. Kriminelle unterschätzten ihn. Man sah es ihm nicht an, aber er war Kudan, ein Großmeister in Karate. Seit seiner Kindheit trainierte er die asiatische Kampfkunst. Mit fünfzehn Jahren hatte er bereits den ersten Dan, den schwarzen Gürtel, erlangt. Mittlerweile war er beim neunten Dan angelangt. Im Nahkampf machte ihm niemand etwas vor.

Er wartete auf den Klang sich nähernder Schritte. Auf die Schritte eines Mannes, stattdessen hörte er das Klackern von Absätzen. *Eine Frau?* Das war neu. Er hielt inne, bis er den Luftzug spüren konnte, den die Bewegung der Frau verursachte, und fuhr herum.

»Du Scheißkerl.« Sie hielt ein Messer in der erhobenen Hand und stürmte auf ihn zu. Ein Angriff erfolgte jedoch nicht, denn sie knickte um und stolperte direkt in seine Arme. Perplex fing er sie auf. Dieser Überfall war nicht nur dilettantisch - er war total lächerlich. Die Frau schrie wütend auf und versuchte, ihn irgendwie mit dem Messer zu treffen. Die Klinge war beachtlich, doch so ungeschickt, wie sie damit herumfuchtelte, wäre ein Treffer eher ein glücklicher Zufall als gewollt. Er entwand ihr das Messer mühelos, wirbelte sie herum und presste sie bäuchlings gegen seinen Wagen.

Er war nicht gerade sanft und hörte, wie die Luft aus ihren Lungen wich.

»Lass mich los, du Wichser«, schimpfte sie, sobald sie wieder genug Luft hatte, um zu reden. Keuchend trat sie gegen sein Schienenbein.

Ryan stieß einen zischenden Laut aus, als sich ihr Absatz in sein Schienenbein bohrte und packte fester zu. Die Kleine war eine richtige Furie. Geschickt bog er ihren Arm auf den Rücken und drückte seinen anderen Arm gegen ihre Schultern. Mit seinem Bein setzte er ihre Beine fest, damit sie ihn nicht mehr treten konnte. Trotz der Schmerzen in ihrem Arm, die sie zweifellos haben musste, wand sie sich wie ein Aal.

»Halt still, bevor ich dir den Arm breche«, zischte er in ihr Ohr.

»Mach doch«, zischte sie zurück.

Er drückte ein ganz klein wenig fester zu.

Sie stöhnte. »Aah. Du Schwein.«

»Fluchen ist wohl das Einzige, was du kannst?« Er wirbelte sie herum und drückte ihren Rücken gegen den Wagen. Herausfordernd starrte er sie an. »Du wolltest mich also umbringen?«

Trotzig presste sie die Lippen zusammen, ihre kastanienbraunen Augen funkelten zornig. Ohne das schreckliche Make-up und das grässliche gelbblond in den Haaren wäre sie ziemlich hübsch.

»Na und? Willst du jetzt die Bullen rufen?«, stieß sie hervor.

»Das sollte ich wohl.« Ryan grinste. Ihr Kampfgeist gefiel ihm. Er glaubte auch nicht, dass sie ihn wirklich umgebracht hätte, dafür war sie nicht der Typ. Sie hatte große Wut in sich und eine ordentliche Menge Frust, genau wie er. Manchmal musste das einfach raus. »Was hab ich denn angestellt, dass du mich so dringend ins Jenseits befördern willst?«

Sie blinzelte nervös, ihre Körperspannung ließ nach, als würde ihr erst in diesem Augenblick bewusst werden, was sie beinahe getan hätte. »Du hast meine Familie auf dem Gewissen«, stieß sie hervor.

Spöttisch hob er die Augenbrauen. »Deine Familie? Sehr unwahrscheinlich. Ich kenne weder dich noch deine Familie.«

Sofort brauste sie wieder auf. »Tu nich' so blöd. Du weißt genau, was ich meine.«

»Tut mir leid. Das weiß ich nicht. Was meinst du denn?« Sicher ging es um eines seiner Bauprojekte. Das tat es immer, doch er wollte eine Antwort provozieren. Wollte hören, was die kleine Furie zu sagen hatte.

»Wegen dir lebt meine Mom auf der Straße und meine Schwester ... musste einen Scheißkerl heiraten. Du bist schuld!«

So einen Quatsch hatte er sich schon hundertmal anhören müssen, als wäre er persönlich für das Schicksal dieser Menschen verantwortlich. Was zur Hölle hatte er mit ihrer Mutter oder dem Ehemann ihrer Schwester zu tun?

Er hasste das weinerliche Getue der Armen. Sie lebten in Amerika. Jeder hatte sein Schicksal selbst in der Hand. Für diese Freiheit konnten sie dankbar sein, doch das bedeutete auch, dass man Verantwortung tragen und sich anstrengen musste. Das eigene Versagen auf andere zu schieben, war ein Zeichen von Schwäche, Trägheit und Ignoranz.

Er brachte sein Gesicht ganz nah an ihres, drohend, wie ein Raubtier kurz vor dem Biss. Es wurde Zeit, dass die Kleine aufwachte und die Wirklichkeit sah. Sie zuckte nicht zurück. Immerhin, ein Feigling war sie nicht. »Ich kaufe Häuser und ich verkaufe sie«, knurrte er. »Das ist alles, was ich tue. Mit dir und deiner Familie oder der Familie von irgendjemand anderem habe ich nicht das Geringste zu schaffen.«

Sie schnaubte. »Red dir das nur ein. Ihr reichen Wichser stellt euch ja nie eurer Verantwortung. Ihr scheffelt bloß immer mehr Kohle und nehmt die Armen aus.«

Verdammt, das Weib war stur. Er drückte sie fester gegen den Wagen. Sie keuchte auf, doch sie wandte ihren Blick nicht ab. Ryan musste grinsen. In einem anderen Leben wäre sie eine knallharte Geschäftsfrau geworden, ohne diesen schlecht sitzenden Rock und die viel zu großen Schuhe, die sie im unpassendsten Moment zu Fall gebracht haben. Mehrere Haarsträhnen hatten sich aus ihrem Haarknoten gelöst und hingen in ihrem Gesicht. Eine lag quer über ihren Lippen und bebte bei jedem Atemzug. Das Blond war als solches kaum zu erkennen. Es glich eher einem Pissgelb. Wie konnte man so etwas schön finden?

»Was mach ich jetzt mit dir?«, überlegte er laut.

Sie lachte schnaubend auf. »Ruf endlich die Bullen. Ich kann deine dämliche Visage nicht mehr ertragen.«

So viel ungezügelte Wut hinter einem so hübschen Gesicht. Er sollte wirklich die Polizei rufen. Und doch zögerte er. Aus den Augenwinkeln sah er, dass sich die beiden Wachmänner näherten. Stündlich drehten sie ihre Runden durch die angeblich gut gesicherte Tiefgarage. Die kleine Furie vor ihm bewies allerdings das Gegenteil. Gesichert war hier gar nichts.

»Wie bist du eigentlich hier reingekommen?«, fragte er.

Sie reckte stolz das Kinn. »Mit dem Aufzug.«

»Dafür braucht man den Zahlencode.«

Spöttisch hob sie die Augenbrauen. »Jemand wie du vielleicht. Ich nicht.«

Er lachte auf. Die Kleine war vielleicht nicht kampferprobt, aber schlau. Wahrscheinlich hatte sie ihre weiblichen Reize eingesetzt. Die beiden Wachmänner steuerten auf sie zu.

»Mr. Parker? Ist alles in Ordnung?« Der untersetzte Wachmann mit der Halbglatze schaute zwischen Ryan und der jungen Frau hin und her.

»Alles in bester Ordnung ...« Ryan schaute auf das Namensschild des Mannes. »... Peter.«

Er grinste die beiden Wachmänner liebenswürdig an, ließ die Furie jedoch nicht los. Sollten die beiden doch denken, was sie wollten. Außerdem machte es irgendwie Spaß, sie festzuhalten. Sie in der Hand zu haben. Es hatte etwas Erregendes.

»Hat die junge Dame Sie belästigt? Sollen wir sie mitnehmen?«, bot Peter an.

Ryan zu beschuldigen oder ihn auch nur darum zu bitten, die Frau loszulassen, kam dem Wachmann offenbar nicht in den Sinn. Er hatte zu viel Respekt vor ihm.

Ryan sah der Frau ins Gesicht und dann auf Peter, der einen halben Kopf kleiner war als er. »Nein. Wir albern nur ein wenig herum, nicht wahr Schatz?«

Die kleine Furie sah ihn entsetzt an. »Was?«

Er griff nach ihrem Arm und zerrte sie um den Wagen herum zur Beifahrertür. Die Wachmänner beobachteten ihn besorgt. Die Sache war ihnen wohl doch nicht ganz geheuer. »Also ist das Ihre Freundin, Sir?«

»Nicht wirklich«, gab Ryan knapp zurück. »Ich würde sie eher als meine Gespielin bezeichnen.«

»Was? Nein! Glauben Sie ihm nicht. Der Kerl ist verrückt«, stieß die Kleine panisch hervor. Angestrengt versuchte sie, sich aus seinem Griff zu winden. Ryan packte sie fester, stieß sie auf den Beifahrersitz und warf die Tür zu.

»Da liegt ein Messer.« Peter deutete auf das Messer am Boden. »Gehört das Ihnen?«

Ryan hob es auf. »Es gehört der jungen Dame. Sie hat nämlich versucht, mich umzubringen«, erklärte er mit liebenswürdiger Stimme.

Offenbar waren sich die beiden Männer nicht sicher, ob das ein Scherz sein sollte. Sie sahen sich verwirrt an.

»Ähm. Sollen wir die Polizei rufen, Mr. Parker?«, fragte Peter.

»Nein danke.« Ryan ging zur Fahrerseite. »Es war bloß ein Spiel.« Ohne die Männer weiter zu beachten, stieg er ein, legte das Messer in die Seitenablage und startete den Wagen. »Schnall dich an!«

Die Furie zerrte am Autogriff, doch er hatte die Tür natürlich verriegelt. »Lassen Sie mich raus. Sofort!«

»Das werde ich nicht.«

Fassungslos starrte sie ihn an. »Das ist Freiheitsberaubung.«

Er nahm das Messer aus dem Seitenfach und hielt es hoch. »Und das war ein Mordversuch. Du solltest dich lieber ruhig verhalten und dich anschnallen. Sieh es mal von der Seite: Du würdest sowieso ins Gefängnis wandern, ich gebe dir schon mal die Gelegenheit, dich ans unfrei Sein zu gewöhnen.«

Er legte den Rückwärtsgang ein und fuhr aus der Parklücke. Die beiden Wachmänner standen noch immer an Ort und Stelle. Ryan trat aufs Gaspedal, sodass der Wagen nach vorne schnellte. Die Furie wurde gegen das Armaturenbrett geschleudert. Der abrupte Start erzielte den gewünschten Erfolg. Sie schnallte sich an.

Vor dem Rolltor ließ Ryan das Fenster herab, um den Zahlencode einzugeben. Plötzlich schnallte die Kleine sich wieder ab und versuchte, auf den Rücksitz zu klettern. Ryan schnappte ihre Beine und zerrte sie zurück. Sie wehrte sich nach Leibeskräften, doch er war stärker. Irgendwann hatte er sie endlich wieder auf den Beifahrersitz katapultiert. »Bleib sitzen. Ich tu dir nichts.«

Sie atmete schwer und war völlig zerzaust. »Das sagen alle Verrückten«, stieß sie keuchend hervor.

Er sah sie streng an. »Ich meine es ernst. Ich will bloß mit dir reden.«

»Warum?«

»Das verrate ich dir, sobald wir bei mir zuhause sind. Also. Wirst du dich jetzt benehmen oder soll ich die Polizei rufen? Deine Entscheidung.«

Sie starrte ihn hasserfüllt an, dann verschränkte sie die Arme vor der Brust und starrte geradeaus. Ryan wertete das als Zustimmung.

»Gut.« Er öffnete das Rolltor und verließ die Tiefgarage.

»Wo genau bringen Sie mich hin?«, fragte sie. Besorgnis klang aus ihrer Stimme, die Ryan zufrieden zur Kenntnis nahm. Es wurde langsam Zeit, dass sie sich Sorgen machte, immerhin hatte sie keine Ahnung, was er von ihr wollte.

»Hollywood Hills. In mein Haus«, sagte er.

»Ich warne Sie«, stieß sie hervor. »Mich zu vergewaltigen wird kein Spaß. Ich beiß Ihnen den Schwanz ab.«

Ryan lachte. Das Mädchen war wirklich amüsant. Je mehr Zeit er mit ihr verbrachte, umso besser fand er die Idee, die er in der Tiefgarage gehabt hatte. Für seine Rachepläne war sie perfekt. »Keine Sorge, das werde ich nicht. Wie heißt du?«

»Geht Sie nichts an.«

Er zuckte mit den Schultern. »Wie du willst, dann suche ich mir einen Namen aus. Wie wäre es mit Dolores?«

Wie erwartet verzog sie das Gesicht. »Dolores? Echt jetzt? Fällt Ihnen nichts Besseres ein?«

Er betrachtete sie von oben bis unten. »Ich finde den Namen passend.«

Sie murmelte etwas, das wie Idiot klang, und starrte dann schweigend aus dem Fenster. Ryan schwieg ebenfalls. Der Verkehr forderte seine Aufmerksamkeit und ließ erst nach, als er auf den Mullholland Drive einbog und Richtung Hollywood Hills fuhr.

»Ich heiße Hope«, sagte sie schließlich.

Er schmunzelte. *Geht doch.* »Hallo Hope. Schön, dich kennenzulernen.«

Ihr Kopf ruckte herum, jetzt starrte sie ihn an, als würde sie an seiner geistigen Gesundheit zweifeln. »Was wollen Sie von mir?«

»Das erzähle ich dir gleich.« Er deutete auf eine breite Zufahrt mit einem schmiedeeisernen Tor. »Dort wohne ich.«

Sie schnaubte. »Eine Villa. War ja klar.« Sie kramte ihr Smartphone hervor und schaltete es ein.

»Was machst du?«, wollte Ryan wissen.

»Ich gebe meiner Schwester Bescheid, dass mich ein Irrer entführt hat.«

Das brachte Ryan erneut zum Lachen. Er ließ sie machen. Zwar hätte er ihr gerne noch ein wenig Angst eingejagt, aber dann würde sie möglicherweise einen weiteren Fluchtversuch machen oder ihn angreifen und er wollte ihr nicht wehtun. Außerdem sollte sie seinen kleinen Erpressungsversuch nicht gleich rundheraus ablehnen. Mit einem Zahlencode öffnete er das Tor und fuhr die Auffahrt hinauf zur Garage. Das Haus war in den Hügel gebaut worden, der riesige Wohnbereich befand sich über den Garagen, die Fassade war komplett verglast. Die Villa sah beeindruckend aus, das wusste er. Für jemanden wie Hope musste sie wirken wie aus einer anderen Welt. Sie sah sich misstrauisch um. In der Garage standen zwei weitere Wagen. Sein Volvo SUV und der Porsche.

»Was ist das hier?«, fragte sie.

»Die Garage.«

»Das seh ich«, gab sie giftig zurück. »Sind das Ihre Autos?«

Er nickte.

»Da draußen schlafen Leute unter der Brücke und wühlen im Müll, um was zu essen zu finden«, sagte sie abfällig. »Und Sie haben drei Luxusschlitten hier rumstehen.«

»Das ist noch wenig«, gab Ryan zurück. »Andere unterhalten einen ganzen Fuhrpark.« Er parkte den Wagen, legte einen Arm hinter ihr auf den Sitz und sah sie an. »Außerdem. Wie heißt es so schön: Jeder ist seines Glückes Schmied.«

Hope schnaubte. »Sowas kann auch nur ein reiches Arschloch sagen.«

Ryan zuckte mit den Schultern. Er würde nicht mit ihr diskutieren, denn sie würden sowieso nicht auf einen gemeinsamen Nenner kommen. »Steig aus«, befahl er stattdessen.

Trotzig verschränkte sie die Arme vor der Brust und starrte finster vor sich hin. Sie machte keine Anstalten, auszusteigen.

Ryan ging um den Wagen herum und öffnete die Beifahrertür. »Na komm schon!«

»Ich lass mir nichts befehlen«, gab sie giftig zurück.

Ryan stieß einen Seufzer aus. Auch seine Geduld hatte irgendwann mal ein Ende. Er beugte sich vor, schnappte ihren Arm und zog sie aus dem Wagen. »Ich sage das bloß ein Mal, Hope. Du tust, was ich sage, oder ich rufe die Polizei. Dann kannst du die nächsten zehn Jahre hinter Gittern verbringen. Hast du mich verstanden?«

Mit ihrem Blick hätte sie ihn eher erdolchen können als mit dem Messer. »Kaum zu glauben, aber du bist tatsächlich durch und durch ein Arschloch.«

Ryan zog sie näher und musterte sie demonstrativ und möglichst herablassend. »Kaum zu glauben, dass du mit diesen billigen Klamotten in die Tiefgarage gelangt bist.«

Schnaubend riss sie sich los. Ryan stapfte zum Aufgang, der ins Haus führte, gab den Sicherheitscode ein und betrat sein privates Reich. Hope folgte ihm zögerlich.

»Willkommen«, sagte er. »Fühl dich bitte nicht wie zuhause.«

Hope drehte sich im Kreis und sah sich mit offenem Mund um. »Leck mich einer am Arsch.«

Ryan lehnte sich lässig gegen das Sofa und beobachtete sie. Alle fanden sein Haus beindruckend, doch Hope schien völlig von den Socken zu sein. Sie staunte wie ein kleines Kind. Die erhöhte Lage und die vollverglaste Hausfront boten einen atemberaubenden Blick auf L.A. Der gesamte Wohnbereich war offen gestaltet, im zweiten Stock befanden sich die Schlafräume. Durch ein gläsernes Geländer konnte man auf den Wohnbereich hinabblicken. Die Terrasse umfasste das gesamte Haus und grenzte vorne an einen Infinity-Pool.

»Ich wusste, dass es Menschen gibt, die so leben«, sagte Hope. »Aber ich konnte mir solche Häuser nie wirklich vorstellen.«

»Ich habe hart dafür gearbeitet«, gab Ryan zurück. Ihre Verblüffung gepaart mit unterdrückter Begeisterung gefiel ihm. Sie war wie ein armes Waisenmädchen, das von reichen Leuten adoptiert wurde. »Möchtest du was trinken?«

»Nein.« Hope ging an der weißen Lederwohnlandschaft und dem offenen Kamin vorbei zur Fensterfront. Staunend legte sie die Hände an das Glas. »Wie wird man so reich?«

»Durch harte Arbeit.« Ryan ging zur Bar und öffnete eine Flasche deutsches Bier. Amerikanisches Bier war Brühe in seinen Augen und ungenießbar. »Wie wär's mit einem Bier?«

Hope schüttelte den Kopf und blickte zur Decke. »Die meisten Menschen arbeiten hart und können sich trotzdem nur eine Bruchbude leisten.«

»Und deswegen hasst du mich? Weil ich etwas erreicht habe und du nicht?«

Sie drehte sich zu ihm um und sah ihn ernst an, keine Spur mehr von dem wilden Trotz, jetzt wirkte sie eher verletzt. »Ich hasse dich, weil du für diesen Reichtum Leben zerstörst.«

Er stieß einen Seufzer aus. »Wie kommst du bloß immer darauf, dass ich Leben zerstören würde? Das ist völliger Blödsinn.« Er stieß sich von der Bar ab, ging auf sie zu und blieb dicht vor ihr stehen. In den Sicherheitsbereich eines anderen einzudringen, demonstrierte Überlegenheit. »Würden du und deinesgleichen nicht immer nur jammern und die Schuld bei anderen suchen, könntet ihr genauso viel erreichen.«

Hope schnaubte. »Ja, red dir das nur ein. Du bist so unglaublich dumm und ignorant.«

Für ihre Sturheit und ihr freches Mundwerk würde er sie am liebsten schütteln. Die Welt stand ihr offen und sie erkannte es nicht. Er kam aus gutem Hause, doch das bedeutete nicht, dass er es leicht hatte. Er hatte sich hochgearbeitet und ein Imperium aufgebaut. Vielleicht konnte nicht jeder so reich werden wie er, aber ein angenehmes Leben mit einem ordentlich bezahlten Job war für jeden drin.

Hope reckte das Kinn. Ihre Haltung war stolz und aufrecht. »Jetzt rück raus. Was willst du von mir?«

»Ich will, dass du etwas für mich tust.«

»Und das wär?« Erneut verschränkte sie die Arme vor der Brust und zeigte damit, dass sie nichts für ihn zu tun gedachte.

»Du sollst dich an einen Rivalen ranmachen und dafür sorgen, dass er sich mit dir in der Öffentlichkeit zeigt.«

»Ich bin keine Nutte«, stieß sie hervor.

»Das habe ich auch nicht behauptet.«

»Das ist aber, was du brauchst. Eine Nutte.«

»Ich habe nicht gesagt, dass du Sex mit ihm haben sollst. Du sollst ihn umgarnen und ihm den Kopf verdrehen. Du bist nämlich genau sein Typ.«

Sie schnaubte. »Vergiss es. Sowas mach ich nicht.«

Spöttisch hob Ryan eine Augenbraue. Er hatte erwartet, dass sie ablehnen würde, und wäre enttäuscht gewesen, wenn sie es nicht getan hätte. Das machte seine nächsten Worte noch viel befriedigender. »Du hast keine andere Wahl. Ich werde dich optisch auf Vordermann bringen und dir alles beibringen, was du wissen musst, um seinen Jagdinstinkt zu wecken.«

Angewidert verzog sie das Gesicht. »Du bist völlig irre, weißt du das? Ich werde jetzt gehen und du lässt mich gefälligst in Ruhe, kapiert?« Sie wandte sich zum Gehen. »Bring mich wieder in die Stadt.«

»Ich bringe dich höchstens zur Polizei«, gab Ryan kühl zurück.

Sie stockte, drehte sich langsam zu ihm um. »Du erpresst mich?«

Ryan zuckte mit den Schultern. »Wenn du es so sehen willst. Ich sage, ich gebe dir eine Chance.«

Sie schnaubte. »Was für eine Chance? Irgendeinen reichen Wichser anzubaggern, damit du am Ende noch mehr Kohle scheffeln kannst? Echt jetzt, das ist das Allerletzte.«

»Ich verstehe, was du meinst und bin bereit, zu verhandeln. Du hast gesagt, deine Mutter lebt auf der Straße. Ich gebe euch eine Wohnung. Wie hört sich das an?«

»Ja klar. Tolle Idee. Was nutzt mir eine Wohnung, die ich mir nicht leisten kann? Falls du es noch nicht bemerkt hast - ich bin arm!«

Damit hatte sie nicht unrecht. Die billigste Wohnung, die er vermietete, kostete monatlich 3500 Dollar. »Ihr dürft fünf Jahre lang mietfrei wohnen.«

»Meine Mutter ist drogenabhängig. Die Wohnung nutzt ihr herzlich wenig. Sie würde sie ausräumen und alles verscherbeln, vom Wasserkocher bis zur Klobrille, und danach würde sie die Nachbarn beklauen.«

Ryan stieß einen Seufzer aus. Das Mädchen war wirklich eine harte Nuss, aber genau diese Hartnäckigkeit würde sie brauchen, um an Scott Coleman ranzukommen. »Okay. Dann lege ich noch einen Entzug und weitere zwei Jahre mietfreies Wohnen drauf. Das ist mein letztes Angebot. Eigentlich schulde ich dir gar nichts. Dass ich dich nicht ins Gefängnis schicke, ist eigentlich Belohnung genug.«

Sie schnaubte abfällig. »Wie edelmütig von dir.«

»Allerdings.« Ryan hob auffordernd die Augenbrauen. »Also? Wie lautet deine Antwort?«

Sie schwieg einen Moment. Dachte nach. »Zehn Jahre lang keine Miete und der Entzug«, sagte sie schließlich.

Er trank einen großen Schluck Bier. Erpressung hatte er sich wirklich leichter vorgestellt. Egal. Er war kein Unmensch und es war ihr gutes Recht, rauszuholen, was rauszuholen ging. »In Ordnung. Zehn Jahre.«

Sie machte ein Gesicht, als hätte sie in eine Zitrone gebissen. »Kann ich es mir anders überlegen?«

Er grinste fies. »Nein. Kannst du nicht.«

»Wo werde ich wohnen?«

Er deutete in die Runde. »Hier bei mir. Ich hab genug Platz.«

»Hier?« Sie blickte sich um. »Hast du nicht Angst, dass ich dich beklaue?«

»Ich werde das Personal anweisen, dich im Auge zu behalten. Solltest du auch nur einen Salzstreuer entwenden, schleppe ich dich postwendend zur Polizei.«

Die alte Wut kehrte zurück. Sie sah aus, als würde sie ihm am liebsten das Gesicht zerkratzen. Das Feuer in ihrem Blick stand ihr gut und zeigte ihm, was aus ihr werden könnte. Sie war wie ein ungeschliffener Diamant. Ein sehr ungeschliffener Diamant, der in einem riesigen Kackhaufen steckte. Es würde viel Arbeit machen, sie zum Strahlen zu bringen, aber am Ende könnte es sich für sie beide lohnen.

KAPITEL 4
HOPE
* * *

EIN SONNENSTRAHL IM Gesicht kitzelte Hope wach. Sie streckte sich wohlig. Im ersten Moment dachte sie, sie hätte einen verrückten Traum gehabt, doch dann spürte sie die superbequeme Matratze und roch den zarten, sauberen Duft, der das Zimmer erfüllte, und setzte sich ruckartig auf. Tatsächlich. Sie befand sich im Haus des Feindes. Ryan Parker erpresste sie. Und sie hatte geschlafen wie ein Stein. Wo waren ihre Instinkte? Eingeschläfert von Federbett und ägyptischer Baumwolle?

Blinzelnd sah sie sich um. Das Zimmer war noch genauso schön wie am Tag zuvor. Wirklich alles passte zusammen. Angefangen bei dem dunklen Holzboden mit dem beigefarbenen Teppich, über das riesige, cremefarbene Boxspringbett, in dem sie quer liegen konnte und trotzdem nicht mit den Füßen überhing, bis hin zu dem Sessel, den Kommoden und dem begehbaren Kleiderschrank. Der war größer als das Zimmer, das sie bei Dean bewohnte. Selbst wenn sie alle Kleider zusammensuchen würde, die sie je besessen hatte, könnte sie die Regale nicht füllen.

Hope hatte gewusst, dass Leute so lebten, aber sie hatte es sich nie vorstellen können. Hatte nie einen Gedanken daran verschwendet. Wieso auch? Sie war damit beschäftigt gewesen, zu überleben. Der erste Impuls, als Ryan ihr das Zimmer gezeigt hatte, war alles einzupacken, was sie tragen konnte, und zu verschwinden. Allein die Nachttischlampe war bestimmt ein Vermögen wert. Glücklicherweise hatte sie den Impuls unterdrückt. Alles zusammenpacken konnte sie immer noch, falls es brenzlig wurde. Zuerst würde sie sich die Sache anschauen, immerhin winkte als Belohnung eine anständige Wohnung und das war mehr wert als ein bisschen Diebesgut.

Hope zog die Beine an und lehnte sich gegen das gepolsterte Rückenteil. Mann, war das bequem. Kein Vergleich zu der durchgelegenen Matratze in dem quietschenden Metallbett. Sie könnte den ganzen Tag im Bett verbringen und fernsehen. Der Flatscreen an der Wand war fast wie Kino. Sie blickte hinter sich auf die bordeauxfarbene Tapete. Sie war dick und in sich gemustert. Das hatte was Verruchtes und gab dem ansonsten sehr hellen Raum das gewisse Etwas. Sie ging auf die Knie und berührte die Wand. Die Tapete fühlte sich samtig und erhaben an. Und wie das alles duftete. Wahnsinn.

Es klopfte. Hope blickte über die Schulter. »Ja?«

Die Tür wurde aufgerissen. Ryan stand ihm Türrahmen, bereits fix und fertig angezogen. Er trug einen dunkelblauen Anzug und ein weißes Hemd, bei dem die ersten Knöpfe offenstanden. Dass Hope nur mit Slip und BH bekleidet auf dem Bett kniete, schien ihn nicht im Geringsten zu stören. Er schien es nicht mal zu bemerken. Wahrscheinlich kannte er Dutzende Frauen, die allesamt aussahen wie die Models von Victoria's Secret. Gegen die war Hope ein gerupftes Huhn.

»Du bist noch im Bett?«, fragte er mit einem tadelnden Unterton.

Schnell schlüpfte Hope unter die Bettdecke. »Na und? Was dagegen?«

»Das Frühstück steht in der Küche. Um neun kommt dein Personal Trainer. Bis dahin musst du fertig sein.«

Was redete der Mann da? »Mein was?«

»Dein Fitnesstrainer. Er wird dir einen Essensplan erstellen und deinen Körper in Form bringen. Im Moment siehst du aus wie eine Bohnenstange.«

Wenn Hope auf eines keine Lust hatte, dann auf Sport. Sowas machten nur gelangweilte Hausfrauen. Außerdem aß sie was und wann sie wollte und brauchte keinen Fitnessbubi, der ihr sagte, was sie essen durfte. »Ich brauche keinen dämlichen Fitnesstrainer. Sowas ist was für Leute mit zu viel Geld und zu viel Zeit.«

Ryan grinste schief. »Was für ein Zufall. Ich habe zu viel Geld und du hast zu viel Zeit. Also schwing deinen Hintern aus dem Bett und zieh dich an. Heute wartet ein straffes Programm auf dich.«

Hope verschränkte die Arme vor der Brust. »Was für ein Programm?«

»Zuerst der Fitnesstrainer, dann die Dresserin und anschließend eine Kosmetikerin.«

Es war offiziell. Der Mann hatte einen Knall. »Wozu das alles?«

»Ich nehme an, dass du nicht nackt herumlaufen willst. Das wirst du aber müssen, wenn du keine anständigen Kleider besitzt, wovon ich in deinem Fall ausgehe. Außerdem hast du Pickel.«

Wow. Was für ein Arschloch. Betroffen fasste Hope sich ins Gesicht. Hatte sie wirklich Pickel? Zugegeben, sie hatte ein paar Mitesser, vielleicht auch ein oder zwei Pickel, aber das lag daran, dass sie in wenigen Tagen ihre Periode bekommen würde.

Ungeduldig schaute Ryan auf seine Armbanduhr. Hope folgte seinem Blick. Wie viel die wohl wert war? Sie könnte immer noch alles klauen, was sie in die Finger bekam und verschwinden.

»Ich muss los«, sagte er. »Um halb zehn habe ich einen wichtigen Termin.«

Er sah auf. »Heute Abend werden wir zusammen essen, dann regeln wir das Vertragliche und ich beantworte deine Fragen. Bis dahin erwarte ich, dass du den Leuten, die ich engagiert habe, nicht das Leben schwer machst. So, wie du jetzt aussiehst, kann ich dich nicht auf Coleman loslassen, also streng dich an!«

Hope nickte. Die Vorstellung, mit dem Blödmann essen zu müssen, verschlechterte ihre Laune abrupt, genauso wie die albernen Termine, die der Kerl ihr aufgebrummt hatte. Sie wollte sich einen Cocktail mixen und an den Pool legen. Das war zumindest ihr Plan gewesen, doch damit hatte sie die Rechnung wohl ohne den erpresserischen Mistkerl gemacht, der meinte, sie wäre nicht hübsch genug. Warum hatte er sich dann nicht einfach eine dieser Escortweiber geholt, die aussahen, als hätte sie jemand aus einem

Hochglanzmagazin geschnitten? Sie hätte ihn gerne danach gefragt, doch er drehte sich um und ging.

Die Tür ließ er offen.

Dean machte das auch immer. Wieso glaubten die Kerle eigentlich alle, sie könnten sie schikanieren? Ihr fielen tausend Schimpfwörter ein, die sie ihm nachrufen könnte, doch wenn sie das tat, würde er möglicherweise noch einen Benimm-Profi engagieren und das wäre nun wirklich das allerletzte!

Wütend sprang sie aus dem Bett und stürmte in den Flur. Ryan stieg gerade die offene Treppe hinab. *Ich wünsche dir einen richtig miesen Tag, Arschloch.* Wenigstens die Gedanken waren frei. Sie zeigte ihm den Mittelfinger genau in dem Moment, als er sich umdrehte.

Tadelnd schüttelte er den Kopf und grinste leicht. »Hm. Wir haben wirklich noch viel Arbeit vor uns.«

Verdammt. Jetzt bekam sie garantiert einem Benimm-Profi aufs Auge gedrückt. Ryan Parker überließ nichts dem Zufall, so viel hatte sie mittlerweile herausgefunden. Er würde sie erst auf seinen Rivalen loslassen, wenn sie seiner Meinung nach perfekt war und das - da machte sie sich nichts vor - bedeutete tatsächlich Arbeit.

* * *

Ihr Personal Trainer wartete am Pool auf sie. Sie hatte einen blonden, durchtrainierten Sonnyboy erwartet, der sie mit seinem strahlenden Lachen und Motivationsreden anzuspornen versuchte, doch ihr Trainer war alles andere als ein Sonnyboy. Er war mindestens eins neunzig groß, flächendeckend tätowiert, dunkelhäutig und ein richtiger Muskelprotz. Im Auftreten ähnelte er einem Drill Seargent der US Army und mit seiner finsteren Miene könnte er genauso gut der Bodyguard eines Drogenbosses sein.

»Hi. Ich bin Carl«, stellte er sich vor. Seine Stimme war tief und brummig, er hörte sich an wie ein sprechender Bär. Nach ihrem Namen fragte er nicht. »Ab sofort werde ich täglich um 0900 vor der Tür stehen, um dich zu trainieren.«

»Aha«, sagte Hope. Sie beäugte ihn argwöhnisch. Das Ghetto hatte ihr eines gelehrt: Bevor sie nicht genau wusste, wie jemand tickte, sollte sie ihn lieber nicht reizen und daran hielt sie sich. Meistens zumindest.

Mit professionellem Blick musterte Carl sie von oben bis unten. »Zuerst machen wir einen Bodycheck, ich brauche deine genauen Maße, dein Gewicht und deinen BMI, dann kümmern wir uns um deine Ernährungs- und Schlafgewohnheiten.«

Er ging um sie herum, drückte ihre Schultern gerade und ihren Rücken durch. »Steh gerade!«

»Hey.« Hope wich zurück. »Fass mich nicht an!« Sie wollte ja mitmachen, aber das war wirklich zu viel.

Carls Miene wurde noch eine Spur finsterer. »Sonst was?«

»Sonst tret ich dir in die Eier.«

Das war eine harte Drohung für einen Kerl wie Carl und einen Moment lang glaubte Hope, er würde ihr direkt ins Gesicht brüllen, doch er schnaubte bloß. »Du hast gute Anlagen, doch du lässt dich verwahrlosen. Wenn du irgendwann nicht mehr aussehen willst, wie eine Vogelscheuche, solltest du dich zusammenreißen.«

Wie eine *Vogelscheuche*? War das sein Ernst? Auch wenn er noch so respekteinflößend war, auf diese Weise würde er sie sicher nicht zum Mitmachen bewegen. Was sie allerdings zum Mitmachen bewegte, war ihre Vereinbarung mit Ryan. Sie wollte nicht in den Knast wandern, und wenn es obendrauf noch einen Drogenentzug für ihre Mom und eine anständige Wohnung gab, konnte sie sich eine Weile zusammenreißen.

Trotzdem hätte sie Carl am liebsten das Gesicht zerkratzt, als er ein Maßband ausrollte und allen Ernstes ihre Oberschenkel, Hüfte, Taille und Brustumfang maß. Ihr Gewicht lag bei achtundneunzig Pfund, was auf eine Größe von ein Meter siebzig gerechnet nicht gerade wohlgerundet war. Das war ihr durchaus bewusst. Trotzdem wollte sie das nicht unter die Nase gerieben bekommen.

»Du bist zu dünn«, stellte Carl dann auch prompt fest.

»Erzähl mir was Neues«, gab Hope bissig zurück.

Carl sah sie streng an, enthielt sich aber einer Erwiderung. »Allerdings wollen wir nicht, dass du bloß Fett zulegst, sondern

Muskelmasse. Mr. Parker sagte, dein Körper soll straff und sexy werden. Weibliche Formen. Das ist unser Ziel.«

Straff und sexy. Was war sie denn jetzt? Ein wandelnder Pudding? Plötzlich kam Hope sich tatsächlich wie eine Vogelscheuche vor. Was hatten diese Leute bloß mit ihr vor? Sollte sie tatsächlich so aussehen, wie die Frauen in den Hochglanzmagazinen? Es gäbe Schlimmeres, doch der Weg dahin war hart und darauf hatte sie nicht die geringste Lust.

»Ich würde sagen, in der ersten Woche machen wir täglich eine Trainingseinheit Yoga, um deinen Körper zu definieren und dir eine aufrechte Haltung zu verschaffen. Dazu täglich sechzig Minuten Lauftraining für die Ausdauer und damit deine Schenkel kräftiger werden.«

Hope stöhnte. »Jeden Tag? Ich will nicht zur Olympiade.«

»Du musst in wenigen Wochen herzeigbar sein, deshalb geben wir richtig Gas. Kommen wir zum Essen. Wie ernährst du dich?«

Sie ernährte sich von allem, was billig und schnell zu haben war. Burger, Chips, ab und zu eine Banane oder einen Apfel. Das Frühstück ließ sie meistens aus oder sie aß Cornflakes.

Carl stieß geräuschvoll den Atem aus und fuhr sich verzweifelt über die kurzgeschorenen Haare. »Mann oh Mann. Ich hätte mehr Geld verlangen sollen. Du brauchst gesunde Fette und Gemüse, Salat und mageres Fleisch. Dazu Reis und Vollkornnudeln. Ich stelle dir einen Essensplan zusammen und weise die Köchin an, dir die Mahlzeiten zuzubereiten.«

»Okay.« Solange sie sich nicht selbst um die Zubereitung kümmern musste, sollte es Hope recht sein. Was das Essen betraf, war sie nicht wählerisch.

Nachdem das geklärt war, jagte Carl sie durch ihre erste Yogastunde. Sie begann simpel. In Rückanlage schlang sie einen Gurt um die Fußsohle, mit dem sie das gestreckte Bein näher zu ihrem Oberkörper ziehen sollte. Das tat ein wenig weh, war aber nicht übermäßig anstrengend. Zumindest am Anfang. Nach einer Weile begannen ihre Muskeln zu zittern und sie war froh, als Carl endlich zur nächsten Übung wechselte. Er nannte sie Dhanurasana. Hope musste sich auf den Bauch legen, ihre Fußknöchel festhalten und Oberkörper und Beine in die Luft heben, sodass nur noch ihr Bauch auflag.

»Streck den Kopf«, befahl Carl. »Mehr Spannung.«

Hope keuchte und ächzte. Niemals hätte sie für möglich gehalten, dass diese albernen Posen so anstrengend sein würden. Dreimal stand sie kurz davor, einfach aufzustehen und zu gehen. Was Carl mit ihr veranstaltete, war Folter. Am Ende lag sie keuchend auf der Matte und starrte in den blauen Himmel. Ihr Körper schien nur noch aus Gummi zu bestehen. Das konnte einfach nicht gesund sein. Ryan wollte sie umbringen.

Carl zog sie auf die Beine. »Geh duschen. Ich komme um 1600 wieder, dann gehen wir laufen.«

»Heute? Das schaff ich nicht«, stieß Hope entsetzt hervor.

Aufmunternd klopfte er ihr auf den Rücken. »Und ob du das schaffst.«

»Ich habe keine Laufschuhe.«

»Besorg dir welche.«

Hope schnaubte. »Ja klar, ich geh mal eben in die Stadt und kauf mir ein paar Schuhe. Kein Problem.«

»Woher kommst du?«, fragte Carl unvermittelt. »South Central oder Downtown?«

Abwehrend verschränkte Hope die Arme vor der Brust. »Downtown, warum?«

»Ich komme aus South Central. War ein harter Weg da raus.« Er beugte sich näher und stupste mit dem Zeigefinger gegen ihre Brust. »Du bekommst gerade eine riesen Chance, Mädchen. Jammer nicht rum und nutze sie!«

* * *

Hope warf sich schnell einen Bademantel über und hetzte in den Wohnbereich. Die Dresserin war da. Sie war jung, Hope schätzte sie auf Mitte zwanzig, und grellbunt geschminkt und gekleidet. Sie trug einen schwarzen, bauschigen Rock und eine neongelbe Bluse mit pinkfarbenen Knöpfen. Dazu schwarze, hochhackige Schuhe mit weißen Punkten. In ihren schwarz gefärbten Haaren hatte sie eine pinkfarbene Schleife befestigt. Wenn das der Kleiderstil war, den Hope zukünftig tragen sollte, dann war sie raus. In diesem Clownskostüm würde sie nicht mal an Halloween auf die Straße gehen. Hope verlangsamte ihren Schritt. Sie war auf der Hut.

Neben der Dresserin standen zwei rollbare Kleiderständer, ein Koffer und ein großer Spiegel. Sie lächelte freundlich mit ihren neonpink geschminkten Lippen. »Hi, ich bin Ally. Du bist bestimmt Hope.«

Hope nickte.

»Größe vier bis sechs«, stellte Ally mit Kennerblick fest.

Hope nickte erneut. Über ihre Kleidergröße machte sie sich üblicherweise keine Gedanken. Sie nahm irgendwas, was ihr passend erschien und zwängte sich rein.

Ally öffnete Hopes Haare, die sie zu einem Knoten auf dem Kopf zusammengefasst hatte, und drapierte sie um ihre Schultern. Sie waren noch feucht von der Dusche. »Die blonden Spitzen kommen bestimmt noch weg«, sagte Ally. »Ansonsten hast du Glück gehabt. Deine Haare sind weich und lockig. Mit denen kann man viele Frisuren machen.«

Hopes Frisur bestand üblicherweise aus besagtem Haarknoten. »Ich dachte, hier geht's um Kleider.«

»Die Kleider unterstreichen deine Persönlichkeit, deshalb beziehe ich alle Aspekte mit ein. Haare, Kopfform, Figur, Auftreten. Du sollst weicher und damenhafter wirken, meinte Mr. Parker«

Hope verdrehte die Augen. Scheinbar hatte *Mr. Parker* diese Leute genaustens instruiert. Ally fragte nicht, was ihr gefiel, sie nahm einfach irgendwas vom Ständer und reichte es Hope, damit sie es anprobieren konnte. Von Alltagssachen bis Cocktailkleid war alles dabei. Die Yogastunde steckte Hope noch in den Knochen, deshalb empfand sie die Anprobe als anstrengend. Das Ergebnis konnte sich allerdings sehenlassen. Die Kleider waren nicht übel. Sie konnte sich gar nicht entscheiden, was ihr am meisten gefiel, ihr gefiel einfach alles. Selbst die Jeanshosen sahen besser aus, als die Jeanshosen, die sie normalerweise trug. Sie betonten ihren Hintern und ihre Beine wirkten länger. Verrückt.

Am Ende besaß Hope einen ganzen Kleiderständer voller neuer Sachen, dazu mehrere Hosen und sieben Paar Schuhe.

Ally sortierte die Sachen nach Anlässen. »Die beiden Kleider eignen sich für ein zwangloses Dinner oder eine Cocktailparty. Der Hosenanzug ist perfekt für Anlässe, bei denen Seriosität verlangt wird.« Sie zog ein luftiges Sommerkleid hervor. »Dieses Outfit eignet sich für entspannte Ausflüge oder Treffen mit Freunden in der Stadt.«

Hope prustete los. *Ein Outfit für ein Treffen mit Freunden.* Was für einen Schwachsinn sich die Reichen einfallen ließen, um Geld auszugeben. Als wären Jeans und T-Shirt nicht genug.

»Was ist so witzig?«, wollte Ally wissen.

»Die Reichen sind Spinner«, sagte Hope. »Die Klamotten sind schön, keine Frage, aber ich will das anziehen, worauf ich Lust habe und mich nicht nach dem *Anlass* richten müssen. Hochzeit und so kann ich ja noch verstehen, aber wenn ich Freunde treffe oder auf eine Party gehe ziehe ich an, was mir gefällt.«

Ally lächelte mitleidig, als wäre Hope minderbemittelt und wüsste es einfach nicht besser. »Dein Kleiderstil repräsentiert deinen sozialen Status. Erfolg steht für Abwechslung, Stilsicherheit und Eleganz.«

Hope wedelte geziert mit ihrer Hand. »Ach so. Jetzt verstehe ich. Wie konnte ich mein Geld bisher bloß für so etwas Banales wie Essen und Miete ausgeben.«

Ally wirkte angesäuert. Hatte Ryan sie denn nicht gewarnt? Hope war eine schwierige Kundin, insofern passte sie eigentlich perfekt zu den reichen Snobs.

Nachdem Ally gegangen war, hatte Hope einen Bärenhunger. Sie ging in die Küche, stürmte zum Kühlschrank und schnappte sich eine Scheibe Schinken direkt aus der Packung. Hm. Lecker.

»Miss Anderson. Oh nein. Ich habe Essen für Sie zubereitet.« Eine rundliche Frau betrat die Küche und kam eilig herbeigewuselt. Sie schob Hope zur Seite und nahm einen mit Frischhaltefolie abgedeckten Teller aus dem oberen Fach. Misstrauisch zog Hope die Folie ab und musterte das Sandwich. Das Brot war dunkel und körnig und definitiv nicht mit Erdnussbutter und Marmelade oder Kochschinken und Scheibenkäse belegt, wie sie es eigentlich gewohnt war.

»Das ist Roastbeef, Avocado und Tomate auf Roggenvollkornbrot«, erklärte die Köchin. »Ihr Trainer meint, sie bräuchten mageres Fleisch und naturbelassene Fette.«

»Aha.« Hope klappte das Brot auseinander und roch an der gelben Sauce mit den schwarzen Körnern. Nach Mayonnaise sah das jedenfalls nicht aus. »Was ist das für ein Zeug?«

»Das ist Senfdressing mit Honig und Mohn.« Die Köchin nahm eine Karaffe mit Wasser aus dem Kühlschrank, in dem Minzblätter schwammen. »Hier ist Ihr Getränk.«

Hope betrachtete die Karaffe wie eine eklige Kakerlake. »Ich hätte lieber eine Coke.«

Die Köchin lächelte entschuldigend. »Tut mir leid. Keine zuckerhaltigen Getränke hat Ihr Trainer gesagt.«

Unfassbar. Wieso glaubten diese Leute, ihr vorschreiben zu können, was sie essen und trinken durfte? Entschlossen drängelte sie die Köchin zur Seite, riss die Kühlschranktür auf und suchte nach irgendwas, das trinkbar aussah, doch alles, was sie fand, war eine Dose Roibushtee mit Himbeer und Holunderblüte. Egal. Das war besser als Wasser. Glaubte sie zumindest. Sie schnappte die Dose, riss sie auf und trank in großen Schlucken. Bäh. Das Zeug schmeckte, wie es sich anhörte. Gesund. Gott, wie sehr sehnte sie sich nach einer kalten Dose coffeinhaltiger Zuckerbrause.

Die Köchin beobachtete sie verunsichert, nickte dann und machte, dass sie wegkam. Hopes Magen knurrte vernehmlich. Sie hatte Hunger und das Sandwich sah alles in allem nicht übel aus. Sie klappte es wieder zu und biss hinein. Avocados aß sie eigentlich nur in Form von Guacamole, aber als Brotbelag war es gar nicht übel, wie sie feststellen musste. Auch das Dressing schmeckte gut. Nachdem sie das Sandwich vertilgt hatte, suchte sie in den Schränken nach einer Nachspeise. Ein Twinky oder ein Ho Ho wären perfekt. Sausüße mit leckerer Creme gefüllte Minikuchen. Hm. Schon der Gedanke daran ließ ihr das Wasser im Mund zusammenlaufen. Sie fand kein Twinky und auch nichts, was dem irgendwie gleichkam.

Was sie fand, waren Bio-Müsliriegel mit Cranberrys und Cashewkernen. Auch die Suche nach Eiscreme blieb erfolglos. Im Gefrierfach befand sich bloß Mangosorbet und zuckerfreies Frozen Yoghurt. Frustriert warf Hope die Gefrierfachtür zu. Das Essen in diesem Haus war eine Katastrophe.

Auf dem Weg nach draußen schnappte sie den Müsliriegel und aß zumindest den, dann war sie satt.

Die Kosmetikerin, die eine Stunde später vor der Tür stand, machte eine Hautanalyse (feinporig, Stirn und Wangen trocken, Nase und Kinn eher fettig) und legte Hope dann eine Gesichtsmaske auf. Anschließend bekam sie noch eine Gesichtsmassage, das war's. Hope war regelrecht erleichtert. Die Behandlung der Kosmetikerin war wenigstens angenehm.

Pünktlich um vier kam Carl und scheuchte sie einmal quer durch Beverly Hills. Hope trottete missmutig hinter ihm her. Sie war am Ende ihrer Kräfte. Sie duschte sich zum zweiten Mal an diesem Tag, legte sich dann in einen aerodynamischen Loungesessel neben den Pool und schlief sofort ein.

KAPITEL 5
HOPE
* * *

»NA? ANSTRENGENDEN TAG gehabt?«

Die Stimme riss Hope aus dem Schlaf. Erschrocken fuhr sie hoch. Vor ihr stand Ryan und glotzte sie grinsend an. Er trug seine Anzugshose und ein Hemd, die Krawatte hatte er gelockert.

»Was soll das? Warum weckst du mich?«, murrte sie.

»In einer halben Stunde gibt es Essen. Ich nehme an, du willst dich vorher umziehen«, sagte er.

»Wenn's sein muss«, gab Hope missmutig zurück. Sie hatte gerade etwas Schönes geträumt und hasste es, aus einem Traum gerissen zu werden. Außerdem fragte sie sich, wie lange er sie schon beobachtet hatte. Sie rappelte sich auf und verschwand eilig im Haus.

»Zieh was Hübsches an«, rief Ryan ihr nach.

Leck mich! Hope zeigte ihm den Mittelfinger.

Eine halbe Stunde später betrat sie die Terrasse. Die Sonne ging gerade unter. Mehrere Fackeln brannten und der Tisch war gedeckt wie für eine Hochzeitsfeier - nur eins fehlte: Besteck. Neben den asymmetrisch geformten Tellern lagen Stäbchen. Na gut, sie mochte chinesisches Essen und sollte sie mit den Stäbchen nicht zurechtkommen, würde sie einfach eine Gabel verlangen.

Ryan stand neben dem Tisch. Er hatte sich umgezogen, trug eine weiße Hose mit einem grau gestreiften Hemd. Die ersten beiden Knöpfe waren geöffnet. Seine Haare waren noch ein wenig feucht und wellten sich im Nacken. Er sah gut aus, gepflegt, männlich, attraktiv. Aus irgendeinem Grund machte Hope das wütend.

Sie hatte das weiße, mit Blumen und Häkelspitze verzierte Kleid angezogen. *Für ein zwangloses Treffen mit Freunden*, wie Ally es bezeichnet hatte. Ein Freund war Ryan zwar nicht und das Treffen alles andere als zwanglos, aber das Kleid erschien ihr die beste Wahl zu sein. Auf jeden Fall passte es perfekt zu seinem Look. Auf hochhackige Schuhe hatte sie allerdings verzichtet, denn in denen konnte sie nicht laufen.

»Du siehst sehr hübsch aus. Das Kleid steht dir gut«, sagte Ryan prompt, zog den Stuhl zurück und bedeutete ihr, sich hinzusetzen.

Sie bedachte ihn mit einem misstrauischen Blick. Ryan lachte bloß und nahm ihr gegenüber Platz.

»Wie war dein Tag?«, fragte er, während er ihr ungefragt ein Glas Weißwein einschenkte.

Hope zuckte mit den Schultern. »Wie soll er schon gewesen sein? Ziemlich langweilig.«

Ryan stellte die Flasche ab und schmunzelte amüsiert. Er wusste garantiert, wie anstrengend der Tag für sie gewesen war. Er schmunzelte viel zu oft in ihrer Gegenwart und ganz bestimmt nicht *mit* ihr, sonder eindeutig *über* sie, als wäre sie ein Äffchen, dem er Kunststücke beibringen wollte.

»Kannst du dir eigentlich keine Cola leisten?«, fragte sie in schnippischem Ton. »Ich hab nämlich keine gefunden. Ich will aber nicht immer nur Wasser trinken müssen.«

»Susanna bereitet dir sicher ein schmackhaftes Getränk zu, wenn du sie darum bittest«, gab Ryan unverbindlich zurück.

»Ich will keine Blätter in meinem Wasser oder komischen Tee, ich will Cola.«

Ryan lehnte sich zurück. Er schmunzelte nicht mehr, wirkte aber noch immer amüsiert. »Soweit ich weiß, hat Carl zuckerhaltige Getränke von deinem Speiseplan gestrichen.«

Hope nippte an ihrem Wein. Der schmeckte wenigstens nach was. »Carl ist nicht meine Mutter. Außerdem soll ich doch zunehmen oder? Da wären ein paar Softdrinks gut.«

»Ich will kein Gesundheitsapostel sein«, sagte Ryan, »aber Softdrinks sind zuallererst mal ungesund. Sowas sollte man sich nur in Ausnahmefällen gönnen.«

Hope schnaubte und deutete auf die Weinflasche. »Genau wie Alkohol.«

Ryan ging nicht auf das Thema ein. »Und zweitens sollst du nicht einfach bloß zunehmen. Du machst gerade ein Power Bodyforming Programm. Das ist Carls Spezialität. Am Ende des Programms siehst du hoffentlich so sexy aus, dass dir kein Mann widerstehen kann.«

»Aha.« Immerhin glaubte er, sie könnte eines Tages sexy aussehen. Das war doch schon mal was. »Erzähl mir was über den Typen, den ich bezirzen soll.«

Ryan rieb sich nachdenklich über das Kinn. »Er steht auf Frauen wie dich und ich glaube, dass er dich ganz besonders anziehend finden wird. Dafür werde ich sorgen.«

Hope hob fragend die Augenbrauen. »Wie meinst du das? Frauen wie mich?«

»Frauen gemischtrassiger Herkunft und Latinas.«

Hope schnaubte verächtlich. »Der Kerl ist ein Weißer, oder?«

»So weiß, wie man nur sein kann«, gab Ryan zu und grinste.

»Wow. Klingt nach einem tollen Kerl.« Sie verzog verächtlich das Gesicht.

»Er ist ein Kotzbrocken«, gab Ryan unumwunden zu.

»Ein größerer Kotzbrocken als du?«

Ryan beugte sich vor und sah ihr direkt ins Gesicht. »Du hast ja keine Ahnung. Gegen ihn bin ich Prinz Charming.«

»In dem Fall bin mir nicht sicher, ob ich es schaffe, nett zu ihm zu sein. Wie du sicher bemerkt hast, ist Zurückhaltung nicht mein Ding«

Ryan stieß einen Seufzer aus. »Ich weiß. Das bringt mich zum nächsten Punkt auf meiner Liste ...«

»Wir arbeiten hier eine Liste ab?« Hope schnaubte und deutete auf die Kerze auf dem Tisch. »Ich dachte, das wäre ein romantisches Abendessen.«

Eigentlich hatte sie das nur so dahergesagt, um ihn aus dem Konzept zu bringen, doch plötzlich blitzte ein Funke in Ryans Augen auf. »Möchtest du denn, dass es ein romantisches Abendessen wird?«

Wenn sie jetzt entrüstet oder angewidert reagierte, würde sie damit bloß seine Erwartungen erfüllen, denn er wusste ganz genau, dass sie nichts weniger wollte, als ein romantisches Abendessen mit ihm.

Sie beugte sich ebenfalls vor und erwiderte seinen bohrenden Blick. »Mit einem reichen Kerl an einem Tisch zu sitzen, ist für ein Mädchen wie mich das allergrößte.«

Sie nahm das Weinglas und trank, so wie sie glaubte, dass die reichen Tussis es taten. Mit abgespreiztem Finger, langsam und genussvoll. Der Geschmack des Weines war ihr egal, es ging um den Effekt. »Bei dem Gedanken an das viele Geld wird mein Höschen feucht«, hauchte sie dann.

Er kniff die Augen zusammen, wirkte einen Moment lang fast ein wenig verletzt, doch dann grinste er. »Was genau bietest du mir an, Hope?«

Verdammt. War das jetzt sein Ernst oder spielte er bloß mit? Sie war sich da nicht so sicher. Ihr Herz klopfte schneller. »Was hättest du denn gerne?«

Sein Blick huschte über ihr Dekolletee und blieb dann an ihren Lippen hängen. »Kommt darauf an. Mir würde so einiges einfallen, aber ich will natürlich, dass du ebenfalls auf deine Kosten kommst.«

Hope überlegte fieberhaft. Eine schlagfertige Antwort musste her. Diese Reaktion hatte sie nicht erwartet. Hoffentlich meinte er das nicht ernst. Sie war nicht käuflich und wollte außerdem nicht schon wieder bei einem Typen wohnen, der sie die ganze Zeit anbaggerte.

»Ach weißt du«, sagte sie mit einem tiefen Seufzen. »Die meisten Kerle schaffen es nicht annähernd, eine Frau zu befriedigen. Wir Frauen lassen sie nur in dem Glauben, damit sie nicht zu Schlappschwänzen werden.«

Seine Augenbrauen zuckten in die Höhe. Sein Blick gewann an Schärfe. »Herausforderung angenommen.«

»Das soll keine Herausforderung sein«, wiegelte sie eilig ab und lehnte sich schnell wieder zurück. Oh Mann, sie redete sich gerade um Kopf und Kragen. Das machte sie nervös. Sie schnappte das Weinglas und trank einen weiteren Schluck. Einen sehr großen Schluck.

Ryan wartete, bis sie das Glas wieder abgesetzt hatte. »Wenn es keine Herausforderung sein soll, was dann?«, fragte er. Sein Schmunzeln wurde breiter. Er merkte, dass er die Oberhand gewann.

Betont gleichmütig zuckte Hope mit den Schultern. »Eine Provokation.«

Bevor er antworten konnte, trug die Köchin das Essen auf. Hopes Erleichterung wich Enttäuschung. »Sushi? Im Ernst? Ich hab mir heute den Arsch aufgerissen und könnte ein halbes Schwein verschlingen.«

Ryan lachte auf. »Du kannst so viel essen, wie du magst. Und es gibt sogar einen Nachtisch.«

Na gut, mittlerweile war ihr Hunger so groß, dass sie sich sogar an Sushi wagen würde, doch zuvor brauchte sie eine Gabel.

»Du brauchst keine Gabel«, sagte Ryan. »Komm. Nimm die Stäbchen. Ich zeige dir, wie man sie hält.«

Hope warf ihm einen missmutigen Blick zu und schnappte die Stäbchen. Ryan fasste über den Tisch nach ihrer Hand.

»Nimm ein Stäbchen zwischen deinen Zeigefinger und den Ansatz deines Daumens.« Er schob das Stäbchen zwischen ihre Finger. »Dort bleibt es und wird nicht mehr bewegt. Das Zweite greifst du weiter oben.« Er hielt ihre Hand und zog das Stäbchen etwas höher. Hope versteifte sich. Seine Berührungen waren behutsam und nicht unangenehm. Das gefiel ihr nicht.

»Sie sollten auf gleicher Länge sein.« Er zog ein wenig an dem unteren Stäbchen und drehte dann ihre Hand. »Gut. Und jetzt versuche, etwas zu nehmen, indem du nur das obere Stäbchen bewegst. Warte, ich zeig's dir.«

Er ließ sie los und nahm seine Stäbchen hoch. Hope atmete auf. Ryan Parker war ihr Feind. Quasi der Superschurke in ihrer Welt. Hier zu sitzen, bei Fackelschein am Pool und zusammen zu essen, war viel zu intim. Und sie empfand es nicht mal als schlimm, was die

Sache noch schlimmer machte. Warum verbrachte er überhaupt Zeit mit ihr? Sie verstand es nicht.

Unbeholfen nahm sie ein Sushiröllchen auf und tunkte es in die Sojasauce.

»Ja gut. Nur ein klein wenig reinstippen, sonst schmeckst du nur noch Sojasauce«, sagte er.

Hope verkrampfte die Finger. Das Röllchen fiel in das Schälchen. »Scheiße.«

»Nicht schlimm«, sagte Ryan. »Falls dir in Zukunft ein Missgeschick passiert, egal welches, überspiel es. Auf keinen Fall solltest du fluchen.«

»Warum nicht?« Hope fischte das Röllchen aus der Sojasauce und balancierte es auf ihren Teller. »Ich fluche gerne.«

»Wenn die Sache erledigt ist, kannst du wieder so viel fluchen, wie du willst. Meinetwegen kannst du durch L.A. laufen und die Leute beschimpfen, doch solange du bei mir bist, dich unter meinesgleichen bewegst, erwarte ich, dass du dich zusammenreißt.« Er sah sie streng an und er lächelte nicht. Ein Zeichen dafür, wie ernst es ihm war.

»Wie lange soll das hier eigentlich gehen?«, fragte Hope, nahm das vollgesogene Röllchen mit den Fingern und schob es in ihren Mund.

»Solange es nötig ist. Je schneller du lernst, dich wie eine Lady zu benehmen, umso schneller hast du den Job erledigt.«

Sie steckte sich ein Sushi mit Lachs in den Mund, ohne es zuvor in Sojasauce zu tunken, dafür nahm sie einen ordentlichen Klecks Wasabi. Himmel, das Zeug war scharf. Tränen sprangen in ihre Augen, aber es schmeckte lecker. Sie liebte scharfes Essen.

»Ich muss noch mal nach Hause und ein paar Sachen holen«, sagte sie. »Und meine Mom soll in der Zeit, wo ich hier bin, in den Entzug.« Es war gewagt, das zu verlangen, doch sie hatte nichts zu verlieren und Parker konnte ihr durchaus ein wenig entgegenkommen.

Ryan verengte die Augen. »Die Bezahlung erfolgt nach Beendigung.«

Hope schüttelte den Kopf. »Meine Mom ist cracksüchtig. Sie kann nicht warten, bis dein Rivale erledigt ist. Entweder kümmerst du dich um einen Therapieplatz oder ich verschwinde.« Sie beugte sich vor und deutete mit dem Essstäbchen in seine Richtung. »Und es ist mir scheißegal, ob ich dann in den Knast wandere. Für jemanden, der eine Frau sterben lässt, mach ich keinen Finger krumm.«

Ryan zuckte mit den Augenbrauen. Das war seine einzige Reaktion. Dann betrachtete er sie schweigend. Hope hielt seinem Blick stand, auch wenn es ihr schwerfiel. Seine Augen waren hell und klar und sahen sie an, als könnte er ihre geheimsten Gedanken erkennen. Sein Gesicht war markant, die Lippen schmal, was ihm einen strengen Zug verlieh. Wahrscheinlich schüchterte seine natürliche Dominanz die meisten Menschen ein, doch Hope hatte sich schon mit ganz anderen Kalibern gemessen und würde nicht nachgeben. Menschen wie Ryan Parker witterten Schwäche und nutzten diese aus, um andere zu übervorteilen. Das würde sie nicht zulassen.

»Also gut. Einverstanden«, sagte er schließlich. »Morgen kümmere ich mich um einen Therapieplatz für deine Mutter.«

»Gut.« Hope versuchte, ihren inneren Triumph nicht zu zeigen, doch ein Grinsen konnte sie nicht unterdrücken. Sie nahm ein weiteres Sushi, steckte es sich in den Mund und lehnte sich zufrieden zurück.«

KAPITEL 6
HOPE
* * *

HOPE KEUCHTE. SIE HASSTE Sport und Carl war ein Sklaventreiber. Und zwar einer von der übelsten Sorte. Immer, wenn sie glaubte, keine Sekunde länger durchhalten zu können, legte er noch eine Schippe drauf. Hope verfluchte ihn dafür.

»Bis später«, sagte er, als die Stunde vorüber war und er die Yogamatten zusammenrollte. Im Gegensatz zu ihr hatte er bloß ein wenig geschwitzt. »Um 1600.«

»Du mich auch«, gab Hope zurück, stapfte ohne einen weiteren Abschiedsgruß ins Haus und schob schwungvoll die Terrassentür zu, um ihm zu verdeutlichen, dass er ihr bloß nicht folgen und am besten gar nicht erst wiederkommen sollte. Erst als sie außer Sichtweite war, stöhnte sie auf und begann, zu humpeln. Jeder Schritt tat weh. In Gedanken bedachte sie Carl mit allen Schimpfnamen, die ihr einfielen - und das waren einige. Der Mann würde sie umbringen.

Sie duschte, aß einen Bagel und eine Schüssel Obstsalat und wartete dann auf den Hairstylisten, der sich für elf Uhr dreißig angekündigt hatte. Sollte er mit ihren Haaren machen, was er wollte, ihr war es egal. Am Nachmittag würden Parker und sie ihre Mom in die Entzugsklinik bringen - dafür würde sie sich die Haare sogar abrasieren lassen.

Der Hairstylist kam fünfzehn Minuten zu spät und entschuldigte sich damit, dass die letzte Kundin ihn aufgehalten hätte.

»Ich darf ja nicht verraten, wer es ist, aber sie wohnt nur ein paar Häuser weiter«, sagte er mit einem Augenzwinkern. Scheinbar nahm er an, Hope würde wissen, um wen es sich handelte. Geziert streckte er ihr die Hand hin. »Hi. Ich bin Antonio.«

»Hope.« Antonio war klein und schwarzhaarig und erinnerte sie an Super Mario aus dem Videospiel, nur dass er keinen blauen Klempneroverall, sondern ein türkisfarbenes Hemd und eine sehr eng sitzende schwarze Lederhose trug. Er sah aus, als wäre er aus den Achtzigerjahren in die Neuzeit gepurzelt.

»Freut mich, dich kennenzulernen.« Er sah sich um. »Ich war noch nie hier. Wo soll's hingehen?«

»Am besten in mein Schlafzimmer«, sagte Hope und deutete nach oben.

Antonio folgte ihr die Wendeltreppe hinauf auf die zweite Ebene. Er hatte seine liebe Mühe, den mitgebrachten Trolley über die rutschigen Stufen zu hieven. Hope bot ihm keine Hilfe an. Diese Leute bekamen Geld um sie zu nerven, also mussten sie sehen, wie sie klarkamen.

»Das Licht ist gut«, stellte Antonio in ihrem Zimmer fest und parkte den Trolley neben der Frisierkommode. »Wir machen es hier.«

Hope atmete tief durch und setzte sich. Sie war gespannt, was der Mann mit ihren Haaren anstellen würde. In ihrem Leben war sie höchstens fünf Mal beim Frisör gewesen. Ihre Locken wuchsen nicht allzu schnell, und wenn sie ihre Haare glättete, sahen sie auch ohne Haarschnitt gut aus. Die blonden Spitzen hatte sie sich drei Monate zuvor gefärbt, in einer Zeit, als sie mit sich und der Welt noch unzufriedener gewesen war, als üblich und ihren inneren Zwiespalt nach außen tragen wollte. Es sah scheiße aus, aber das war ihr egal gewesen.

Antonio fasste in ihre Haare und überprüfte sie mit professionellem Blick, dann stieß er einen tiefen Seufzer aus. »Schätzchen. Was hat du bloß mit deinen schönen Haaren angestellt?«

»Gefärbt«, gab Hope missmutig zurück. Es war ja wohl offensichtlich, was sie gemacht hatte. Und warum nannte er sie Schätzchen? Sie war weder sein Schätzchen noch das Schätzchen von irgendeinem anderen.

»Hm.« Mit einem Kopfschütteln schlug der die Hand vor den Mund und musterte sie nachdenklich. »Da liegt ein hartes Stück Arbeit vor uns, um das wieder hinzubekommen.«

Hope rollte mit den Augen. Offenbar erforderte ihre gesamte Person samt Persönlichkeit harte Arbeit. Zumindest in den Augen dieser Schnösel. Um ihre Genervtheit zu überspielen, grinste sie breit. »Dann leg mal los, um vier muss ich fertig sein, dann kommt mein Folterknecht zurück, um meinen dürren Arsch in Form zu bringen.«

Statt entrüstet zu sein, lachte Antonio auf. »Dürren Arsch? Süße. Für eine Figur wie deine würden meine anderen Kundinnen töten.«

Die anderen Kundinnen waren Hope egal, trotzdem fühlte sie sich geschmeichelt. Scheinbar war sie doch nicht so ein hoffnungsloser Fall wie Carl und Ryan es ihr einreden wollten.

»Also gut.« Antonio öffnete seinen überdimensionalen Rollkoffer und zog das mittlere Fach heraus. »Dann legen wir mal los. Zuerst beseitigen wir dieses schreckliche ...«, er stockte und wedelte in Richtung ihrer Haarspitzen. »Was auch immer das in deinen Haaren ist.«

»Das ist blond«, gab Hope zurück.

Antonio riss einen Teststreifen aus seinem Koffer, an dem diverse Haarsträhnen in verschiedenen Blondtönen befestigt waren, und hielt sie neben ihre Haare. »*Das* ist blond.« Er hob ihre Haare an und sah sie durch den Spiegel hindurch mit hochgezogenen Augenbrauen an. »Siehst du den Unterschied?«

Natürlich sah sie es. Die blonden Strähnen glänzten und sahen vollkommen natürlich aus. Ihre Haarspitzen dagegen waren nicht nur glanzlos und stumpf, sie sahen aus, als hätte sie jemand erst angenagt und dann draufgepinkelt.

Anschließend begann Antonio mit der Arbeit. Er färbte, schnippelte und schamponierte. Dabei erzählte er ihr Geschichten über Menschen, die Hope nicht kannte, Orte, an denen sie noch nie gewesen war und Dinge, die sie nie besitzen würde. Hope hörte einfach zu und versuchte derweil, Antonios Behandlung zu genießen, anstatt sich die ganze Zeit zu fragen, was er mit ihren Haaren anstellen würde. Schlimmer als vorher konnte es sowieso nicht werden.

»Mr. Parker hat mir erzählt, du wärest eine Weile im Ausland gewesen«, sagte Antonio plötzlich, während er gekonnt ihre Kopfhaut massierte. »Wo genau warst du denn?«

Hope schreckte aus dem wohligen Dämmerzustand. Beim Abendessen hatte Ryan gesagt, er müsse den Leuten ihre Anwesenheit erklären und fände einen Auslandsaufenthalt passend. Im Prinzip hatte sie nichts dagegen, aber sie war noch nie im Ausland gewesen. Himmel, sie hatte ja noch nicht mal den Bundesstaat verlassen. Wohin gingen reiche Leute?

»Europa«, sagte sie. Das schien ein Traumreiseziel zu sein, denn sie hörte es immer wieder. »Ich war in Europa.«

Antonio war entzückt. »Ich *liebe* Europa. Vor allem Bella Italia. Die Männer dort sind so schnuckelig und behaart.« Er kicherte. »Meine Großmutter kam aus Italien, also bin ich quasi ein halber Italiener. Wo hast du gelebt?«

Mist. Sie musste ein Land wählen, für das Antonio sich nicht ganz so sehr begeisterte. »In äh Deutschland.«

»Tatsächlich?«

»Ja. Meine Mutter ist Deutsche und ich wollte ihr Heimatland kennenlernen.« Sie hatte mal irgendwo gelesen, dass viele amerikanische Soldaten uneheliche Kinder hatten, vor allem in Deutschland.«

Antonio lachte auf. »Deine Mutter ist eine Deutsche? Faszinierend. Ich liebe deutsches Brot, das Bier schmeckt mir allerdings gar nicht. Es ist viel zu stark.«

»Ich mag es auch nicht«, behauptete Hope, obwohl sie in ihrem ganzen Leben noch kein einziges deutsches Bier getrunken hatte. Sie musste unbedingt das Thema wechseln. »Werden meine Haare eigentlich wieder zurückgefärbt, oder kommen neue Strähnen rein?«

»Keine Strähnen. Das lenkt nur von deinen schönen Haaren ab.«

Hope stieß einen Seufzer aus. »Ich hasse meine Locken.«

»So ein Quatsch.« Antonio nahm den Pinsel aus der Schale mit der lilafarbenen Paste und strich ihren Haaransatz ein. »Du hast tolle

Locken. So weich und kräftig und du kannst sie jederzeit glätten lassen.«

Sie diskutierten über die Vorteile ihrer Haare und vergaßen Europa. Hope war erleichtert und auch ein wenig stolz. Die erste Hürde hatte sie perfekt gemeistert. Auch ihre Frisur konnte sich am Ende tatsächlich sehenlassen. Ihre Haare glänzten wie die Probesträhnen in Antonios Friseurkoffer, die Spitzen waren glatt und fielen weich über ihre Schultern. Sie sah aus wie neu.

Nachdem Antonio sich verabschiedet hatte, ging Hope in die Küche und holte sich das vorbereitete Putenschnitzel mit irgendeinem Salat, bestehend aus kleinen, weißen Körnchen. Sie hatte noch nie Quinoa gegessen, aber es schmeckte ganz okay. Kurz bevor Carl kam, erhielt sie eine Nachricht von Ryan.

Habe einen Therapieplatz gefunden.
Ich hole dich um sechs Uhr ab.
Gib deiner Mutter bescheid.

* * *

Pünktlich um sechs wartete sie am Tor auf Ryan. Sie hatte ihre Mom angerufen, doch die war nicht an das Handy gegangen, das Hope ihr ein halbes Jahr zuvor geschenkt hatte. Deshalb konnte sie nicht mit Sicherheit sagen, ob sie noch an demselben Platz schlief oder überhaupt noch lebte. Üblicherweise besuchte sie ihre Mom einmal in der Woche, in der Zwischenzeit konnte viel passieren.

Als das Tor sich öffnete, wäre Hope am liebsten in den fahrenden Wagen gesprungen. Sie wollte endlich zu ihrer Mutter. Zuerst wirkte Ryan gestresst, doch als Hope in den Wagen stieg, hellte sich seine Miene auf. »Wie ich sehe, ist der Hairstylist da gewesen.«

»Jep.« Hope schwang ihre Haare zurück. »Gefällt es dir?«

Unter normalen Umständen hätte sie eine spitze Bemerkung losgelassen, doch wegen ihrer Mom war sie aufgeregt, und fühlte sich nicht in Stimmung, Ryan zu piesacken.

Er nickte anerkennend. »Es sieht sehr gut aus. Du hast tolle Haare.«

Hope klappte den Blendschutz runter und betrachtete sich. Die Frisur war wirklich der Hammer. Antonio hatte die Haare lang gelassen, sie nach vorne hin aber etwas durchgestuft, sodass sie ihr Gesicht umschmeichelten. Das dunkle Braun schimmerte wie poliertes Eichenholz. Sie sah gut aus. Im Grunde war das völlig unbedeutend, doch die neue Frisur war wie ein Zeichen dafür, dass nun alles besser werden würde. Sie gab ihr Hoffnung. Möglicherweise würde dieser unmögliche Deal ihr Leben tatsächlich zum Guten wenden.

KAPITEL 7
RYAN
* * *

RYAN KONNTE FÖRMLICH zusehen, wie die Straßen nach Downtown L.A. immer schlechter wurden, wie Schlaglöcher aus dem Boden sprossen und plötzlich Autoteile und Müll am Straßenrand lagen. Je weiter er sich von Beverly Hills entfernte, umso ungepflegter wurde die Stadt. In Skid Row war es am schlimmsten. Ryan fragte sich, warum es in diesem Teil der Stadt so aussah, schließlich zahlten die Menschen Steuern. Außerdem trug die Stadtverwaltung eine Verantwortung. Er versuchte, die zunehmende Verwahrlosung und das Elend zu ignorieren, doch die Zelte am Wegrand wurden immer mehr und drängten sich mit aller Macht in sein Blickfeld.

»Wo ist deine Mutter genau?« Er wollte nicht fragen, in welchem Zelt sie wohnte, das erschien ihm wie Hohn.

»Eigentlich ist sie immer in der San Pedro Street.« Hope wirkte angespannt. Sie sah ihn nicht an, während sie sprach, starrte stattdessen aus dem Fenster, als würde sie nach jemandem Ausschau halten, doch Ryan glaubte, dass sie sich schämte. »Vor einem halben Jahr hab ich ihr ein Prepaid Handy geschenkt, damit ich sie erreichen kann, aber sie vergisst immer, es aufzuladen.«

»Wo habt ihr vorher gewohnt?«

»Wir hatten eine Sozialwohnung in der Alameda Street. Meine Mutter hatte einen Teilzeitjob in einem kleinen Laden nur ein paar Häuser weiter.«

Ryan erinnerte sich. Vor einem Jahr hatte er das Gebäude gekauft, um es in Büros umzuwandeln. Es war ein Drecksloch gewesen. Trotzdem hatte es große Proteste gegeben, die er wie üblich ignorierte. Es war Aufgabe der Stadt, die Leute irgendwohin umzusiedeln. Und wenn das nicht passierte, mussten sie eben woanders hinziehen. Wohnungen gab es genug. Bloß nicht direkt in L.A.

»Wir bekamen keine neue Wohnung«, sagte Hope, als hätte sie seine Gedanken gehört. »Entweder waren sie zu teuer oder außerhalb. Wir kamen bei einem ihrer alten Freunde unter, einem alkoholsüchtigen Crackdealer. Meine Mom musste mit dem Bus zur Arbeit. Jeden Tag verbrachte sie zwei Stunden im Bus. Bei dem Typ nahm sie zum ersten Mal Crack. Sie verlor ihren Job, stürzte ab, und weil sie Crack von ihm klaute und das Zimmer nicht mehr bezahlen konnte, warf das Arschloch sie raus.«

Ryans Magen krampfte sich zusammen. Solche Geschichten zu hören, war ihm unangenehm, weil er nicht wusste, wie er darauf reagieren sollte. Allem Anschein nach war Hopes Leben kein Rosengarten gewesen. »Was war mit dir?«

Sie schnaubte. »Ich durfte bleiben.«

Zum ersten Mal sah Ryan die Auswirkungen seiner Entscheidungen. Ihm würde der Deal drei Millionen Dollar einbringen. Hope hatte alles verloren. Trotzdem war es nicht seine Schuld. Er hatte getan, was man als erfolgreicher Geschäftsmann eben tat.

»Warum hat deine Mutter sich überhaupt dazu verleiten lassen, Drogen zu nehmen?«

Hope sah ihn giftig an. »Sie war sowieso schon Alkoholikerin, dazu arm und ohne Zukunft. Der Typ hat sie erst geknallt und ihr dann sein Zeug angepriesen. Sie konnte nicht widerstehen.«

»Okay. Sie hat ihre Wohnung verloren, weil ich das Haus gekauft habe. Mit allem anderen habe ich nichts zu tun. Weder mit ihrer Drogensucht noch mit dem Jobverlust«, sagte Ryan. Auch wenn es vielleicht unsensibel klang, aber Hope musste lernen, die Schuld nicht immer bei anderen zu suchen. Sie war stark. Und sie hatte jede Menge Energie, vor allem, wenn sie wütend war. Warum nutzte sie diese Energie nicht für Dinge, die sie weiterbrachten, anstatt ihre Wut auf Menschen zu konzentrieren, die mehr besaßen als sie? Ihr Fokus lag komplett falsch.

»Aber du hast eine Kettenreaktion in Gang gesetzt«, gab Hope zurück und deutete nach vorn. »Bieg da hinten links ab.«

Ryan bog in die San Pedro Street, wo noch mehr Zelte standen als in den anderen Straßen. »Zu jedem deiner Argumente habe ich doppelt so viele Gegenargumente. Aber vielleicht änderst du deine Meinung, wenn du siehst, was in deinem Leben möglich ist«, sagte er.

Sie verzog den Mund. »Vielleicht änderst du ja deine Meinung, wenn du siehst, wie das Leben außerhalb deiner rosaroten Geldblase wirklich ist.«

»Mein Leben ist nicht so leicht, wie du es dir vorstellst«, gab Ryan zurück.

Hope lachte abfällig. »Ich bitte dich. Was ich bisher gesehen habe, ist wie eine Seifenoper. Du lässt Hairstylisten und Fitnesstrainer kommen, lässt dich mit Klamotten beliefern und dir alles vor den Arsch tragen. Schau dich doch mal um. Siehst du nicht, was hier abgeht?«

Ryan drosselte das Tempo und ließ den Anblick auf sich wirken. Die Gegend war eine Katastrophe. Am Straßenrand lag Müll - angebissenes Obst, leere Essensverpackungen, alte Zeitungen, zwischendrin lagen sogar Mülltüten. Die Häuserwände waren mit Graffiti beschmiert, der Putz blätterte ab. Und überall standen Zelte. So viele Zelte wie Häuser, als wäre dieser Ort ein riesiger, vermüllter Campingplatz. Menschen lungerten auf dem Gehweg herum wie auf einer Veranda. Wer kein Zelt besaß, lebte in zusammengeklebten Pappkartons, die eine Art Hütte bildeten. Am Straßenrand parkte ein alter Wohnwagen, auf dem Dach saß ein Mann und rauchte. Neben ihm hockte ein struppiger Hund. Der Anblick war so absurd, dass Ryan einen Moment lang nicht auf die Straße achtete und beinahe einen Mann umgefahren hätte, der mitten auf der Straße lief.

»Achtung«, brüllte Hope.

»Scheiße.« Im letzten Moment riss Ryan das Lenkrad herum. »Was hat der Kerl für ein Problem?«

»Der ist total zugedröhnt«, gab Hope zurück. »Fahr langsam. Da hinten ist die Bank.«

»Die Bank?«, fragte Ryan verwirrt.

»Der Stammplatz meiner Mom. Ihr Zelt steht neben einer Parkbank.«

Er entdeckte die Parkbank am Bordstein. Eine Frau saß darauf und starrte mit hängendem Kopf auf die Straße. Ihre Jeans war mindestens zwei Nummern zu groß, das hellgraue Sweatshirt schlackerte um ihren knochigen Oberkörper. Ihre dunkelblonden Haare waren stumpf und wirkten ungekämmt.

»Halt an. Das ist meine Mom«, sagte Hope.

Ryan schluckte. Liebe Güte. Das war also Hopes Mutter. »Soll ich mitkommen?«

»Nein. Lieber nicht. Sie mag keine Fremden. Außerdem weiß ich nicht, ob die Leute hier nicht deinen Wagen klauen würden.«

»Ich bin nur drei Meter entfernt«, gab Ryan zurück.

»Na und?« Hope hob spöttisch die Augenbrauen. »Bleib einfach hier. Ich weiß schon, was ich tue.«

Sie stieg aus. Ryan hatte keine Angst. Er hatte eine Waffe im Handschuhfach und wusste sich zu wehren, trotzdem verriegelte er die Türen. Er musste den Ärger ja nicht heraufprovozieren. Die Menschen auf den Gehwegen starrten seinen Wagen an wie ein Ufo. Der Volvo SUV fiel auf. Er blickte in den Rückspiegel. Der Mann auf dem Wohnwagen hatte sich hingestellt und starrte ihn feindselig an. Ryan war ein Eindringling. Er erinnerte diese Menschen daran, dass es irgendwo ein anderes Leben gab, eines, dass sie nie erreichen würden.

Ryans Blick schwenkte zu Hope. Sie trug eine neue Jeans und eine hellgelbe Bluse. Dazu flache Ballerinas. Ihre langes Haar glänzte in der Sonne. Die neue Frisur und die neuen Kleider standen ihr gut. Ryans Blick heftete sich auf ihren Hintern. Sie war sexy, hatte diese natürliche Grazie und einen Hüftschwung, den man nicht lernen konnte. Entweder hatte man ihn von Natur aus oder eben nicht. Bereits jetzt passte sie nicht mehr zu diesem Ort. Sie sah aus wie eine Perle inmitten von Unrat.

Vor ihrer Mutter ging sie in die Hocke, legte ihre Hände auf die Beine Frau und schaute zu ihr auf.

Ryan betrachtete ihr Profil. Die sanft gerundete Nase, die vollen Lippen, der elegante Hals. Sie war perfekt. Coleman würde ihr zu Füßen liegen. Wenn Hope hart an sich arbeitete, ihre Ausdrucksweise und ihr Auftreten verbesserte, könnte sie so ziemlich jeden Mann für sich gewinnen. Er fand sie jetzt schon sexy. Wie würde es erst sein, wenn seine Bemühungen Früchte trugen?

Hopes Mutter wirkte verwirrt und abwesend. Hope umklammerte ihre Handgelenke und redete auf sie ein. Dann versuchte sie, ihre Mutter auf die Beine zu ziehen. Ryan stieß den Atem aus. Hoffentlich würde die Frau nicht seine Ledersitze beschmutzen oder hysterisch werden und sich übergeben. Drogensüchtige waren unberechenbar. Er hätte jemanden schicken sollen, um die Frau abzuholen. Sein Fehler.

Als jemand gegen seine Scheibe klopfte, zuckte er erschrocken zusammen. Er hatte sich so sehr auf Hope konzentriert, dass er einen Moment lang vergessen hatte, wo er sich befand. Neben dem Wagen stand ein schmutziger Mann. Seine Augen waren trüb, die Haut bleich und er hatte dicke, rote Pusteln im Gesicht. Es sah ekelhaft aus.

Ryan ließ die Scheibe einen Spalt runter. »Was willst du?«

»Hast du mal nen Dollar für mich?«

»Nein.«

»Ey Mann, komm schon. Ich hab seit zwei Tagen nichts gegessen.« Der Mann schob seine Finger durch den schmalen Spalt. »Nur ein' Dollar?«

Hope kroch gerade in ein Zelt und zog zwei Plastiktüten heraus. Der Mann klopfte erneut gegen die Scheibe, fester diesmal. »Komm schon, Mann. Du hast Kohle. Was ist schon ein Dollar?«

Er versuchte sich an einem Grinsen. Seine Zähne waren ein Trümmerfeld. Angewidert starrte Ryan ihn an. Er musste den Kerl loswerden. Fluchend zog er seine Geldbörse aus dem Jackett, holte einen zwanzig Dollar Schein heraus und schob ihn durch den Fensterschlitz. »Hier nimm und verschwinde.«

Der Mann schnappte das Geld, verzog verächtlich das Gesicht und trollte sich. Hope rollte derweil einen Schlafsack zusammen und klemmte ihn unter ihren Arm, dann nahm sie die Plastiktüten, hakte sich bei ihrer Mutter unter und führte sie zum Auto. Ryan entriegelte die Türen. Hope schob ihre Mutter auf den Rücksitz und stieg dann selber ein. Ryan beobachtete sie durch den Rückspiegel hindurch. In was war er da bloß hineingeraten?

Sobald die beiden Frauen saßen, startete er den Wagen und drehte die Klimaanlage auf, denn der Geruch, den Hopes Mutter verströmte, war alles andere als erfrischend. Ihre Kleidung roch muffig und ihre Alkoholfahne verpestete die gesamte Luft. Sie beäugte Ryan.

»Wer is der Kerl?« Ihre Stimme klang rau und sie sprach undeutlich.

»Das ist Ryan«, sagte Hope. »Er hat den Therapieplatz für dich besorgt.«

»Ich will da nich hin.«

»Wir haben doch darüber gesprochen. Du kannst nicht ewig auf der Straße leben. Es wird Zeit, dass du dein Leben wieder in den Griff bekommst.«

»Is das dein neuer Freund?«

Ryan schaute in den Rückspiegel. Er war gespannt, was Hope antworten würde.

»Er ist ... ein Freund«, gab sie vage zurück.

»Sieht ganz gut aus«, befand ihre Mutter.

»Danke«, sagte Ryan.

Hope warf ihm einen warnenden Blick zu. Offenbar wollte sie nicht, dass er mit ihrer Mutter redete.

* * *

Die Entzugsklinik »The Hills« lag auf dem Mullholland Drive und verfügte über ein spezielles Meth-Rehabilitations-Programm, in dessen Fokus psychologische Betreuung, Entgiftung und die Vorbereitung auf das Leben nach dem Entzug standen. Ryan hatte sich informiert. Wenn er schon eine teure Therapie bezahlen musste, dann sollte sie auch was bringen. Er hoffte nur, dass sich der ganze Aufwand lohnte. Wenn Hope doch nicht so taff war, wie er hoffte oder es nicht schaffte, Coleman für sich zu gewinnen, müsste er einen anderen Racheplan ersinnen. Darauf hatte er keine Lust.

Hopes Mutter wollte nicht aussteigen. »Ich kenn das nich«, sagte sie mit Panik im Blick. »Wo bringt ihr mich hin?«

Hope redete ihr gut zu, erklärte ihr, wie schön dieser Ort sei und dass sich alle um sie kümmern würden, doch sie wollte partout nicht aussteigen, also stieg Ryan aus und gab der Empfangsdame Bescheid, dass die neue Patientin angekommen sei. Daraufhin eilten zwei Pfleger und eine Ärztin herbei und halfen Hope dabei, ihre Mutter zu beruhigen.

Ungeduldig sah Ryan auf seine Uhr. In einer Stunde wollte er sich mit Ella treffen, doch wenn sich die Sache noch länger hinzog, würde das nicht klappen. Die Aufnahme von Hopes Mutter würde noch eine Weile dauern und anschließend wollte sie ein paar Sachen aus ihrer alten Wohnung holen. Das nervte ihn. Ungeduldig wartete er, bis Hope, ihre Mutter und die Mitarbeiter im Gebäude verschwunden waren, und schrieb dann eine Nachricht an Ella.

Muss leider absagen. Es ist etwas dazwischen gekommen.

Die Antwort ließ nicht lange auf sich warten.

Schade. Wie wäre es mit morgen? Wir könnten essen gehen.

Er wollte Sex und keine Verabredung zum Essen. Ella wusste das genau.

Ich melde mich bei dir.

Mit der knappen Antwort dürfte er seinen Standpunkt klargemacht haben. Mehr als unverbindlichen Sex würde Ella nie von ihm bekommen. Er tippte ein paar geschäftliche Nachrichten, dann kam Hope zurück. Wortlos stieg sie in den Wagen.

»Ist alles in Ordnung?«, fragte Ryan.

Sie nickte, drehte aber den Kopf weg und starrte aus dem Fenster. Offenbar wollte sie nicht reden. Ryan startete den Wagen und fuhr los.

Fünfzehn Minuten später parkte er in der Union Street. Er hatte sich gedacht, dass Hopes Zuhause nicht gerade bei Schöner wohnen erwähnt werden würde, doch das heruntergekommene Haus und die zwielichtigen Typen, die auf der Straße herumlungerten, wirkten komplett abschreckend. In der Nähe fuhr laut dröhnend ein Güterzug vorbei. »*Hier* wohnst du?«, fragte Ryan fassungslos.

Verstohlen wischte Hope sich über die Nase. »Was dagegen?«

»Nein.« An diesem Ort würde er es keine Stunde aushalten. »Soll ich mit reinkommen?«

Sie schnaubte abfällig. »Klar, wenn du deine Uhr und deine Brieftasche loswerden willst, dann komm mit rein.« Sie öffnete die Wagentür und deutete auf das Nachbargrundstück. »Siehst du die Typen da?«

Ryan nickte. Die Kerle waren schwer zu übersehen.

»Die haben bestimmt schon ein Auge auf deinen Wagen geworfen. Also verriegel die Türen.«

Ausnahmsweise musste er Hope recht geben. Was hatte er sich bloß dabei gedacht, sich jemanden wie sie ins Haus zu holen? Wahrscheinlich würde sie sich an Coleman ranmachen und dann einfach die Seiten wechseln, um so viel Profit wie möglich aus der Situation zu schlagen.

Sein Leben war öde.

Das wurde ihm plötzlich bewusst. Er war reich, war es im Grunde schon immer gewesen, und so sehr ihn die Auseinandersetzung mit Scott Coleman stresste, so sehr genoss er es auch. Wegen dem Mistkerl hatte er fast alles verloren, aber im Grunde war der Verrat nicht überraschend gekommen. Er hatte schnell gemerkt, wie Coleman tickte und dass ihm nicht zu trauen war. Sich anschließend wieder hochzuarbeiten, war aufregend gewesen.

Hope brachte genau dieses Gefühl in sein Leben zurück. Sie war widerspenstig und unberechenbar, er konnte ihr nicht vertrauen. Und genau das mochte er an ihr. Sie war eine Herausforderung.

Ryan sah zu dem Haus, in dem Hope verschwunden war. Die Vorhänge waren zugezogen, alles war still. Eine junge Frau spazierte an seinem Wagen vorbei. Die Typen vom Nachbargrundstück pfiffen ihr hinterher. Ryan rollte mit den Augen. Die Kerle bedienten wirklich jedes Klischee.

Plötzlich wurde die Haustür aufgerissen, Hope kam herausgestürmt. Sie hielt einen Rucksack in der Hand. Ihr folgte ein großer, kräftiger Kerl, der mindestens zwanzig Jahre älter war als sie. Sein krauses Haar war grau, der Bart ungepflegt. Er schnappte Hopes Arm und riss sie zurück. Hope versuchte, sich loszureißen, doch der Kerl packte nur noch fester zu.

Ryan sprang aus dem Wagen und rannte auf die beiden zu. »Hey. Lass sie sofort los!«

Der Mann würdigte ihn keines Blickes, versuchte stattdessen, Hope ins Haus zurückzuzerren.

Hope trat ihm gegen das Schienenbein. »Lass mich los, du Wichser.«

Der Mann holte aus und schlug ihr ins Gesicht. »Halt's Maul. Gib mir die Miete oder ich verkauf dich an einen mexikanischen Zuhälter.«

Ryan sah rot. Wenn er eines hasste, dann war es Gewalt gegen Frauen. Er stürmte auf den Mann zu, schlug mit der Handkante dessen Arm nach unten, sodass er Hope loslassen musste, und verpasste ihm dann einen gezielten Nackenschlag, der den Kerl zu Boden warf. Mit dem Knie hielt er ihn unten und drehte ihm den Arm auf den Rücken. »Du verkaufst hier niemanden, Arschloch.«

Hope hielt sich die Wange und starrte ihn überrascht an. Der Kerl unter ihm keuchte. »Lass mich los, Mann.«

Ryan schnaubte. Sein Griff war überaus schmerzhaft. »Entschuldige dich, dann lass ich dich los.«

Der Kerl stöhnte. »Fick dich.«

»Ist schon gut«, sagte Hope. »Lass uns einfach verschwinden.«

»Erst wenn er sich bei dir entschuldigt.« Ryan drückte fester. Der Kerl hatte Hope geschlagen. Das würde er ihm nicht durchgehen lassen.

»Jetzt mach schon, Dean«, drängte Hope.

»Okay, okay. Fuck.« Dean stieß einen zischenden Laut aus. »Es tut mir leid.«

Ryan bohrte sein Knie in Deans Rücken. »*Was* tut dir leid?«

»Dass ich Hope geschlagen habe. Ah verdammt. Du brichst mir den Arm.«

Hope sah sich hektisch um. »Ryan. Wir müssen verschwinden.«

Mit einem abfälligen Schnauben ließ Ryan den Mann los. Hope griff nach seinem Arm und zog ihn zum Wagen. Die Männer vom Nachbargrundstück standen mit vor der Brust gekreuzten Armen auf dem Gehweg.

»Yo Hope. Wer ist das Weißbrot?«, fragte der Kerl mit dem Bandana.

»Mach den Wagen auf«, zischte Hope Ryan zu, dann wandte sie sich an den Typen. »Das ist ein Freund.«

Ryan betätigte die Funkfernbedienung. Hope wirkte nervös, das war nicht gut. Scheinbar war mit den Kerlen nicht zu spaßen. Er würde mit ihnen fertigwerden, jedoch nur, wenn sie keine Schusswaffen trugen. So wie sich das T-Shirt des Bandanatyps vorne am Bauch ausbeulte, trug er ganz bestimmt eine Waffe.

»Ich dachte, du fickst nicht für Kohle«, sagte Bandanatyp.

»Jeder hat seinen Preis«, gab Hope grinsend zurück.

Ryan riss die Beifahrertür auf und Hope sprang in den Wagen. Aus den Augenwinkeln sah er, wie Dean sich aufrichtete und mit schmerzverzerrtem Gesicht seinen Arm hielt. Der würde noch eine Weile weh tun, wie Ryan aus eigener Erfahrung wusste.

»Freut mich, dass du vernünftig wirst«, rief Bandantyp und warf seinen Kumpels vielsagende Blicke zu. »Dann kannst du ja bald für mich arbeiten.« Seine Kumpels lachten dreckig.

Ryan eilte um den Wagen herum und stieg ebenfalls ein.

»Fahr los!«, befahl Hope.

Er startete den Wagen und trat aufs Gaspedal. »Warum hast du es so eilig?«

»Ich kenne Carlos und seine Gang. Mit denen ist nicht zu spaßen.«

»Ich kann mich wehren«, gab Ryan zurück.

Sie sah ihn an und verzog den Mund. »Das hab ich gesehen, aber das schützt dich nicht vor einer Kugel.«

Ryan fuhr schneller als er sollte, Adrenalin rauschte durch seine Adern. Er fühlte sich hellwach und lebendig. »Warum hast du so getan, als würdest du dich prostituieren?«

Sie verdrehte die Augen. »Was hätte ich denn sonst sagen sollen? Dass du mich erpresst? Dann wärst du nicht mehr lebend dort weggekommen.«

»Okay. Dann muss ich mich wohl bei dir für die Rettung bedanken.«

Sie lachte schnaubend auf. »Ich würde ja sagen, wir sind quitt, aber da du wegen mir dorthin gefahren bist, steht es immer noch unentschieden.«

»Es steht nicht unentschieden, sondern eins zu null für mich«, gab Ryan schmunzelnd zurück. »Ich hab dich nämlich vor diesem Dean gerettet.«

»Erbsenzähler.« Sie strich über ihre Wange, klappte den Spiegel runter und betrachtete sich. »Dieses verdammte Arschloch. Ich bin froh, dort weg zu sein.«

»Tut es sehr weh?«, fragte Ryan.

Sie drehte ihren Kopf zur Seite und betastete die Haut. »Es geht. Ist ein bisschen geschwollen. Ich hoffe es wird kein blauer Fleck.«

»Willst du zu einem Arzt?«

Sie schnaubte und sah ihn verächtlich an. »Wenn ich wegen jedem Scheiß zum Arzt rennen würde, hätte ich keine Zeit mehr für irgendwas anderes.«

Ryan stieß einen Seufzer aus. Hope war wirklich ein Sturkopf. »Na gut, dann seh ich mir das an, sobald wir zuhause sind.«

»Wenn's sein muss.« Sie klappte den Spiegel hoch und lehnte sich mit vor der Brust verschränkten Armen zurück. Ihre Laune war unterirdisch, trotzdem musste Ryan grinsen.

* * *

HOPE

HOPE FÜHLTE SICH UNWOHL. Sie saß auf ihrem Bett und Ryan tupfte vorsichtig ihre geschwollene Wange ab. Es gefiel ihr nicht, dass er sich um sie kümmerte. Noch weniger gefiel ihr, wie nahe er ihr dafür kommen musste. Er sah gut aus und roch lecker, nach einem teuren Aftershave und nach Mann, aber anders, als die Kerle, die sie kannte. Besser. In Ryan Parker steckte mehr, als sie vermutet hatte. Vor allem war er nicht bloß ein verweichlichter Schlipsträger. Er war ziemlich taff.

»Wo hast du so zu kämpfen gelernt?«, fragte sie, hauptsächlich um das unangenehme Schweigen zu durchbrechen.

»Ich bin ein Karatemeister«, sagte er so beiläufig, dass es bloß ein Scherz sein konnte.

Hope lachte auf. »Ja klar, mal im Ernst. Wie hast du das gemacht? Dean ist ein Tier, den haut so schnell nichts um.«

Ryan sah auf, sein Gesicht war nur wenige Zentimeter von ihrem entfernt. Sein intensiver Blick suchte ihren. »Im Ernst. Ich kann Karate und bin sogar ziemlich gut darin.«

Hope schluckte nervös. Sie schaffte es nicht, wegzusehen oder ihm einen dummen Spruch reinzudrücken. »Wow. Cool«, war alles, was sie hervorbrachte.

Er löste sich von ihrem Blick, nahm eine Salbe aus dem Verbandskasten und schraubte den Verschluss auf.

»Ich bin beeindruckt. Ehrlich.« Sie sagte das mit einem spöttischen Unterton, doch sie meinte es ernst. Karatemeister. Das war etwas Besonderes und ganz sicher das Letzte, was sie hinter Ryan vermutet hätte. »Du bist also nicht bloß ein reicher Schönling.«

Schmunzelnd drückte Ryan einen Klecks Heilsalbe auf seinen Zeigefinger und verteilte sie vorsichtig auf Hopes Wange. »Reicher Schönling hm? Du findest mich also attraktiv?«

Mist. Warum musste er auf diese Bemerkung anspringen? »Naja. Es geht. Objektiv betrachtet könnten dich manche Frauen attraktiv finden. Ich gehöre natürlich nicht dazu. Also bild dir bloß nichts ein.«

Sein Schmunzeln wurde breiter. Seine Augen blitzten schelmisch »Ich muss mir nichts einbilden, schließlich habe ich einen Spiegel und weiß, wie gut ich aussehe.«

»Hör auf, mir wird schlecht«, sagte Hope, doch sie musste grinsen. Das jagte einen Schmerz durch ihre Wange. »Au.«

Ryan zuckte zurück. »Tut mir leid. Hab ich dir wehgetan?«

»Nein. Du hast mich zum Lachen gebracht. Keine gute Idee.«

»Willst du eine Schmerztablette?« Er wirkte besorgt.

»Nein danke. Wie heißt es so schön: keine Macht den Drogen.«

Lachend klappte Ryan den Verbandskasten zu und stellte ihn auf die Nachtkommode. »Weißt du was? Ich finde, wir haben uns eine Ablenkung verdient. Ich mixe uns einen Drink und warte unten am Pool auf dich.«

Fragend hob Hope die Augenbrauen. »Du lässt mich Alkohol trinken? Was würde Carl dazu sagen? Das bringt seinen kompletten Ernährungsplan durcheinander.«

Ryan winkte ab. »Seit wann bist du hier der Moralapostel? Du bist fit genug, um das wegzustecken und erwachsen genug, um legal meine Minibar plündern zu dürfen, also was soll's?«

»Na gut.« Sie stand auf und schob ihn zur Seite. »Aber zuerst muss ich duschen.«

* * *

Hope betrat die Terrasse. Sie hatte sich ein schlichtes hellgelbes Kleid und Zehensandalen angezogen. Ihre Haare waren noch feucht, deshalb hatte sie sie offengelassen, später würde sie die Locken zu einem Knoten im Nacken zusammenfassen. Ryan saß auf einer Liege vor dem Pool und blickte über die Stadt. Neben ihm, auf einem Beistelltisch, standen ein Tablett mit kleinen, randlosen Sandwiches, eine gefüllte Karaffe und zwei langstielige Gläser.

»Hi«, sagte Hope. Sie fühlte sich ein wenig beklommen. Vorhin hatte sie Ryans Vorschlag für eine gute Idee gehalten, doch nun war sie sich nicht mehr so sicher.

Ryan blickte über die Schulter. »Hey. Da bist du ja endlich.« Er deutete auf die freie Liege an seiner Seite. »Komm setz dich. Ich hoffe, du magst Margaritas.«

»Ich trinke alles.« Hope klappte die Rückenlehne hoch und nahm Platz. Ryan füllte die Gläser und reichte ihr eines.

»Danke.« Scheinbar hatte er sich ebenfalls geduscht, denn seine Haare waren feucht und er trug eine bequeme Stoffhose und ein locker fallendes, weißes Hemd. Er wirkte frisch und sauber wie ein neuer Penny. Hope stellte sich vor, wie es wäre, wenn er nicht Ryan Parker, sondern ein Fremder wäre. Würde sie ihn mögen? Er war ein reicher Snob, aber auch ziemlich anziehend. Dieser Gedanke gefiel ihr nicht.

Sie trank einen Schluck und deutete auf die nächtliche Stadt. »Tolle Aussicht.«

»Finde ich auch. Das ist einer der Gründe, warum ich das Haus gekauft habe. Wenn man bis an den Rand des Pools schwimmt, hat man das Gefühl, über der Stadt zu schweben.«

Hope betrachtete den Pool. Die Lichter glitzerten im Wasser und spiegelten sich an den beleuchteten Wänden. Ein Summen lag in der Luft, die Geräusche einer fernen Stadt, ansonsten war es überraschend still, fast schon friedlich. In den Wohnungen, in denen sie zuvor gelebt hatte, war es immer laut gewesen. Tag und Nacht Autos, laute Musik, Stimmen und Geschrei.

Sie trank einen weiteren Schluck. Der Margarita schmeckte lecker. »Ich war noch gar nicht im Pool«, stellte sie fest. »Das muss ich unbedingt nachholen.«

»Unbedingt«, gab Ryan zurück. Er lächelte sie von der Seite an, und obwohl Hope seinen Blick nicht erwiderte, schaute er nicht weg.

Nervös leerte sie das Glas und schenkte sich nach. »Hoffentlich geht es meiner Mom gut. Die Klinik schien ziemlich schick zu sein.«

»Deine Mutter ist in guten Händen«, sagte Ryan. »The Hills gehört zu den besten Entzugskliniken des Landes. Hollywoodstars gehen dort ein und aus.«

Hope winkte schnaubend ab. »Wenn es sich nicht um Denzel Washington handelt, ist meiner Mom das ziemlich egal, glaube ich.«

Ryan hob spöttisch die Augenbrauen. »Denzel Washington? Der Mann ist alt.«

»Ja jetzt vielleicht. Aber als meine Mom jung war, war er ein Sexsymbol. Er und Mel Gibson, auf die beiden stand sie total.«

»Hm.« Ryan rieb sich über das Kinn. »Um Mel Gibson in der Klinik zu begegnen, stehen die Chancen gar nicht schlecht, bei Denzel Washington sehe ich allerdings schwarz. Der Mann ist ein Heiliger.«

Sie sahen einander an und begannen, gleichzeitig zu lachen. Hopes Wange dankte ihr den Heiterkeitsausbruch mit einem dumpfen Pochen, doch der Alkohol betäubte den Schmerz. Der Abend war angenehm und sehr entspannt, und weil das in ihrem Fall immer verdächtig war, wurde sie misstrauisch. Plötzlich dachte sie an den Preis, den sie für das alles zahlen musste. Für den Entzug ihrer Mutter, ihren Aufenthalt in diesem Haus und für die Wohnung.

»Was genau muss ich eigentlich mit dem Typen anstellen?«, fragte sie.

Schlagartig wurde Ryan wieder ernst. »Das habe ich dir doch erklärt. Du sollst ihn umgarnen. Der Mann gibt sich konservativ und richtet einmal im Jahr eine Spendengala für die Republikaner aus. Wenn er dort mit jemandem wie dir aufkreuzt, schadet das seinem Ruf enorm.«

»Ich soll also dafür sorgen, dass er mich mit zu dieser Spendengala nimmt?«

»Genau«, bestätigte Ryan.

Hope musterte ihn. Das war noch nicht alles. Er verheimlichte ihr was. »Was noch?«

Er zögerte, ließ seinen Blick über die Lichter der Stadt schweifen. »Ich brauche Informationen«, gab er schließlich zu. »Scott schmiert die Politiker, davon bin ich überzeugt, doch ich habe keine Beweise. Außerdem sind seine Geschäftspraktiken nicht ganz legal. Das Geld, das er mit diesen illegalen Aktivitäten einnimmt, muss er irgendwie in den legalen Wirtschaftskreislauf einschleusen.«

Hope kniff die Augen zusammen. »Also Geldwäsche.«

»Ja.« Ryan sah sie ernst an. »Du sollst Beweise finden. Aber dafür musst du nahe genug an ihn rankommen und das wiederum bedeutet, dass du mehr sein musst als ein Flirt oder ein One-Night-Stand. Du musst ihm komplett den Kopf verdrehen.«

Aus irgendeinem Grund fühlte Hope sich verletzt. »Ich bin keine Nutte, das hab ich dir gesagt. Sex kommt nicht infrage.«

»Ich weiß.« Ryan seufzte. »Aber vielleicht gefällt er dir ja.«

Hope verzog den Mund. »Wenn er mir gefällt, werde ich ihn sicher nicht ausspionieren. Also solltest du lieber hoffen, dass ich ihn scheiße finde.«

Er lehnte sich zurück und trank. »Es wird nicht einfach werden«, stellte er fest.

»Sieht so aus«, stimmte Hope zu und lehnte sich ebenfalls zurück. Sie hatte keine Angst davor, sich an diesen Coleman ranzumachen. Geschäftsmänner abzulenken, um an ihre Brieftasche zu kommen, war eine ihrer leichtesten Übungen, das hatte sie auf der Straße perfektioniert. Doch jemanden Stunden oder sogar tagelang anzuhimmeln, auch wenn sie ihn scheiße fand, würde ihr alles abverlangen. Um das durchzustehen, würde sie an die versprochene Wohnung und an den Drogenentzug ihrer Mom denken müssen.

Sie füllte ihr Cocktailglas ein weiteres Mal und blickte nachdenklich über L.A. Ihre Zukunft und die ihrer Mom hing davon ab, ob es ihr gelang, Scott Coleman für sich zu begeistern.

* * *

RYAN

RYAN BEOBACHTETE HOPE amüsiert. Sie schüttete die Margaritas in sich hinein als wäre es Limo. Zwischendurch aß sie ein Sandwich, was zumindest dafür sorgte, dass sie nicht gleich komplett betrunken war, aber wenn sie so weitertrank, würde sie demnächst auf dem Liegestuhl einschlafen.

Er atmete tief durch. Der Tag war anstrengend und auf eine unnatürliche Art erregend gewesen. Er fühlte sich stark und genoss sein privilegiertes Leben wieder viel mehr als zuvor. Dummerweise wirkte sich dieses Hochgefühl auch auf seine Libido aus. Er hatte Lust auf Sex.

Während er an seinem Margarita nippte und Hope mit ihrem Smartphone Scott Coleman googelte, betrachtete er sie. Ihre Locken waren getrocknet und gaben ihren Haaren eine Weichheit und Fülle, in die er gerne seine Hände vergraben würde. Sie hatte das Beste von ihren Eltern mitbekommen. Eine glatte Haut, die um ein paar Nuancen dunkler war als seine, die vollen Lippen und eine gerade Nase, die nur an der Spitze etwas breiter und runder wurde. Doch das Faszinierendste an ihr war ihr sinnlicher Blick. Die dunklen Augen, schwarz bei Nacht. Im Sonnenlicht waren sie wie funkelnde Kastanien. Sie war hitzköpfig und ungestüm und er fragte sich, ob sich dieses Temperament auch auf ihre Performance im Bett auswirkte. Er sollte nicht an sowas denken. Sie war kriminell, ungebildet und nicht gesellschaftsfähig, doch ihr Anblick machte ihn gerade so scharf, dass er sie am liebsten auf sich ziehen und ficken würde. Er wollte sie zähmen wie eine wilde Stute.

Sie saß im Schneidersitz, deshalb war ihr Kleid hochgerutscht und gab den Blick auf ihre Knie und Schenkel frei. Ryan konnte nicht anders, als auf ihre Beine zu starren. Er stellte sich vor, wie er den Stoff langsam höher schob. Wie er über ihre weiche Haut strich bis zu ihrem Slip. Die Vorstellung ließ ihn hart werden. Er winkelte sein Bein an, damit sie es nicht bemerkte.

Wie auf Kommando schaute Hope auf. »Beobachtest du mich?«

Ryan beschloss, einen Flirtversuch zu wagen. »Ja. Hast du was dagegen?«

Sie versteifte sich und ging sofort in die Defensive. »Allerdings. Ich hasse es, angeglotzt zu werden.«

Ryan stieß einen Seufzer aus. Was hatte er sich auch eingebildet? Hope war kein naives Dummchen, so leicht würde sie sich nicht rumkriegen lassen. Wahrscheinlich war es besser so. Sex würde die Sache verkomplizieren. Er durfte sich nicht aus einer Laune heraus zu etwas hinreißen lassen, was er später bereute. Wenn er Sex wollte, konnte er zu Ella gehen oder in eine Bar. Eine Frau aufzureißen war leicht, es mangelte ihm nur an Zeit für derartige Unternehmungen.

»Tut mir leid, ich wollte dich nicht verunsichern«, sagte er.

Das ließ Hope nicht auf sich sitzen. »Du verunsicherst mich nicht, aber wenn du unbedingt jemanden anstarren willst, dann geh ins Bad und schau in den Spiegel.«

»Das würde ich, wenn ich deine Beine und Brüste hätte.« Wenn er sie schon nicht rumbekam, wollte er sie wenigstens ein wenig foppen.

Sie runzelte die Stirn. »Soll das etwa eine Anmache sein?«

Er zuckte mit den Schultern. »Vielleicht. Würde dir das gefallen?«

»Bäh. Nein.« Angewidert verzog sie das Gesicht. »Selbst wenn du der letzte Mann auf der Erde wärest, würde ich nicht mit dir ins Bett gehen.«

»Aber vorhin sagtest du, dass du mich attraktiv findest.«

»Anscheinend hörst du nur, was du hören willst. Ich sagte, *andere* Frauen könnten dich attraktiv finden. Für mich bist du höchstens mittelmäßig und das auch nur, weil du meiner Mom geholfen hast. Vorher warst du abgrundtief hässlich.« Sie schnappte ihr Glas und leerte es.

Ryan musste schmunzeln. Die Wortgefechte mit ihr waren ein echter Genuss. Er liebte es, wenn sie sich aufregte und er liebte ihre Schlagfertigkeit. Hope war klug. Sie erkannte Zusammenhänge und reagierte blitzschnell. »Also werde ich für dich schöner, wenn ich etwas Gutes tue? Das bedeutet dann wohl, dass du mich eines Tages vielleicht doch wollen könntest, auch wenn ich nicht der letzte Mann auf der Erde bin.«

»Du hältst dich wohl für sehr schlau, wenn du mir jedes Mal die Worte im Mund herumdrehst?«

Ryan tat überrascht. »Tue ich das? Ich merke mir bloß, was du sagst und reagiere darauf.«

»Du versuchst, mich zu verunsichern und zu manipulieren. Spar dir die Mühe. Ich bin kein Idiot«, sagte sie verächtlich.

»Das freut mich.«

»Ach wirklich?«

»Ja. Scott Coleman verachtet ungebildete Frauen. Außerdem fällst du nicht auf ihn rein, wenn du ihn durchschaust.«

Sie kniff die Augen zusammen. »Hältst du mich für dumm?«

»Das hab ich nicht gesagt.« Sie war ungebildet, aber nicht dumm, doch wenn er versuchen würde, ihr den Unterschied zu erklären, würde sie nur wütend werden.

»Aber es ist so.«

»Hast du denn studiert?«

Sie schüttelte den Kopf. Ihre Miene verdüsterte sich. Scheinbar traf er gerade einen wunden Punkt.

»Hast du wenigstens einen Highschoolabschluss?«

Eigentlich war das bloß eine rhetorische Frage, doch sie machte ein Gesicht, als würde sie ihm am liebsten an die Gurgel gehen. Er hatte wohl genau ins Schwarze getroffen.

Sie reckte das Kinn. »Fast.«

»Also hast du keinen?«, hakte Ryan nach. Es überraschte ihn, dass sie keinen Highschoolabschluss hatte. An was es wohl gescheitert war?

Ihre Wangen röteten sich. »Na und? Es ist bloß ein blöder Wisch. Ich bin trotzdem nicht dumm.«

»Das habe ich nie behauptet.« Selbstgefällig nippte Ryan an seinem Drink. Der Punkt ging definitiv an ihn.

»Aber du behandelst mich so. Wie irgendeine minderbemittelte Pennerin, die du auf der Straße aufgelesen hast.«

Ihr Wortgefecht entwickelte sich zu einem handfesten Streit. »Du wolltest mich umbringen, deine Umgangsformen lassen zu wünschen übrig und zu allem Übel hast du nicht mal einen Highschoolabschluss. Wie soll ich dich deiner Meinung nach denn behandeln?«

Sie stemmte die Arme in die Hüfte und funkelte ihn zornig an. »Oh ich verstehe, aber ficken würdest du mich.«

Ryan grinste breit. »Natürlich würde ich. Du bist sexy und ich bin nur ein Mann. Außerdem braucht man für Sex keinen Highschoolabschluss.«

»Du bist ein richtiges Arschloch, weißt du das?«

»Ich weiß. Das Thema hatten wir bereits.« Oh ja. Er hatte eindeutig die Oberhand. Das gefiel ihm. »Aber darf ich dich daran erinnern, dass ich dich trotz deiner ... Verfehlungen ... nicht der

Polizei ausgeliefert habe, dass ich deine Mutter von der Straße geholt habe *und* für ihren Entzug aufkomme? Für einen Außenstehenden wäre ich damit wohl eher ein Held als ein Arschloch.«

»Für einen Außenstehenden, aber ich weiß, wie du wirklich bist.«

»Weißt du das? Das überrascht mich. Nicht mal meine Mutter weiß, wie ich wirklich bin.« Sie machte ein Gesicht, als würde sie sich gleich auf ihn stürzen. Er wollte keinen echten Streit und beschloss, das Thema zu wechseln. »Warum hast du eigentlich keinen Abschluss gemacht?«

»Familiäre Probleme. Geht dich nichts an.« Sie schwenkte die Beine von der Liege und sah ihn mit purem Trotz im Gesicht an. »Ich bin schlau.«

Fragend hob Ryan eine Augenbraue. »Ach ja?«

»Ja. Besorg mir einen Intelligenztest und ich beweis es dir.«

»Ist das dein Ernst?«

»Oh ja.« Sie nickte und wirkte dabei, als würde sie ein Versprechen geben. »Mein voller Ernst.«

»Na gut.« Er lachte. »Ich besorg dir einen Intelligenztest.« Ihr Vorschlag war eine amüsante Idee. Außerdem interessierte es ihn, wie sie abschneiden würde. Sie war nicht dumm und er hatte das Gefühl, das tatsächlich mehr in ihr stecken könnte, als ihr Verhalten vermuten ließ. Der Intelligenztest würde ihm Aufschluss geben. »Weißt du was? Ich werde dich dabei beobachten, wie du ihn ausfüllst, damit du nicht schummelst.«

Ihr giftiger Blick sprach Bände. »Du bist so ein ...«

»Arschloch, ich weiß«, warf Ryan ein. »Bitte achte auf deine Ausdrucksweise.«

»Entschuldige.« Sie lächelte übertrieben liebenswürdig. »Du bist ein runzliger Anus.«

***

Sie leerten eine weitere Karaffe Margarita. Ryan erfuhr, dass Hopes Vater nicht mehr lebte, dass sie eine Schwester hatte und Cheeseburger liebte, und dass sie als Kind in den

Theateraufführungen immer die Hauptrolle bekommen hatte, weil ihre Lehrerin meinte, sie hätte schauspielerisches Talent. Das stellte sie auch sogleich unter Beweis, indem sie vor dem Pool einen Text von Shakespeare zum Besten gab. Es war weniger die schauspielerische Leistung, die Ryan an ihren Lippen kleben ließ - Hope war angeheitert, deshalb fiel die eher mittelmäßig aus - sondern ihre Ausstrahlung. Sie war wunderschön und sprühte vor Energie.

Ryan fragte sich, was aus ihr hätte werden können, wenn sie bei anderen Eltern aufgewachsen wäre. In einer normalen Mittelstandsfamilie. Bisher war er überzeugt davon gewesen, dass die Verlierer nur Ausreden für ihr Versagen suchten, und deshalb ihre schlechte Kindheit oder Armut vorschoben. Doch vielleicht war an den Argumenten etwas Wahres dran. Hope hatte nie eine Chance bekommen.

Nach der Darbietung schwankte sie plötzlich und musste sich an der Lehne eines Liegestuhls festhalten. »Mann. Ich hab ganz schön einen im Tee«, stellte sie kichernd fest.

Auch Ryan spürte den Alkohol, jedoch nicht so stark. Er hatte nicht halb so viel getrunken wie Hope. »Dann setz dich lieber wieder hin.«

»Geht nich. Ich muss aufs Klo.« Sie stieß sich von der Lehne ab und stapfte ins Innere des Hauses. Ryan schaute ihr nach. Auf dem Weg zur Toilette stieß sie gegen den Beistelltisch und das Sofa und rammte das Sideboard, das an der Ecke zum Flur stand. Eine Bronzeskulptur kippte rumpelnd um. »Tut mir leid«, rief sie und versuchte, die Skulptur wieder aufzurichten.

»Lass sie einfach liegen. Ich mach das«, rief Ryan zurück. Er wollte nicht, dass sie noch etwas kaputtmachte. Im Wohnzimmer standen einige exklusive Stücke herum.

Nachdem Hope um die Ecke verschwunden war, warf Ryan einen Blick auf die Uhr. Es war bereits Mitternacht. Die Stunden waren nur so verflogen. Es passierte selten, dass er die Zeit vergaß, weil er sich amüsierte. Selbst Sex konnte ihn nicht länger als bis zum ersten oder zweiten Höhepunkt fesseln. Er ließ seinen Blick über die Stadt schweifen. Die Lichter waren weniger geworden, doch noch immer strahlte sie genug, um die Nacht zu erhellen. Wie eine Glocke lag das Licht über der Stadt.

Hope kehrte zurück. Sie stolperte auf die Terrasse, stellte sich an den Rand des Pools und stemmte schwankend die Arme in die Hüften. Dunkel zeichnete sich ihre Silhouette vor dem leuchtenden Wasser ab. Der Stoff ihres Kleides war dünn und erlaubte ihm im Gegenlicht einen Blick auf ihre Konturen. Ryans Unterleib kribbelte. Noch ein paar Kilo mehr auf den Rippen und sie wäre heiß wie die Hölle. Bereits jetzt war sie unglaublich sexy. »Willst du dich nicht setzen?«, fragte er.

»Nö.« Sie grinste ihn über die Schulter hinweg an, dann fasste sie ihre Locken zusammen und steckte sie zu einem unordentlichen Knoten auf.

»Was hast du vor?«, wollte er wissen.

»Schwimmen.« Sie fasste über ihre Schultern, zerrte das Kleid hoch und versuchte, den Reißverschluss zu öffnen.

»Hältst du das für eine gute Idee? Du bist betrunken.«

Statt zu antworten, riss sie umständlich den Reißverschluss nach unten und streifte das Kleid ab. Es fiel zu Boden und bauschte sich um ihre Füße. Sie trug einen knappen, weißen Slip mit Spitze, der nur ihren halben Hintern bedeckte, und einen einfachen weißen BH. Bei dem Anblick musste Ryan schlucken. Er stellte sich vor, was er alles mit ihr anstellen und wie er sie dazu bringen könnte, ihr freches Mundwerk zu halten. Die Vorstellung von seinem Schwanz in ihrem himmlischen Mund ließ ihn schon wieder hart werden.

Schwankend versuchte sie, aus dem Kleid zu steigen, dabei verfing sich ihr Fuß in dem Stoff.

»Vorsicht.« Ryan sprang auf und hielt sie an der Taille fest, damit sie nicht stolperte und ins Wasser fiel.

Kichernd trat Hope das Kleid weg. »Willst du mit rein?«

»Ins Wasser? Lieber nicht.«

Sie drehte sich zu ihm um und bohrte ihren Zeigefinger in seine Brust. »Ach komm schon, sei kein Frosch.«

»Das hat nichts damit zu tun. Um ehrlich zu sein, fände ich es besser, wenn du ebenfalls draußen bleiben würdest. Betrunkene sollten nicht schwimmen.« Himmel, er hörte sich an wie eine Spaßbremse. Auf diese Weise würde er sie gewiss nicht rumkriegen.

»Keine Widerrede.« Sie schnappte ihn am Kragen und zog ihn rückwärts Richtung Pool, ihre Füße waren bereits am Rand.

»Hope. Stop. Lass das!« Doch es war zu spät. Sie kippte einfach nach hinten und zog ihn mit sich. Im letzten Augenblick warf Ryan sich herum, damit er nicht auf sie fiel und sie mit seinem Körper unter Wasser drückte, dann versank er im kühlen Nass.

Prustend und lachend kam Hope wieder nach oben, warf sich herum und schwamm an den Rand des Pools. Ryans Kleider zogen ihn nach unten. Schnell zerrte er Schuhe, Hose und Hemd aus, warf die Sachen an den Beckenrand und folgte ihr. Hope schaute über die Stadt.

»Das ist so cool«, sagte sie. »Als könnte ich einfach weiterschwimmen bis Downtown. Ich will auch so einen Pool.« Sie grinste ihn an. »Statt an Coleman sollte ich mich lieber an dich ranmachen, damit du mich für immer hier wohnen lässt.«

Er grinste. »Glaubst du wirklich, du könntest mich dazu bringen, dich dauerhaft um mich haben zu wollen?« Sie war betrunken, Ryan wusste das. Morgen würde sie sich an nichts mehr erinnern oder sich in Grund und Boden schämen und ihn dafür verteufeln, doch verdammt, es fühlte sich einfach zu gut an, mit ihr zu flirten.

Sie rückte näher. Wasser tropfte von ihren Haaren und rann über ihr Gesicht, über ihre sinnlichen Lippen. Ihre Augen waren wie zwei dunkle Teiche, tief und geheimnisvoll. Fasziniert betrachtete er ihr Gesicht.

»Und ob ich dich dazu bringen könnte«, hauchte sie.

Erneut spürte er das Kribbeln in der Lendengegend, noch heftiger als zuvor. Er legte die Hand auf ihre Taille. Ihre Haut war noch warm und unglaublich weich. »Wie denn?«

Ihr Gesicht war nur noch wenige Zentimeter von seinem entfernt. »Stell dir irgendwas vor, egal was. Genau das werde ich tun. Ich bin die Erfüllung deiner feuchten Träume.«

Himmel. Dieses Weib brachte ihn um den Verstand. Er zog sie näher, sodass ihre Körper einander berührten und sie seine Erektion spüren konnte. Sie sollte wissen, was sie mit ihm machte und wie dieses Spiel enden würde, wenn sie nicht aufhörte. Ihre Brüste drückten gegen seinen Brustkorb, die Nippel stachen durch den BH. Sie öffnete die Beine und schlang sie um seine Hüften.

Ein heißer Blitz durchfuhr Ryan. Hope war völlig enthemmt und willig. Zwei Nächte in Folge hatte er sich einen runtergeholt und dabei an sie gedacht. Seine Fantasie könnte endlich Wirklichkeit werden. Ihr Mund war nur Millimeter von seinem entfernt. Sie überwand die Distanz und küsste ihn. Langsam und sinnlich presste sie ihre Lippen auf seine, stieß mit der Zunge gegen seinen Mund, als würde sie um Einlass bitten. Ryans Herz raste. Erregung überschwemmte ihn wie ein stürmisches Meer. Gierig drückte er sie gegen die Fliesen und presste sich an sie, platzierte seine Erektion genau in ihrer Mitte. Das schien ihr zu gefallen, denn sie keuchte auf. Der Kuss wurde wilder und alles verschlingend, genau wie Ryans Lust. Er hatte das Gefühl, noch nie eine Frau so begehrt zu haben wie Hope in diesem Moment. Im letzten vernünftigen Winkel seines Gehirns wunderte er sich darüber. Dieser Winkel warnte ihn. Die Sache würde nicht gut ausgehen.

Doch sein Schwanz wollte nur noch eines: Hope.

Mit beiden Händen umfasste er ihre Brüste, rieb durch den Stoff hindurch über ihre harten Nippel. Sie schlang die Arme um seinen Hals und stöhnte in seinen Mund, war anscheinend genauso erregt wie er. Fest presste er sich gegen ihre Mitte und überlegte, ob er einfach ihren Slip zur Seite schieben und in sie eindringen sollte.

Plötzlich schob sie ihn zurück und stieß sich lachend von ihm ab. »Wenn du mich kriegst, darfst du mit mir machen, was du willst.« Damit warf sie sich herum und schwamm weg.

Ryans Mund verzog sich zu einem breiten Grinsen. Er war ein Wolf und Hope die Beute. Auf das Spielchen ließ er sich gerne ein. Mit kräftigen Schwimmzügen folgte er ihr. Hope warf einen Blick über die Schulter und quietschte auf, als sie merkte, dass er sie einholte. Hektisch paddelte sie zur Leiter. Ryans Jagdtrieb war erwacht. Er würde sie einfangen, ihr die dämliche Unterwäsche vom Körper reißen und all das mit ihr tun, was er sich in den letzten Nächten ausgemalt hatte. Hope stieg auf die Leiter und zog sich aus dem Wasser. Er schnappte nach ihr, doch mit einem Aufschrei brachte sie sich in Sicherheit. Ryan zog sich an der Leiter empor.

»Gib auf«, rief er. »Du kannst mir nicht entkommen.«

Sie drehte sich zu ihm um, zeigte sich ihm in ihrer ganzen Pracht. Lachend wackelte sie mit den Brüsten. Ein Nippel blitzte hervor. »Das werden wir ja sehen.«

Knurrend sprang Ryan aus dem Wasser. Hope warf sich herum und rannte. Ryan hinterher. Sein harter Schwanz drückte gegen seine Shorts. Hope war schnell, aber nicht schnell genug. Sie hatte keine Chance.

Dann passierte es.

Sie schlug einen Haken und versuchte, der Liege auszuweichen, doch ihr Fuß blieb hängen. Sie stolperte und fiel der Länge hin. Ihr Körper klatschte auf die Natursteinfliesen. Erschrocken ging Ryan neben ihr in die Knie. »Hope? Ist alles Okay?«

»Fuck.« Sie drehte sich ächzend auf den Rücken und stemmte sich hoch. Ryan half ihr auf die Beine.

»Kannst du auftreten?« Er war ehrlich besorgt, immerhin hatte sie einen ungebremsten Bauchklatscher hingelegt. Sie hätte sich sämtliche Knochen brechen können.

Hope verlagerte ihr Gewicht und verzog das Gesicht. Dann schaute sie an sich hinab und erschrak, als sie sah, dass ihr BH verrutscht war und ihre Nippel freilagen. Hastig verschränkte sie die Arme vor der Brust. »Es geht schon«, sagte sie.

Sie log. »Blödsinn. Was tut dir weh?«

»Mein Fuß und meine Knie, aber ich kann laufen. Glaube ich zumindest.«

Ryan runzelte die Stirn. Sicher dämpfte der Alkohol ihren Schmerz. Was genau ihr wie sehr wehtat, würde sie wahrscheinlich erst am Morgen bemerken. »Du solltest dich lieber hinlegen.«

Sie nickte bloß und zerrte umständlich ihren BH in Position. Ryan musste sie stützen, denn sie humpelte. Die Stimmung war angespannt, als wäre Hope durch den Sturz plötzlich bewusst geworden, was sie beinahe getan hätten.

»Ich könnte dich hochtragen«, schlug Ryan am Fuß der Wendeltreppe vor.

Sie bedachte ihn mit einem vorwurfsvollen Blick. »Ich bin halb nackt.«

»Das ist nicht meine Schuld«, wehrte Ryan mit einem Augenzwinkern ab. Sie presste die Lippen zusammen und humpelte die erste Stufe hinauf.

In ihrem Zimmer fiel sie auf ihr Bett und zog sofort die Decke über sich. Sie trocknete sich nicht mal ab und tropfte das ganze Bettzeug voll. Ihr Blick huschte über seine Gestalt. Genau wie sie trug er nur seine Unterwäsche, doch im Gegensatz zu ihr, machte ihm das nichts aus.

»Soll ich mir den Fuß mal ansehen?«, bot er an.

»Nein.« Sie zog sofort das Bein an, als wollte sie verhindern, dass er es einfach schnappte. »Ich will, dass du gehst.« Ihre Stimmung war komplett gekippt. Sie wirkte regelrecht geschockt.

»Hör mal, sowas kann passieren«, versuchte er sie zu beschwichtigen. »Wir haben zu viel getrunken und ...«

»Ich will nicht darüber reden. Geh einfach okay?«, unterbrach sie ihn.

»Wie du willst.« Diese Reaktion hatte er befürchtet, aber erst am nächsten Morgen, wenn sie wieder nüchtern war. Mist. Hoffentlich würde sie ihm keine Vorwürfe machen, dass er die Situation ausgenutzt hätte oder sowas in der Art.

Bevor er ging, holte er ein Handtuch aus dem Badezimmer und warf es auf das Bett. »Hier. Damit du dich abtrocknen kannst. Wenn die Schmerzen zunehmen oder du dich unwohl fühlst dann ruf mich, okay? Ich komme sofort.«

Sie grabschte das Handtuch und nickte.

»Gute Nacht«, sagte Ryan und verließ das Zimmer.

KAPITEL 8
HOPE
* * *

MIT VOR DER BRUST verschränkten Armen starrte Hope auf den Pool. Die Morgensonne warf ihr strahlendes Licht auf das Wasser und ließ es glitzern. Sie war verrückt. Hatte vollkommen den Verstand verloren. Anders war das, was in der Nacht zuvor passiert war, nicht zu erklären. Hatte sie tatsächlich Ryan Parker geküsst? Den Mann, den sie so sehr hasste, dass sie ihn hatte umbringen wollen?

Das war krank.

Es war, als hätte sie sich mit dem Feind verbündet oder sich kaufen lassen. Oder beides zusammen. Der Mistkerl war heiß, das konnte sie nicht leugnen. Sein Gesicht mit der ausgeprägten Kinnpartie und dem durchdringenden Blick war schon überaus ansehnlich, noch dazu hatte er keinen Weichei Bürohengst Körper. Nein. Der Mistkerl war ein echter Leckerbissen. Trainiert, aber nicht so sehr, dass es bullig oder zu sehnig wirkte. Er hatte die Art Körper, den sie gerne erkunden würde, und zwar mit allen Sinnen.

Wie er wohl im Bett war?

Die Kerle, die sie bisher gehabt hatte, waren eher der Typ Rammbock gewesen und hatten von sinnlichen Berührungen anscheinend noch nie was gehört. Sie hatte das für normal gehalten. Auf jeden Fall hatte das dafür gesorgt, dass sie nie besonders scharf auf Sex gewesen war.

Die Margaritas waren schuld.

In Verbindung mit emotionalem Stress, unter dem sie gestern zweifellos gestanden hatte, entfaltete Alkohol eine verhängnisvolle Wirkung auf sie. In Zukunft würde sie das Zeug meiden. Und sie würde Ryan meiden. Dieser Mann war nicht gut für sie. Er wickelte sie ein, so wie er wahrscheinlich seine Kunden einwickelte mit seinem Schlauberger Geschwafel, seinem guten Aussehen und seinem Charme. Aber nicht mit ihr!

Sie wandte sich um und humpelte in die Küche. Sie musste etwas essen, denn gleich würde Carl kommen und sie hatte so ein Gefühl, dass er sie trotz ihres verstauchten Knöchels und ihrer aufgeschrammten Knie nicht schonen würde. Er kannte bestimmt tausend Übungen, die sie im Sitzen oder Liegen machen konnte.

* * *

Carl untersuchte ihren Knöchel und stellte eine leichte Verstauchung fest. Alles kein Problem, meinte er. In den nächsten Tagen würden sie einfach auf Übungen ausweichen, bei denen sie nicht stehen musste. Hope hatte es geahnt. Der Mann war ein Tyrann. Außerdem tadelte er sie, weil sie Alkohol getrunken hatte. Hope versuchte, ihren Ausrutscher zu leugnen, doch damit kam sie bei ihm nicht durch.

»Ich merke es, wenn du einen Kater hast«, sagte er vorwurfsvoll. »Damit wirfst du alles über den Haufen, was du dir erarbeitet hast.«

Ryan sah sie erst am Abend wieder. Sie saß gerade auf der Terrasse und aß einen bunten Salat mit Garnelen und frischem Baguettebrot, als er zur Tür hereinkam. Hope hörte ihn mit jemandem reden und warf einen verstohlenen Blick über die Schulter. Die Sonne spiegelte sich im Fensterglas, deshalb konnte sie nicht erkennen, wen er mitgebracht hatte. Dann hörte sie die Frauenstimme und ihr Magen zog sich zusammen. Wer war das?

Betont desinteressiert wandte sie sich wieder ihrem Essen zu, doch sie kaute nur noch mechanisch, der Salat schmeckte plötzlich fad. Nach dem, was am vergangenen Abend passiert war, war es eine Frechheit, dass er eine Frau mitbrachte, ohne die Sache vorher mit ihr zu klären. Er hatte sie geküsst, oder sie hatte ihn geküsst - egal -

auf jeden Fall war er Feuer und Flamme gewesen. Er hatte seinen Schwanz an ihr gerieben und ihre Titten begrabscht.

Die Stimmen näherten sich. Als sie die Terrasse betraten, konnte Hope nicht mehr so tun, als würde sie die beiden nicht bemerken. Sie drehte sich um.

Neben Ryan stand eine schlanke, hochgewachsene Blondine. Sie trug ein beigefarbenes Kostüm mit einem knielangen, hautengen Rock und sah aus wie aus dem Ei gepellt. Perfekt geschminkt und gestylt. Hope fand sie auf Anhieb unsympathisch.

Abwartend sah sie die beiden an. Ein Lächeln brachte sie nicht zustande.

»Hope. Darf ich dir Diane Ferguson vorstellen?«, sagte Ryan. Er lächelte verkrampft und wich ihrem Blick aus. »Sie ist eine gute Freundin und hat sich bereit erklärt, dich zu unterstützen.«

Hope kniff die Augen zusammen. »Mich zu unterstützen? Bei was?«

Diane reichte ihr die Hand. »Hallo Hope. Ryan hat mir alles über dich und das, was ihr beiden vorhabt, erzählt. Dabei möchte ich dir gerne helfen.«

Hope stand auf und nahm ihre Hand. Dianes Händedruck fühlte sich an, als würde sie einen weichen Lappen drücken. Ekelhaft. *Trau niemals einem Menschen, der dir nicht richtig die Hand geben kann*, hatte ihr Dad immer gesagt.

»Diane kennt jeden und wird auf jede Party eingeladen«, erklärte Ryan. »Falls wir es nicht schaffen, Coleman auf dich aufmerksam zu machen, wird sie dich auf eine Party mitnehmen und dich ihm vorstellen. Außerdem ... », er zögerte, schaute Diane an.

»Ich werde dich coachen«, sprang Diane ein. »Ryan möchte dich als reiche Erbin verkaufen, die lange im Ausland gelebt hat. Natürlich musst du dich entsprechend benehmen. Dein Gang, dein Aussehen, die Kleidung, dein Benehmen - alles muss perfekt sein. Außerdem werde ich dir zeigen, wie man einen Mann wie Scott Coleman beeindruckt.«

Wenn Hope eines nicht wollte, dann von dieser blonden Tussi gecoacht werden. »Ich brauche kein Coaching«, sagte sie. »Das schaff' ich auch so.«

Diane musterte sie und lächelte dann mitleidig. »Ob du das schaffst, entscheide ich. Soweit ich das bisher beurteilen kann, hast du meine Hilfe dringend nötig.«

»Ach ja?« Hope schaute sie herausfordernd an. Blondie wollte einen Bitchfight? Na gut. Den würde sie bekommen.

Ryan sprang schnell in die Bresche. »Diane ist *die* Lifestyleikone. Sie richtet Partys und Hochzeiten aus. Einen Termin bei ihr zu bekommen ist fast unmöglich. Ich bin froh, dass sie sich bereit erklärt hat, dir zu helfen.«

»Nett, dass du das sagst.« Diane lächelte ihn zuckersüß an. »Ich sehe es als Herausforderung. Außerdem haben wir das gleiche Ziel«, sie sah wieder Hope an. »Auch ich habe eine Rechnung mit Coleman offen.«

Hope schnaubte. »Ach wirklich?«

Die Frau war lächerlich. Weder die Herausforderung noch die Rechnung, die sie angeblich mit Coleman offen hatte, hatte sie dazu veranlasst, Ryan helfen zu wollen. Sie stand auf ihn, das konnte selbst ein Blinder sehen.

Diane legte ihre Hand auf Hopes Arm. »Vertrau mir. Ich mache einen funkelnden Diamanten aus dir.«

»Toll. Ich freu mich drauf.« Hope konnte ihre Abneigung kaum verbergen. Hoffentlich hatte Diane sich mit ihrer aufopferungsvollen Aktion mal nicht verschätzt, denn so, wie die Dinge lagen, hatte Hope die besseren Karten. Sie könnte Ryan jederzeit haben. Wenn sie ihn denn wollen würde. Was natürlich nicht der Fall war. Eher würde sie Dean ranlassen als diesen Schnösel.

»Gut. Dann wäre das geklärt«, sagte Ryan und deutete auf ihren Teller. »Wir haben dich beim Abendessen gestört, das tut mir leid.«

»Kein Problem. Ist bloß ein Salat, der wird nicht kalt«, gab Hope übertrieben liebenswürdig zurück.

Diane hakte sich bei Ryan unter. »Apropos Essen. Ich könnte einen Happen vertragen. Wollen wir ins *Food & Amore* gehen?«

Ryan sah Hope an, als hoffte er, dass sie ihn darum bitten würde, dazubleiben. Vielleicht hätte sie ihn darum gebeten, doch Superblondine Diane würde garantiert ebenfalls bleiben und Hope war nicht sicher, ob sie sich in dem Fall beherrschen könnte. »Viel

Spaß«, sagte sie nur, setzte sich wieder an den Tisch und rammte die Gabel in eine Tomate.

»Also gut. Gehen wir«, sagte Ryan.

»Sehr schön.« Diane lachte albern. »Bis morgen Mittag, Hope. Ich freu mich auf die Arbeit mit dir.«

Ja klar. Du mich auch. Hope drehte den beiden demonstrativ den Rücken zu und hob die Hand, was als Abschiedsgruß gewertet werden konnte, oder als Zeichen dafür, dass die beiden endlich verschwinden sollten.

* * *

Diane kam am nächsten Tag gleich nach dem Mittagessen. Sie sah wieder wie aus dem Ei gepellt aus, trug ein lachsfarbenes Kostüm, war perfekt geschminkt und jede Haarsträhne saß an ihrem Platz. Die komische Föhnwelle, die ihr Gesicht umrahmte, bewegte sich nur, wenn Diane eine hektische Bewegung machte, was praktisch nie vorkam. Hope fragte sich ernsthaft, wie Diane das anstellte und wie sie wohl reagieren würde, wenn Hope ihr einmal kräftig durch das Haar wuscheln würde.

Einen kleinen Rollkoffer hinter sich herziehend folgte sie Hope in ihr Schlafzimmer, kramte dort ihr Smartphone aus der Tasche und schrieb eine Nachricht. Dann stieß sie einen tiefen Seufzer aus. »Leider hab ich heute nicht so viel Zeit, um drei hab ich schon den nächsten Termin, aber wenn wir uns ranhalten, schaffen wir ein paar grundlegende Dinge. Ich würde gerne den Dresscode mit dir durchgehen.«

Obwohl Diane höchstens acht Jahre älter war, behandelte sie Hope wie einen trotzigen Teenager. Entsprechend wenig Lust hatte sie auf die Belehrungen.

Diane klappte die Haltestange ein und hievte den Koffer auf das kleine Sofa. Dann öffnete sie den Reißverschluss. In dem Koffer lagen ordentlich gefaltete Kleider.

»Wir schauen uns gleich deine Garderobe an. Zum Vergleich habe ich ein paar Sachen mitgebracht, die du auf diversen Veranstaltungen tragen könntest, aber auch ein paar No Goes.«

Hope führte Diane in ihren begehbaren Kleiderschrank. Die Regale waren nur spärlich gefüllt. Diana sah sich um. »Ist das deine gesamte Garderobe?«

»Ja. Wieso?«

Blondie schnaubte. »Das ist lächerlich wenig. Du brauchst mehr. Viel mehr. Du solltest mit Ryan reden, dass er deinen Kreditrahmen erhöht.«

Was für einen Kreditrahmen? Hope bekam keinen Cent. »Ich will kein Geld von ihm.«

Diane stöhnte auf und schüttelte tadelnd den Kopf. »Das geht nicht. Sieh es als dein Honorar. Du erledigst eine Aufgabe für ihn und dafür wirst du bezahlt.«

»Er bezahlt mich in Naturalien. Ich bekomme eine Wohnung, in der ich mietfrei wohnen darf und ...«, nein. Sie wollte nicht mit Blondie über ihre Mom reden. »... Anderes.«

»Trotzdem brauchst du Geld. Selbst wenn du es schaffst, dass Scott Coleman mit dir ausgeht und er alles bezahlt, was er tun wird, brauchst du trotzdem eine Kreditkarte. Über Geld reden wir nicht, wir besitzen es und du musst so tun, als würdest du ebenfalls welches besitzen.«

Hope konnte sich gar nicht vorstellen, wie es war, Geld zu besitzen. Viel Geld. Mehr, als sie je ausgeben könnte. Die Vorstellung war absurd und aufregend zugleich. Was könnte sie alles für sich und andere tun? Wie würde sie behandelt werden? Bestimmt besser als jetzt. Alle Türen ständen ihr offen.

»Weißt du was«, sagte Diane. »Ich rede mit Ryan. Wir wollten heute Abend sowieso Essen gehen, da bringe ich das Thema zur Sprache.«

»Ihr geht wieder essen?«, platzte Hope heraus.

Diane grinste verschmitzt. »Naja. Ich muss mich ranhalten. Ryan gehört zu den begehrtesten Junggesellen der Stadt. Einige Gute sind in den letzten Jahren unter die Haube gekommen. Sedan Guillaume zum Beispiel und sogar Ryland Stone, von dem niemand geglaubt hätte, dass er jemals wieder eine Frau finden wird.« Sie beugte sich näher, als befürchtete sie, jemand könnte sie belauschen. »Er hat eine mittellose Latina geheiratet. Was für ein Skandal. Sie ist ein hübsches Ding, aber ganz und gar unpassend für einen niveauvollen Mann wie Ryland.«

Hope kannte diese Leute nicht, empfand aber spontan Mitgefühl für die »mittellose Latina«, die es gewagt hatte, sich einen Junggesellen aus Blondies Reihen zu schnappen.

»Apropos ranhalten«, fuhr Diane in vertraulichem Ton fort. »Ryan erzählte mir, dass Carl dein Personal Trainer ist.«

Hope nickte. Worauf wollte Blondie hinaus?

Diane kicherte. »Du Glückliche. Der Mann ist ein wandelndes Testosteronpaket. Den würde ich nicht von der Bettkante stoßen.«

»Er ist nicht mein Typ«, gab Hope zurück. Tätowierte Muskelprotze kannte sie zu Genüge und keinen von denen würde sie als guten Fang bezeichnen. Die Typen waren eher brutal und frauenfeindlich.

Diane riss überrascht die Augen auf. »*Was*? Nicht dein Typ? Du bist die Erste, die sowas über ihn sagt. Die meisten Frauen, die ich kenne, buchen ihn nur, weil sie testen wollen, ob er nicht nur beim Sport so ausdauernd ist.« Sie musterte Hope. »Ihr wäret das perfekte Paar.«

»Warum? Weil wir beide aus der Gosse kommen?«, fragte Hope angriffslustig.

Diane winkte ab. »Natürlich nicht. Aber ihr seid beide so ... roh und ursprünglich.«

Wenn das ein Kompliment sein sollte, war es das beschissenste Kompliment, das Hope je bekommen hatte, inklusive »geiler Arsch« und »geile Titten« Komplimente, die die Kerle in ihrer Nachbarschaft ungefragt verteilten. Hope war wütend und wollte Blondie eins auswischen. »Ich stehe eher auf Männer wie Ryan.«

Dianes Mund klappte zu, ihre fröhliche Miene wich einem verkniffenen Gesichtsausdruck. »Ach wirklich? Naja.« Abrupt wandte sie sich Hopes Kleidern zu und nahm sie genau unter die Lupe. »Ryan ist nichts für dich«, sagte sie wie nebenbei.

»Warum nicht?«

»Er braucht eine Frau, die seine Werte teilt. Die weiß, was Männer wie er wollen. Außerdem ...«, sie sah Hope warnend an, schaffte es aber trotzdem, ihr falsches Lächeln beizubehalten. »Ryan gehört mir.«

Am liebsten hätte Hope laut losgelacht. Blondie betrachtete sie tatsächlich als Konkurrenz. Das war auf jeden Fall ein Kompliment, aber leider auch ziemlich lächerlich. Das schien Diane ebenfalls bewusst geworden zu sein, denn sie lachte auf und winkte ab. »Was rede ich da? Ryan ist sehr auf seinen sozialen Stand bedacht. Er wird wissen, was gut für ihn ist. Also. Fangen wir mit dem Cocktail Outfit an.« Sie deutete auf Hopes Kleider. »Was würdest du zu einer Cocktailparty tragen?«

Hope hatte keinen blassen Schimmer. Auf den Partys, die sie kannte, trug jeder, was er wollte. Sie endeten für gewöhnlich damit, dass die Gäste volltrunken oder high waren und entweder irgendwo benommen rumhingen oder auf dem Klo miteinander vögelten. Jeans und T-Shirt und ein Kondom in der Hosentasche waren dafür genug.

Sie deutete auf den Jeansrock mit dem pinkfarbenen Top. »Das da.«

Natürlich war das falsch. »Zu kurz und zu billig«, befand Diane »Eine Cocktailparty ist keine Einladung für das Minikleid in Strandoptik. Dort wird ein gepflegtes Auftreten verlangt.« Sie kramte in ihrem Köfferchen und zog ein zartrosa-farbenes Kleid aus einem weich fließenden Stoff heraus. »Knielang ist gut, genau wie Pastellfarben. Damit liegt man niemals falsch. Ganz wichtig: passende Highheels und dezenten Schmuck. Also bloß keine dicken Klunker.«

Sie zog ein Paar altrosafarbene Pumps hervor und hielt sie neben das Kleid. »Das passt. Eine gemusterte Seidenhose mit einem raffinierten Oberteil geht auch, doch die Highheels sind obligatorisch.«

»Aha«, sagte Hope. Ihr gefiel das rosa Plüschoutfit kein bisschen, aber sie verstand, worauf Diane hinauswollte, auch wenn sie das Getue albern fand und keine Ahnung hatte, was obligatorisch bedeutete. Sie würde das Wort später googeln.

Anschließend erklärte Diane ihr die Kleiderordnung für Casual, darunter fielen Geburtstage, Grillfeste und Gartenpartys,.

»Für private Feste gibt es Regeln?«, fragte Hope fassungslos.

»Es gibt für alles Regeln«, gab Diane streng zurück.

Sie zeigte Hope Beispielkleider für den Business Look, Day Formal und festliche Anlässe wie Empfänge, Hochzeiten und Bälle. Zum Schluss kam *White Tie* an die Reihe. Hope hatte keine Ahnung, was das sein sollte.

»Das ist die Königsdisziplin«, erklärte Diane. »Wenn du zu einem White Tie Event eingeladen wirst, hast du es in die High Society geschafft. Elegante Garderobe und gutes Benehmen ist oberstes Prinzip. Die möglichen Dressode Fehler sind endlos. Sollte Scott Coleman dich tatsächlich zur großen Spendengala einladen, werde ich dich gesondert beraten.«

Hope wollte gar nicht dazu eingeladen werden, aber dummerweise war genau das Ryans Ziel. Danach wollte er den Kerl bloßstellen, vorausgesetzt, sie konnte zuvor ein paar Daten stehlen. Wie ihr das gelingen sollte, darüber wollte sie sich im Moment noch keine Gedanken machen.

Diane schaltete ihr Smartphone ein und zeigte Hope Bilder, die aussahen, wie ganz normale Promibilder, die man auch in Klatschzeitschriften sah. »Das sind Beispiele für einen *White Tie* Event«, erklärte sie. »Auf diesem Bild trage ich ein Kleid von Vivienne Westwood. Ich liebe ihre Kreationen.«

Hope wusste nicht, was sie dazu sagen sollte. Das alles erschien ihr nicht nur unglaublich dekadent, sondern auch wie aus einem anderen Universum.

Plötzlich fuhr Diane zusammen. »Ups. Schon so spät. Ich muss los.«

Eilig packte sie ihr Köfferchen zusammen und hastete zur Haustür. »Falls du Ryan siehst, sag ihm, er kann mich um halb acht abholen. Ich habe uns einen Tisch reserviert.«

Blondie könnte Ryan einfach eine Nachricht schreiben, doch das wollte sie nicht. Sie wollte verdeutlichen, dass sie das Vorrecht auf Ryan hatte und nicht Hope.

Hope hätte ihr am liebsten ein Bein gestellt.

Vor der Tür blieb Diane noch einmal stehen. »Morgen sehen wir uns nicht, da ist mein Terminplan voll, aber übermorgen komme ich wieder vorbei.«

Hope versuchte, sich ihre Erleichterung nicht allzu sehr anmerken zu lassen. Je weniger sie Blondie zu Gesicht bekam umso besser.

* * *

Hope briet sich gerade einen Burger - die Zutaten hatte ihr Susanna auf ihren Wunsch hin besorgt - als Ryan nach Hause kam.

»Ach, hier bist du. Ich hab dich gesucht.« Er betrat die Küche und lehnte sich lässig gegen die Kochinsel. »Du machst dir einen Burger? Was sagt Carl dazu?«

Hope zuckte mit den Schultern. »Ist mir egal. Ich hab Hunger und brauch was Richtiges zu essen. Wie soll ich sonst mehr Arsch und Titten bekommen?«

»Wie wäre es mit einer etwas diplomatischeren Beschreibung?« Er klang belustigt.

»Oh tut mir leid.« Sie schaute ihn über die Schultern hinweg abfällig an. Bei seinem Anblick machte ihr Herz einen Sprung. Dafür, dass er den ganzen Tag im Büro verbracht hatte, sah er ziemlich frisch aus. Die Frisur saß und seine Augen blitzten vergnügt. Anzüge standen ihm wirklich gut. »Mein Magen knurrt und mein Körper sehnt sich nach Fleisch. Ist das besser?«

»Nicht unbedingt. Eine Frau gibt niemals zu, dass sie Hunger hat«, gab Ryan grinsend zurück.

»Warum nicht? Sind Frauen etwa keine Menschen?« Sie wendete das Fleisch und streute eine Prise Salz und Pfeffer darüber.

»Punkt für dich.« Ryan beugte sich über ihre Schulter. »Riecht lecker. Kann ich auch einen haben?«

Hope versuchte, ihn zu ignorieren. Seine plötzliche Nähe machte sie nervös. »Klar. Aber verdirbst du dir dann nicht den Appetit?«

»Warum sollte ich mir den Appetit verderben? Ich habe nichts vor.« Er griff über die Pfanne hinweg, stahl eine Tomate von ihrem Teller und steckte sie sich in den Mund.

»Du gehst doch mit Diane essen. Sie hat einen Tisch reserviert«, erklärte Hope. Bei dem Gedanken an Diane verkrampfte sie sich innerlich.

»Wir hatten darüber gesprochen, aber zugesagt habe ich nicht«, sagte Ryan.

»Ach so. Bei ihr klang das anders. Lief das Essen gestern Abend nicht gut?« Hope bemühte sich um einen beiläufigen Tonfall, als wäre es ihr im Grunde total egal, wie das Essen verlaufen war. Sie fragte aus reiner Höflichkeit. Mehr nicht.

Ryan sah sie an. Sie hasste und liebte die Art, wie er sie ansah. Forschend und intensiv, als würde er ein Kunstwerk bewundern. Er antwortete nicht sofort. Hope nahm ein weiteres Fleischpattie und legte es in die heiße Pfanne. Ihr Bauch kribbelte unter seinem eindringlichen Blick.

»Ich habe kein Interesse an Diane«, sagte er schließlich.

»Das habe ich auch nicht behauptet«, gab Hope zurück. »Ich habe dich lediglich gefragt, wie das Abendessen gewesen ist.«

»Das Essen war gut«, sagte er.

»Freut mich.« Sie legte zwei Brötchen in den vorgeheizten Backofen und platzierte dann eine Scheibe Käse auf dem ersten Fleischstück. Der Käse war dicker und härter als der Scheibenkäse, den sie sonst kaufte. Es war richtiger Käse. Sie probierte ein Stück. Würzig und lecker. An das gute Essen könnte sie sich definitiv gewöhnen.

»Das Essen war gut«, wiederholte Ryan. »Nicht die Gesellschaft.«

Ein leises Triumphgefühl schlich durch Hopes Körper. »Das tut mir leid, wo Diane doch so auf dich steht.«

Ryan schien unmerklich nähergerückt zu sein, denn sie konnte seine Wärme spüren. »Schade, in der Tat, denn dummerweise stehe ich nicht auf Diane.«

Ihr lag die Frage auf der Zunge, auf wen er stand, doch sie schluckte die Worte. Eine Antwort auf diese Frage wollte sie lieber nicht hören, deshalb brummte sie nur ein *Aha*, während sie hastig eine Minigurke zerteilte.

»Wir haben noch nicht über das gesprochen, was im Pool passiert ist«, sagte Ryan plötzlich.

Hopes Herz machte einen Sprung. »Das müssen wir auch nicht. Ich war betrunken. Es hat nichts zu bedeuten.«

Er lehnte sich neben ihr an die Arbeitsfläche und verschränkte die Arme vor der Brust. »Also kannst du mich noch immer nicht leiden.«

Sie sah zu ihm auf und lächelte kühl. »Richtig.«

Er stieß einen übertriebenen Seufzer aus. »Schade. Dabei hatte ich gehofft, du würdest mich langsam mögen, wo ich dir doch in vielen Dingen entgegengekommen bin.«

»Meine Zuneigung ist genauso wenig käuflich wie mein Körper.« Hope wendete Ryans Fleisch und holte dann die Brötchen aus dem Ofen. »Außerdem kann ich niemanden mögen, der mich für dumm hält.«

»Das verstehe ich.« Er stieß sich ab und schwang sich elegant auf einen Hocker an den Tisch in der Mitte der Küche. »Dann wird es dich freuen zu hören, dass du mir morgen das Gegenteil beweisen kannst.«

Hope fuhr herum. »Was meinst du damit?«

»Ich habe den Intelligenztest besorgt, samt eines Wissenschaftlers, der dich anleiten und den Test auswerten wird.«

Hope war fassungslos. »Du hast einen Knall.«

Ryan tat verdutzt. »Wieso? Ich tue nur das, was du verlangst.«

Abwehrend verschränkte sie die Arme vor der Brust. Er hatte es tatsächlich getan. Das war krass. »Du willst also wirklich wissen, ob ich so dumm bin, wie ich tue?«

Ryan nickte.

Hope schnaubte abfällig. »Du bist echt ein Blödmann.«

Er ließ sich nicht aus der Ruhe bringen. »Häufiges Fluchen ist ein Zeichen von Intelligenz, habe ich mir sagen lassen.«

Hope trat auf ihn zu und starrte ihn wütend an. Ihr Herz schlug ihr bis zum Hals. »Es könnte auch ein Zeichen dafür sein, dass ich fähig bin, dir die heiße Pfanne über den Schädel zu ziehen.«

Ryan lachte auf. »Ich liebe es, wenn du wütend bist.«

»Halt die Klappe.« Sie fuhr herum und kehrte an den Herd zurück.

»Also. Was ist? Stellst du dich der Herausforderung?«

Sie wollte ihm am liebsten den Stuhl unter dem Hintern wegziehen. »In Ordnung. Ich mache den Test. Unter einer Bedingung«

»Ich höre.«

Nun war es an ihr, fies zu grinsen. »Du machst mit und sollte mein IQ höher sein als deiner, hab ich einen Wunsch frei. Dann musst du tun, was ich sage.«

»Was für einen Wunsch?«

»Weiß ich noch nicht. Ich lass mir was einfallen. Aber keine Sorge, es geht nicht um dein Geld.«

Ryan kniff die Augen zusammen und beäugte sie misstrauisch, als würde er überlegen, was sie im Schilde führte.

»Okay. Abgemacht«, sagte er schließlich.

KAPITEL 9
HOPE
***

»DIES IST EIN UMFASSENDER Verbal- und Handlungstest«, erklärte der grauhaarige Psychologe, der sich als Dr. Lewis vorstellte. Mit strenger Miene tippte er auf einem Tablet PC herum. »Der Test prüft das Sprachverständnis, rechnerisches und räumliches Denken, Merkfähigkeit, Einfallsreichtum und das wahrnehmungsgebundene logische Denken.«

Dr. Lewis schob Hope einen Bleistift, leere Blätter und den Tablet PC hin, dasselbe tat er bei Ryan, der sich den Nachmittag freigenommen hatte und nun neben ihr saß und ein Gesicht machte, als hätte sie ihn dazu genötigt, sich die Samenleiter durchtrennen zu lassen. Wegen ihrer Schnapsidee, wie er es nannte, hatte er einen wichtigen Termin verschieben müssen.

»Ich weiß wirklich nicht, warum ich bei diesem Blödsinn mitmache. Ich habe am Berkeley College studiert. Ist das nicht genug?«, murrte Ryan.

Dr. Lewis hob spöttisch die buschigen Augenbrauen. »Das sagt etwas über ihr Arbeitsgedächtnis und Ihrer Fähigkeit zu logischem Denken aus, doch die anderen Bereiche der menschlichen Intelligenz werden bei einem Studium für gewöhnlich nicht berücksichtigt.«

Hope musste sich ein Lachen verkneifen. Sie senkte den Kopf und grinste in ihre Hand. Ryan bemerkte es und warf ihr einen griesgrämigen Blick zu.

»Na? Hast wohl die Hosen voll«, sagte sie provozierend.

Ryan schnaubte. »Ich bitte dich. Es ist die Zeitverschwendung, die mich nervt.«

Ryans miese Laune entschädigte Hope für die erlittene Demütigung. Jetzt durfte sie bloß nicht versagen. Sie war eine gute Schülerin gewesen, lernen war ihr leichtgefallen, bis ihre Mutter die Kontrolle über ihr Leben verlor. Als ihre Schwester dann auch noch mit gerade mal sechzehn Jahren den fünf Jahre älteren Juan angeschleppt hatte, war es vorbei gewesen mit der guten Schülerin. Ein halbes Jahr vor ihrem Highschoolabschluss hatte Hope aufgegeben. Seitdem gab es keinen Tag, an dem sie das nicht bereute. Kein Abschluss bedeutete keine Chance. Sie konnte Hilfsarbeiterjobs machen, mit denen sie gerade so über die Runden kam, an eine Ausbildung oder gar ein Studium war nicht zu denken. Aber sie wollte Ryan beweisen, dass sie deshalb noch lange nicht dumm war.

»Der Test beginnt in zwanzig Sekunden. Sie haben drei Stunden Zeit«, unterbrach Dr. Lewis ihre Gedanken. »Sollten Sie Fragen zu den Fragen haben, wenden Sie sich an mich.« Er lachte über seinen lahmen Wortwitz.

Hope starrte auf das Display des Tablets, dann schaute sie zu Ryan. »Viel Glück«, sagte sie und grinste. Er sollte glauben, sie wäre selbstsicher und der Test nur ein Klacks für sie.

Ryan sah sie finster an. »Dafür schuldest du mir was.«

Sie zuckte mit den Schultern. »Wenn du meinst. Aber denk dran: Sollte ich gewinnen, stehst du in meiner Schuld.«

»Drei ... zwei ... eins. Sie dürfen beginnen«, sagte Dr. Lewis.

Hope wischte die Einleitung zur Seite und legte los.

* * *

Drei Stunden später brummte ihr Schädel. So sehr hatte sie sich in ihrem ganzen Leben noch nicht konzentriert, doch weil Ryan den Test ebenfalls gemacht hatte und sie ihm unbedingt etwas beweisen wollte, hatte sie alles gegeben.

Hoffentlich reichte es.

Dr. Lewis würde die Testergebnisse auswerten und sie in wenigen Tagen bekanntgeben. Ryan verschwand sofort nach dem Test. Er wirkte gestresst und seine Laune hatte sich auch nach drei Stunden nicht gebessert, deshalb war Hope froh über sein Verschwinden. Wenn er bliebe, würden sie sich bloß wieder streiten. Außerdem wollte sie gerne eine Runde schwimmen, um den Kopf freizubekommen und sie besaß keinen Bikini.

Seit Tagen hatte sie bis auf die Laufrunden mit Carl die Villa nicht verlassen. Sie war keine Gefangene. Allerdings besaß sie weder Geld noch ein Auto. Ryan dagegen schon. Er besaß sogar drei Autos. Sicher hatte er nichts dagegen, wenn sie sich eines ausleihen würde. Kurzentschlossen kramte sie ihre letzten zweiundvierzig Dollar zusammen, von denen sie das meiste als Kleingeld im Haus gefunden hatte, schnappte sich Ryans Porsche Cabriolet und fuhr in die Stadt. Genauer gesagt zum nächsten Walmart.

Es war Hopes erste Fahrt in einem Porsche und sie fühlte sich wie eine Königin. Der Wagen reagierte auf das kleinste Tippen auf das Gaspedal. Und er war schnell. Sie besaß nicht allzu viel Fahrpraxis und würgte den Porsche an jeder einzelnen Kreuzung ab. Außerdem verfuhr sie sich und musste am Straßenrand anhalten und herausfinden, wie das integrierte Navigationsgerät funktionierte. Irgendwann hatte sie es raus und genoss die Fahrt über die Ocean Avenue, die sie direkt am Meer entlangführte. Sie setzte ihre Sonnenbrille auf und drehte die Musik auf. Fußgänger und Autofahrer starrten sie an, Männer winkten und zwinkerten ihr zu. Sie fühlte sich großartig.

Auch auf dem Walmart Parkplatz wurde sie angestarrt. Wahrscheinlich erschien es den Kunden seltsam, dass jemand, der einen solchen Wagen fuhr, bei Walmart einkaufen ging und nicht auf dem Rodeo Drive.

Sie schob die Sonnenbrille auf den Kopf, schlenderte durch den riesigen Laden und genoss das Gefühl, wieder unter normalen Menschen zu sein. Menschen, die normale Kleider trugen und nach billigem Deo rochen anstatt nach teuren Parfums. Wie würde es erst sein, wenn sie auf Scott Coleman losgelassen werden würde, wo sie sich jetzt schon wie eine Außerirdische fühlte?

In der Bademodenabteilung kam sofort ein Verkäufer auf sie zu und bot ihr seine Hilfe an. Hope war versucht, seine Hilfe anzunehmen, damit sie sich nicht jedes Mal, wenn sie etwas Neues anprobieren wollte, wieder anziehen und die Umkleidekabine verlassen musste, doch der Kerl gaffte ein wenig zu offensichtlich auf ihre Titten, deshalb lehnte sie sein Angebot ab.

Sie suchte sich drei Bikinis raus, mehr durfte sie nicht mit in die Umkleidekabine nehmen. Nachdem sie den Vorhang zugezogen hatte, zog sie den ersten Bikini an und betrachtete sich im Spiegel. Ihre Haare hatte sie nicht geglättet, weswegen die Locken ihr Gesicht wild umspielten. Die Fahrt im offenen Wagen hatten sie zusätzlich aufgeplustert. Carls Training und das gute Essen zeigten bereits Wirkung. Ihr Körper hatte Formen bekommen und wirkte straffer. Ihre Weiblichkeit kam mehr zur Geltung. Sie drehte sich um. Ihren runden Hintern hatte sie von ihrem Vater geerbt. Sie fand ihn zu dick, doch die meisten Männer standen darauf. Insgesamt sah sie gar nicht übel aus.

Da ihr Budget begrenzt war, kaufte sie am Ende einen schlichten, schwarzen Bikini und gönnte sich für die Heimfahrt einen großen Smoothie. Ein Schokoshake wäre ihr lieber gewesen, aber nachdem sie erste Erfolge hatte erkennen können, wollte sie Carls Arbeit nicht zunichtemachen. Ihr Körper war eine Waffe, die sie einsetzen würde, um einen der reichsten Kerle Kaliforniens in die Knie zu zwingen. Die Vorstellung verlieh ihr ein Gefühl von Macht und öffnete den Blick auf völlig neue Möglichkeiten.

Da sie am Meer entlangfahren wollte, fuhr sie einen Umweg und genoss jede Minute davon. Der Fahrtwind in ihren Haaren, die Sonne im Gesicht, der leckere Smoothie und die Blicke der anderen Autofahrer, ließen sie regelrecht schweben vor Glück. Ihre Pechsträhne war vorbei. Von jetzt an würde es nur noch bergauf gehen. Sie suchte einen Sender, der Hiphop Musik spielte, und sang dann lauthals den Song mit. »*Look at my Body, look at my Body, don't I look sexy, don't I look sexy ...*«

Yeah. Serayah war ihr Girl. Hope liebte ihre Musik.

Ihr Smartphone auf dem Beifahrersitz leuchtete auf. Sie warf einen schnellen Blick auf das Display. Ryan. So ein Mist. Während der Fahrt zu telefonieren, war verboten und sie wollte bestimmt nicht von den Cops angehalten werden. Der Porsche gehörte ihr nicht und sie hatte außerdem weder Führerschein noch Fahrzeugpapiere dabei. Um ehrlich zu sein, wusste sie nicht mal, wo ihr Führerschein war. Der Gedanke machte sie ein wenig nervös. Prompt würgte sie den Wagen auf der nächsten Kreuzung ab. Dass Ryan in Dauerschleife anrief, machte die Sache nicht besser. Als sie schließlich in die Auffahrt zur Villa einbog, war sie so nervös, dass sie die Kurve zu eng nahm und den Torpfosten streifte. *Scheiße.* Das würde einen fetten Kratzer geben.

Ryan wartete vor der Haustür auf sie, deshalb fuhr sie nicht in die Garage, sondern parkte auf dem Kiesweg davor. Bevor sie aussteigen konnte, stürmte er auf sie zu und riss die Fahrertür auf. »Steig aus!«

Hope schnappte die Einkaufstüte und stieg aus. »Wow. Was hat dich denn gebissen?«

Er schnappte ihren Arm, entriss ihr den Wagenschlüssel und zerrte sie neben sich her. Hope riss sich los. »Was soll das? Bist du jetzt völlig übergeschnappt?«

Er antwortete nicht, schnappte nur wieder ihren Arm und zog sie ins Haus. Im Wohnbereich wirbelte er sie herum und funkelte sie zornig an. »Wo bist du gewesen?«

Hope hob die Tüte an. »Ich hab mir einen Bikini gekauft.«

»Ist dir klar, dass ich beinahe die Polizei angerufen hätte, um meinen Wagen als gestohlen zu melden? Du wärest direkt ins Gefängnis gewandert.«

»Was?« Hope war fassungslos. »Dachtest du etwa, ich klau deinen Wagen und hau ab?«

»Du hast mir nicht Bescheid gesagt. Susanna hat dich wegfahren sehen und mich angerufen.«

»Entschuldigung. Mir war nicht klar, dass ich dich informieren muss, wenn ich das Haus verlasse.« Sarkasmus tropfte aus ihrer Stimme. »Vielleicht solltest du mir eine Fußfessel anlegen.«

»Natürlich darfst du das Haus verlassen, aber wenn du meinen Wagen nimmst, möchte ich gerne informiert werden. Ist das so schwer zu verstehen?«, fragte er mit harter Stimme.

Seine körperliche Präsenz wirkte regelrecht bedrohlich. Das gefiel ihr nicht. Glaubte er etwa, er könnte sie einschüchtern? Pah. Niemals. Sie würde nicht klein beigeben. Schon aus Prinzip. Weil er eben ein Arschloch war. Trotzig reckte sie das Kinn. »Wie hätte ich denn sonst in die Stadt kommen sollen? Per Anhalter?«

Ryan rollte mit den Augen und kniff sich genervt in die Nasenwurzel. »Du willst es einfach nicht verstehen, oder? Du kannst den Wagen nehmen, doch ich erwarte, dass du mir Bescheid gibst. Es ist ja nicht so, als hättest du dich bisher als besonders vertrauenswürdig erwiesen.«

Hope trat auf ihn zu und fuchtelte mir den Armen vor seinem Gesicht. »Blödsinn. Ich wohne in deinem Haus. Wenn du mich nicht für vertrauenswürdig halten würdest, hättest du mich gar nicht erst reingelassen. Gib es zu: Du hast Angst, dass ich abhauen könnte und dein schöner Racheplan den Bach runter geht.«

Er trat ebenfalls einen Schritt auf sie zu. Seine Augen sprühten zornige Funken. »Wenn du abhaust, schicke ich dir einen Headhunter hinterher und du wanderst direkt ins Gefängnis. Also nein, ich habe keine Angst. Und ich habe dich zu mir geholt, weil wir einen Deal haben. Mit Vertrauen hat das nicht das Geringste zu tun. Im Gegenteil. Ich habe meine Augen und Ohren überall.«

Hope riss die Augen auf. »Überwachst du mich?«

»Ich überwache dich nicht. Ich habe ein Auge auf dich.«

»Du verdammtes Arschloch.«

»Typisch. Dir gehen die Argumente aus, also greifst du auf Schimpfwörter zurück. Wirklich sehr vertrauenswürdig.«

»Halt die Klappe!« Hope explodierte. Dieser Mann reizte sie bis aufs Blut. Sie stieß ihn fest vor die Brust, sodass er nach hinten taumelte. »Du mieser, großspuriger, selbstherrlicher Snob.«

Ryan fing sich innerhalb eines Herzschlags, fasste sie an den Oberarmen, wirbelte sie herum und stieß sie Richtung Sofa. Bäuchlings fiel Hope auf die Sitzfläche. Sie warf sich herum und funkelte ihn zornig an. »Werden wir jetzt brutal?«

Sein Stoß war alles andere als brutal gewesen, doch sie wollte ihn reizen. Der Mann brachte sie zur Weißglut. Sein arrogantes Grinsen und das tadellose Aussehen, als könnte ihm nichts und niemand etwas anhaben. Sie wollte endlich mal sehen, wie er die Fassung verlor.

»Wenn ich brutal wäre, könntest du jetzt nicht mehr aufstehen«, gab er ungerührt zurück.

Hope sprang auf, hechtete auf ihn zu und schubste ihn erneut. Diesmal war er vorbereitet, deshalb hatte ihre Attacke kaum einen Effekt. Er wankte nur kurz. Dafür schnappte er sie und wirbelte sie wieder herum, doch statt sie auf das Sofa zurückzustoßen, umklammerte er sie von hinten und hielt sie fest.

»Lass mich los!« Hope beugte sich strampelnd vor. Ryans Griff war wie ein Schraubstock. Sie wand sich und trat nach ihm. Als er versuchte, sein Jackett auszuziehen, landete sie einen Treffer gegen sein Schienbein. Er stieß einen zischenden Laut aus und lockerte seinen Griff. Das nutzte Hope, um herumzufahren.

Sie rangelten miteinander. Hope begann, zu schwitzen. Ihr Körper fühlte sich heiß und lebendig an. Wild und hungrig. Ryan schob sie rückwärts. Plötzlich spürte sie das Sofa in den Kniekehlen. Sie wollte ihn zurückdrücken, doch er war stärker. Während sie fiel, schnappte sie seine Krawatte und zog ihn mit sich. Er landete auf ihr, direkt zwischen ihren Beinen. Schwer atmend sahen sie einander an. Und da spürte Hope es. Etwas hatte sich verändert. Das war nicht länger eine Rangelei, das war ... sie wollte gar nicht darüber nachdenken, was es war, doch sie spürte die Hitze zwischen ihren Beinen und ein unkontrollierbares Drängen. Den Wunsch, er möge ihr die Kleider vom Leib reißen und ... sie ficken.

Sie starrte ihn an, voller Wut und Verlangen und er starrte zurück. Dann küsste er sie. Hungrig und wild, als hätte er jahrelang keine Frau mehr geküsst. Ihr Rock war längst nach oben gerutscht, doch er schob ihn noch höher, bis er sich um ihre Hüfte bauschte. Ryan presste sich gegen ihre Mitte. Sie spürte seine Erektion und wollte mehr. Wollte ihn in sich spüren. Wollte Reibung und nackte Haut. Sie umschlang ihn mit ihren Armen, riss sein Hemd aus der Hose und krallte sich in seinen Rücken. In seine glatte Haut. Ryan umfasste ihre Brust, rieb über ihre Nippel, die durch den dünnen Stoff stachen. Hope stöhnte in seinen Mund.

Er stoppte den Kuss und zerrte stattdessen ihr Top hoch, stülpte es über ihren Kopf. Hope hob die Arme, damit er es abstreifen konnte, doch er ließ es auf halber Höhe. Ihre Arme waren über ihrem Kopf in dem Stoff gefesselt.

»Jetzt kannst du mir nicht mehr entwischen«, stieß er mit rauer Stimme hervor.

Er beugte sich über ihre Brüste und leckte und rieb über ihre Nippel. Stöhnend hob Hope ihr Becken an, zeigte ihm, wie bereit sie für ihn war. Wie sehr sie ihn wollte.

Es war ihr egal, wer er war und dass sie ihn eigentlich hasste. Ihre Vernunft war in dem Feuer, das zwischen ihren Schenkeln loderte, verbrannt. Ryan schob seine Hand abwärts und schlüpfte in ihren Slip. Seine Finger glitten über ihre Spalte. Er keuchte, als er merkte, wie feucht sie war. Hope sehnte sich nach seiner Berührung, nach der Erlösung, die er ihr schenken würde.

Dann klingelte es.

Es dauerte einen Moment, bis Hope kapierte, dass es sich um die Haustür handelte.

»Fuck«, stieß Ryan hervor.

Obwohl sie ebenfalls fluchen wollte, musste Hope grinsen. »Du fluchst?«

»Allerdings. Wer auch immer das ist, ich sollte ihn von meinem Grund und Boden jagen, weil er uns unterbrochen hat.« Er stand auf und richtete seine Kleider. Hope versuchte, sich aus ihrem Top zu winden. Als Ryan das sah, kam er ihr zu Hilfe. Er ergriff das Top, hielt dann aber inne und grinste anzüglich. »Ich sollte es so lassen. Es gefällt mir, wenn du dich nicht wehren kannst.« Sein Blick huschte zu ihren Brüsten. Mit der freien Hand rieb er über ihre Nippel.

Eine lustvolle Welle zuckte durch Hopes Körper. Sie war so erregt wie nie zuvor. Es klingelte erneut.

»Da steht jemand vor der Tür«, erinnerte sie ihn. Ihre Stimme klang rau.

Ryan stieß einen Seufzer aus und befreite Hope. Sie rappelte sich auf und versuchte, das Top wieder anzuziehen. Es war völlig verdreht.

»Beeil dich, ich geh zur Tür«, sagte Ryan.

Hope klemmte das Top unter den Arm und stürmte zur Treppe. Sie war sowieso völlig zerzaust und alles andere als herzeigbar. In ihrem Zimmer setzte sie sich als Erstes auf ihr Bett. Ihr Herz pochte aufgeregt und das Blut pulsierte heiß durch ihre Adern. Die Erregung war noch nicht vollständig abgeklungen.

Sie hätte beinahe mit Ryan gevögelt. Den Kuss im Pool hatte sie auf ihren Alkoholkonsum schieben können, doch nun war es schon wieder passiert. Sie legte das Top zur Seite und streifte ihren Rock ab. Neugierig fasste sie in ihren Slip. Tatsächlich. Sie zerfloss regelrecht. Langsam rieb sie über ihren Kitzler. Hm, das fühlte sich gut an. Sie war extrem erregt.

Sie spreizte die Beine und schob ihren Slip zur Seite. Es war schon eine ganze Weile her, seit sie sich selbst befriedigt hatte. Ryan war beschäftigt, niemand würde sie stören. Sie ließ die Finger über ihren Kitzler kreisen und seufzte leise. Ryan spukte durch ihren Kopf. Sie stellte sich vor, wie es sich anfühlen würde, wenn er in ihr war. Stellte sich vor, wie es wäre, wenn er sie fickte.

Plötzlich wurde die Tür aufgerissen. Hope zuckte zusammen und schlang schnell die Arme um ihre nackten Brüste. Ryan stand im Türrahmen und starrte sie an. Er schien völlig perplex.

»Was soll das?«, giftete Hope. Ihre Wangen glühten. »Kannst du nicht anklopfen?«

Ich ...«, er schüttelte den Kopf, als müsste er die Benommenheit vertreiben. »Verdammt Hope. Du machst mich fertig.«

Hope presste die Lippen zusammen. Auch wenn ihm der Anblick sicher gefallen hatte, war es trotzdem mega peinlich. Sie würde am liebsten im Erdboden versinken.

Ryan räusperte sich. »Mein Vater ist da. Er ist ein ... ziemlich unangenehmer Mensch, also bleib bitte in deinem Zimmer.«

Hope kniff die Augen zusammen. Ganz klar. Er wollte sie verstecken, weil er sich für sie schämte. »Raus hier! Sofort!«

»Okay. Wir reden später.« Ryan trat den Rückzug an. Die Tür schloss sich hinter ihm.

Wut und Scham brodelten in Hope. Was bildete der Kerl sich ein? Er konnte sie nicht verstecken wie einen Haufen

Schmutzwäsche vor einem ungebetenen Gast. Und wäre es nicht lustig zu sehen, wie er sich winden würde, um seinem Vater eine Erklärung für ihren Aufenthalt in seinem Haus zu liefern? Als kleine Rache, weil er sich wegen ihrer Spazierfahrt so aufgeregt hatte?

Hope marschierte ins Badezimmer und band ihre Locken zu einem Pferdeschwanz zusammen, dann trug sie ein wenig Wimperntusche, Rouge und Lipgloss auf und zog sich wieder an. Der lange Rock mit dem Top sah gut aus, nicht nuttig, aber trotzdem irgendwie sexy. Da sie keine flachen, aber auch keine Monsterabsätze tragen wollte, wählte sie Espandrilles mit Keilabsatz, die Ally ihr aufgedreht hatte. So ausstaffiert verließ sie ihr Zimmer und schlenderte über die Galerie zur Treppe. Der Rock schwang bei jedem Schritt um ihre Beine. Unten hörte sie Ryan mit seinem Vater reden. Der Mann hatte eine sehr tiefe und laute Stimme, er klang wie ein Bär. Hope war gespannt, wie er aussehen würde.

Am Treppenabsatz hielt sie inne. Ryans Vater lehnte an der Bar und nippte an einem Whiskeyglas. Er war groß und kräftig und trug einen cremefarbenen Anzug, der seine sonnengebräunte Haut betonte. Er sah aus wie ein Brathähnchen. Seine Zähne waren extrem weiß und extrem gerade, seine Haare grau, der Bart ordentlich gestutzt. Ryan stand mit vor der Brust verschränkten Armen neben ihm. Groß, elegant und in seiner selbstsicheren Präsenz mindestens genauso einschüchternd wie sein Vater.

»Ich weiß nicht, woher du diese Information hast, aber mit wem ich mich treffe, geht dich nicht das Geringste an«, sagte Ryan. Seine Stimme war hart und kalt.

Sein Vater knallte das Glas auf die Theke. »Ich verstehe nicht, warum du dir die Nutte ins Haus geholt hast. Diese Ghettoweiber blasen dir die Eier leer, aber du kannst ihnen nicht trauen. Junge. Hör auf deinen Vater. Ich hatte schon genug Weiber, um es zu wissen.«

Ein kalter Brocken sackte in Hopes Bauch. Ryan hatte untertrieben. Sein Vater war nicht bloß ein unangenehmer Mensch, er war ein noch größeres Arschloch als sein Sohn. Der aufmüpfige Teil von ihr wollte zu ihm gehen und ihm zeigen, wie sich die Ohrfeige eines echten *Ghettoweibes* anfühlte, doch sie wusste, dass sie am Ende den Kürzeren ziehen würde. Die Reichen gewannen. So war es immer.

»Du musst mich nicht an deine widerlichen Affären erinnern«, sagte Ryan.

Sein Vater lachte dröhnend. »Sei mal nicht so prüde. Warum soll man nein sagen, wenn sich einem die Frauen nur so an den Hals werfen?« Er sah sich um. »Wo ist die Kleine eigentlich?«

»Sie ist unterwegs«, gab Ryan zurück.

Hope wollte gerade den Rückzug antreten, als Ryan nach oben blickte. Seine Augen weiteten sich, sein Gesicht wurde hart wie Stein. Er sagte kein Wort. Sein Vater folgte dem Blick seines Sohnes. »Oh, da ist ja die kleine Schokobohne. Komm runter Süße. Lass dich ansehen.«

Unter normalen Umständen wäre Hope diesem Mann an den Hals gesprungen und hätte ihm ihre Fingernägel über die Visage gezogen. Aber sie musste sich zurückhalten. Wenn sie mit seinem Vater zurechtkam, könnte sie Ryan damit beweisen, dass sie keinen weiteren Benimmunterricht brauchte. Schlimmer als dieser Kerl konnte Scott Coleman nicht sein.

Würdevoll stieg sie die Treppe hinab. Sie war nicht weniger wert als diese Männer, die ihr entgegenstarrten. Der eine musternd, der andere erstarrt. Sie war eine Königin, auch wenn das niemand bemerkte.

Hope war froh, den langen Flatterrock zu traten, denn der Blick von Ryans Vater fühlte sich an wie sexuelle Belästigung. Das Top schmiegte sich eng an ihren Oberkörper und offenbarte mehr als genug von ihren weiblichen Formen.

Unten angekommen ergriff Ryans Vater ihre Hand. Sie verschwand fast vollständig in seiner kräftigen Pranke. »Hi, ich bin Robert.«

»Hope. Freut mich, Sie kennenzulernen.«

Er zwinkerte ihr vertraulich zu und ließ seinen Blick erneut über ihren Körper wandern. »Nicht so förmlich, Mädchen. Wir sind doch hier unter uns.« Gerade als Hope ihre Hand wegziehen wollte, ließ er sie los und wendete sich seinem Sohn zu. »Du hast mir nicht erzählt, dass du im Schweinestall eine Perle gefunden hast.« Kumpelmäßig klopfte er seinem Sohn auf die Schultern. »Ich bin beeindruckt. Was zahlst du ihr?«

»Nichts. Ich zahle ihr nichts«, sagte Ryan. Er klang, als hätte er Eiswürfel verschluckt.

Von Sekunde zu Sekunde fühlte Hope sich kleiner. Der Zorn über die demütigenden Worte von Ryans Vater kochte heiß in ihr. »Mr. Parker, ich glaube, da liegt ein Missverständnis vor«, sagte sie. »Wir haben ...«

»Nenn mich Robert«, unterbrach er sie.

»Also gut. Robert.« Hope und zwang sich zu einem Lächeln. *Reiß dich zusammen. Wenn du ausflippst, hast du verloren.* »Ihr Sohn und ich sind Freunde. Er ...«

Robert lachte dröhnend los, als hätte sie etwas unglaublich Lustiges gesagt. Verwirrt schaute Hope Ryan an. Der machte eine Miene wie ein Totengräber.

»*Freunde?*«, stieß Robert lachend hervor. »So nennt man das heute?« Er klopfte sich amüsiert auf die Schenkel. »Mädchen. Du musst mir keinen Bären aufbinden. Mein Sohn würde niemals mit jemandem wie dir befreundet sein.«

Hope ballte die Fäuste. Ihre Selbstbeherrschung bröckelte. »Wie meinen Sie das? Jemanden wie mich?«

»Schluss jetzt!«, stieß Ryan hervor und funkelte seinen Vater hasserfüllt an. »Halt den Mund! Hope tut mir einen Gefallen, und zwar unentgeltlich. Sie ist keine Prostituierte.«

Robert Parker verengte die Augen zu Schlitzen. »Was für einen Gefallen?«

»Das geht dich nichts an«, wehrte Ryan ab.

Roberts Miene wurde finster. »Und ob mich das was angeht. Ich bin dein Vater und pass auf, dass du dein Geschäft nicht gegen die Wand fährst. Ich muss dich wohl nicht daran erinnern, dass du das wegen eines Kerls, für den du immer die Hand ins Feuer gelegt hast, beinahe getan hättest.«

Die beiden Männer starrten einander an. Ryan stieß schnaubend den Atem aus. »Genau um diesen Kerl geht es. Hope hilft mir dabei, mich an ihm zu rächen.«

Überrascht hob Robert die Augenbrauen. »Ach, tut sie das? Und wie, wenn ich fragen darf?«

Hope sah Ryan an. Wenn er seinem Vater verriet, was sie vorhatten, würde er sie wieder bloß für eine Prostituierte halten.

»Die Details behalte ich lieber für mich«, wehrte Ryan ab.

Robert schnaubte abfällig. »Wenn du meinst. Aber vielleicht könnte ich dir helfen. Konkurrenten aus dem Weg zu räumen ist meine Spezialität.«

»Nein danke. Ich brauche deine Hilfe nicht.«

Die Wut auf seinen Vater saß sehr tief, erkannte Hope. Ryan verachtete ihn. Wenn Robert Parker sich immer so menschenverachtend und unverschämt verhielt wie ihr gegenüber, dann war das kein Wunder. Sie wollte sich gar nicht vorstellen, wie er als Vater gewesen war.

»Ich muss mich leider verabschieden. Mein Fitnesstrainer kommt gleich«, sagte Hope. Sie bereute ihre Neugier und wollte nicht mehr Teil dieser Unterhaltung sein. Im Grunde wollte sie einfach nur weg.

Robert Parker schaltete sofort wieder auf anzüglich um. »Ein Fitnesstrainer? Das ist gut. Ich mag es, wenn Frauen ihren Körper in Form halten.« Er glotzte auf ihre Brüste. »Was ich erkennen kann, sieht schon mal vielversprechend aus.«

Hope konnte sich nicht mehr zurückhalten. Es ging einfach nicht. Sie musste etwas sagen, sonst würde sie platzen. Herausfordernd stemmte sie die Arme in die Hüfte und musterte Robert abfällig. »Leider kann ich das Kompliment nicht zurückgeben. Was ich erkennen kann, gleicht eher einem Pudding im Anzug als einem Mann. Vielleicht sollte ich meinen Trainer bei Ihnen vorbeischicken? Er ist ziemlich gut und bringt Ihren Körper in wenigen Wochen in Form.«

Roberts Augen bekamen eine unangenehme Schärfe. Er war es nicht gewohnt, dass ihn jemand verhöhnte, schon gar keine Frau. Sein Lächeln glich dann auch eher einem Zähnefletschen. Er sah zu seinem Sohn. »Sie hat ein freches Mundwerk. Du solltest ihr wirklich Manieren beibringen, Ryan.«

»Sie reagiert bloß auf deine Unverschämtheit«, gab Ryan kalt zurück.

Robert schnaubte abfällig. »Sie nutzt dich aus. Ich hoffe, du hast was gegen die Kleine in der Hand, sonst wird sie Coleman ficken, und wenn er ihr genug Kohle bietet, wird sie dir in den Rücken fallen.«

Ein kalter Brocken sackte in Hopes Bauch. Was für ein riesengroßes Arschloch. Die Reichen hielten sich für die besseren Menschen, dabei waren sie selbstgerecht und voller Vorurteile, ganz zu schweigen von ihren kriminellen Energien, die denen der Armen in nichts nachstanden. Nur passierte bei ihnen alles im größeren Stil.

»Keine Sorge. Ich habe alles im Griff«, sagte Ryan. »Wenn sie mir in den Rücken fällt, ist sie geliefert.«

Seine Worte waren wie Messerstiche in Hopes Herz. Sie hatte erwartet, dass er entrüstet sein würde oder wütend. Dass er seinen Vater in die Schranken weisen würde, doch er stand nur da, als hätte er einen Stock im Hintern und tat, als würde ihn das alles nicht berühren. Er war eiskalt.

Sie stieß den Atem aus, bedachte Ryan und seinen Vater mit einem abfälligen Blick und rauschte davon.

KAPITEL 10
HOPE
* * *

HOPE PACKTE IHRE SACHEN, und als Carl sie zum Joggen abholte, bat sie ihn, sie nach Downtown zu bringen. Er war nicht begeistert, doch er tat ihr den Gefallen.

»Bist du sicher, dass ich dich hier rauslassen soll?«, fragte er, als sie vor Deans Haus ausstieg.

»Hier wohne ich«, gab Hope zurück.

Carl wirkte vollkommen verblüfft. »Du verarschst mich.«

»Nope. Das ist mein Zuhause.« Sie hievte die Reisetasche vom Rücksitz.

»Was ist mit dem Training?«, fragte Carl.

»Das Training läuft wie gehabt. Sollte sich was ändern, gebe ich dir bescheid.« Sie winkte ihm kurz zu und stapfte dann zur Haustür. Obwohl sie noch einen Schlüssel hatte, klingelte sie. Carl wartete, bis Dean die Tür öffnete.

Dean verschränkte die Arme vor der Brust und musterte sie abschätzend. Sein Blick war verschwommen und er roch nach Alkohol. »Sieh mal einer an. Mein Schokoshake ist zurück. Hast wohl endlich wieder nach Hause gefunden, was?« Er blickte über ihre Schulter zu Carl. »Ist das dein neuer Stecher? Oder brauchst du jetzt einen Bodyguard?«

»Er ist ein Freund. Er hat mich gefahren«, erklärte Hope.

»Wo ist der reiche Pisser?«

»Der kann mich mal.« Ungerührt schob Hope Dean zur Seite und betrat das Wohnzimmer, als wäre es das normalste von der Welt, dass sie nach dem handfesten Streit wieder zurückkehrte. »Ich hoffe, mein Zimmer ist noch frei.«

Auf dem durchgesessenen Sofa saß Deans Kumpel Jay und spielte ein Ballerspiel. Mindestens ein Dutzend leere Bierflaschen standen auf dem Tisch, eine Kippe qualmte im überquellenden Aschenbecher vor sich hin. Daneben stand eine geöffnete Metallbox mit kleinen Tütchen voller Crackkörner.

Dean schloss die Tür. »Klaro. Ich bin ein Ehrenmann.« Er lachte selbstgefällig. »Ich hoffe, du hast den Kerl abgezockt, denn nach dem, was er mit mir gemacht hat, ist Schmerzensgeld fällig. Mein Arm tut heute noch weh.«

Hope hatte nicht vor, lange bei Dean zu bleiben. Sie wollte sich eine andere Bleibe suchen, doch bis dahin musste sie ihn bei Laune halten. »Morgen geh ich wieder zu ihm, dann bring ich dir was mit.«

»Alles klar.« Dean warf sich auf das Sofa, stützte seinen Fuß gegen den Tisch und nahm den Controller zur Hand. »Seine Uhr hat mir gefallen.«

Hope nickte und verschwand schnell in ihrem Zimmer. Sich wieder bei Dean einzunisten, war keine gute Idee. Doch wo sollte sie hin? Ihre Schwester kam nicht infrage. Eher würde sie auf der Straße pennen, als bei ihr und ihrem Gangsterehemann unterzukriechen. Sie könnte natürlich auch zu Ryan zurück. Er hatte wahrscheinlich noch nicht mal gemerkt, dass sie weg war, doch dafür war sie zu stolz. Sie wollte ihm zeigen, dass sie sein Geld nicht brauchte. Dass sie lieber im Ghetto lebte, als mit ihm.

Um ihren Beschluss zu festigen, schrieb sie ihm eine Nachricht.

Bin wieder zuhause. Keine Sorge.
Ich komme morgen, um mich weiter
auf meine Mission vorzubereiten.

Wie sie ohne Auto in die Hollywood Hills kommen sollte, war ihr allerdings ein Rätsel. Vielleicht würde sie Carl darum bitte, sie abzuholen.

Ryans Antwort ließ nicht lange auf sich warten.

Was heißt das: Du bist wieder zuhause?
Bist du etwa bei diesem degenerierten Drogendealer?

Er ist nicht halb so degeneriert wie dein Vater.

Das stimmte zwar nicht wirklich, die beiden gaben sich nichts, aber sie hatte keine Lust auf Moralpredigten. Ryan saß in seinem dämlichen Glaspalast und schaute von seinem Thron auf sie herab. Was wusste er schon über sie und ihr Leben?

Ihr Smartphone klingelte. Nachrichten zu schreiben war Ryan offenbar nicht genug. Sie überlegte, nicht dranzugehen, doch das wäre albern. Sie war erwachsen und hatte ein Recht auf eigene Entscheidungen. »Ja?«

Ryan legte sofort los. »Ich habe dir gesagt, dass du in deinem Zimmer bleiben sollst. Warum hast du nicht auf mich gehört?«

»Langsam müsstest du gemerkt haben, dass ich keine Befehle befolge. Und wenn, wärst du der Letzte, auf den ich hören würde.«

Er stöhnte genervt. »Diese Trotzreaktion ist völlig überzogen. Du bleibst in meinem Haus, das ist unsere Vereinbarung.«

Hope setzte sich aufs Bett und zog die Beine an. »Wo steht das geschrieben?«

»Hope. Hör auf. Ich will dir nicht wieder drohen.«

»Dann tu's nicht.«

»Wenn du nicht zurückkommst, lässt du mir keine andere Wahl«, stieß er aufgebracht hervor. »Dieser Dean ist geisteskrank. Du kannst dort nicht bleiben!«

Darauf wusste Hope nichts zu sagen. Er hatte ja recht. Einen Moment lang herrschte Stille.

»Keine Sorge. Ich komme klar«, sagte sie schließlich. »Morgen früh um neun stehe ich pünktlich bei dir auf der Matte.«

* * *

Die halbe Nacht verbrachte Hope damit, ihre Entscheidung zu bereuen, die andere Hälfte versuchte sie, Dean und seine grölenden Freunde auszublenden, die wieder mal die Nacht zum Tag machten.

Wenigstens waren auch Frauen anwesend, was Hope ein wenig beruhigte. Nach Mitternacht fiel draußen ein Schuss und Hope fragte sich, wie sie es in diesem Haus bloß so lange ausgehalten hatte. Ein anderes Leben wartete auf sie. Wenn sie sich nur ein bisschen bemühte, könnte sie wirklich etwas verändern. Ryan hatte sie nicht in den Knast gebracht, das war schon mehr als sie hätte erwarten dürfen. Und er stand auf sie. Statt sich gegen ihn aufzulehnen, sollte sie diesen Umstand nutzen.

Nach zwei Stunden Schlaf quälte sie sich aus dem Bett, packte ihre Sachen zusammen und überredete Carl, sie abzuholen. Da sie Dean nicht wecken wollte, schlich sie sich aus dem Haus. Im Wohnzimmer lagen drei Typen und eine Frau im Drogenkoma. Es roch durchdringend nach Haschisch, Bier und kalter Pizza. Hope schlängelte sich zwischen den Schlafenden hindurch, öffnete leise die Haustür und verschwand. Carl wartete bereits auf sie.

»Glaub bloß nicht, dass ich dich jetzt jeden Tag abhole«, sagte er mürrisch, als sie in den Wagen stieg. »Ich wohne in Mission Hills. Das ist ein riesen Umweg für mich.«

»Sei nicht so ein Weichei«, sagte Hope. Sie glaubte nicht, dass es Carl nur um den Umweg ging. Er hatte Schiss, das war alles. »Du kannst die Fahrt Mr. Parker in Rechnung stellen.«

Er warf ihr einen finsteren Blick zu. »Was willst du hier, Mädchen? Das ist ein Drecksloch. Ich weiß zwar nicht, warum du abgehauen bist, aber sei froh, dass Mr. Parker dich bei sich wohnen lässt.«

Wo er recht hatte, hatte er recht. Trotzdem war es demütigend, auf den guten Willen eines reichen Gönners angewiesen zu sein. Sie hatte sich und Ryan beweisen wollen, dass sie ihn nicht brauchte.

Das Sportprogramm war der Horror. Hope fühlte sich schlaff und müde, doch Carl schonte sie nicht. Im Gegenteil. Er nahm sie besonders hart ran.

»Nicht mein Problem, wenn du in dem Drecksloch nicht genug Schlaf bekommen hast«, meinte er und verlängerte die Übungen gleich um eine halbe Stunde.

Nach dem Training ging Hope in ihr Zimmer, um zu duschen und trabte anschließend in die Küche. Sie war am Verhungern. In einer Stunde hatte sie laut ihrem Plan einen Waxing Termin und nach dem Mittagessen kam Diane zum Benimmunterricht. Bis dahin musste sie sich entscheiden, ob sie in Deans Haus zurückkehren oder lieber ihren Stolz schlucken und bei Ryan bleiben wollte. Im Grunde stand die Entscheidung bereits fest. Alles war besser als Deans Drogenhöhle.

Das Waxing war Dianes Idee gewesen und sie hatte auch gleich die perfekte Enthaarungsspezialistin gebucht: Galina, eine wortkarge Russin, die etwa im Alter von Hopes Mutter war. Schweigend baute Galina eine Liege im Wohnzimmer auf und bereitete das Warmwachs vor. Hope war die Sache nicht geheuer. Warum sollte sie sich mit Wachs enthaaren lassen? Rasieren tat es doch auch. Entsprechend zögerlich nahm sie auf der Liege Platz.

»Bitte hinlegen.« Galina drückte sie resolut nach hinten.

Hope atmete tief durch. Sie war taff, das bisschen Enthaaren würde sie aushalten. Wenigstens würde sie sich danach eine ganze Weile nicht mehr rasieren müssen. Als Galina den ersten Wachsstreifen von ihren Beinen zog, setzte sie sich ruckartig auf. »Au!«

Diane wollte sie quälen. Deshalb hatte sie Galina gebucht.

Die Russin verzog keine Miene. »Bitte hinlegen«, sagte sie, während sie den nächsten Streifen auf Hopes Schienbein drückte.

»Müssen wir das überall machen?«, fragte Hope ängstlich. »Ich finde, die Beine sind genug.«

Galina bedachte sie mit einem strengen Blick. »Wir alles machen. Viele Haare. Nicht schön.«

Hope hob den Kopf und sah an sich hinab. Sie rasierte sich regelmäßig, und zwar überall. Die Stoppeln unter ihren Achseln und die paar Haare zwischen ihren Beinen konnten wohl kaum als viele Haare bezeichnet werden.

Galina gönnte ihr keine Pause. Wachsstreifen um Wachsstreifen riss sie ab, bis Hopes Beine so glatt waren wie ein Kinderpopo.

»Bitte Slip ausziehen«, befahl Galina dann.

»Oh nein. Ich will das nicht«, sagte Hope.

»Wollen ist egal. Glatt besser.« Galina bereitete seelenruhig den nächsten Wachsstreifen vor.

Hope überlegte ernsthaft, einfach von der Liege zu springen und zu verschwinden.

»Was willst du?«, fragte Galina. »Brazilian Hollywood Cut, Brazilian Landing oder Brazilian Triangle?«

Dafür, dass sie nur gebrochen Englisch sprach, brachte Galina diese Worte überraschend akzentfrei über die Lippen.

»Keine Ahnung. Was am schnellsten geht«, murrte Hope.

Galina nickte. »Slip aus.«

Widerwillig streifte Hope ihren Slip ab und legte sich nur mit ihrem Top bekleidet auf die Liege. Sie kam sich vor wie beim Frauenarzt. Mit ungerührter Miene spreizte Galina ihre Beine und trug das Wachs auf. Das war nicht unangenehm, bis Galina den Wachsstreifen wieder entfernte. Hope schrie auf. »Verfluchte scheiße. Fuck!«

Sie wollte von der Liege springen, doch Galina drückte sie wieder zurück. »Nicht jammern. Gleich fertig.«

Gleich dauerte noch geschlagene zehn Minuten. Am schlimmsten war es am Übergang zum Po. Das war nämlich nicht nur schmerzhaft, sondern auch demütigend, weil Galina wirklich *alles* sehen konnte. Als die Russin endlich fertig war, verteilte sie ein kühlendes Gel auf Hopes Intimbereich. »Fünf Minuten ausruhen, dann kommen Achseln.«

Hope stöhnte. Lieber Himmel, nicht auch noch ihre Achselhöhlen. Sie würde Diane später zur Rede stellen. Die Beine konnte sie ja noch verstehen, aber ihre Pussy? Wer bitteschön sollte die sehen? Scott Coleman ganz bestimmt nicht. *Ryan. Er könnte sie sehen.*

Daran wollte sie lieber nicht denken. Außerdem war es sowieso zu spät. Ihre Pussy war jetzt haarlos und glatt. Sie schloss die Augen und ergab sich ihrem Schicksal.

»Oh Mr. Parker. Waxing fast fertig«, hörte sie Galina plötzlich sagen.

Hope riss die Augen auf. Ryan stand im Wohnzimmer. Er trug seinen Anzug und sah wie immer eindrucksvoll aus. Wieso war er schon zuhause? Es war erst ein Uhr. Hope war so perplex, dass sie ihn einen Atemzug lang bloß anstarrte. Dann wurde ihr bewusst, dass sie mit vollkommen entblößter Pussy auf einer Liege lag und er *alles* sehen konnte.

»Ist gut?«, fragte Galina an Ryan gewandt und deutete auf Hopes frisch enthaarte Intimzone, als hätte sie das alles bloß für ihn getan.

Ryan schluckte hart. »Entschuldigung. Ich wusste nichts von dem Termin«, sagte er.

Hope presste schnell ihre Beine zusammen. Wenn er wenigstens den Anstand besessen hätte, wegzusehen, doch er starrte sie ebenso regungslos an, wie sie ihn angestarrt hatte.

»Noch zehn Minuten, dann fertig«, sagte Galina und rang sich tatsächlich ein Lächeln ab.

»Ich verstehe.« Ryan machte auf dem Absatz kehrt und verschwand.

Vor Scham wäre Hope am liebsten im Erdboden versunken. Ihre Pussy brannte und fühlte sich vollkommen schutzlos und entblößt an und dann auch noch das. Er hatte ihr direkt zwischen die Beine geschaut.

Galina hob Hopes Arme über den Kopf. »Okee«, sagte sie. »Jetzt die Achseln.«

KAPITEL 11
RYAN
* * *

MIT DEM WHISKEYGLAS in der Hand starrte Ryan auf seinen Laptop, ohne irgendwas von dem zu registrieren, was dort stand. Hope geisterte durch seine Gedanken. Er hatte keine Ahnung von dem Waxing Termin gehabt und war nur nach Hause gekommen, weil er mit ihr reden wollte. Ein Vögelchen hatte ihm gezwitschert, dass Coleman den Abend im Organza verbringen würde, einem aktuell angesagten Sternerestaurant, und deshalb wollte er Hope dahin ausführen. Abgesehen davon hatte er ein paar Dinge mit ihr klären wollen. Er war nicht mal einen Schritt davon entfernt, eine Affäre mit ihr zu beginnen und das würde niemals gut ausgehen. Deshalb hatte er die Sache eigentlich beenden und ihr früher als vereinbart die versprochene Wohnung überlassen wollen.

Doch dann hatte er sie auf dieser Liege gesehen. Nackt und bloß. Der Anblick hatte sein Vorhaben in tausend Teile zerschmettert. Er wollte Hope mehr als je zuvor.

Verflucht.

Wütend knallte er das Glas auf den Schreibtisch. Er konnte alle Frauen haben. Alle! Warum zum Teufel war er so versessen auf Hope? Sie kam aus einer anderen Welt, passte kein bisschen zu ihm. Wenigstens darin hatte sein Vater, der Mistkerl, recht, wenn auch mit sonst nichts.

Da er sich partout nicht auf seine Arbeit konzentrieren konnte, beschloss er, zu trainieren. Kung-Fu würde ihn ablenken und seinen aufgewühlten Geist beruhigen.

Konzentriert zog er den traditionellen Kung-Fu Anzug an, dann ging er in den Trainingsraum, der sich im hinteren Teil des Hauses befand. Sechs Monate lang war er im Süden Chinas im Wu Wei Si Kloster gewesen und hatte von taoistischen Mönchen gelernt. Fünf Stunden am Tag hatte er mit ihnen trainiert - drei Stunden am Morgen und zwei Stunden am Nachmittag. Vor dem morgendlichen Training wurde zusammen gebetet. Diese Tradition hatte Ryan sich bewahrt. Er schaffte es nicht mehr täglich, doch er trainierte mindestens viermal in der Woche.

Er zog die Schuhe aus, kniete sich auf den Boden und sprach ein paar traditionelle Gebete, bevor er mit den Dehnübungen begann. Bereits während des Gebets fühlte er sich leichter und mit jeder Übung, die er absolvierte, spürte er, wie Ruhe und Kraft in seinen Geist und seinen Körper zurückkehrten. Sein Vater war ein Scheusal. Seine unangemessenen Affären mit immer jünger werdenden Frauen hatten Ryan das Leben schwer gemacht. Am Ende hatte sein Vater sogar unter seinen Schul- und Collegefreundinnen gewildert. Die Karateübungen hatten ihn davor bewahrt, deswegen auszurasten und sie taten es noch.

Er brachte seinen Körper bis an die Grenze und genoss es, wenn seine Muskeln anfingen, zu schmerzen, während er auf den aufgestellten Pfählen balancierte oder flink, wie ein Wiesel, über Bambusstangen sprang. Zum Schluss verneigte er sich vor seinem imaginären Gegner.

Er drehte sich Richtung Tür und erschrak. Hope lehnte lässig im Türrahmen, die Arme vor der Brust verschränkt. »Überrascht mich zu sehen?«

Ryan schnappte das Handtuch vom Haken an der Wand und tupfte den Schweiß von seinem Gesicht. »Allerdings. Ich habe dich nicht kommen gehört.«

»Ich würde ja sagen, damit sind wir quitt, aber ich habe dich leider nicht nackt gesehen.« Demonstrativ ließ sie ihren Blick über seinen Körper wandern.

Er fühlte sich gut. Kraftvoll und entspannt. Sich mit Hope auseinanderzusetzen, hätte er an dieser Stelle gerne vermieden, vor allem, weil sie seine mühsam errichtete Mauer schon wieder ins

Wanken brachte. »Willst du mir beim Duschen zuschauen? Dann wären wir quitt.«

Natürlich nahm er nicht ernsthaft an, dass sie das tun würde.

»Nein danke.« Sie gab sich locker, doch das Training hatte Ryan sensibilisiert und er spürte ihre innere Anspannung. Irgendwas lag ihr auf der Seele.

»Musst du heute nicht arbeiten?«, fragte sie.

Er trat auf sie zu. »Ich bin früher zurückgekommen, um mit dir zu reden.«

Gespielt überrascht hob sie die Augenbrauen. »Du willst mit mir reden? Sowas hört man selten von einem Mann. Also gut. Leg los.«

Ryan warf das Handtuch über seine Schultern. »Ich will zuerst duschen.«

Sie grinste. »Mich stört es nicht, dass du verschwitzt bist.«

Sie wollte spielen. Na gut, das konnte sie haben. »Hat dich mein Training etwa angemacht?«

»Das hättest du wohl gerne. Es war ... interessant. Wie du auf den Dingern da balanciert bist und was du mit deinen Händen gemacht hast.« Sie fuchtelte mit den Armen herum. »Ich kenne Kung-Fu nur aus Filmen und fand es eigentlich immer ziemlich albern.«

Er intensivierte seinen Blick und beugte sich vor. »Das ist es nicht, glaube mir. Ich könnte dir mit einem Hieb die Kehle zerschmettern.«

»Ach ja?« Sie verlagerte ihr Gewicht und verzog plötzlich zischend das Gesicht, als hätte sie Schmerzen.

Ryan musste grinsen. »Tut dir was weh? Galina soll unerbittlich sein, habe ich gehört.«

»Naja. Angenehm war es nicht«, maulte Hope. »Ich frage mich, warum das nötig war.«

Ryans Grinsen wurde breiter. »Mir würden da einige Gründe einfallen.« Das Kribbeln in seiner Leistengegend kehrte zurück. Was gäbe er darum, sich von Galinas Arbeit überzeugen zu dürfen.

»Ach ja?« Hope stemmte einen Arm in die Hüfte. »Welche denn?«

Er trat ganz nah an sie heran, legte einen Finger unter ihr Kinn und hob es an. Ihre Augen schimmerten, ihre vollen Lippen luden ihn dazu ein, sie zu küssen. Sie hatte ihn beim Trainieren beobachtet und das hatte ihr ganz eindeutig gefallen. »Weil sich deine Haut jetzt zart und weich anfühlt und ich dich besser lecken kann. Außerdem kann ich dann alles sehen. Wie mein Schwanz in dich eindringt, wie ...«

Hope wich zurück. Röte schoss in ihre Wagen. »Hör auf!«
»Warum? Erregt es dich, wenn ich so rede?«
»Im Gegenteil. Ich finde es ekelhaft.«
»Wirklich?« Langsam strich er über ihre Lippen und über ihren Hals bis an den Rand ihres Tops.
»Lass das!« Hope schluckte schwer, doch sie rührte sich nicht von der Stelle.

Ryan strich über den Saum ihres Tops hinweg und fuhr sachte über ihre Brust. Ihre Nippel stellten sich auf. »Bist du dir sicher?«, fragte er. Ihre Blicke verfingen sich, er konnte nicht wegsehen.

Sie starrte ihn an und nickte.

»Schade.« Er ließ den Arm sinken. Sie nicht mehr anzufassen, erforderte all seine Selbstbeherrschung. Seine Erektion bauschte die Hose auf. »Übrigens ...«, er richtete sich auf und tat wieder geschäftsmäßig. »Heute Abend gehen wir essen.«

Hope wirkte verwirrt und auch ein wenig enttäuscht, doch sie fing sich schnell wieder. »Geht es um Coleman?«

Er nickte. »Bist du bereit für den ersten Akt?«

Sie schmunzelte herablassend und strich flüchtig über seine Erektion. »Und wie ich das bin.«

* * *

HOPE

HOPE HATTE SICH stundenlang aufgebrezelt, sich die Haare geglättet und sogar Diane gefragt, was sie anziehen sollte. Trotzdem war sie nervös, als sie mit Ryan das Restaurant auf der Melrose Avenue betrat.

Er sah wieder mal fantastisch aus in dem dunkelgrauen Anzug mit der Weste, die seine schmalen Hüften und die breiten Schultern betonte. Und er bewegte sich geschmeidig und kraftvoll, als gehöre ihm die Welt. Hope wusste, was von ihr erwartet wurde. Bisher hatte sie gedacht, sie käme klar, doch plötzlich begann sie, zu zweifeln.

»Keine Sorge«, sagte Ryan, während er ihr galant die Tür aufhielt. »Heute Abend musst du noch keine Konversation bestreiten. Du sollst dich nur präsentieren.«

»Du hast gut reden«, zischte sie. »Für dich ist das Alltag.«

»Alles wird gut. Du siehst fantastisch aus.«

Das hatte Diane auch gesagt, allerdings hatte sie bei der Feststellung eine wesentlich sauertöpfischere Miene gemacht als Ryan. Wenn jeder sie fantastisch fand, war das kleine Schwarze scheinbar genau das Richtige für den Abend. Hoffentlich würde sie damit auch Scott Coleman auffallen, und hoffentlich war sein Jagdtrieb ausgeprägt genug, um sie seinem Konkurrenten abjagen zu wollen. Darauf spekulierte Ryan nämlich.

Die Empfangsdame geleitete sie zu ihrem Tisch. Hope hakte sich bei Ryan unter.

»Er ist da«, zischte er ihr lächelnd zu.

»Wo?«, zischte Hope zurück.

»Links neben dem Fenster. Drei Männer, eine Frau.«

Unauffällig blickte Hope zu dem Tisch. Die Männer waren älter als Ryan und trugen Anzüge, die Frau ein dunkelgrünes Seidenkleid mit goldenen Blumen. »Wer von denen ist es?« Sie hatte ihn gegoogelt, wollte aber sichergehen, dass sie richtig lag.

»Der Kräftige mit den Geheimratsecken und der großen Nase.«

Die Empfangsdame deutete auf ihre Plätze. Es war eine gepolsterte Sitznische mit hohen Lehnen, die glücklicherweise so lag, dass sie aus einem bestimmten Winkel heraus den Tisch am Fenster im Auge behalten konnten.

»Ihr Kellner ist gleich bei Ihnen«, sagte die Empfangsdame und verschwand.

»Er sieht nett aus«, stellte Hope fest.

Ryan schnaubte. »Das ist sein Trumpf. Auf den ersten Blick hält ihn jeder für einen harmlosen, netten Kerl.«

Coleman hatte sie noch nicht bemerkt. Ryan bestellte eine Flasche Wein und eine Flasche Wasser und beäugte dann wieder seinen Erzfeind. Er wirkte fahrig und unkonzentriert.

Beruhigend legte Hope eine Hand auf seinen Arm. »Du benimmst dich auffällig.«

Er sah sie an. »Du hast recht. Ich muss mich zusammenreißen. Jedes Mal wenn ich den Kerl sehe, werde ich stinkwütend.«

Der Kellner brachte die Speisekarten.

»Willst du, dass er auf uns aufmerksam wird?«, fragte Hope.

Ryan nickte. »Vielleicht sollte ich auf die Toilette gehen. Wenn er mich sieht, wird er wissen wollen, mit wem ich hier bin.«

»Nein. Ich mach das.« Bevor Ryan sie aufhalten konnte, schob Hope sich aus der Sitznische, lachte dann laut und beugte sich lasziv über den Tisch. »Ich habe meine Handtasche vergessen. Reichst du sie mir bitte?«

Da sie Coleman den Rücken zugedreht hatte, wusste sie nicht, ob er sie bemerkte, aber sie hoffte es. Ihre Pose war auf jeden Fall aufreizend, vor allem in dem engen Kleid. Als sie sich umdrehte, sah sie aus den Augenwinkeln, dass er tatsächlich in ihre Richtung sah. Er hatte sie wahrgenommen. Der Anfang war gemacht.

Mit schwingenden Hüften ging sie auf den Kellner zu, der zufällig in der Nähe des Fenstertisches stand. »Entschuldigen Sie, wo finde ich die Toilette?«

Sie merkte, wie Coleman sie musterte. Angeblich entsprach sie seinem Beuteschema, doch das bedeutete nicht, dass er auch wirklich auf sie ansprang. In L.A. gab es viele Frauen wie sie.

Auf der Toilette kontrollierte sie ihre Frisur und legte frischen Lippenstift auf. Ihre langen Haare und die vollen Lippen waren ihr Kapital, das musste sie nutzen. Sie drehte sich vor dem Spiegel. Na gut, ihr Hintern war auch nicht zu verachten und dank des Push-up BHs machte auch ihr Dekolleté was her. Dazu das schwarze Designerkleid, das sich an ihre Rundungen schmiegte und einen fast schon obszön tiefen Rückausschnitt besaß. In diesem Aufzug sollte sie eigentlich genug sexuelle Reize aussenden.

Sie wusch ihre Hände und kehrte dann in den Gastraum zurück. Ein Kellner glotzte sie so unverfroren an, dass er beinah mit einem anderen Kellner zusammengestoßen wäre. Hope lächelte amüsiert. Auch die Männer an den Tischen starrten sie an. Sie - das arme Mädchen aus Downtown L.A. Verrückt.

Betont selbstbewusst schlenderte sie an den Tischen vorbei. Wie zufällig fiel ihr Blick auf Scott Coleman. Er beäugte sie und fühlte sich in keinster Weise ertappt, als sie seinen Blick auffing. Im Gegenteil. Er lächelte und nickte ihr zu. Sie musterte ihn, als müsste sie erst prüfen, ob er es wert war, beachtet zu werden und nickte dann ebenfalls.

Erleichtert schob sie sich neben Ryan auf ihren Platz. Ihr Herz pochte aufgeregt. Der erste Schaulauf war geschafft.

»Gut gemacht. Dein Auftritt war perfekt«, lobte Ryan. »Man könnte meinen, du genießt es, den Männern den Kopf zu verdrehen.« Er hatte einen seltsamen Ausdruck im Gesicht, eine Mischung aus Bewunderung und Unbehagen.

Sie schenkte ihm ein zuckersüßes Lächeln. »Ich genieße es, die feinen Pinkel hier an der Nase herumzuführen. Früher hätten sie mich keines Blickes gewürdigt und jetzt starren sie mich alle an.«

»Ich bin mir sicher, dass sie dich auch früher bemerkt hätten,«, meinte Ryan.

»Aber jetzt respektieren sie mich«, gab Hope zurück. »Weil sie mich für ebenbürtig halten.«

»Du *bist* ihnen ebenbürtig«, sagte Ryan ernst. Das war kein Scherz. Er meinte, was er sagte. Hopes Herz schien anzuschwellen, Wärme floss durch sie hindurch. Sie war gerührt. »Danke.«

Ryan legte seine Hand auf ihre und strich mit dem Daumen über ihren Handrücken. »Du bist etwas ganz Besonderes, Hope. Alle hier haben das bemerkt.«

Hope schüttelte lachend den Kopf. »Sie haben meinen nackten Rücken und meinen Hintern bemerkt. Das ist alles.« Sie nickte Richtung Fenstertisch. »Was ist mit Coleman? Hast du ihn beobachtet?«

»Coleman konnte seine Augen nicht von dir lassen. Du hast ihn am Haken.«

Hope wagte einen verstohlenen Blick zum Fenstertisch. Coleman sah sie immer noch an, doch diesmal war sein Blick hart. Sie musste in ihrer Rolle bleiben, deshalb behielt sie ihr Lächeln bei. »Auf jeden Fall weiß er, mit wem ich hier bin und es gefällt ihm nicht«, sagte sie.

»Gut.« Ryan nahm ihre Hand und hielt sie an seine Lippen. »Das wird seinen Jagdtrieb befeuern. Er wollte schon immer das, was mir gehört.«

Fragend hob Hope die Augenbrauen. »Ich gehöre dir? Das ist mir neu.«

Ryan schüttelte grinsend den Kopf. »Willst du dieses Spiel wirklich wieder starten?«

Sie rückte näher und grinste nun frech. »Warum nicht? Für gewöhnlich gewinne ich.«

Er rückte ebenfalls näher. Nur noch wenige Zentimeter trennten sie. »Irgendwann wirst du verlieren.«

»Wäre das so schlimm?«

Ryan legte eine Hand auf ihr Bein und ließ seine Finger unter ihren Rock gleiten. »Ich weiß nicht. Ist die Vorstellung von meinem Schwanz in deiner glatten Pussy oder meiner Zunge zwischen deinen Beinen schlimm?«

Hopes Herz machte einen Sprung. Ein heißer Schauer rieselte über ihre Haut, Hitze sammelte sich zwischen ihren Beinen. Gespielt entrüstet wich sie zurück »Benimm dich. Wir sind hier in einem Sternerestaurant.«

»Das stört mich nicht«, gab er zurück und schob seine Finger noch ein wenig höher.

Hope griff unter den Tisch und stoppte ihn. »Dein Erzfeind beobachtet uns. Ich weiß nicht, wie er es finden würde, wenn du mich befummelst.«

Ryan deutete auf die Tischdecke. »Das kann er gar nicht sehen. Aber ich wette, er wäre dann gerne an meiner Stelle.«

Der Kellner kam, dekandierte den Wein und fragte, ob sie bereits gewählt hätten.

»Nimm einfach irgendwas«, sagte Hope. Ihr stand nicht der Sinn nach einer Menüauswahl, ganz abgesehen davon, dass ihr die meisten Speisen sowieso nichts sagten: *zweierlei von der Tsarkaya Auster, Kesselfleisch-Bouillon mit Kalbsbries Chips und gebeizter Thunfischbauch mit Sternanis und konfiertem Gemüse.* Die Speisen hätten genauso gut in klingonisch verfasst sein können und sie hätte sich nicht weniger darunter vorstellen können.

Ryan wählte ein fünf Gänge Menü und bestellte auch gleich die »korrespondierenden Getränke« dazu. Nur mühevoll konnte Hope sich das Lachen verkneifen. Die Reichen waren wirklich nicht ganz dicht.

»Korrespondierende Getränke«, sagte sie, sobald der Kellner weg war. »Was ist das für ein Schwachsinn? Gib mir ein Bier und ich bin glücklich.«

Ryan fiel in ihr Lachen mit ein. »So ist das bei uns. Gewöhn dich dran.«

»Kommt darauf an. Sind die Getränke scheiße, bestelle ich mir ein Bier, darauf kannst du dich verlassen. Soll ich vor dem Essen noch mal auf Toilette gehen?«

Ryan schüttelte den Kopf. »Später. Nach dem ersten oder zweiten Gang. Der Mistkerl soll ja nicht glauben, du hättest Blasenprobleme.«

Spielerisch knuffte sie ihn in die Seite. »Blödmann.«

Sie alberten eine Weile herum. Hope fühlte sich ausgelassen und entspannt. Der erste Essensgang war undefinierbar, schmeckte aber ziemlich lecker. Scott Coleman verschwand aus ihren Gedanken.

»Ich frage mich«, sagte Ryan plötzlich nachdenklich. »Warum du deine Fähigkeiten nicht genutzt hast, um etwas aus dir zu machen. Ich meine, du bist eine tolle Frau und demnächst erfahren wir außerdem, ob du auch intelligent bist.« Er grinste hinterlistig.

Hope warf ihm einen giftigen Blick zu. »Wenn ich schlauer bin als du, werde ich mir was richtig Fieses für dich ausdenken, sodass du es bereust, dich auf die Wette eingelassen zu haben.«

»Wenn du schlauer bist als ich, traue ich dir das sogar zu«, gab Ryan zurück, was ihm einen schmerzhaften Tritt mit Hopes hochhackigen Schuhen einbrachte.

Vor dem Dessert ging Hope auf die Toilette und das auch nur, weil Ryan sie daran erinnerte. Der Abend machte so viel Spaß, dass sie nicht die geringste Lust auf einen zweiten Schaulauf verspürte. Doch Ryan konnte seinen Widersacher offenbar nicht aus seinen Gedanken verbannen.

Mit wiegenden Hüften schlenderte Hope zur Toilette, benutzte sie diesmal sogar und legte anschließend wieder frischen Lippenstift auf. Zum Schluss schob sie ihre Brüste in Form und zog den Rockteil des Kleides zurecht, dann verließ sie die Toilette.

Und stieß direkt mit Scott Coleman zusammen.

Sie taumelte rückwärts.

Coleman hielt sie fest. »Hoppla«, sagte er. Seine Hand ruhte einen Augenblick länger als nötig auf ihrer Taille. »Bitte verzeihen Sie. Haben Sie sich wehgetan?«

»Nein, alles gut.« Sie glättete ihren Rock und wollte weitergehen, doch das war Scott Coleman. Er hatte sie abgepasst. Ryan würde wollen, dass sie die Situation nutzte.

Sie legte eine Hand auf seinen Arm. »Ist bei Ihnen alles in Ordnung? Hoffentlich bin ich Ihnen nicht auf die Füße getreten. Hohe Absätze sollen höllisch wehtun, habe ich mir sagen lassen.«

»Den Schmerz würde ich gerne ertragen, für eine hübsche Frau wie Sie«, gab Scott zurück.

Sein Bart war ordentlich gestutzt und er duftete nach teurem Rasierwasser. Seine braunen Augen standen ein wenig zu eng beieinander, was ihn zwar gutmütig, zugleich aber auch ein wenig verschlagen aussehen ließ. Außerdem betonte das seine große Nase. »Aber keine Sorge. Sie sind mir nicht auf die Füße getreten«, sagte er.

Hope tat, als würde sie sich darüber freuen. »Was für ein Glück. Ich bin immer so ungeschickt.«

Er streckte ihr seine Hand entgegen. »Scott Coleman.«

Hope ergriff sie. »Freut mich.« Seine Haut war weich, die Hände gepflegt. »Ich bin Mary. Mary Anderson.«

»Mary. Der Name gefällt mir.« Scott vertiefte seinen Blick in ihren. Spätestens jetzt sollte sie eigentlich verschwinden, denn das war eindeutig eine Anmache.

»Vielen Dank«, sagte Hope. »Ich fand ihn immer ein wenig langweilig.«

»Bei einer so interessanten Frau, wie Sie es sind, ist kein Name der Welt langweilig«, gab Scott zurück. Hope rollte innerlich mit den Augen. Im Süßholz raspeln war der Kerl einsame Spitze.

»Ich habe Sie noch nie hier gesehen. Sind Sie zum ersten Mal im Organza?«, nahm Scott den Gesprächsfaden auf.

»Ich bin tatsächlich zum ersten Mal hier. Ich lebte viele Jahre lang in Europa und bin erst vor wenigen Wochen nach L.A. zurückgekehrt. Ein Freund hat mir das Restaurant empfohlen.«

Nicht zu viel erzählen, mahnte sie sich. Einem Fremden erzählte man nicht seine gesamte Lebensgeschichte. Das hatte Ryan ihr eingebläut, nur für den Fall, dass sie mit Scott ins Gespräch kommen würde. Sie hatte das abgetan, doch wie es aussah, hatte er recht behalten.

»Derselbe Freund, mit dem sie heute Abend hier sind?«, hakte Scott nach. Sein Lächeln bekam etwas Wölfisches.

»Ja genau.« Jetzt durfte sie nichts weiter sagen. Sie musste einem Fremden nicht erklären, wie sie zu Ryan stand oder woher sie ihn kannte.

»Bleiben Sie in L.A. oder kehren Sie wieder nach Europa zurück?«, fragte Scott.

»Ich bleibe, zumindest vorerst.« Sie lächelte liebenswürdig, aber zugleich mit einer gewissen Unverbindlichkeit, schließlich war sie mit einem anderen Mann hier und er sollte sie nicht für eine Schlampe halten.

»Dann sehen wir uns hoffentlich wieder«, sagte Scott.

»Da bin ich mir sicher. L.A. ist ein Dorf.« Diesmal reichte sie ihm ihre Hand. »Ich muss zurück an meinen Tisch. Es war nett, Sie kennenzulernen, Mr. Coleman.«

»Bitte nennen Sie mich Scott.« Er drückte ihre Hand und hielt sie fest. Hope verspürte den Wunsch, ihre Hand wegzuziehen. Dieser Mann tat höflich und zuvorkommend, doch in Wahrheit war er ziemlich aufdringlich.

»Also gut. Scott«, sagte sie. »Dann müssen Sie mich Mary nennen.«

»Gerne. Bis bald, Mary.« Scott ließ sie endlich los und verschwand in der Männertoilette.

Erleichtert kehrte Hope an den Tisch zurück. Ryan erwartete sie bereits. Er wirkte missmutig. »Und? Hat er dich angesprochen?«

»Yep.« Hope schob sich auf den Ledersitz. In ihrer Abwesenheit hatte der Kellner den Nachtisch gebracht. Weißer und roter Schaum, garniert mit Beeren und zwei hauchdünnen Keksen.

»Hm. Sieht lecker aus.« Hope nahm den Löffel und stippte ihn in den Schaum.

»Dürfte ich bitte mehr erfahren?«, hakte Ryan unwillig nach.

Hope stieß einen Seufzer aus. »Er hat mich abgepasst und mich in ein Gespräch verwickelt. Damit hab ich echt nicht gerechnet. Du hattest recht.«

Ryan schnaubte. »Ich kenne ihn. Das ist so typisch. Hat er mit dir geflirtet?«

»Allerdings.« Hope nahm einen Keks und steckte ihn in ihren Mund. »Ich bekam fast einen Zuckerschock von seinem Süßholzgeraspel«, sagte sie kauend.

Ryan presste die Lippen zusammen. Ein seltsamer Ausdruck huschte über sein Gesicht.

»Bist du etwa eifersüchtig?«, fragte Hope überrascht.

»Ich will nicht, dass er dich angrabscht«, murrte Ryan.

»Daran wirst du dich gewöhnen müssen«, gab Hope kühl zurück. »Du hast mich für diese Sache engagiert. Sei froh, dass dein Plan funktioniert.«

Während sie den Löffel füllte und ihn dann genüsslich ableckte, starrte Ryan sie an. »Ich bin froh.«

»Wirklich? Sieht nicht so aus.« Hope tauchte ihren Löffel erneut in den Schaum, hielt ihn diesmal aber vor Ryans Lippen. »Hier probier mal. Schmeckt lecker.«

Gehorsam öffnete er den Mund. »Du bist eiskalt, weißt du das?«

»Ich tue, wofür du mich bezahlst«, gab Hope ungerührt zurück. Innerlich triumphierte sie.

KAPITEL 12
RYAN
* * *

GENERVT ZOG RYAN seine Krawatte ab und warf sie auf das Bett, öffnete dann seine Manschettenknöpfe. Der Abend war ein Erfolg gewesen. Alles lief nach Plan. Hope hatte sogar versprochen, nie mehr in das Haus dieses degenerierten Drogendealers zurückzukehren.

Warum zum Teufel war er trotzdem frustriert?

Coleman war sofort auf Hope angesprungen. Den ganzen Abend lang hatte er sie beobachtet und nicht mal den Versuch unternommen, es heimlich zu tun. Als sie zur Toilette ging, war er sofort aufgestanden und ihr gefolgt. Doch statt zu triumphieren, wäre Ryan am liebsten hinterhergegangen und hätte dem Mistkerl die Faust ins Gesicht gerammt für seine Unverfrorenheit. Wütend zerrte er an seinen Westenknöpfen. Er braucht einen Drink, sonst würde er die halbe Nacht wachliegen und sich über seine eigene Dummheit ärgern. Er musste Hope aus seinen Gedanken verbannen und das gelang am besten, wenn er seinen Schwanz in eine andere steckte. Diane? Sie wäre sofort dabei. Er zögerte. Wenn Hope das erfuhr, wäre es ein für alle Mal vorbei. Aber war es nicht genau das, was er wollte?

Er nahm sein Smartphone und schickte eine Nachricht an Diane.

Hast du morgen Abend Zeit?

Diane antwortete sofort.

Hab ich. Willst du bei mir vorbeikommen?
Ich koch uns was Leckeres.

Die Frau war wie eine reife Tomate, die unbedingt von ihm gepflückt werden wollte. Morgen würde er seinem unheiligen Verlangen nach Hope endgültig Einhalt gebieten, denn Diane würde es sich garantiert nicht nehmen lassen, es Hope unter die Nase zu reiben, wenn sie Sex mit ihm gehabt hatte.

Okay. Wir sehen uns morgen.

Damit wäre das geklärt. Er stapfte ins Wohnzimmer und goss sich einen Drink ein. Licht brauchte er keines. Die Solarlampen auf der Terrasse und die Lichter der Stadt spendeten genug Helligkeit. Sie erhellten den Himmel über L.A. wie ein Flammenmeer. Kurz blieb er vor der großen Frontscheibe stehen, starrte in die Nacht hinaus und trank, dann setzte er sich auf das Sofa. Was er für Hope empfand, war ihm nicht geheuer. Dieses Drängen, das gute Gefühl, dass er bekam, wenn er mit ihr zusammen war. Der Wunsch, sie zu beschützen. Und es gefiel ihm nicht, sie auf Coleman loszulassen. Es gefiel ihm ganz und gar nicht.

Leise Schritte ließen ihn aufhorchen. Er blickte über die Schulter. Es war Hope. Barfuß tapste sie die Treppe hinab. Sie trug ein weißes, ärmelloses Nachthemd, das ihr gerade mal bis zu den Oberschenkeln reichte. Durch den dünnen Stoff hindurch konnte er ihre Nippel erkennen. Wie ein dunkler Wasserfall flossen ihre langen Haare über ihren Rücken. Sofort verspürte er wieder das Kribbeln in der Lendengegend. Sein Schwanz erwachte.

Hope ging zur Fensterfront und schaute mit vor der Brust verschränkten Armen hinaus, genauso wie er es zuvor getan hatte. Offenbar hatte sie ihn noch nicht bemerkt. Das Gegenlicht ließ das Nachthemd fast transparent werden, sodass er ihre Konturen sehen konnte. Sie war so verflucht sexy, noch ein paar Kilo mehr und ihre Formen würden jeden Mann um den Verstand bringen. Ihn zumindest hatten sie bereits um den Verstand gebracht.

»Kannst du auch nicht schlafen?«, fragte er.

Erschrocken fuhr sie herum. »Nein. Du auch nicht?«

Es war eher eine Feststellung als eine Frage. Er schüttelte den Kopf. Reden würde diesen Moment bloß zerstören. Sein Schwanz versteifte sich immer mehr, einfach nur, weil sie vor ihm stand und ihn betrachtete. *Scheiß auf Diane und auf alle anderen.* Er wollte Hope verdammt noch mal.

»Komm her«, sagte er. »Setz dich zu mir.«

Sie trat näher, doch statt sich zu setzen, blieb sie vor ihm stehen. Er sah zu ihr auf. Knisternde Spannung lag in der Luft. Begehren. Und sie beide spürten das. Schweigend beugte er sich vor, umfasste ihre Hüften und zog sie zwischen seine Beine. Sie wehrte sich nicht.

Er hielt sie an den Hüften gepackt und betrachtete ihr Gesicht. Die Schatten schenkten ihr Kanten, die sie sonst nicht besaß. Ihr Blick war dunkel und unergründlich, doch er spürte eine gewisse Bereitwilligkeit, als hätte die Nacht ihre Bedenken fortgewischt.

»Ryan?«, wisperte sie. Die Frage war voller Zweifel, Verlangen, Sehnsucht und Angst. Doch er wollte jetzt nicht reden. Er wollte den Augenblick nicht mit Wortgefechten zerstören.

»Still!« Er ergriff den Saum ihres Nachthemdes und schob es langsam höher, der Stoff und seine Finger glitten über ihre nackte Haut. Höher und höher, bis über ihren Hintern. Ihr Atem beschleunigte sich. Ryan umfasste ihre schmale Taille, strich dann hinauf bis zu ihren Brüsten und dann wieder hinab zu ihren Beinen. Am liebsten hätte er zehn Hände, um Hope überall gleichzeitig zu berühren. Das Paradies lag auf Augenhöhe. Der rosa Slip stellte kein Hindernis dar.

»Mal sehen, ob Galina ihre Arbeit richtig gemacht hat«, sagte er und schob seine Finger in ihren Slip. Er berührte die glattrasierte Scham, tastete tiefer. Zarte Haut und Feuchtigkeit. Fuck ja. Sie war bereits erregt. Deshalb konnten sie beide nicht schlafen. Die Sehnsucht war einfach zu groß.

Er zog die Finger aus ihrem Slip. »Ich will mehr sehen. Zieh das Nachthemd aus!« Seine Stimme klang rau.

»Ryan ...«, begann sie.

Keine Widerrede. Er würde nicht zulassen, dass sie den Moment zerstörte. »Zieh es aus!«

Sie gehorchte. Ryan hielt den Atem an. So nah. Er war dem Ziel so nah. Sie ließ das Nachthemd fallen und er betrachtete sie eingehend, sog den Anblick ihres nackten Körpers in sich auf. Jeder Rundung, die Beschaffenheit ihrer karamellfarbenen Haut, auf der dank Galina kein einziges Haar mehr wuchs, die dunklen Nippel, die sich zu harten Knospen zusammengezogen hatten, obwohl er sie noch gar nicht berührte.

Er schluckte hart. »Der Slip.«

Hope zögerte. Ryan sah zu ihr auf und wartete. Er wollte sie so sehr, dass es schmerzte, doch er wollte sie nicht mit seiner Lust überwältigen. Sie sollte es überlegt und aus freien Stücken tun. Ohne Reue.

Sie streifte den Slip ab und trat ihn zur Seite. Ihre nackte Pussy war direkt vor seinem Gesicht. Einladend entblößt für seinen Blick. Für seine Finger. Seine Zunge. Und seinen Schwanz.

»Stell die Beine auseinander. Ich will dich anfassen.« Heiß pulsierte das Blut durch seine Adern. Er war ungeduldig und zugleich wollte er es hinauszögern.

In ihrem Blick mischten sich Erregung und Qual. Noch immer kämpfte sie gegen ihr Verlangen an. Zögerlich stellte sie die Beine auseinander.

Ryan schob seine Finger zischen ihre Schenkel, tastete nach ihrer Klit. Es war kein Reiben, es war ein Gleiten. Sie war so sehr bereit für ihn.

»Entspann dich«, sagte er, als er spürte, wie sie zitterte. Langsam schob er einen Finger in sie hinein. Hope stöhnte unterdrückt. Ihr Inneres war heiß und feucht und sehr eng. Er stellte sich vor, wie er sie spreizte und seinen Schwanz in ihrem Inneren vergrub. Mit dem Daumen massierte er ihre Klit. Sie konnte nicht mehr stillhalten und bewegte sich auf seinen Fingern. Ein leises Wimmern drang aus ihrem Mund. Ryan knurrte. Das waren die Laute, die er hören wollte. Sie sollte wimmern und stöhnen.

Mit der anderen Hand griff er nach oben und umfasste ihre Brust. Sie passte perfekt in seine Hand. Sein Schwanz sprengte fast die Anzughose, so sehr erregte ihn ihre Lust.

Er beugte sich vor, umfasste ihren Hintern und ließ seine Zunge über ihre Klit tanzen, bis sie stöhnend den Kopf in den Nacken warf und ihm ihr Becken entgegenschob, dann zog er sie auf seinen Schoß.

Sie war perplex und atemlos, weil er den nahenden Höhepunkt abrupt unterbrochen hatte, doch bevor sie etwas sagen konnte, umfasste er ihren Hinterkopf und zog sie in einen tiefen, sinnlichen Kuss. Sie war nackt und er noch immer komplett angezogen. Das hatte einen besonderen Reiz, denn es machte sie verwundbar und weicher, als sie normalerweise war. Sie drängte sich gegen seinen Körper, presste sich gegen seine Erektion. Es fiel ihm unglaublich schwer, sich zurückzuhalten. Sie nicht einfach auf den Rücken zu werfen und endlich in sie einzudringen. Doch er wollte es auskosten, wollte ihre Erregung in solche Höhen treiben, dass die Erlösung ihre Welt erschütterte.

Ungeduldig begann sie, an seiner Hose herumzunesteln. Er half ihr, indem er seinen Gürtel für sie öffnete. Hope hob ihre Hüften, damit er seine Hose abstreifen konnte, dann umfasste sie seinen Schwanz. Als sich ihre Finger um seinen Schaft schlossen und sich langsam auf und ab bewegten, stöhnte er auf. Lange würde er das nicht durchhalten. Dafür begehrte er sie viel zu sehr. Er hätte sich vorher einen runterholen sollen, nur für alle Fälle.

Hope hob ihr Becken an und setzte seinen Schwanz an ihre Öffnung. Es war der geilste Anblick aller Zeiten und Ryan wollte keine Sekunde davon verpassen. Er spreizte ihre Schamlippen und rieb über ihre Klit, bis er sah, wie sein Schwanz langsam in ihrer Öffnung verschwand. Er war gut gebaut, das hatte er von seinem Vater geerbt, deshalb gelang es Hope nicht sofort, ihn vollständig in sich aufzunehmen. Er spürte, wie er sie dehnte, und ließ ihr Zeit sich an seine Größe zu gewöhnen. Sie bewegte sich sachte und ließ ihn dabei immer tiefer in sich gleiten. Sie war so eng und anscheinend nur halb so erfahren, wie ihr vorlautes Mundwerk vermuten ließ.

»Ja Baby, schieb ihn tiefer«, er umfasste ihre Hüften. »Ich will, dass du mich in dir spürst.«

Als er vollständig in ihr war, stöhnte sie laut seinen Namen und fiel gegen seinen Oberkörper. Ein paar Sekunden lang bewegte sie sich nicht, doch ihre Muskeln zuckten um seinen Schwanz. Heiß und lustvoll. Das brachte ihn fast zum Kommen und er musste schnell an etwas Unerotisches denken, um es zu verhindern. Er dachte an Verhütung. Verdammt! Wie hatte er das vergessen können?

»Hope«, stieß er hervor und hielt sie fest, damit sie nicht auf die Idee kam, sich zu bewegen. »Verhütest du?«

Sie sah ihn an und nickte. Ihre Augen glänzten erregt. »Pille.«

Ein Glück. Er lockerte seinen Griff, was sie sofort nutzte, um mit ihrem Unterleib sachte auf seinem Schwanz zu kreisen.

»Oh mein Gott Hope«, wisperte er. So viel klang aus seiner Stimme. Die Lust, die er spürte, das Begehren und auch die Sehnsucht. Er wollte ihr nahe sein. Er wollte sie ficken. Er wollte sie glücklich machen. Alles zugleich.

Sie küsste ihn mit ihrem sinnlichen Mund. Er konnte nicht länger stillhalten und stieß nach oben, tief in sie hinein. Sie stöhnte laut in seinen Mund. Er spielte mit ihren Brüsten, rieb über ihre Nippel. Seine Sinne waren hellwach, jede Bewegung war wie ein Rausch. Sein Körper gierte nach ihrem. Er war Feuer und sie die Fackel, die ihn immer wieder aufs Neue entzündete.

Hope schien es genauso zu ergehen. Ihre Bewegungen wurden drängender, schneller, er konnte sie nicht stoppen, nur hoffen, dass ihr Höhepunkt genauso nah war wie seiner. Ihr Stöhnen hallte durch den Raum. Der Höhepunkt war wie ein Sturm, der ihn von den Füßen riss. Er umklammerte ihre Hüften, schob sich bis zum Anschlag in sie hinein und hörte sich Laute ausstoßen, die er nie zuvor von sich gehört hatte. Hope rief seinen Namen, ihr Körper zuckte. Länger als je zuvor hielt der Höhepunkt ihn in seinem Griff.

Atemlos umklammerten sie einander.

»Fuck.« Hope sackte in sich zusammen und barg ihren Kopf in seiner Halsbeuge.

Ryan wartete, bis sich sein rasender Herzschlag wieder beruhigt hatte, dann schob er sie zurück, umfasste ihr Gesicht mit seinen Händen und küsste sie. Hope erwiderte den Kuss. Er vergrub die Hände in ihren Haaren, wollte sie festhalten, wollte diesen Augenblick festhalten, weil er etwas Besonderes war.

Es würde nicht lange dauern, bis er bereit für die nächste Runde war und dann wollte er sie vor sich ausgebreitet sehen. Auf seinem Bett. Er wollte sich Zeit nehmen, um jeden Zentimeter ihres Körpers zu erkunden.

»Wollen wir nach oben gehen? Dort ist es bequemer«, wisperte er in ihr Ohr.

Sie antwortete nicht sofort, so als müsste sie erst darüber nachdenken, dann stieß sie einen Seufzer aus und schob ihn zurück. »Du hast recht. Ich sollte in mein Zimmer gehen.«

Hatte sie ihn falsch verstanden? »So habe ich das nicht gemeint. Ich will, dass du mit mir in mein Schlafzimmer kommst.«

Sie schluckte, mied seinen Blick, als hätte sie ein schlechtes Gewissen. »Lieber nicht.« Sie streifte ihre Haare zurück und stieg von ihm ab. Sein Schwanz rutschte aus ihr hinaus. Der intime Augenblick war vorüber.

Ryan zog seine Hose an, packte seinen Schwanz weg und flüchtete sich in Humor. »Du willst wirklich darauf verzichten, mich endlich nackt zu sehen?«

Sie lächelte, doch es war kein echtes Lächeln. Es kam nicht von Herzen. »Tut mir leid, aber ich schlafe lieber allein.«

Sie grabschte ihr Nachthemd und huschte, ohne sich noch einmal nach ihm umzusehen, davon.

KAPITEL 13
HOPE
* * *

DIANE WAR DA. Mist. Angeblich wollte sie etwas Wichtiges besprechen. Nicht bloß mit Hope, sondern auch mit Ryan. Eigentlich wollte Hope ihm den Rest des Tages aus dem Weg gehen. Blondie machte diesen Beschluss zunichte.

Sie zog einen hellgrauen Hosenanzug an und fasste ihre Haare im Nacken zu einem Zopf zusammen. In einem Onlinemagazin hatte sie gesehen, dass Businessfrauen sowas trugen und da diese Frauen Hopes Meinung nach ziemlich streng und seriös aussahen, wollte sie es ihnen gleichtun. Sie musste Ryan auf Distanz halten. Der Sex mit ihm war unvergleichlich gewesen. Sowas hatte sie noch nie erlebt und genau das hatte ihr plötzlich schreckliche Angst gemacht. Die Art, wie Ryan sie berührte, seine Küsse und - oh mein Gott - sein Schwanz brachten sie um den Verstand. Andere Kerle hatten sie bloß gerammelt, ohne Rücksicht darauf, ob sie etwas davon hatte. Manche hatten zumindest versucht, sie zu befriedigen, sich dabei aber ziemlich ungeschickt angestellt. Ihr Kitzler war keine Schraube, die man kraftvoll in die Wand drehen musste.

Ryan war anders. Er nahm sich, was er wollte, war zugleich aber auch einfühlsam und achtete auf ihre Reaktionen.

Der Mistkerl hatte ihr einen unglaublichen Orgasmus beschert, und sie damit völlig aus der Bahn geworfen. Statt schwächer war ihr Verlangen nach ihm nun umso stärker, daran hatte auch die Flucht in ihr Zimmer nichts geändert. Und sie hatte nicht mal auf ein Kondom bestanden, was sie sonst *immer* tat! In Ryans Nähe konnte sie nicht mehr klar denken, schon das allein war ein Grund, ihn zukünftig auf Abstand zu halten.

Sie zog den Blazer glatt und betrachtete sich im Spiegel. Die weiße Bluse, die sie unter dem Blazer trug, sah am Hals komisch aus, sie musste die beiden oberen Knöpfe öffnen. Das wirkte immer noch businessmäßig genug. Wenn sie cool blieb, würde sie die Besprechung schon rumkriegen.

Mit hoch erhobenem Kopf stöckelte sie nach unten ins Wohnzimmer, wo Ryan und Diane sie bereits erwarteten. Ryan saß mit dem Rücken zur Treppe, doch als er sie hörte, drehte er sich um und starrte sie an. Ein stiller Vorwurf lag in seinem Blick und die Frage nach dem Warum. Sie musste ihr Herz beschützen, deshalb ignorierte sie ihn. Das Kinn nach oben gereckt ging sie weiter und konzentrierte sich lieber auf die perfekt gestylte Diane als auf Ryan.

»Guten Tag, Hope«, sagte Diane und schaute von ihr zu Ryan und wieder zurück. Hope brach der Schweiß aus. Wie verhielt man sich nach Sex, den man bereute?

»Hey, wie geht's?« Sie schaffte es einfach nicht, Ryan anzuschauen. Aus den Augenwinkeln sah sie, dass er die Lippen zusammenpresste und den Kopf wegdrehte, als könnte er ihren Anblick ebenso wenig ertragen.

Diane sah Ryan erneut an, dann wieder sie und ihr Lächeln gefror. »Habt ihr beiden euch gestritten?«

»Nein. Wie kommst du denn darauf?« Hopes Beteuerung kam zeitgleich mit Ryans, der einen Streit ebenfalls sofort verneinte. Es war nicht gelogen. Sie hatten nicht gestritten. Sie hatten bloß den besten Sex ihres Lebens gehabt. Zumindest für Hope war es so.

Sie setzte sich auf das Sofa neben Ryan, nicht zu nah, aber auch nicht zu weit entfernt. Er grinste sie an wie ein Idiot. Blondies Miene wurde endgültig ernst. Sie strich über ihren engen Rock und schlug geziert die Beine übereinander. »Ihr wollt sicher wissen, warum ich euch beide sehen wollte«, sagte sie mit frostiger Stimme.

»Ja natürlich«, sagte Ryan. »Ich nehme an, es handelt sich um Coleman.«

Diane nickte. »Er hat mich am Sonntag zu einer Abendgesellschaft eingeladen. Ich habe ihn gefragt, ob ich eine Freundin mitbringen kann.«

Ryan rührte sich nicht, er lächelte auch nicht. »Das passt ja wie die Faust aufs Auge.«

Hope beugte sich angespannt vor. Sonntag. Das war in zwei Tagen. »Was hat er gesagt?«

»Er wollte mehr über die Freundin wissen und war ganz aus dem Häuschen, als ich ihm sagte, dass es sich um Mary Anderson handelt, die erst kürzlich wieder nach L.A. gekommen ist.« Sie zog die Augenbrauen hoch und musterte Hope wie eine strenge Lehrerin. »Wie es aussieht, hat das Treffen im Restaurant funktioniert.«

Ryan verzog das Gesicht. »Und wie das funktioniert hat. Ihm ist der Sabber aus dem Mund gelaufen. Er hat Hope bis auf die Toilette verfolgt.«

Diane kniff die Augen zusammen. »Naja. Sie war ziemlich freizügig gekleidet und entspricht seinem Beuteschema. Diese Gelegenheit will er sich natürlich nicht entgehen lassen.«

»Er ist ein Drecksack«, stieß Ryan hervor. »Sie war in Begleitung da und es war ihm völlig egal.«

Diane musterte ihn mit kühlem Blick, der ihre Missbilligung zum Ausdruck brachte. »Sie war mit *dir* da. Du weißt, dass ihn das noch mehr gereizt hat. Ich dachte, das war der Plan.«

Ryan lehnte sich zurück und verschränkte die Arme vor der Brust. Die Sache gefiel ihm nicht, das war deutlich zusehen. Für Hope sah es sogar so aus, als würde er am liebsten einen Rückzieher machen. Ihr wäre es recht, aber würde er ihr dann trotzdem die Wohnung überlassen? Oder den Entzug ihrer Mom weiterbezahlen?

Diane wendete sich an Hope. »Hast du etwas Passendes zum Anziehen?«

»Keine Ahnung.« Hope setzte sich zurück und verschränkte ebenfalls die Arme vor der Brust. Jetzt saßen sie da wie zwei trotzige Kinder, denen Mama eine Strafpredigt hielt.

»Meine Güte.« Diane stieß einen Seufzer aus und rollte mit den Augen. »Ich habe keine Ahnung, welche Laus euch heute über die Leber gelaufen ist, aber ich mache das hier nicht aus Spaß, also reißt euch gefälligst zusammen. Hope. Wir beide gehen jetzt nach oben und schauen, was du im Schrank hast. Sollte nichts Passendes dabei sein, wovon ich ausgehe, gehen wir shoppen.« Sie bedachte Ryan mit einem strengen Blick. »Damit kämen wir zu deinem Part in diesem Szenario.«

Murrend zog er seine Brieftasche aus dem Jackett. »Wie viel braucht ihr?«

»Ich werde das Geld vorlegen und du stellst mir anschließend einen Scheck aus«, sagte Diane. Sie stand auf. »Komm mit.«

Hope folgte ihr nach oben. In ihrem Zimmer steuerte Diane schnurstracks den begehbaren Kleidschrank an und musterte die Kleider mit einem flüchtigen Blick. »Es sind noch dieselben Kleider wie letztes Mal«, stellte sie fest. »Hast du deine Garderobe seitdem nicht erweitert?«

Hope fühlte sich unbehaglich. Blondie war offenbar ziemlich gereizt. »Nein. Warum sollte ich?«

Diane kniff sich genervt in die Nasenwurzel. »Meine Güte, Hope. Statt dich an Ryan ranzumachen, solltest du dich lieber auf deine Aufgabe konzentrieren. Die Sache mit Coleman ist kein Witz.«

»Ich mache mich nicht an Ryan ran«, wehrte Hope ab. Das tat sie wirklich nicht. Sie konnte ihm bloß einfach nicht widerstehen.

Diane verengte die Augen zu Schlitzen. »Halt mich nicht für blöd. Selbst ein Blinder konnte sehen, was zwischen euch abgeht.«

»Gar nichts geht da ab«, Hope verschränkte abwehrend die Arme vor der Brust. »Ich mache mein Ding und er macht seins.«

»Das will ich hoffen.« Diane trat näher und funkelte sie zornig an. »Es gibt ein Sprichwort, Hope: Schuster bleib bei deinen Leisten. Ryan will dich vielleicht ficken, weil du exotisch bist, doch mehr wird zwischen euch nie passieren, das solltest du dir bewusst machen. Ich geb dir einen Rat: Such dir einen netten Kerl in deiner Gesellschaftsschicht und sei zufrieden damit.«

Hope bedachte Blondie mit einem verächtlichen Blick. Die Frau hatte keine Ahnung. Wo Hope herkam, gab es keine netten Kerle. Sie waren entweder arm, kriminell oder drogensüchtig. Manchmal auch alles zusammen, doch woher sollte Blondie das wissen? Sie interessierte sich nur für ihre eigene Welt.

Hope lächelte so süß und falsch, wie sie nur konnte. »Ich werde erst zufrieden sein, wenn alle Männer aus jeder Gesellschaftsschicht wie Hunde hinter mir herschnüffeln. Im Gegensatz zu euch reichen Tussis weiß ich nämlich, was einem Mann gefällt.«

»Ich warne dich«, stieß Diane hervor. »Treib es nicht zu weit, sonst musst du zusehen, wie du mit Coleman zurechtkommst, weil ich dann nämlich meine großzügige Hilfe einstelle. Lass die Finger von Ryan! Mehr sage ich nicht. Schmeiß dich meinetwegen an Coleman ran oder an irgendeinen anderen, aber Ryan ist tabu.«

Hope schnaubte. »Sonst was?«

Spöttisch hob Diane eine Augenbraue. »Das wirst du schon sehen. Aber ich versichere dir: Konkurrentinnen aus dem Weg zu räumen ist einer meiner leichtesten Übungen.« Sie musterte Hope abschätzend. »Jetzt komm. Wir müssen shoppen gehen. Mit dem geschmacklosen Zeug, was du sonst trägst, würdest du sofort auffliegen.«

* * *

Hope ging Ryan aus dem Weg. Ein wenig hatte sie ein schlechtes Gewissen, weil sie auf seine Kosten sündhaft teure Kleider und Schmuck eingekauft hatte, doch dann sagte sie sich, dass er schließlich wollte, dass sie die reiche Tussi mimte. Und zwar überzeugend. Dafür brauchte sie entsprechende Kleider.

Am Morgen wartete sie in ihrem Zimmer, bis sie hörte, wie er wegfuhr, und ging dann in die Küche, um zu frühstücken. Im Kühlschrank warteten ein frischer Obstteller und ein Avocadosandwich mit Tomate und Ei auf sie. Da Carl gleich vor der Tür stehen würde, aß sie bloß den Obstsalat, das Sandwich würde sie sich nach dem Yogatraining gönnen.

Eine Stunde später schickte Ryan ihr eine Nachricht, dass er sie um zwölf abholen würde. Warum und wohin er mit ihr wollte, verriet er nicht. Missmutig zupfte Hope nach der Dusche ihre Locken zurecht und schlüpfte dann in Jeansshorts und ein weites T-Shirt, das ihr immerzu über die Schultern rutschte. Das T-Shirt nervte, aber Diane meinte, das sollte so sein, es wäre sexy.

Sie setzte sich auf die Stufen vor der Eingangstür. Als Ryan vorfuhr, sprang sie abrupt auf. Schmetterlinge flatterten in ihrem Bauch herum. Er sah so unglaublich gut aus hinter dem Steuer, mit der Sonnenbrille im Gesicht, der Anzug ließ ihn elegant und sexy wirken und betonte seine breiten Schultern. Sein Gesicht war die perfekte Mischung aus Ecken und Kanten, abgemildert durch seine Haare, die sich im Nacken wellten. Er stieg aus und kam um den Wagen herum. Sein Gang war geschmeidig und kraftvoll. Hope dachte daran, wie sie ihn beim Karatetraining beobachtet hatte, und spürte ein Ziehen in ihrem Bauch. Er war so beherrscht und kraftvoll gewesen, stark und doch völlig in sich ruhend. Sein Anblick hatte sie erregt und sie hätte ihn am liebsten noch im Trainingsraum verführt. Sie wollte ihn schon viel länger, als sie sich das eingestand.

Wie hatte das passieren können, wo sie ihn doch eigentlich hasste?

Ryan öffnete die Beifahrertür. Sein Lächeln war echt aber distanziert. »Steig ein.«

»Wohin fahren wir?«, fragte Hope misstrauisch.

»Das ist eine Überraschung.«

Zögerlich stieg Hope ein. »Ich mag keine Überraschungen.«

Ryan ließ sich nicht aus der Ruhe bringen. »Diese wird dir gefallen.«

Sie fuhren schweigend. Hope war zu stolz, um ihn ein weiteres Mal nach dem Ziel zu fragen und Ryan hüllte sich in Schweigen. Er gab sich entspannt, doch die Spannung zwischen ihnen brachte die Luft um sie herum zum Knistern.

»War dein Shoppingtrip erfolgreich?«, fragte er. »Diane klang ziemlich begeistert.«

Hope warf ihm einen verächtlichen Seitenblick zu. »Willst du mich verarschen? Die Frau hasst mich.«

»Ich bitte dich, Hope. Warum sollte sie dich hassen?«

»Weil wir miteinander gevögelt haben.« Eigentlich hatte sie den Sex nicht mehr erwähnen wollen, aber es war raus, bevor sie darüber nachdenken konnte.

Sein Kopf ruckte zu ihr herum. Sein Blick war plötzlich um ein paar Nuancen dunkler. »Sie weiß es?«

»Natürlich weiß sie es. Sie ist blond aber nicht blöd.«

Ryan zuckte mit den Schultern. »Okay, was soll's. Besser sie erfährt es jetzt als irgendwann später.«

»Keine Sorge, sie will dich trotzdem noch«, gab Hope giftiger als beabsichtigt zurück. Er konnte ja nichts dafür, dass Blondie auf ihn stand und dass ihr jedes Mittel recht war, um ihn zu bekommen. Naja, im Grunde konnte er schon was dafür, weil er nicht nur reich, sondern auch noch verflucht sexy war. Der Gedanke machte Hope wütend.

»Wenn sie dich beleidigt haben sollte, tut es mir leid«, sagte Ryan. Seine Worte klangen ehrlich.

Hope schnaubte. »Warum? Bitchfight macht mir nichts aus. Eine wie die steck ich locker in die Tasche.«

Wieder sah er sie eindringlich an. »Das tust du allerdings.«

Nervös strich Hope über ihre Beine. Wie meinte er das? Es hörte sich so an, als würde er nicht nur von dem Streit sprechen. »Guck auf die Straße.«

Zehn Minuten später hielten sie vor einem offenbar frisch renovierten Gebäudekomplex im Art District. Ryan führte sie in den dritten Stock in eine voll möblierte Wohnung.

»Zwei Schlafzimmer, Bad und Gäste WC, Küche und ein Balkon auf einhundertzwanzig Quadratmetern«, sagte er.

Hope schaute sich staunend um. Die Wohnung war ein Traum. Hell und sauber, die schicken Möbel wie neu. »Warum zeigst du mir das?«

»Das ist deine Wohnung«, erklärte Ryan.

»Wie bitte?« Hope konnte es nicht fassen. Ryan wollte ihr *diese* Wohnung überlassen? Die war viel zu gut für sie.

Seine Miene wurde ernst. »Bevor du dich mit Coleman triffst, brauchst du eine eigene Wohnung.«

Hope fuhr zu ihm herum. »Glaubst du etwa, ich nehm den Kerl mit nach Hause?«

»Das hoffe ich nicht, aber falls er dich fragt, wo du wohnst oder dich abholen will, wäre es ungünstig, wenn du bei mir wohnen würdest. Sag ihm, die Wohnung ist nicht besonders luxuriös und nur für den Übergang gedacht, bis du ein Haus gefunden hast. Sag ihm, das wäre der Grund, warum du mit mir ausgegangen bist. Weil ich dein Immobilienmakler bin.«

Hope verzog das Gesicht. »Anscheinend hast du alles genau durchdacht, was?«

»Das habe ich.« Ryan nickte. Sein Grinsen wirkte plötzlich aufgesetzt.

»Wow.« Hope sah sich noch einmal um. Die Küche war aus weißem Holz mit einer Kochinsel in der Mitte und einer Theke mit hohen Stühlen. Der Balkon war mindestens doppelt so groß wie ihr Zimmer bei Dean und sie konnte direkt auf den Pool im Innenhof schauen.

»Der Pool gehört zu den Wohnungen. Du kannst ihn jederzeit benutzen«, erklärte Ryan.

»Wie viel kostet das hier?«, wollte Hope wissen.

»Der reguläre Preis liegt bei 4300 Dollar monatlich plus drei Monatsmieten Kaution.«

Viertausenddreihundert Dollar. Im Monat. So viel würde sie niemals verdienen. »Die ist viel zu teuer.«

Ryan winkte ab. »Mach dir keine Gedanken. Falls Coleman dich überprüfen lässt, musst du einigermaßen standesgemäß wohnen.«

»Und die Wohnung gehört dir?«, hakte Hope nach.

»Der gesamte Komplex gehört mir«, gab Ryan lässig zurück.

Hope blickte aus dem Fenster. Der Komplex war U-förmig angeordnet, dreistöckig und umfasste mindestens sechzig Wohnungen. Allein dieses Gebäude machte aus Ryan einen reichen Mann und das war bei Weitem nicht die einzige Immobilie, die er besaß. Zum ersten Mal wurde ihr das Ausmaß seines Reichtums bewusst und wie unbedeutend ihre Mutter und sie für ihn gewesen sein mussten. Kieselsteine auf seinem Weg, über die er einfach hinwegging.

Die Erkenntnis lag ihr schwer im Magen. Sie hatte ihn gehasst, hatte sich an ihm rächen wollen. Drei Wochen später hatte sie Sex mit ihm gehabt, ließ sich Kleider kaufen und wohnte in seiner Wohnung. In Wahrheit war sie genauso käuflich wie alle anderen. »Wie lange werde ich hier wohnen?«, fragte sie, ohne ihn anzusehen.

Er raschelte hinter ihr mit irgendwelchen Papieren herum. Wahrscheinlich der Mietvertrag. »Was hatten wir vereinbart?«

»Zwölf Jahre«, sagte Hope. Warum nicht zwei Jahre drauflegen? Für ihn machte das offenbar keinen Unterschied. Ihre Stimme klang seltsam hohl. Es war schwer, sich einzugestehen, dass manche Angebote zu verlockend waren, um sie abzulehnen.

»Also gut. Zwölf Jahre. Falls du nicht vorher wegziehen willst.« Er lachte und er hatte recht damit. Die Vorstellung, sie könnte die Wohnung freiwillig aufgeben war absurd.

Sie drehte sich um und musterte ihn. Er beugte sich über den Esstisch und trug etwas in den Mietvertrag ein, dann sah er auf. Ihre Blicke trafen sich.

»Was ist? Freust du dich nicht?«

Hope zuckte mit den Schultern. »Was ist der Preis?«

Er runzelte die Stirn. »Wie meinst du das? Es gibt keinen Preis, außer den, den wir vereinbart haben.«

»Ich hätte Coleman auch umsonst ausspioniert«, gab Hope zurück. »Das weißt du genau.«

Sie stand stocksteif da und starrte ihn an. Sein Blick ließ sie erschauern und sie erkannte entsetzt, dass es ihr nichts mehr ausmachte, in seiner Hand zu sein. Weil er gut zu ihr war und ihr Hoffnung gab. Doch das war falsch. Sie durfte nicht vergessen, wo sie sich auf der gesellschaftlichen Leiter befand.

»Es ist unwichtig, ob du es auch umsonst getan hättest«, sagte Ryan. »Du tust etwas für mich, ich tue etwas für dich. So funktioniert das im Leben.«

»Aber ich will dir nichts schuldig sein«, gab Hope zurück.

Ryan stöhnte genervt. »Hope. Was ist los? Ich dachte, du freust dich über die Wohnung. Stattdessen stehst du da und siehst aus, als wäre gerade deine Großmutter gestorben. Falls du Bedenken hast, wiederhole ich es gerne: Außer der Sache mit Coleman sind keine weiteren Bedingungen an die Wohnung geknüpft und sollte irgendwas schiefgehen, darfst du trotzdem hier wohnen bleiben.« Er hielt ihr einen Kugelschreiber hin. »Du brauchst bloß noch den Mietvertrag zu unterzeichnen.«

Hope stieß den Atem aus. Konnte dieser Mann denn nicht einfach der Widerling sein, den sie in ihm sehen wollte? Warum war er so nett zu ihr? Ihre Vereinbarung war ein Geschäft und genau so sollte sie es behandeln. Keine Gefühle. Er gab ihr etwas und sie gab etwas zurück. Leider hatte sie nicht viel zu geben, deshalb blieb ihr nur eine Wahl. Ohne den Blick von ihm abzuwenden, zog sie ihr T-Shirt über den Kopf und streifte ihren BH ab.

Ryan wirkte komplett verwirrt. »Warum ziehst du dich aus?« Sein Blick glitt über ihren Körper. Gier flackerte in seinen Augen auf.

»Ich will dir danken«, sagte Hope. Ihre Stimme klang emotionslos, als hätte sie die Worte einstudiert. Sie öffnete die Jeansshorts und streifte sie mitsamt Slip ab, dabei sah sie ihn die ganze Zeit an, auch wenn es ihr schwerfiel.

Ryan schluckte hart. »Das musst du nicht tun.«

»Doch. Muss ich.« Sie bemerkte die Beule in seiner Hose, trat auf ihn zu und strich über seine Erektion. Ein Schauer rieselte durch ihren Körper, Hitze pulsierte zwischen ihren Beinen, doch es ging nicht um ihre Befriedigung, auch wenn sie die Wirkung, die sie auf ihn hatte, zweifellos genoss. Langsam ging sie in die Knie und öffnete seinen Reißverschluss. Sie war Ryan etwas schuldig und sie wollte ihre Schulden bezahlen. In diesem Fall sogar gerne.

»Hope. Verdammt ...«, Ryans Stimme klang rau. Er wollte sie stoppen, doch sein triebgesteuertes Ich hatte längst die Kontrolle übernommen.

Sie öffnete seinen Gürtel und befreite seinen Schwanz. Hart und groß sprang er ihr entgegen. Sie sah zu ihm auf und stupste mit der Zunge gegen seine Eichel, umkreiste sie spielerisch. Ryans Blick war dunkel vor Lust, er sah sie an, als würde er sie am liebsten verschlingen. Hope legte ihre Lippen um seine Schwanzspitze und tippte mit der Zunge gegen die Öffnung. Ein salziger Tropfen quoll hervor. Ryan stöhnte. Eine Weile hielt er ihrer lockenden Zunge stand, dann vergrub er die Hände in ihren Haaren und stieß tiefer in ihren Mund. Hope schaffte gerade mal die Hälfte, als er gegen ihren

Rachen stieß. Die Vorstellung, ihn in sich zu spüren, ließ ihr Blut pulsieren. Sie kämpfte gegen ihre eigene Lust und machte weiter. Leckte und saugte.

»Sieh mich an«, stieß Ryan keuchend hervor.

Hope schaute zu ihm auf. Seine Hände wühlten durch ihre Haare, seine Stöße wurden härter. Tiefer.

Ryan stöhnte. »Oh fuck. Ja Baby.«

Hope war wie im Rausch. Sie kniete vor ihm, splitterfasernackt und sorgte dafür, dass der Anblick von seinem Schwanz in ihrem Mund ihn fast um den Verstand brachte.

Plötzlich zog Ryan sich zurück. »Hör auf. Ich komme gleich.«

»Willst du denn nicht kommen?«, fragte Hope. Mit einem lüsternen Lächeln sah sie zu ihm auf.

»Ich will, dass du auch etwas davon hast«, gab er zurück. Sein Blick war gleißendes Feuer, das sie zu verbrennen drohte.

Hope leckte sich über die Lippen. Sie wollte das auch, doch dann würde sie wieder bloß nehmen, anstatt zu geben. »Ich will, dass du kommst. In meinem Mund.«

»Oh lieber Himmel, Hope.« Ryan stieß den Atem aus und warf den Kopf zurück.

Hope ergriff seinen Schwanz und züngelte an der Unterseite entlang, dann nahm sie ihn wieder in den Mund. So tief sie konnte. Sie schmeckte den Tropfen der Lust auf seiner Schwanzspitze und triumphierte. In diesem Moment gab sie ihm, nach was er verlangte und trotzdem hatte sie die Macht. Ryan krallte seine Hände in ihr Haar, stieß noch einmal fest zu und kam in ihrem Mund. Hope schluckte. Die meisten Frauen hatten Probleme damit. Sie eigentlich auch, doch sie war wie im Rausch und merkte kaum, wie es passierte.

Ryan atmete schwer, trotzdem war er geistesgegenwärtig genug, um ihr ein Taschentuch zu reichen. »Du kannst ausspucken«, sagte er.

»Brauch ich nicht.« Hope stand auf und tupfte ihre Mundwinkel ab.

Fassungslos starrte Ryan sie an. Hope ignorierte ihn, griff stattdessen nach ihren Kleidern und zog sich wieder an. Hoffentlich konnte er den Aufruhr in ihrem Inneren nicht sehen. Mit einer lässigen Geste warf sie ihre Haare zurück, nahm den Kugelschreiber und unterzeichnete den Mietvertrag. »So. Fertig. Wann kann ich einziehen?«

Zum ersten Mal seit sie Ryan kannte war er sprachlos.

»Wäre morgen okay?«, fragte Hope in geschäftsmäßigem Ton.

»Warum hast du das getan?«, fragte Ryan. Er war noch immer völlig perplex.

»Was? Dir einen geblasen?«

Er nickte stumm.

Gleichmütig zuckte Hope mit den Schultern. »Hab ich dir doch gesagt. Ich wollte dir danken.«

* * *

Zurück in der Villa zog Hope sich in ihr Zimmer zurück und begann dort, ihre Sachen zusammenzupacken. Zwar würde sie erst nach der Party in ihrer neuen Wohnung schlafen, doch sie wollte bereit sein. Viel besaß sie sowieso nicht.

Auf der Fahrt hatte Ryan nachdenklich und irgendwie frustriert gewirkt. Wahrscheinlich verwirrte ihn ihr Verhalten und er wusste nicht, wie er damit umgehen sollte. Vielleicht sah er sie nach dem, was sie getan hatte, auch mit anderen Augen.

Hope schlief schlecht in dieser Nacht. Zu viel ging in ihrem Kopf herum. Außerdem hatte der Blowjob sie erregt und sie sehnte sich nach Befriedigung. Sie wollte ihre Affäre mit Ryan distanziert betrachten und nichts empfinden und tat es doch. Gegen Morgen fiel sie in einen tiefen Schlaf, aus dem sie von einem nervtötenden Klopfen geweckt wurde.

»Hope?«, hörte sie Ryan rufen. »Bist du wach?«

»Nein.« Hope stülpte das Kissen über ihren Kopf. Sie hatte gerade einen erotischen Traum gehabt und wollte ihn gerne zu Ende träumen.

Ryan öffnete die Tür und steckte den Kopf durch den Spalt. »Es gibt Neuigkeiten.«

»Können die nicht warten?«, murrte Hope und schielte zum Radiowecker. »Es ist erst acht Uhr.«

»Ich glaube, das wirst du wissen wollen.« Scheinbar hatte er seinen Frust überwunden, denn er klang amüsiert.

Langsam wurde Hope neugierig. »Hast du Kaffee?«

»Ich kann dir einen holen«, bot er an.

Hope brummte etwas, was mit viel gutem Willen als Zustimmung gedeutet werden konnte. Während Ryan ihr einen Kaffee holte, zog sie schnell eine Jogginghose und ein T-Shirt an, schöpfte sich eine Handvoll Wasser ins Gesicht und machte sich einen Zopf. Er kam mit einem Zettel und einer großen Tasse zurück, der der köstliche Duft nach frischem, heißen Kaffee entströmte.

Im Schneidersitz hockte Hope auf dem Bett. Sie war gespannt. Hoffentlich hatten die Neuigkeiten nichts mit Scott Coleman zu tun, mit dem würde sie sich noch lang genug befassen müssen. Ryan reichte ihr die Kaffeetasse und nahm auf dem Bettrand Platz.

»Also? Was ist?«, fragte Hope.

Ryan hielt ihr das Schriftstück hin. »Die Auswertung des Intelligenztests ist da. Ich kam gestern nicht dazu, die Tagespost zu kontrollieren, deshalb habe ich ihn erst heute entdeckt.«

Hopes Herz machte einen Sprung. Plötzlich war sie schrecklich aufgeregt. Ryans Grinsen nach zu urteilen hatte er besser abgeschnitten als sie. Das ärgerte sie schon bevor sie die Ergebnisse gesehen hatte. Sie stellte die Tasse auf den Nachttisch und nahm den Zettel mit den Testergebnissen.

Kurvendiagramme und Tabellen. Einmal für Ryan Parker, einmal für Hope Anderson. Darunter die jeweiligen Kategorien und die erreichten Punkte von 1 bis 9. Zahlenreihen, logische Schlussfolgerungen, Analogien, Gleichungen. Hope lag fast überall im oberen Durchschnitt, in manchen Kategorien sogar im überdurchschnittlichen Bereich. Auf den ersten Blick sah das gar nicht schlecht aus.

Ryan schaute sie grinsend an. »Und?«

»Was und?« Hope suchte das Gesamtergebnis.

»Was sagst du dazu?«

»Ich weiß noch nicht.« Ihr Blick huschte ans Ende des Blattes. Da war der Gesamtwert. Ihr altersunabhängiger IQ wurde mit 120 gemessen. Bis 109 war Durchschnitt, bis 119 war hoch. Ihre Lippen verzogen sich zu einem Grinsen. Sie hatte also tatsächlich einen *sehr* hohen IQ. Wahnsinn. Die Frage war: Welchen Wert hatte Ryan erreicht?

Sie nahm das zweite Blatt, überflog es bis zum Endergebnis. Ryan hatte einen Wert von 118 erreicht. Sie sah ihn an. »Ha!«

Er grinste breit. Achtung lag in seinem Blick. »Herzlichen Glückwunsch. Du bist überdurchschnittlich intelligent und hast dir damit das Recht erworben, 24 Stunden lang über mich zu bestimmen. Weißt du schon, was du mit mir anstellen wirst?«

Hope schüttelte den Kopf. »Keine Ahnung. Mit dem Ergebnis habe ich nicht gerechnet.« Eigentlich hatte sie den Intelligenztest sogar völlig vergessen.

Ryan erhob sich. »Mit dem Ergebnis sollte es dir auf jeden Fall leicht fallen, Coleman auszutricksen. Der Mann ist nämlich dumm wie Brot.«

»So dumm kann er nicht sein, sonst hätte er dich nicht ausgetrickst«, gab Hope frech zurück.

Er beugte sich vor. »Verwechsle Skrupellosigkeit nicht mit Intelligenz, Hope. Der Mann geht vielleicht über Leichen, aber nur, weil er nichts drauf hat. Und das macht ihn gefährlich.«

KAPITEL 14
HOPE
* * *

DER TAG WAR EIN ALPTRAUM. Diane behandelte sie übertrieben liebenswürdig, dabei schaffte sie es, in jedes einzelne Lächeln, jedes Kompliment ihre ganze Verachtung zu legen. Hope hasste sie dafür.

Am Nachmittag kam Antonio, um sie zu frisieren. Das Endergebnis sah schick aus, doch die straffe Hochsteckfrisur zerrte schmerzhaft an Hopes Kopfhaut. Und die Party hatte noch nicht mal begonnen. Wie sollte sie das den ganzen Abend durchhalten? Das cremefarbene Seidenkleid hatte einen goldenen Schimmer und war optisch ein Traum, aber total unbequem. Sie musste aufpassen, dass sie nicht auf den Rock trat, der hinter ihr über den Boden schleifte. Außerdem zeigte das Kleid zu viel nackte Haut. Der Rückenausschnitt war fast schon obszön und vorne musste sie den Ausschnitt mit Klebeband an ihren Titten befestigen, damit nicht aus Versehen ein Nippel herausrutschte.

Das Kleid diente nur einem Zweck: Verführung.

Hoffentlich versuchte Coleman nicht, sie zu begrabschen, sonst endete er mit einer gebrochenen Nase und Ryans schöner Racheplan war dahin.

Ryan wartete im Wohnzimmer auf sie. Mit auf dem Rücken gefalteten Händen stand er vor der Glasfront und schaute auf die Stadt. Er sah aus wie ein nachdenklicher König. Der maßgeschneiderte Anzug betonte seine breiten Schultern und die schmalen Hüften. Seine körperliche Präsenz erfüllte den Raum und sofort verspürte Hope wieder dieses Kribbeln zwischen den Beinen. Wie gerne würde sie ihn nackt in seiner ganzen Pracht bewundern. Sich mit ihm auf seinem riesigen Bett wälzen und sich stundenlang ihrem Verlangen hingeben.

Als hätte Ryan ihre schmutzigen Gedanken gehört, drehte er sich um und betrachtete sie. Er wirkte angespannt, als würde ihm die Situation nicht behagen. »Diane hat ganze Arbeit geleistet. Du siehst umwerfend aus«, stellte er nach eingehender Musterung fest.

Hope versuchte es mit Lässigkeit. Es mochte undamenhaft sein, aber es war das einzige Verhaltensmuster, das sie beherrschte. »Das Kleid ist ein Folterinstrument. Deshalb hat dein Groupie mich in diesen Fetzen gesteckt.« Sie drehte sich um und präsentierte ihm ihren Rücken. »Von hinten seh ich aus wie die rothaarige Tussi von Roger Rabbit, nur ohne die ausladenden Kurven.«

Ryan trat an sie heran. Als sie sich umdrehen wollte, stoppte er sie, indem er ihre Arme ergriff. Sachte berührte er ihre Haut, ließ seine Fingerspitzen langsam über ihren Rücken gleiten bis zum Ansatz ihres Hinterns. Hope erschauerte. Sie sollte zurückweichen, doch sie konnte es nicht. Seine Berührung war wie ein Zauberbann, der es ihr unmöglich machte, sich zu bewegen. Er beugte sich zu ihr hinab und hauchte einen Kuss zwischen ihre Schulterblätter. Seine Hand schlüpfte seitlich unter den Stoff ihres Kleides, tasteten über ihren Bauch nach oben bis zu ihrer Brust.

»Du trägst keinen BH«, stellte Ryan mit rauer Stimme fest.

»Das geht nicht, bei dem Kleid«, sagte Hope. Ihre Stimme klang atemlos. Ryan fuhr die Rundung ihrer Brüste nach. Hope hielt den Atem an. Ihre Nippel stellten sich auf. »Pass auf. Da ist Klebeband, damit der Stoff nicht verrutscht.«

Ryan zog seine Hände aus dem Kleid und tastete stattdessen über dem Stoff nach ihren Nippeln. Er umkreiste sie mit seinen Fingern. »Sie sollten nicht hart sein«, raunte er in ihr Ohr. »Die Männer werden dir sowieso in den Ausschnitt starren. Wenn du steife Nippel hast, ist das wie eine Einladung.«

Hope stöhnte leise. »Sie sind hart, weil du sie anfasst.«

Sie fühlte sein Schmunzeln, während er durch den Stoff hindurch weiter kreiste und zupfte. »Erregt dich meine Berührung?«

»Nein«, stieß Hope hervor.

»Wirklich nicht?« Er presste seinen harten Körper gegen ihren Rücken. Seine Erektion drückte durch die Anzughose gegen ihren Po. »Ich will nicht, dass Coleman dich anfasst«, raunte er.

»Das wird er nicht«, sagte Hope. »Dafür werde ich sorgen.«

»Gut. Trägst du einen Slip?« Ryan schob seine Hand wieder unter ihr Kleid, doch diesmal streichelte er abwärts.

»Ich trage einen Slip, also mach dir keine Hoffnungen«, sagte Hope. Seine Berührungen brachten sie völlig aus dem Konzept. Hitze pulsierte durch ihren Köper und sie verspürte das unwiderstehliche Verlangen, sich an ihm zu reiben.

»Braves Mädchen«, raunte er. Seine Finger schlüpften in ihren Slip, tasteten über ihre rasierten Schamlippen und zogen sie ein wenig auseinander, sodass er ungehindert über ihre Klit streichen konnte. »Du bist feucht«, sagte er. Seine Stimme klang dunkel und bedrohlich.

»Das ist ...«, Hope entwich ein Stöhnen. »Eine natürliche, körperliche Reaktion.«

Sie spürte Ryans Atem in ihrem Ohr. Seine Finger spielten mit ihr, reizten und erregten sie, bis sie sich dieses dämliche Kleid vom Körper reißen und sich über die Sofalehne beugen wollte, damit er sie von hinten vögeln konnte.

»Ich will, dass du nur für mich feucht wirst«, knurrte er. »Dass du feucht wirst, wenn du an mich denkst. Dass du an mich denkst, wenn du es dir selbst besorgst.«

»Träum weiter«, stieß Hope hervor.

Sie wollte ihm nicht zeigen, wie schwach sie war, wenn er sie berührte. Welche Macht er über sie besaß.

»Ich träume von dir in meinem Bett«, wisperte Ryan, während er langsam einen Finger in sie schob. »Ich stelle mir vor, wie ich dich schmecke, dich berühre und dich so lange ficke, bis du dich völlig in mir verlierst.«

»Ryan. Hör auf.« Hope sackte nach vorne und stützte sich auf der Sofalehne ab. Stehen fiel ihr schwer.

»Oh nein. Ich werde nicht aufhören.« Ryan raffte ihren Rock hoch und trat ihre Beine auseinander. »Ich schulde dir einen Orgasmus.«

Er schob den Slip zur Seite und zwei Finger in sie hinein. »Hm. So heiß und eng. Bereit für meinen Schwanz.«

Hope keuchte. Die Party war ihr egal. Ihr Körper lechzte nach Befriedigung. Plötzlich meldete ihr Smartphone eine Nachricht.

»Ich glaube, du wirst abgeholt«, sagte Ryan.

»Nein«, stieß Hope hervor. »Mach weiter. Bitte.«

Ryan entzog ihr seine Finger und rückte von ihr ab. »Tut mir leid. Diane ist da.«

Ihre Wangen glühten, wahrscheinlich war sie feuerrot im Gesicht. Wütend fuhr sie zu ihm herum. »Das war gemein.«

Ryan kniff die Augen zusammen, umfasste ihr Kinn und zwang sie, ihn anzusehen. »Gemein ist das, was du mit mir machst. Ich zahle es dir bloß mit gleicher Münze heim.«

Sie starrte ihn an. »Du durftest wenigstens kommen.«

Er grinste fies. »Das darfst du auch. Später.«

Sie befreite sich aus seinem Griff und funkelte ihn zornig an. »Später bin ich in meiner Wohnung.«

Lässig zuckte er mit den Schultern. »Kein Problem. Ich habe ein Auto. Sogar drei, um genau zu sein.«

Hope war völlig durcheinander. In diesem Moment hasste sie ihn, aber nicht, weil er ein Arschloch war, sondern weil er es immer wieder schaffte, dass sie ihre Vorsätze vergaß. Warum stand sie bloß so auf ihn? Was machte ihn besser als andere Kerle?

Er war freundlich und trotzdem dominant, aber er dominierte mit Stil. Und wenn er sie berührte, fühlte es sich gut an, und zwar jedes Mal. Er wusste, wo und wie er sie anfassen musste, um sie zu erregen. Er fasste sie an, um *sie* zu erregen und nicht sich selbst. Darin lag der große Unterschied.

Ihr Smartphone meldete eine weitere Nachricht. »Ich gehe jetzt«, sagte sie ruhig aber bestimmt. »Hast du noch irgendwelche Tipps, die du nicht auf deine Liste gesetzt hast?«

Ryan hatte ihr tatsächlich eine Liste geschrieben mit den Do's und Dont's bei Scott Coleman. Sie hatte die Liste zerrissen und weggeworfen.

»Pass auf dich auf«, sagte Ryan. Er meinte es ernst, deshalb schluckte Hope die sarkastische Bemerkung, die ihr auf der Zunge lag, lieber wieder runter und nickte bloß.

Er fasst ein seine Hosentasche und zog einen schwarzen USB-Stick hervor. »Das ist ein spezieller Spionagestick. Du brauchst ihn einfach bloß in Colemans PC oder Laptop zu stecken und er erledigt alles andere.«

»Ich gehe bloß auf eine Party«, sagte Hope beklommen. Sie hatte nicht gedacht, dass die Sache bereits so ernst werden würde.

»Ich weiß, aber du solltest den Stick ab jetzt immer dabeihaben, nur für den Fall, dass du irgendwie an Colemans PC rankommst.«

»Alles klar.« Hope nahm den Stick und verstaute ihn in ihrer Handtasche. Es wäre ihr lieber gewesen, wenn sie sich erstmal nur darauf hätte konzentrieren können, den Mann für sich zu gewinnen. »Sonst noch was?«, fragte sie kühl.

Ryan schüttelte den Kopf und sah sie eindringlich an. »Setz den Stick bitte nur ein, wenn es absolut sicher für dich ist, okay?«

»Okay.« Hope strich ihr Kleid glatt, klemmte ihre Handtasche unter den Arm und verließ die Villa.

* * *

Fassungslos schaute Hope sich um. An Ryans Villa hatte sie sich mittlerweile gewöhnt, doch Colemans Domizil sah aus wie ein kleines Schloss. Alles wirkte übertrieben prunkvoll, als wollte Coleman seinen Reichtum unbedingt zur Schau stellen. Während sie mit gerafftem Rock die Freitreppe hinaufstieg, fühlte sie sich wie Alice im Wunderland, die in einer magischen Welt gelandet war und sich die ganze Zeit fragte, wie das passieren konnte. Zweifellos lauerten in dieser Welt genauso viele Gefahren wie im Wunderland. Die Herzkönigin zumindest lief schon mal neben ihr. Diane wirkte wie eine Marmorstatue. Blond, kühl und makellos. Das altrosa Kleid mit den funkelnden Pailletten umschmeichelte ihren zierlichen Körper, nur ihre Brüste waren ungewöhnlich groß und prall.

Diane bemerkte Hopes Blick. »Ich hatte winzige Brüste«, sagte sie und verzog das Gesicht. »Brett mit Erbse haben mich die Jungs immer genannt. An meinem einundzwanzigsten Geburtstag habe ich sie mir machen lassen.«

»Hast du sonst noch irgendwas machen lassen?«, hakte Hope nach.

Diane tippte gegen ihre Nasenspitze. »Meine Nase. Ich mag Stupsnasen wie deine.«

»Meine ist zu breit«, sagte Hope.

»Du hast ja auch schwarzes Blut in dir. Mit meiner alten Nase sah mein Gesicht viel zu streng aus. Mit der Stupsnase ist es weicher.« Sie warf Hope einen Seitenblick zu. »Du hast wirklich Glück gehabt. Bei dir gibt es kaum was zu verbessern.«

Hope rollte mit den Augen. Oh ja. Sie hatte echt riesiges Glück gehabt. Sie musste sich keine Minimakel wegoperieren lassen, also war ihr Leben perfekt. Menschen wie Diane lebten wirklich auf einem anderen Planeten.

Sie betraten das hell erleuchtete Haus. Hope sah sich staunend um. Auch das Innere ähnelte einem Schloss. Hohe Decken, aufwändige Stuckarbeiten an den Wänden, riesige Ölgemälde und ein prachtvoller Kronleuchter, der so hell strahlte wie eine mittelamerikanische Kleinstadt.

Diane schnaubte. »Coleman hat was von einem russischen Oligarchen - er neigt zum Übertreiben.«

»Wohnt er hier allein?«, fragte Hope. Schon das Foyer war riesig und das umfasste nur einen kleinen Teil des Hauses.

»Er hat Angestellte, manche wohnen hier, aber nicht im Haupthaus«, erklärte Diane.

Hope fühlte sich völlig überfordert. Die Gäste glänzten wie juwelenbehangene Weihnachtsbäume. Überall wuselten Kellner mit beladenen Tabletts umher. In der Ecke auf einem Podest saß ein junger Mann vor einem schneeweißen Konzertflügel und spielte. Eine Frau im roten Abendkleid sang dazu.

»Ich glaube, ich schaffe das nicht«, stieß Hope hervor. Diese Menschen würden sie in null Komma nichts enttarnen.

»Blödsinn. Einfach lächeln und nicken, mehr musst du nicht tun«, sagte Diane, nahm zwei Champagnergläser vom Tablett eines vorbeieilenden Kellners und reichte eines davon an Hope weiter. »Wenn dir ein Thema unangenehm wird, kannst du es wechseln oder du unterbrichst die Konversation und sagst, du gehst dir die Nase pudern. Und achte um Gottes willen auf deine Ausdrucksweise!« Diane warf ihr einen mahnenden Blick zu. »Keine Fäkalsprache und keine Beleidigungen. Wenn dir etwas nicht passt und du es nicht schaffst, mit einer freundlich klingenden Spitze zu antworten, sei ein-fach still und lächle.«

»Das klingt, als würden wir in den Krieg ziehen«, sagte Hope. »Ich dachte, das wäre eine Party.«

Diane lachte auf. »Du bist süß. Partys sind dazu da, um uns selbst zu feiern und Kontakte zu knüpfen. Verwechsle das niemals mit Freundschaften. Wir bauen ein Netzwerk von Leuten auf, die uns einen Gefallen schulden, oder die etwas von uns wollen oder von denen wir etwas wollen. Letzteres sind die Leute, die wir umgarnen. In deinem Fall ist das Scott Coleman.«

Sie hakte sich bei Hope unter und führte sie durch den Saal. Immer wieder nickte sie anderen Gästen zu, manche grüßte sie sogar. Hope lächelte tapfer. Wenn das den ganzen Abend so weiterging, würde sie Wangenkrämpfe bekommen.

Bei einem sehr attraktiven Mittdreißiger hielt sie kurz inne. An seiner Seite stand eine hübsche Frau mit ausladenden Kurven. »Das sind Sedan Guillaume und seine Verlobte Valentina. Sie sind die besten Scheidungsanwälte der Stadt«, stellte Diane die beiden vor. »Ich werde ihre Hochzeit ausrichten.«

Hope lächelte den beiden zu. Das war also der Mann, den Diane als begehrten Junggesellen bezeichnet hatte. Sedan hatte einen stechenden Blick und wirkte wie einer dieser unerbittlichen Anwälte, die ihrem Gegner immer einen Schritt voraus waren und ihm das Leben zur Hölle machten. Sie fand ihn unsympathisch, doch wenn er Valentina ansah, wurde sein Lächeln sofort weicher. Außerdem war er der erste Mann, der ihr nicht in den Ausschnitt starrte.

»Ich finde das zwar echt übertrieben, aber Sedan meint, wir müssten noch mal über den Blumenschmuck reden«, sagte Valentina an Diane gewandt. Flüchtig strich sie über ihren Bauch. Im Gegensatz zu den anderen Frauen im Saal wirkte sie vollkommen natürlich und schien den ganzen Rummel nicht allzu ernst zu nehmen.

»Das verstehe ich. Ich ruf dich morgen an, dann machen wir einen Termin«, sagte Diane. Es folgten ein paar Höflichkeitsfloskeln, dann führte Diane Hope weiter.

»Valentina ist ganz schön üppig, findest du nicht?«, wisperte sie Hope zu. »Ich war ja immer der Meinung, dass sie ein wenig abnehmen könnte, aber Sedan scheint auf kurvige Frauen zu stehen.«

Hope lächelte unverbindlich. Sie hasste solche Lästereien. Warum sollte Valentina aussehen wie eine dieser gebotoxten Magertussis? Die Frau war sexy und verdammt hübsch und mit Abstand die Sympathischste auf dieser Veranstaltung.

Diane fuhr fort. »Die beiden haben es noch nicht offiziell bestätigt, aber Valentina hat mir verraten, dass sie schwanger ist. Deshalb wollen sie jetzt auch heiraten.« Sie schlug einen Haken und führte Hope Richtung Terrasse. »Wir steuern jetzt auf Coleman zu, damit du dein Pulver nicht länger für Fremde verschießen musst. Denk dran: Du bist die verwöhnte Tochter eines reichen Luxusgüterhändlers. Deine Mutter besitzt mehrere Spa's in Berlin und Umgebung. Geld und gutes Aussehen ist etwas Normales für dich.«

Hope schluckte nervös. Noch nie in ihrem Leben hatte sie sich so eingeschüchtert gefühlt. Alle starrten sie an. Sie war die Neue und das machte neugierig. Diane bewegte sich mit beeindruckender Selbstverständlichkeit und Eleganz zwischen den Gästen hindurch. Sie genoss die Aufmerksamkeit, blühte regelrecht auf.

»Ich glaube, du wirst das Gesprächsthema des Abends«, raunte Diane ihr zu.

»Na toll.« Wenn Hope eines nicht wollte, dann zum Gesprächsthema werden. »Wo ist Coleman?«

Diane deutete Richtung Geländer. Tatsächlich. Dort war er. Hope erkannte ihn sofort. Er stand zusammen mit mehreren Männern um einen kleinen Stehtisch herum. Sie tranken Whiskey und prosteten einander zu. Hope atmete tief durch. Sie gehörte dazu, war Teil des Clubs. Um ihr Ziel zu erreichen, musste sie ihre Vorbehalte ablegen und sich auf diese Menschen einlassen.

»Scott? Darf ich stören?«, fragte Diane mit einem strahlenden Lächeln.

Er drehte sich um, wirkte zuerst ein wenig unwirsch, doch dann sah er Hope und seine Miene hellte sich auf.

»Darf ich dir Mary Anderson vorstellen?«, sagte Diane. »Sie ist gerade erst aus New York gekommen.«

Er reichte Hope die Hand. »So schnell sehen wir uns wieder. Wer hätte das gedacht?«

Sein Blick huschte über Hopes Gestalt und blieb einen Atemzug lang an ihrem Ausschnitt hängen. Sein Aftershave war wie eine Wolke, die sie beide umhüllte. Weniger wäre in seinem Fall mehr gewesen. Sein Bart war offenbar frisch gestutzt und wirkte kürzer als ein paar Tage zuvor.

Scott führte Hope herum. Sie stellte viele Fragen, hauptsächlich deshalb, weil sie vermeiden wollte, dass er ihr Fragen stellte. Glücklicherweise schien er nicht besonders erpicht darauf, etwas über sie zu erfahren. Sie war wie ein teures Schmuckstück - es reichte ihm, sich mit ihr zu zeigen. Immer wieder berührte er sie wie zufällig, legte einen Arm um ihre Taille oder auf ihren Rücken. Nach einer Stunde führte er sie auf einen Teil der Terrasse, den die Partygäste nicht nutzten. Das gefiel Hope nicht. Nachdem sie jedoch die ganze Zeit so tat, als wäre er der faszinierendste Mann, den sie je kennengelernt hatte, fiel ihr leider kein Grund ein, warum sie ihn nicht begleiten sollte.

Scott lenkte sie in eine ruhige Ecke, von der aus man einen Blick über die Hollywood Hills genießen konnte. Die Stimmen der anderen Gäste klangen nur noch gedämpft zu ihnen heraus.

Hope nippte an ihrem Champagner und tat, als würde sie den Ausblick genießen. »Wunderschön. Ein Haus mit einem solchen Panoramablick suche ich.«

Scott betrachtete ihr Gesicht. »Ich kann dir gerne ein paar Anwesen zeigen. Welchen preislichen Rahmen hast du dir vorgestellt?«

Mist. Sie hatte keine Ahnung, was eine Villa kostete. Sie könnte sich nicht mal einen gebrauchten Wohnwagen leisten. Um Zeit zu gewinnen, trank sie einen Schluck Champagner und zuckte mit den Schultern. »Das habe ich nicht genau festgelegt. Aber so groß wie das hier muss es nicht sein. Vielleicht eher wie Dianes Anwesen.« Sie wusste, dass Dianes Villa kleiner war als Ryans, und nahm an, dass dies genau der Preisklasse entsprach, die sie angeblich suchte.

»Ich verstehe. Wir können gerne einen Termin ausmachen. Wann passt es dir am besten?« Scott fiel sofort in die Rolle des Geschäftsmanns zurück.

»Ich bin flexibel. Momentan genieße ich die freie Zeit«, sagte Hope.

»Sehr schön. Dann suche ich ein paar Objekte raus und hole dich morgen um 17 Uhr ab. Ist das in Ordnung? Anschließend könnten wir essen gehen.«

»Das passt perfekt«, sagte Hope. Es kam ihm gar nicht in den Sinn, dass sie nicht mit ihm Essengehen wollen könnte. Ihre Genervtheit zu verbergen fiel ihr schwer, deshalb mied sie seinen Blick, nippte lieber weiter an ihrem Glas und starrte auf die Hollywood Hills.

Scott rückte näher. »Wo darf ich dich abholen?«

Hope nannte ihm die Adresse und hoffte im Stillen, dass er nicht wusste, wem das Appartement gehörte. Doch sie hoffte vergeblich.

»Im Art District? Gehört das Gebäude nicht Ryan Parker?«, sagte Scott prompt.

Hopes Herz schlug schneller. Bei dem Thema Ryan könnte sie sich schneller verraten als mit ein paar Schimpfwörtern. »Er hat mir die Wohnung überlassen, bis ich etwas Passendes gefunden habe. Ich habe gerne meine Ruhe, deshalb ist es besser als ein Hotelzimmer.« Hoffentlich schluckte er die Ausrede.

Aufmerksam sah er sie an. »Ich möchte nicht indiskret sein, aber du bist mit ihm Essen gewesen und wohnst in einer Wohnung, die ihm gehört. Seid ihr ... liiert?«

»Oh nein«, beteuerte sie schnell. »Wir sind bloß Bekannte.«

Scott hob die Augenbrauen. »Wirklich? Ihr beiden wirktet sehr vertraut miteinander.«

»Wir verstehen uns gut, aber er ist nicht mein Typ.«

Überrascht hob Scott die Augenbrauen. »Nicht dein Typ? Die Frauen lieben den Kerl.«

»Das ist wahr, aber ich mag keine Männer, die von allen angeschmachtet werden.« Sie erwiderte Scotts Blick und versuchte, ihm das Gefühl zu geben, wesentlich interessanter zu sein als Ryan Parker. »Ich will die Einzige sein und mir keine Sorgen darüber machen müssen, was er tut, wenn er auf Toilette geht.« Sie lächelte. »Außerdem mag ich höfliche Männer mit Charme und Humor.«

Scott lachte erleichtert auf. »Damit kann ich auf jeden Fall dienen.« Sachte legte er eine Hand auf Hopes Rücken. Seine Fingerspitzen glitten über ihre nackte Haut. »Man muss eine Frau wie eine Königin behandeln, im Leben und beim Sex.«

Langsam ließ er seine Hand tiefer sinken. Hope erschauerte, aber nicht auf die gute Weise. Mühevoll unterdrückte sie den Impuls, sich von ihm zu distanzieren.

Scott stellte sein Glas auf das Geländer und rückte näher. »Ist dir bewusst, wie hinreißend du aussiehst?«

Es war so weit. Er ging auf Tuchfühlung. Jetzt musste sie ihre Impulse unterdrücken und unauffällig einen Rückzieher machen. Diplomatie war noch nie ihre Stärke gewesen. »Vielen Dank für das Kompliment. Du bist auch nicht von schlechten Eltern.«

Er grinste. »Ich mache mir nichts vor. Ich bin nicht so attraktiv wie Parker, dafür habe ich andere Qualitäten.«

»Die da wären?« Zwischen Selbstbewusstsein und einem Wichtigtuer lag nur ein schmaler Grat, den Scott garantiert überschreiten würde.

»Ich habe Geld. Und Macht. Ich kann alles tun was ich tun will, weil niemand mich daran hindert.« Aufreizend strich er über ihre Schulter und ihren nackten Arm. »Alle, die was zu sagen haben, hören auf mich. Senator Farley sucht oft meinen Rat und mit Gouverneur Wilson gehe ich regelmäßig essen.«

Hope würde am liebsten abfällig schnauben. Die Politiker wollten sein Geld, deshalb gaben sie sich mit ihm ab, aber für Scott war das wie ein Ritterschlag. Sie tat, als wäre sie beeindruckt. Außerdem konnte sie das Thema unauffällig auf die Spendengala lenken. »Du hast Interesse an Politik?«

Er warf sich in die stolzgeschwellte Brust. »Allerdings. Ich bin ein loyaler Republikaner und wichtiger Parteispender. Wenn meine Partei gewinnt, wenn mein Senator oder mein Präsidentschaftskandidat gewählt wird, erhöht das meinen Einfluss. Zu meiner Spendengala, die ich einmal im Jahr organisiere, kommt alles, was Rang und Namen hat.«

Genau zu dieser Spendengala sollte Scott sie einladen, damit Ryan ihn blamieren und seinen Ruf ruinieren konnte. Langsam verstand Hope die Hintergründe. Wenn er für die konservativen Kandidaten warb, die wenig, bis gar nichts für Soziales übrig hatten, würde er sich zur Lachnummer machen, wenn er jemanden wie Hope mitbrachte und sie als seine Freundin vorstellte. Sie war vorbestraft - wegen Ladendiebstahls und Fahren ohne Führerschein - ihre Mutter war drogensüchtig und obdachlos und ihre Schwester war mit einem stadtbekannten Drogendealer verheiratet. Was für eine Blamage wäre das für Coleman, der so vehement für mehr Polizeikontrollen und strengere Drogengesetze eintrat.

»Für Politik konnte ich mich bisher nicht begeistern, aber ich finde es beeindruckend, wie sehr du dich in dieser Richtung engagierst«, sagte Hope unverbindlich.

Scotts Blick heftete sich auf ihre Lippen, er beugte sich vor. »Einfluss ist der Schlüssel zur Macht und Macht der Schlüssel zu Reichtum. Wer das nicht kapiert, wird es nie bis ganz nach oben schaffen. Schau mich an, ich komme aus einfachen Verhältnissen. Mein Vater war Baustoffprüfer und meine Mutter Buchhalterin. Es reichte für ein Haus mit Garten und drei Schlafzimmern und dafür, ihren einzigen Sohn aufs College zu schicken. Das war mir aber nicht genug. Ich wollte mehr. Das will ich immer noch.«

»Beeindruckend«, würgte Hope hervor. Nur weil seine Eltern keine Millionäre waren, glaubte er, er stamme aus einfachen Verhältnissen? Der Kerl war ein Idiot.

Er legte seinen Arm um ihre Taille und zog sie näher. Hope piepste erschrocken auf. Hoffentlich kam er jetzt nicht auf die Idee, sie zu küssen. Doch genau das schien er vorzuhaben, denn er fasste sie ihm Nacken und beugte sich vor. »Du bist die heißeste Frau, die ich je kennengelernt habe«, knurrte er.

Hope blickte sich panisch um. Was sollte sie tun? Ihr impulsives Ich wollte ihm in die Eier treten, doch dieses Ich durfte sie nicht mehr rauslassen. Ein diplomatischer Ausweg musste her. Spontan ließ sie das Champagnerglas fallen.

Sie zuckte zurück und tat erschrocken. »Oh. Das tut mir leid. Einen Moment lang hatte ich vergessen, dass ich ein Glas in der Hand halte.«

»Das macht doch nichts«, sagte Scott. »Ein Bediensteter wird das wegwischen.« Er streckte seinen Arm nach ihr aus und wollte sie wieder an sich ziehen.

Hope wendete sich von ihm ab und blickte in den Festsaal. »Wir sollten drinnen Bescheid geben, damit niemand in die Scherben tritt.«

Scott stieß einen Seufzer aus und folgte ihr ins Haus. Im Vorbeigehen bemerkte Hope Diane. Sie stand auf der Terrasse und unterhielt sich mit einem jungen Mann. Als sie Hope sah, lächelte sie gehässig, als wüsste sie, dass Scott sie in Bedrängnis gebracht hatte. Hope runzelte die Stirn. Blondie würde sie am liebsten eigenhändig in Colemans Bett stoßen, nur um Ryan berichten zu können, was für eine Schlampe sie war.

Hoch erhobenen Hauptes stolzierte sie an ihr vorbei. Sie befand sich tatsächlich in einer Schlangengrube.

KAPITEL 15
HOPE
* * *

HOPE SCHLOSS DIE TÜR auf und betrat leise ihre Wohnung. Die Anspannung fiel von ihr ab. Erleichtert streifte sie die Mörderschuhe ab, kickte sie zur Seite und ließ sich auf das Sofa fallen. Oh ja. Sie hatte es geschafft, und zwar ohne jemandem die Nase zu brechen oder in die Eier zu treten. Sie konnte stolz auf sich sein.

Hinter den Fenstern des gegenüberliegenden Gebäudes brannte Licht. Obwohl es bereits nach Mitternacht war, waren viele Bewohner noch wach. Die Poolbeleuchtung schimmerte bläulich. Sie sah sich um. Die Wohnung war einfach nur schön, groß und sauber und elegant. Außerdem war es die ruhigste Wohnung, in der sie je gelebt hatte. Und die nächsten zwölf Jahre würde sie ihr gehören. Das war der Hammer.

Stöhnend begann sie, die Haarnadeln aus ihren Haaren zu ziehen. Ihre Kopfhaut entspannte sich schmerzhaft. Morgen würde sie sich mit dem Dummschwätzer Coleman Villen anschauen müssen, die sie sich sowieso nie würde leisten können und den Kerl anschließend auch noch ein ganzes Abendessen lang ertragen müssen. Und das alles nur, weil sie in einem Moment geistiger Umnachtung versucht hatte, sich an Ryan Parker zu rächen. So viel fehlgeleitete Energie gehörte wirklich bestraft. Klar, er hatte ihr Zuhause aufgekauft und sie rausgeschmissen, doch so war das in Amerika. Raubtierkapitalismus nannte man das.

In der Schule hatte sie sich für solche Themen interessiert, doch das hatte sie nie zeigen dürfen. Die Typen aus der Nachbarschaft hätten sie fertiggemacht, wenn sie gemerkt hätten, dass die »Schlampe mit dem geilen Arsch« mehr drauf hatte als sie.

Das leise Pling von ihrem Smartphone meldete eine Nachricht. Sie lockerte ihre Haare, öffnete die Minihandtasche, oder Clutch, wie Blondie sie genannt hatte, und zog das Handy heraus. Ryan hatte ihr geschrieben.

Bist du in deiner Wohnung?

Ja. Geh gleich schlafen.

Wie war's?

Anstrengend. Coleman ist ein Arsch.

Sag ich doch. Soll ich vorbeikommen?

Sie dachte daran, was er mit ihr angestellt hatte, bevor sie zur Party gegangen war, und spürte sofort wieder dieses heiße Ziehen im Bauch. Genau darauf hatte er abgezielt. Er wollte, dass sie ihn zu sich kommen ließ.

Nein!

Rache war süß. Er sollte nicht glauben, dass er bloß seine Finger in sie reinzustecken brauchte und schon war sie zu allem bereit. Auch wenn das leider so war.

Wie wäre es mit einem weiteren Dankeschön?

Hope schnaubte. Der Schuft wollte also tatsächlich wieder einen geblasen bekommen. Das konnte er vergessen.

Da ich diesen Widerling den ganzen Abend ertragen musste, verdiene wohl eher ich ein Dankeschön.

Seine Antwort kam prompt:

Kein Problem. Ich kann ausgesprochen dankbar sein.

Das konnte sie sich vorstellen und die blöde Vorstellung verursachte ein heißes Kribbeln zwischen ihren Beinen.

Sorry. Ich bin müde. Um 9 steht Carl vor der Tür. Am Nachmittag muss ich mir mit dem Großkotz Villen anschauen und anschließend mit ihm essen gehen.

Ryan antwortete nicht. Er rief an, und zwar per Videochat. Nervös fuhr sie sich durch die Haare.
»Ihr geht essen? Wohin?«, legte er sofort los, sobald sie abgehoben hatte. Soweit Hope das erkennen konnte, saß er am Pool.
»Keine Ahnung. Ist mir egal«, gab Hope zurück. »Ich bin einfach nur froh, wenn ich es hinter mir habe.«
Ryan machte ein Gesicht, als hätte er in eine Zitrone gebissen. »Ich mag es nicht, wenn du mit dem Kerl ausgehst.«
Hope rollte mit den Augen. »Ja und? Ich auch nicht. Du wolltest, dass ich mich an ihn ranmache. Es hat funktioniert, also jammer jetzt nicht rum.«
Selbst auf dem kleinen Bildschirm sah Hope, dass Ryan angepisst war. »Er wird versuchen, dich ins Bett zu kriegen.«
»Ich weiß.« Und sie hasste es. »Er konnte heute Abend schon kaum die Finger von mir lassen. Morgen mach ich mir am besten einen Dutt und zieh einen Taucheranzug an.«
Ryan setzte sich ruckartig auf. »Er hat dich *angefasst*?«
»Nicht so wie du denkst«, gab Hope schnell zurück. »Am Rücken und an meinem Arm. Einmal hat er versucht, mich zu küssen.«
»Fuck.« Ryan beugte sich vor und fuhr sich durch die Haare. »Dieser Mistkerl.«
»Warum regst du dich auf? Das ist doch genau das, was wir wollten. Er hat mir sogar von der Spendengala erzählt. Die Sache läuft.«

Darauf ging er nicht ein. »Hast du ihn geküsst?«, fragte er stattdessen.

Hope machte eine vorwurfsvolle Miene. »Das geht dich zwar nichts an, aber nein, ich habe ihn nicht geküsst.«

»Gut.« Er starrte sie an. »Zeig mir deine Titten«, befahl Ryan plötzlich.

»Spinnst du? Wir sollten lieber darüber reden, wie ich mich morgen verhalten soll. Ich muss mir den Kerl vom Leib halten, und zwar ohne ihm die Nase zu brechen.«

»Das werden wir, wenn du nackt bist.«

»Bist du betrunken?«, fragte Hope. Sie wollte cool wirken, doch die Hitze, die bei seinen Worten durch ihren Körper floss, strafte sie Lügen.

»Ich habe was getrunken, aber ich bin nicht betrunken. Wenn du dich nicht auszichst, komme ich zu dir.«

»Dann ruf ich die Polizei und melde einen Stalker«, sagte Hope.

Sein Blick wurde berechnend. »Das kannst du gerne tun. Ich habe den Cops einiges zu erzählen.«

Hope schluckte. Das meinte er nicht ernst, oder doch? »Du bist ein Schwein.«

Er zuckte bloß mit den Schultern. »Na wenn schon. Also. Was ist? Zeigst du mir jetzt deine fantastischen Titten oder muss ich mich ins Auto setzen und sie selbst auspacken?«

Abrupt zerrte sie das bisschen Stoff, das ihre Brüste bedeckte, zur Seite. Er hatte sie sowieso schon nackt gesehen, also war es eigentlich egal. »Hier. Zufrieden?«

»Halt die Kamera nach unten«, befahl er.

Hope hielt das Smartphone weiter weg und veränderte den Winkel, sodass ihr Oberkörper auf dem Display zu sehen war. »Schau genau hin, denn das ist das letzte Mal, dass du meine Titten siehst.«

»Oh, das hoffe ich nicht.« Er lachte. »Ich würde sie jetzt gerne anfassen, mit meiner Zunge um deine Nippel kreisen, bis du dieses unterdrückte Stöhnen von dir gibst, das mir zeigt, wie erregt du bist.«

Heiße Blitze zuckten durch Hopes Unterleib, ihre Scham pulsierte. Verdammt. Wie hatte der Mistkerl es schon wieder geschafft, sie anzutörnen?

»Zeig mir mehr«, verlangte er.

»Du spinnst.«

Spöttisch hob er die Augenbrauen. »Komm schon. Du willst doch sicher dieses Kleid loswerden.«

Das wollte sie tatsächlich, doch nicht vor Ryan, oder doch? Sie liebte die Wirkung, die sie auf ihn hatte. Es gab ihr ein Gefühl von Macht. Außerdem hatte sie nichts zu verlieren. Er saß am anderen Ende der Stadt und konnte ihr somit nicht gefährlich werden. Hope lehnte das Smartphone gegen die Vase auf dem Tisch, sodass Ryan sie halbwegs im Blick behalten konnte, stand dann auf und streifte das Kleid und auch gleich den Slip ab.

Sie hörte, wie er den Atem ausstieß. »Lieber Himmel Hope. Du bist so verdammt heiß. Warum habe ich dich nicht schon viel früher gefunden?«

»Weil du immer nur bei den reichen Tussis gesucht hast«, gab sie zurück. Mit gespreizten Beinen setzte sie sich wieder auf das Sofa. Ryan stöhnte, er hatte sie perfekt im Blick.

»Weißt du«, sagte sie, setzte sich gerade hin und begann, mit den Fingern um ihre Nippel zu kreisen. »Genau so hast du mich vor der Party angefasst und mich damit ziemlich an-getörnt.« Sie streichelte über ihren Bauch bis zu ihrer Scham. Ihre Schamlippen waren feucht, ihre Klit lechzte nach Reibung. Ryan fummelte an seinem Hosenstall herum.

»Das war nicht nett«, fuhr sie fort, während sie über ihre Klit rieb. »Stell dir vor, ich wäre den ganzen Abend lang geil gewesen. Am Ende hätte ich noch Scott Coleman rangelassen, nur um endlich Befriedigung zu finden.«

Ryan befreite seinen harten Schwanz und keuchte. »Himmel Hope, du machst mich fertig. Ich setz mich ins Auto und komme zu dir.«

»Oh nein.« Hope stellte ein Bein auf das Sofa, sodass sich ihre Schamlippen öffneten, dann nahm sie die Hand weg, damit er alles sehen konnte.

»Oh Gott. Bitte«, flehte Ryan.

»Würdest du mich denn zum Kommen bringen?« Bei der Vorstellung spürte Hope, wie ihr Atem sich beschleunigte. »Was würdest du mit mir tun?«

»Ich würde dich lecken, bis du kommst, und dich dann ficken, bis du mich anflehst, aufzuhören.« Er klang ebenso atemlos, wie sie sich fühlte.

Ein Klingeln unterbrach das Gespräch. Es hörte sich an, wie Ryans Türklingel. Hope stockte. *Verflucht.*

»Warte. Da ist jemand an der Tür«, bestätigte er. Er legte das Smartphone weg. Hope sah, wie er seinen Schwanz in der Hose verstaute und aufstand, dann war er aus ihrem Blickfeld verschwunden. Sie wartete ungeduldig und zunehmend frustriert. Vielleicht sollte sie ihn doch noch zu sich kommen lassen. Ihr ganzer Körper pulsierte vor Lust, gierte nach Befriedigung. Nach Ryans hartem Schwanz. Tief in ihr.

Ryan nahm das Smartphone wieder hoch. »Ich muss auflegen. Tut mir leid.«

»Was?« Es war, als hätte jemand einen Eimer Eiswasser über Hope ausgegossen. »Warum? Ist dein Vater da?«

»Nein. Wir reden morgen.«

Bevor er auflegte, sah Hope die blonde Frau, die auf die Terrasse trat. »Willst du lieber draußen bleiben?«, gurrte sie.

Es war Diane. Scheiße.

Das Blut, das eben noch heiß durch Hopes Körper geflossen war, verwandelte sich in Eis. Sie sprang auf. Diese Schlampe. Was hatte sie bei Ryan zu suchen? Noch dazu um diese Uhrzeit?

Die Verbindung wurde unterbrochen. Wütend schleuderte Hope das Handy weg, stapfte in den begehbaren Kleiderschrank und riss ein T-Shirt und Leggings aus den Regalen.

Diane wusste, dass Ryan wieder alleine wohnte. Deshalb war sie bei ihm aufgeschlagen. Sie wagte einen weiteren Annäherungsversuch. Und Hope hatte Ryan gerade gehörig aufgegeilt. Wie könnte er unter diesen Bedingungen einem Verführungsversuch widerstehen? Hope schnaubte. Er war ein Mann und hatte ihr gegenüber keine Verpflichtungen. Er würde sich niemals zurückhalten. Am liebsten hätte sie ein Taxi gerufen und sich in seine Villa bringen lassen, doch dafür war sie zu stolz. Sie würde dem Kerl gewiss nicht nachrennen, vor allem, wo sie ihn sowieso nicht haben wollte. Er war ein Arsch. Und sie hasste ihn.

Wütend schminkte sie sich ab und warf sich dann frustriert ins Bett. *Wir reden morgen.* Idiot. Das konnte er vergessen. Morgen würde sie es ihm mit gleicher Münze heimzahlen. Naja, vielleicht nicht mit gleicher Münze, denn um Coleman ranzulassen, müsste man sie vorher k.o. schlagen, aber sie konnte so tun, als ob. Die Vorstellung, wie Ryan darauf reagierte, ließ sie lächeln. Es war ein bitteres Lächeln, aber immerhin ein Lächeln.

Hope Anderson würde sich nicht unterkriegen lassen.

KAPITEL 16
HOPE
***

SCOTT FÜHRTE HOPE die Treppen hinauf zur Eingangstür. »Dieses Objekt wirst du lieben«, prophezeite er. »Hollywood Dell Compound wurde erst vor einem halben Jahr fertiggestellt. Die Doppelresidenz befindet sich auf einem zwanzig-tausend Quadratmeter großen Grundstück. Der vordere Außenbereich bietet neben dem Salzwasser-Pool, einem Spa und einem Dampfbad eine spektakuläre Aussicht auf die Stadt.«

Hope sah sich um. Das war die vierte Villa, die Scott ihr zeigte und eine war atemberaubender als die andere. Deshalb fiel es Hope schwer, ihre zunehmende Frustration zu überspielen. Wie kam es, dass manche in Zelten und Pappkartons hausen mussten, während andere in solchen Häusern residierten? Niemand, den sie kannte, würde je ein solches Haus besitzen, sie eingeschlossen. Das war eine bittere Erkenntnis. Sie war nie neidisch auf andere, die mehr besaßen als sie, schließlich lebte sie in Amerika, dem Land der unbegrenzten Möglichkeiten. Hier bekam jeder eine Chance. Doch die Wahrheit war, dass die Möglichkeiten für die meisten Menschen sehr begrenzt waren. Wer ganz unten war, blieb es in aller Regel auch.

»Bitte. Tritt ein.« Scott streckte den Arm durch die geöffnete Tür und sie betrat das Haus.

»Fünf Schlafzimmer, eine Master-Suite und eine Freiluft Küche. Das gesamte Areal ist außerdem videoüberwacht«, erklärte Scott.

Hope schlenderte zwischen den cremefarbenen Sesseln hindurch. Es duftete nach Orangenblüten und Minze und sie fragte sich, ob der Duft von draußen kam oder ob der Raum künstlich beduftet wurde, um heimelig zu wirken. Laut Ryan war das bei Maklern eine gängige Praxis.

»Wie viel kostet das Anwesen?«, fragte Hope.

»Preislich liegt es etwas höher als die anderen, aber es ist neu und meiner Meinung nach auch das eleganteste.« Er sah sie an. »Du würdest dich wunderbar in diesen Räumen machen.«

»Danke.« Hope zwang sich ein Lächeln ins Gesicht. Die anderen Villen kosteten um die drei Millionen Dollar. Wie viel würde diese wohl kosten? Der modernen und großzügig geschnittenen Eleganz nach zu urteilen um einiges mehr.«

»Das Anwesen kostet fünf Komma zwei Millionen Dollar«, sagte Scott.

Lieber Himmel. Hope schloss die Augen. Was für eine Summe.

»Ich weiß. Das ist ein wenig mehr, als du ausgeben wolltest«, gab Scott zu, »aber das Anwesen ist etwas ganz Besonderes, deshalb wollte ich es dir unbedingt zeigen.«

Ein *wenig* mehr? Klar. Was waren schon zwei Millionen Dollar? Sie könnte ja einfach ein Gemälde aus ihrer Kunstsammlung verkaufen und schon hätte sie das Geld beisammen. Haha. Guter Scherz. Hope zwang sich weiterzulächeln, wobei ihr Grinsen wahrscheinlich eher einem Zähnefletschen glich. Glücklicherweise schien Scott den Unterschied nicht zu bemerken. Er legte eine Hand auf ihren Rücken. »Komm. Du hast längst nicht alles gesehen. Ich glaube, der Rest könnte deine Kaufentscheidung positiv beeinflussen.«

* * *

Mit Scotts stahlblauem Lamborghini fuhren sie nach Beverly Hills ins Maestros Steakhouse. Unterwegs erzählte er ihr von seiner Liebe zum Football und dass er in der Highschool Mannschaft der Quarterback gewesen war. Dann wollte er von Hope wissen, wo sie zur Schule gegangen war. Hope hatte sich zwei Privatschulen ausgeguckt, die sie als passend empfand. Eine in Los Angeles, eine in Berlin. Sie hoffte bloß, dass Scott nicht zu viele Details erfragen würde, denn damit konnte sie nicht dienen. Sie hatte keine Ahnung vom deutschen Schulsystem.

»Du warst bestimmt eine Cheerleaderin«, sagte er.

Hope konnte förmlich sehen, wie die Vorstellung ihn antörnte, deshalb bejahte sie die Frage. In Wahrheit hatte sie mit den anderen Losern auf dem Sportplatz unter der Tribüne geraucht und die Hausaufgaben abgeschrieben. Sie hatte Weicheiern das Essen abgenommen, wenn sie selbst wieder mal nichts dabeihatte, und während des Unterrichts provokativ die Füße auf den Tisch gelegt. Sie hatte nicht viel lernen müssen, um gute Noten zu schreiben, weswegen die Lehrer ihr immer wieder eine Chance gegeben hatten. Die meisten Chancen hatte sie in den Wind geschlagen. Warum hatte sie sich bloß so dumm verhalten?

»Hast du noch deine Uniform?«, wollte Scott wissen und unterbrach damit ihre Gedanken.

»Nein«, gab sie knapp zurück. Sie war genervt.

Er grinste anzüglich. »Schade. Ich hätte dich gerne darin gesehen.«

Wenige Minuten später parken sie vor dem Restaurant.

»Das ist mein absolutes Lieblingsrestaurant«, sagte Scott. »Ich hoffe, du magst Fleisch.«

»Ich liebe Fleisch«, sagte Hope und das war ausnahmsweise nicht gelogen. Nichts schmeckte besser als ein gutes Steak mit einer leckeren Ofenkartoffel. Leider hatte sie sowas in ihrem Leben viel zu selten gegessen. Selbst wenn sie grillten, was selten genug vorkam, gab es bloß Hotdogs und Burger.

»Man bekommt hier schwer einen Tisch, aber ich kenne den Besitzer«, erklärte Scott, während er Hope beim Aussteigen half und zum Eingang führte. Ein Kellner brachte sie zu einem kleinen Tisch in der Ecke. Auf dem Weg grüßte Scott fast jeden Gast. Das war Hope unangenehm, aber Ryan würde es gefallen, dass nun jeder wusste, mit wem sein Erzfeind sich neuerdings traf. Sie war bloß froh, nicht auf ihre innere Stimme gehört zu haben, die unbedingt Jeans und T-Shirt hatte anziehen wollen, denn damit wäre sie definitiv underdressed gewesen. Das knielange, zartrosa Kleid mit den schwarzen Blumenranken dagegen passte perfekt und sie hatte es sich ohne Blondies Hilfe ausgesucht. Langsam hatte sie den Kleiderdreh raus.

Sie setzte sich kurz, bat Scott dann, ihr einen Eistee zu bestellen und verschwand in die Toilette. Sie hatte die Haare geglättet und trug sie offen, doch der Wind hatte sie zerzaust. Außerdem trug sie Lippenstift und einen Spritzer Parfum auf. Diane hatte sie per Email angewiesen, das zu tun, nachdem Hope ihre Anrufe ignoriert hatte. Immer perfekt auszusehen stand an erster Stelle.

Als sie zu Scott zurückkehrte, standen die Getränke bereits auf dem Tisch. Der Kellner brachte die Speisekarte und empfahl auch gleich das Special des Tages: Wagyu Entrecote mit grünem Spargel und Kartoffelmousseline mit demi-sel Butter, als Vorspeise geröstete Rotgarnelen aus Argentinien mit Aioli.

Hope nickte nur und blätterte dann schnell in der Karte herum, dabei tat sie so, als würde sie sich ständig durch teure Speisekarten arbeiten und alles verstehen, was darin geschrieben stand. Was zur Hölle war *Fine de Claire No. 2*? Für sie hörte sich das eher wie ein Parfum als nach etwas Essbarem an. Sie mochte intelligent sein, aber es fehlte ihr definitiv an Allgemeinwissen. Kobe Rind hatte sie schon mal irgendwo gehört. Als sie den Preis sah, musste sie allerdings schlucken. Zweihundertfünfzig Dollar für ein kleines Filetsteak? Das war krank.

Um nichts falsch zu machen, bestellte sie ein T-Bone Steak mit hausgemachten Pommes und Endiviensalat mit Senfdressing. Der Salat war grün, also würde er schon nicht viel anders schmecken als ein Eisbergsalat. Scott bestellte ein Porterhouse Steak und, zu Hopes Entsetzen, eine Meeresfrüchte Vorspeisenplatte für zwei Personen. Blondie hatte Hope zwar gezeigt, wie man die Schale von einer Garnele löste, eine Muschel öffnete und eine Hummerschere aß, aber sie mochte das Gefummel nicht. Sie wollte Essen kleinschneiden, aufspießen und in den Mund stecken.

Als die Platte serviert wurde, war es sogar noch schlimmer als Hope befürchtet hatte, denn neben den üblichen Meeresfrüchten fanden sich darauf auch zwei Schnecken und Kaviar.

»Ich hasse Schnecken«, stieß Hope hervor und verzog angewidert das Gesicht.

Scott lachte herzhaft. Nach zwei Whiskeys und einem Bier war sein Gesicht gerötet und er wurde immer ausgelassener. »Nichts geht über eine süße, kleine Schnecke«, sagte er augenzwinkernd. Er legte die Schnecke auf seinen Teller, pulte mit einer kleinen Gabel geschickt das Fleisch heraus und steckte es sich in den Mund. »Ist gut für die Potenz«, meinte er.

»Na dann kannst du ja beide Schnecken essen, vielleicht hilft's«, gab Hope trocken zurück.

Schnell nahm sie einen großen Schluck Wein, denn einen betrunkenen Scott Coleman konnte sie nur ertragen, wenn sie selbst einen im Tee hatte.

Scott lachte gutmütig. »Du bist ein freches Ding, das hab ich gleich gemerkt.« Er nahm einen komischen Hornlöffel mit Kaviar, leerte ihn auf etwas, das Ähnlichkeit mit einem Cracker hatte, und hielt ihn Hope hin. »Ich hoffe, du magst wenigstens Kaviar.«

Mist. Erst die anzügliche Bemerkung über die Cheerleaderuniform und jetzt begann er, sie zu füttern. Die Sache wurde ziemlich schnell ziemlich intim. Gehorsam öffnete Hope den Mund und ließ sich den Cracker in den Mund schieben. Während sie kaute, versuchte sie, begeistert dreinzuschauen, was verflucht schwer war, denn der Kaviar schmeckte zum Kotzen. Keine Ahnung, warum die Reichen das Zeug mochten. Wahrscheinlich mochten sie bloß den Preis.

»Warum hast du eigentlich eine Vorspeisenplatte bestellt?«, fragte Hope. »Wenn wir die gegessen haben, bin ich satt.«

Scott beugte sich näher. »Meeresfrüchte sind lecker und haben eine aphrodisierende Wirkung.«

Oh Mann. Der Typ ging vielleicht ran. Offenbar erhoffte er sich einen Freiflug in ihr Bett. Höchste Zeit, ein paar Grenzen zu setzen. »Scott. Ich glaube, ich muss etwas klarstellen.« Sie pickte eine Garnele aus dem Garnelencocktail und kaute sie gut durch. Sie vertrieb den schrecklichen Kaviargeschmack.

»Das klingt ernst«, meinte Scott.

Hope winkte ab. »So schlimm ist es nicht, doch ich glaube, ich hab dir ein falsches Bild vermittelt. Ich suche keine Affäre oder einen One-Night-Stand. Ich mag dich, aber ich will nichts überstürzen, verstehst du?«

Er stieß einen Seufzer aus. »Das verstehe ich. Du glaubst, dass ich dich bloß rumkriegen will, richtig?«

Sie nickte. »Für mich sieht es sehr danach aus.«

Er löffelte Kaviar auf einen weiteren Cracker und hielt ihn ihr hin. »Hier. Iss.«

Widerwillig öffnete Hope den Mund. Hatte er ihr überhaupt zugehört?

»Ich flirte mit dir, das stimmt«, gab er zu. »Wie könnte ich nicht? Du bist ein wahr gewordener Traum. Doch ich würde nie versuchen, dich so schnell wie möglich in mein Bett zu zerren.« Mit den Fingerspitzen strich er über ihren nackten Arm und sah sie dabei intensiv an. »Warten steigert die Vorfreude, deshalb warte ich gerne, bis du bereit bist, dich mir hinzugeben.«

Hope musste ein Würgen unterdrücken. Hauptsächlich wegen des Kaviars, aber auch wegen Scott und seinen schmalzigen Worten. Von ihm angefasst zu werden war ihr unangenehm. Während er ohne zu blinzeln beobachtete, wie sie kaute, rieselte ein Schauer ihren Rücken hinab. Der Mann hatte zwei Gesichter, davon war sie plötzlich überzeugt. Im Augenblick zeigte er ihr sein freundliches Gesicht, doch tief drinnen lauerte ein anderer Scott Coleman. Ein Scott Coleman, der gruseliger und gefährlicher war als sämtliche Gangs in Downtown L.A.

Sie überlegte gerade, welches unverfängliche Thema sie anschneiden könnte, als sie jemanden erblickte. Ryan. Er stand in dem Gang, der zu den Toiletten führte. Scott konnte ihn nicht sehen, weil er mit dem Rücken zu ihm saß. Als Ryan sah, dass sie ihn bemerkt hatte, nickte er ihr zu, drehte sich um und verschwand. Hopes Herz machte einen Sprung. Was wollte er hier? Sie entschuldigte sich bei Scott und ging zur Toilette. Ryan wartete neben dem Waschraum.

»Was machst du hier? Willst du, dass wir auffliegen?«, zischte sie ihn an.

Er sah sich um, öffnete dann die Tür zur Damentoilette und schob sie hinein.

»Ryan. Das ist nur für Frauen«, sagte Hope entrüstet und versuchte, ihn zurückzuschieben, doch er stieß die Tür mit seinem Fuß zu.

Hope stöhnte genervt. »Lass uns wenigstens in eine Kabine gehen, falls jemand reinkommt.«

Kaum in der Kabine legte Ryan los. »Ich habe den ganzen Tag versucht, dich zu erreichen. Warum hast du mir nicht geantwortet?«

»Ich hatte keine Zeit.« Hope warf ihre Haare zurück. Seine Nähe machte sie nervös. Er roch so gut und obwohl er keinen Anzug, sondern eine Stoffhose und ein Hemd trug, wirkte er unglaublich selbstsicher und elegant.

»Erzähl mir nichts. Du bist sauer. Wegen letzter Nacht.«

Hope schnaubte. »Mein Leben dreht sich nicht bloß um dich, Ryan. Ich musste mich auf mein Date vorbereiten, das übrigens viel besser läuft, als ich befürchtet habe. Scott ist eigentlich ganz nett.«

Das war glattweg gelogen, aber sie wollte Ryan reizen. Und es funktionierte. Seine Augen sprühten Funken.

»Der Kerl ist ganz und gar nicht nett«, stieß er hervor. »Du solltest ihn nicht zu nahe an dich heranlassen.«

Hope schaute provozierend zu ihm auf. »Er ist netter als andere, die ich in letzter Zeit kennengelernt habe. Er versucht nicht, mich ins Bett zu bekommen und vergnügt sich dann nebenbei mit anderen.«

Ryan verengte die Augen zu Schlitzen. »Sprichst du von mir?«

Hope zuckte mit den Schultern. »Keine Ahnung. Fühlst du dich denn angesprochen?«

Er drängte sie zurück und keilte sie ein, indem er die Arme seitlich gegen die Wand stützte. »Gib es zu!«

Hope schluckte, doch sie hielt seinem Blick stand. »Was?«

Er beugte sich zu ihr hinab, sein Kopf war nur Zentimeter von ihrem entfernt. »Dass du eifersüchtig bist, weil du denkst, dass ich Diane gevögelt habe.«

»Ich bin nicht eifersüchtig. Du kannst vögeln, wen du willst. Es ist mir egal.«

»Ist das so?« Sein Gesicht nahm plötzlich einen spöttischen Ausdruck an.

Hope reckte das Kinn. »Allerdings. Du widerst mich an.«

Sein Blick huschte über ihren Körper und sie verfluchte sich, weil sich ihre Nippel aufstellten und er das durch den dünnen Stoff hindurch wahrscheinlich sehen konnte. Ihre Haut kribbelte, sehnte sich nach seiner Berührung. Ihre Lippen prickelten, als sich sein Blick auf ihren Mund heftete.

»Wie kommt es, dass du immer zeterst und trotzt, dein Körper aber völlig andere Signale sendet? Du bist ...«

Ryan stoppte abrupt. Die Tür zum Waschraum wurde geöffnet. Absätze klackerten über den Boden. Der Duft eines teuren Parfums wehte durch den Raum. Hope ballte die Hände zu Fäusten. Sie wollte nicht mit einem Mann in der Frauentoilette erwischt werden. Das wäre oberpeinlich. Eingekeilt zwischen Ryans Armen hielt sie still. Ryan starrte auf ihren Mund. Sein Gesicht näherte sich. Hope konnte nicht zurückweichen. Sie konnte gar nichts tun, als ihn warnend anzustarren. *Wage es nicht!*, sagte ihr Blick. Ryan ignorierte die stumme Warnung. Er grinste sogar und schüttelte leicht den Kopf.

Sanft legte er seine Lippen auf ihre. Hopes Nervenenden vibrierten unter der zarten, fast flüchtigen Berührung. Sachte teilte er ihre Lippen und tippte mit seiner Zunge gegen ihre. Hopes Knie wurden weich. Gott, was machte dieser Mann nur mit ihr?

Aus der Kabine nebenan erklang ein Plätschern. Die Frau pinkelte. Normalerweise hätte Hope sich ein Lachen verkneifen müssen, doch Ryans Kuss nahm sie komplett gefangen. Sie spürte seinen harten, männlichen Körper, der sich gegen ihren presste und wie Ryan den Kuss auf sinnliche Weise vertiefte. Er legte eine Hand an ihre Taille und zog sie an sich, so nah, dass sie nicht nur seinen harten Körper, sondern auch eine andere Härte spüren konnte. Instinktiv bewegte sie sich, rieb sich an ihm und entlockte ihm damit ein unterdrücktes Stöhnen. Glücklicherweise betätigte die Frau in der Nachbarkabine gerade die Spülung.

Ryan schob ihren Rock nach oben und umfasste ihren Hintern, schob seine Hand tiefer zwischen ihre Beine. Hope gab auf. Gierig schlang sie die Arme um seinen Hals und hoffte, er möge mit der

Hand unter ihren Slip fahren und sie dort anfassen, wo das Sehnen am größten war. Sein Schwanz drückte hart gegen ihren Bauch.

Die Frau wusch die Hände und kramte dann den Geräuschen nach zu urteilen in ihrer Handtasche herum. Hope musste sich zusammenreißen, um keinen Laut von sich zu geben. Sie war erleichtert, als die Frau endlich die Toilette verließ. Ryan fasste unter ihren Hintern, hob sie hoch und presste sie fest gegen die Trennwand. Hope schlang die Beine um seine Hüften. Seine Erektion drückte gegen ihre Scham, getrennt nur von ihrem Slip und seiner Hose und plötzlich registrierte Hope, dass sie nur einen geschlossenen Reißverschluss davon entfernt war, sich von Ryan auf einer Toilette vögeln zu lassen, während draußen ihr falsches Date wartete. Ein Date, das sie auf keinen Fall misstrauisch machen oder verärgern durfte.

»Hör auf!« Hope stieß ihn zurück. Er ließ sie los. Schwer atmend starrten sie einander an. Eine seltsame Spannung lag in der Luft. Sie war nicht sexuell, es war eher eine unausgesprochene Frage, die zwischen ihnen schwebte.

»Ich habe nicht mit Diane gevögelt«, sagte Ryan.

Hope schluckte. »Warum nicht?«

»Weil ich nur eine Frau will. Und zwar dich!« Er fesselte ihren Blick, sah sie auf eine Weise an, die sie ganz beklommen machte. Als könnte er bis in ihr Innerstes schauen und all die verbotenen Dinge sehen, die sie dachte und fühlte.

Hopes Magen krampfte sich zusammen. Was sollte sie erwidern? Ihre Gefühle waren völlig durcheinander. Verlegen wandte sie den Blick ab. »Ich muss zurück, bevor Scott nach mir sucht.«

Ignorieren war feige, aber dies war weder die richtige Zeit noch der richtige Ort, um darüber zu sprechen, was zwischen ihnen passierte. Warum sie nicht die Finger voneinander lassen konnten. Warum sie ihm unbedingt beweisen wollte, wie schlau sie war und wie wenig sein Geld sie beeindruckte. Dabei war sein Reichtum natürlich beeindruckend. Alles an ihm war beeindruckend, angefangen von seinen schicken Anzügen, bis hin zu seiner perfekten Frisur, dem kantigen Gesicht mit den perfekten Lippen und Augen, in denen sie jedes Mal zu versinken drohte. Wenn sie ihn hinter dem

Steuer seines teuren Wagens sitzen sah, eine Sonnenbrille auf der Nase, eine starke und gepflegte Hand am Lenkrad, schlug ihr Herz schneller. Er war so sehr das, was sie niemals sein würde, führte ein Leben, das sie niemals führen würde.

Und dann sein Körper. Durch die asiatische Kampfkunst war er nicht nur muskulös und definiert, sondern er verfügte über eine bewundernswerte Selbstbeherrschung und Kontrolle. Dieser Mann war einfach unwiderstehlich. Das machte sie wütend. Nicht mehr nur wütend auf ihn, sondern auch wütend auf sich selbst, weil es so viel einfacher gewesen war, ihn zu hassen, als ihn zu begehren.

Sie öffnete die Kabinentür. Ryan fasste sie am Arm und hielt sie zurück. »Sei vorsichtig.«

Hope blickte über die Schulter. Seine Berührung brannte sich in ihre Haut. »Das bin ich.«

Scott hielt bereits Ausschau nach ihr. Er wirkte ungehalten. »Wo warst du denn so lange? Ich wollte schon eine der Kellnerinnen in die Damentoilette schicken, damit sie nach dir sieht.«

Hope setzte ein entschuldigendes Lächeln auf. Langsam hatte sie alle Lächelarten drauf. Distanziert, offenherzig, vertrauensvoll, verführerisch. Die Bandbreite war schier unendlich. »Tut mir leid. Eine Freundin hat mich angerufen, während ich auf Toilette war. Sie hat Probleme mit ihrem Mann und wollte sich kurz ausheulen.«

Scott wirkte beruhigt. »Ach so. Ich dachte schon, du wärest durch den Hinterausgang verschwunden.«

Vertraulich legte Hope eine Hand auf seinen Arm. »Oh Gott nein. Warum sollte ich das tun? Ich bin gerne mit dir zusammen.« *Würg.*

Aus den Augenwinkeln sah sie, wie Ryan um die Ecke bog. Scott durfte ihn auf keinen Fall entdecken, also strich sie neckisch über seinen Bart, um seine volle Aufmerksamkeit zu gewinnen.

»Dein Bart gefällt mir. Er sieht so männlich aus.« Sie hasste sich für ihre Lügen, aber es funktionierte. Scott war geschmeichelt.

Eine Stunde später verließen sie das Restaurant. Scott hatte ordentlich einen im Tee, was ihn jedoch nicht davon abhielt, sie nach

Hause fahren zu wollen. Hope bestand auf ein Taxi. Sie hatte ebenfalls ein paar Gläser Wein zu viel getrunken und befürchtete, dass Scott das entgegen seiner Beteuerung ausnutzen würde. Er akzeptierte ihre Einscheidung widerwillig.

Bevor sie in das Taxi stieg, hielt er sie fest und versuchte, sie zu küssen. Hope drehte schnell den Kopf zur Seite und machte einen Wangenkuss daraus. Scott krallte sich in ihre Taille. Der Wangenkuss war ihm nicht genug. Bei Ryan hätte ihr das vielleicht gefallen, doch bei Scott war es ihr unangenehm. Außerdem hatte er eine Art, sie anzufassen, die sich falsch anfühlte. Er war besitzergreifend und fordernd, als hätte er einen Anspruch auf sie.

»Wir werden noch viel Spaß miteinander haben«, raunte er in ihr Ohr. Sein heißer Atem roch nach Bier und der Knoblauchmayonaisse, die er zu seinem Steak gegessen hatte. Seine Hand wanderte tiefer und grub sich in ihren Hintern. Er grunzte zufrieden. »Hm. Du hast einen geilen Arsch.«

Hopes Finger zuckten, so sehr wollte sie ihm eine Ohrfeige verpassen. Und zwar eine von der Ghettoart, nicht so eine weibische Klatsche. Stattdessen wich sie kichernd zurück und spielte die Entrüstete. »Ich würde sagen, du bist betrunken.«

Er grinste scheinheilig. »Kann sein, aber das ändert nichts an den Tatsachen. Du und ich, das passt wie die Faust aufs Auge.«

Na wunderbar. Der Plan funktionierte perfekt. So perfekt, dass es Hope schon fast unheimlich war. Entsprach sie wirklich so sehr seinem Frauentyp? Sie würde das recherchieren. Im Netz kursierten bestimmt Bilder von ihm und den Frauen, mit denen er zusammen gewesen war. Ansonsten könnte sie auch Ryan fragen.

Sie wollte gerade einsteigen, als er nach ihrem Arm grabschte. »Am Wochenende wollte ich mit meiner Yacht raus. Hast du Lust, mich zu begleiten?«

Ein ganzes Wochenende? Wohl kaum. Auf einem Boot könnte sie ihm nicht entkommen und er würde sich wahrscheinlich wieder Mut antrinken und sie ständig begrabschen. »Da muss ich erst in meinem Terminkalender nachschauen. Ich geb dir morgen Bescheid, okay?« Nicht, dass Hope je einen Terminkalender besessen hätte, aber viel beschäftigte Leute besaßen sowas, hatte Diane gesagt.

Er nickte, ließ sie aber nicht los. Im Gegenteil. Sein Griff wurde fester. In seinen Augen stand eine unheilvolle Gier, die Hope einen weiteren Schauer über den Rücken jagte. Sie bewegte ihren Arm, um ihn daran zu erinnern, dass er sie noch immer festhielt. »Also dann. Ich muss los.«

Abrupt zog er seine Hand zurück. »Gute Nacht, Mary. Ich freue mich auf unser nächstes Treffen.«

»Ich auch.« Eilig stieg Hope auf den Rücksitz und warf die Tür zu. Scott hatte sie so festgehalten, dass der Abdruck seiner Finger noch immer zu erkennen war. »Fahren Sie los, schnell«, sagte sie zu dem Fahrer.

KAPITEL 17
HOPE
* * *

HOPE STIEG AUS DEM TAXI und blickte auf das Haus, in dem ihre Schwester wohnte. Es sah ein wenig heruntergekommen aus, die Farbe blätterte von der Holzfassade und die Rasenfläche vor dem Haus war braun und ungepflegt, doch dafür parkte ein blitzsauberer, weißer Mercedes vor der Tür, der wahrscheinlich mehr wert war, als das ganze Haus. Irgendwo in der Nachbarschaft bellte ein Hund.

Hope atmete tief durch. Ein Besuch bei ihrer Schwester kostete sie jedes Mal Überwindung, war diesmal aber längst überfällig. Da sie den nächsten Tag mit Scott auf seiner dämlichen Yacht verbringen und den Tag darauf Ryans Wettschulden einlösen würde, hatte sie beschlossen, den Besuch einfach hinter sich zu bringen. Seit Wochen lud Layla sie unermüdlich ein, obwohl sie genau wusste, wie Hope zu ihrem Ehemann stand. Sie verachtete den Kerl. Er gehörte zu den Bloods, einer gefürchteten Gang in South L.A., die mit Drogenhandel und Prostitution ihr Geld verdiente. Juan war der Anführer der Gang.

Um von zuhause wegzukommen, hatte Layla ihn geheiratet. Soweit Hope das beurteilen konnte, behandelte er ihre Schwester gut, doch er war übermäßig eifersüchtig, und seit sie verheiratet waren, sah er sie als seinen Besitz. Hope hatte Layla angefleht, den Mann nicht zu heiraten. Er würde entweder erschossen werden oder im Gefängnis landen, hatte sie ihrer Schwester prophezeit. Doch Layla hatte sämtliche Mahnungen in den Wind geschlagen. Sie wollte versorgt sein, ein angenehmes Leben führen und einen besseren als Juan würde sie nicht finden. Davon war sie überzeugt.

Hope betrat die Veranda und klopfte an die Tür. Hundegebell erklang von drinnen. Ein riesiger Kerl, den Hope aufgrund der Hautfarbe und der Gesichtszüge für einen Hawaiianer hielt, öffnete die Tür. Er trug ein rotes Bandana, das Zeichen für die Bloods und ein Schulterhalfter mit einer Pistole. Er hielt einen Dobermann an der kurzen Leine.

»Hi. Ist meine Schwester da?«, fragte Hope.

Der Kerl musterte sie. »Juan«, rief er dann nach hinten. »Die Schwester deiner Frau ist da.«

»Ich will zu Layla und nicht zu Juan«, zischte Hope. Warum war Juan überhaupt zuhause? Layla wusste, dass sie ihrem Göttergatten nicht begegnen wollte.

Juan kam breitbeinig den Gang entlang. Er war nicht so groß und bullig wie der Kerl mit dem Dobermann, doch das musste er auch nicht sein. Sein spitzes Gesicht, das Hope an eine Ratte erinnerte und sein gesamtes Auftreten wirkten wie eine Drohung. Die zahllosen Tätowierungen, die sich über seine Arme und seinen Hals zogen, verstärkten diesen Eindruck noch. Wenn er lächelte, konnte er diesen Eindruck halbwegs revidieren, doch er lächelte fast nie. Er trug ein weißes Unterhemd und eine tief auf den Hüften sitzende Jeans. Keine Waffe, soweit Hope das erkennen konnte.

»Hope. Schön, dass du endlich mal wieder auftauchst. Wir haben uns schon Sorgen um dich gemacht«, sagte er. Seine Grammatik war perfekt, doch er sprach mit deutlichem spanischen Akzent. »Komm rein. Layla ist in der Küche.«

Wo auch sonst. Dort sah der Kerl sie am liebsten. In der Küche vor dem Herd. Hope bedachte ihn mit einem abfälligen Blick, schob sich an ihm vorbei und ging Richtung Küche.

Als sie ihre Schwester sah, stockte sie. Layla war ein wenig kleiner als Hope, ihre Haut einen Hauch dunkler, doch sie hatten die gleichen weichen, lockigen Haare, die gleichen vollen Lippen und kastanienbraune Augen. Das war allerdings nicht der Grund, warum

Hope innegehalten hatte. Layla war runder geworden, und zwar vor allem am Bauch.

»Oh mein Gott, du bist schwanger«, stieß Hope entsetzt hervor.

Layla schaltete die Kaffeemaschine ein und drehte sich zu ihr um. Sie strahlte über das ganze Gesicht. »Hope. Du treu-lose Tomate. Wo hast du dich versteckt?«

Layla schloss sie in eine feste Umarmung, sodass Hope ihren runden Bauch spüren konnte.

Sie schob Layla zurück und sah sie ernst an. »Im wievielten Monat bist du?«

»Im Fünften. Keine Ahnung, warum ich schon so dick bin. Wahrscheinlich esse ich zu viele Cremetörtchen. Seit ich schwanger bin, liebe ich die Dinger.«

»Im *fünften* Monat?«, stieß Hope entsetzt hervor. Dann war ihre Schwester wenige Monate nach ihrer Hochzeit schwanger geworden. Hatte dieser bescheuerte Kerl nicht aufpassen können? »Aber du bist erst zwanzig.«

Layla zuckte mit den Schultern. »Alt genug, oder? Juan will mindestens drei Kinder, deshalb haben wir nicht besonders gut aufgepasst.«

Aufstöhnend fuhr Hope sich durch die Haare. Bisher hatte sie gehofft, ihre Schwester würde irgendwann zur Vernunft kommen und Juan verlassen. Sie hatte gehofft, die neue Wohnung könnte einen Anreiz bieten, doch es war zu spät. Mit seinem Kind im Bauch würde Juan ihre Schwester niemals gehenlassen und Layla würde den Vater ihres Kindes wohl auch nicht ohne triftigen Grund verlassen.

Layla nahm einen Teller mit Sandwiches, hakte sich bei Hope unter und führte sie in das Wohnzimmer. Rustikale Holzmöbel und ein geblümtes Sofa dominierten den Raum. Der Fernseher lief. Das hawaiianische Muskelpaket saß auf einem Fernsehsessel und schaute *The Walking Dead*. Der Dobermann lag zu seinen Füßen. Der Hund hob den Kopf und knurrte leise, als sie das Wohnzimmer betraten, doch ein kurzer Ruck an der Leine brachte ihn sofort zum Schweigen.

»Hier sind die Sandwiches«, sagte Layla und stellte den Teller auf den Wohnzimmertisch, sodass Muskelpaket ihn gut erreichen konnte. Der brummte nur. Ohne hinzusehen, griff er nach einem Sandwich und biss hinein, während im Fernseher ein Mann von mehreren Zombies ausgeweidet wurde. Hope verzog das Gesicht und nahm auf dem geblümten Sofa Platz.

Layla setzte sich neben sie. »Willst du was trinken? Wir haben Bier und Tequila und alle möglichen Softdrinks.«

»Nein danke«, sagte Hope. Eigentlich wollte sie am liebsten weg. In den letzten Wochen hatte sie sich einreden können, dass sich ihr Leben veränderte. Dass es besser wurde, doch ihre Schwester erinnerte sie an ihr wahres Leben. Das war die Gesellschaftsschicht, zu der sie gehörte, und nicht diese reichen Schnösel.

»Also erzähl«, begann Layla. »Du hast mir komische Nachrichten geschrieben. Dass Mom einen Entzug machen würde und dass du jetzt für einen reichen Kerl arbeitest. Was ist das für einer?«

»Sein Name ist Ryan Parker. Er ist ...«, begann Hope.

Layla riss die Augen auf. »*Der* Ryan Parker? Der Arsch, der uns auf die Straße gesetzt hat?«

»Der Mann, der den Häuserblock gekauft hat, ja.« Hopes Magen verkrampfte sich. Vor vier Wochen hätte sie noch auf den Kerl geschimpft und ihm tausend schreckliche Tode an den Hals gewünscht. Mittlerweile klang sie gemäßigter.

»Wie bist du denn an den gekommen?«, wollte Layla fassungslos wissen.

Hope zögerte und schaute zu Muskelprotz. Sie wollte nicht, dass er mithörte. Layla winkte ab. »Du kannst offen reden. Wenn Abel *The Walking Dead* schaut, kriegt er nix mit. Außerdem ist er loyal und absolut verschwiegen.«

Hope beschloss, alles auf eine Karte zu setzen und ihrer Schwester die ganze Geschichte zu erzählen. Die Affäre mit Ryan ließ sie allerdings aus, das war einfach zu peinlich.

»Ich soll mich an diesen Kerl ranmachen. Scott Coleman. Ein ehemaliger Geschäftspartner von Ryan«, sagte Hope gerade, als Abels Kopf in ihre Richtung ruckte. Hope hatte an-genommen, er wäre in die Fernsehserie vertieft, doch scheinbar war er immer mit einem Ohr bei ihr und ihrer Schwester.

»Ist was?«, fragte Layla.

Abel fixierte Hope. »Was hast du gesagt?«

Hope war verwirrt. »Dass ich Ryan Parkers ehemaligen Geschäftspartner ausspionieren soll. Warum?«

»*Scott Coleman*?«, wiederholte Abel.

Jetzt war Hope wirklich verwirrt. »Ja. Kennst du ihn?«

Ruckartig sprang Abel auf, schaltete den Fernseher aus und stapfte aus dem Zimmer. Der Hund folgte ihm.

»Was war das denn?«, fragte Hope an ihre Schwester gewandt.

Die wirkte nicht weniger verwirrt als Hope. »Keine Ahnung. Ich denke, wir werden es gleich erfahren.«

Bevor Hope fragen konnte, was sie zu dieser Vermutung veranlasste, deutete Layla auf die Tür. Juan betrat das Wohnzimmer. »Woher kennst du Coleman?«

»Warum willst du das wissen?« Misstrauisch verschränkte Hope die Arme vor der Brust. Hoffentlich plante Juan nicht irgendein krummes Ding.

»Das ist egal. Antworte mir! Was hast du mit dem Kerl zu schaffen?«««

»Sprecht ihr überhaupt von dem gleichen Mann?«, hakte Layla hastig nach. Sie wollte eine Auseinandersetzung zwischen Hope und ihrem Mann vermeiden.

»Er ist ungefähr so groß«, Juan hielt die Hand knapp über seinen Kopf. »Riesen Zinken und Vollbart!«

Hope nickte. »Genau. Was ist mit ihm?«

»Halt dich von ihm fern!« Juan sagte das in vollem Ernst und mit seiner gesamten Autorität.

»Ich ...«, Hope zögerte. Wie sollte sie ihm erklären, dass es ihre Aufgabe war, sich *nicht* von Coleman fernzuhalten? »Warum soll ich das tun?«

Juan fuhr sich durch die Haare. »Hör einfach auf mich, okay? Der Kerl ist ein krankes Arschloch.«

»Gegenfrage: Was hast du mit ihm zu schaffen?«, hakte Hope nach. »Verkaufst du ihm Drogen?«

»Nein.« Er schaute zu seiner Frau. »Ich will nicht darüber reden.«

»Soll ich rausgehen?«, fragte Layla.

»Auf zwei Dinge können sich meine Kunden verlassen«, sagte Juan, ohne auf Laylas Frage zu antworten. »Ich liefere alles, was sie haben wollen und ich halte die Klappe.«

»Und was hat das mit Coleman zu tun?« Hope würde nicht locker lassen. Sie musste wissen, was Juan und Scott miteinander zu schaffen hatten. Wenn es keine Drogen waren, was war es dann? Juans Gang hatte seine Finger nicht nur im Drogengeschäft, sondern auch in der Prostitution. Layla akzeptierte seine kriminellen Machenschaften, doch mit der Prostitution hatte sie ein Problem. Das wusste Juan und deshalb redete er vor ihr nicht darüber.

»Ist schon gut. Ich gehe.« Layla stand auf, bedachte Juan mit einem strengen *darüber reden wir noch* Blick und verließ das Wohnzimmer.

Hope knetete nervös ihre Hände. Die Sache schien ernst zu sein. »Geht er zu deinen Nutten?« Würde sich der angesehene und einflussreiche Scott Coleman, der sich in der Öffentlichkeit für traditionelle Werte und Moral einsetzte, mit Prostituierten vergnügen, wäre das in der Tat ein Skandal.

»Zweimal im Monat holt er sich eine«, gab Juan zu. Es behagte ihm nicht, mit Hope darüber zu reden, das war deutlich zu sehen. Doch sie gehörte zur Familie und laut seines bizarren Ehrenkodex musste er seine Familie beschützen. Abwartend sah Hope zu ihm auf.

»Er bevorzugt rassige Weiber«, fuhr Juan fort. »Weiber wie dich.«

Rassig war nicht unbedingt der Ausdruck, mit dem sie sich beschreiben würde, aber sie wusste, was Juan meinte. Scott stand nicht auf Blondinen. Er wollte Dunkelhaarige mit hellbrauner Haut. »Dann lässt der Kerl also ab und zu ein wenig Dampf ab«, stellte Hope fest.

»Nicht nur das.« Juan fixierte sie. »Er ist ein Sadist.«

Ein kalter Brocken sackte in Hopes Bauch. »Ein Sadist?« Sie fragte sich ernsthaft, ob Juan überhaupt wusste, was das bedeutete. »Inwiefern?«

»*Inwiefern*?« Juan lachte. »Seit wann redest du so geschwollen? Die reichen Wichser sind krank, das kannst du mir glauben.«

»Juan. Was macht er?«

»Er fickt sie nicht nur in alle Löcher, er schlägt und bespuckt sie auch. Manchmal würgt er sie, nennt sie dreckige Schlampen und Abschaum. Wenn eine Nutte bei ihm war, kann ich sie danach zwei Tage lang nicht einsetzen.« Er lachte schnaubend. »Ist scheiße, aber das lass ich mir von dem Wichser bezahlen.«

Hopes Magen krampfte sich zusammen und sie spürte, wie sie erbleichte. Ihr Instinkt hatte sie nicht getrogen. Scott war alles andere als ein Romantiker, allerdings hatte sie sich sein wahres Ich nicht so schlimm vorgestellt, wie es tatsächlich war. Sie musste Ryan davon erzählen.

»Verstehst du jetzt? Halt dich von dem Kerl fern«, wiederholte Juan. »Denn wenn er dir wehtut, muss ich ihm die Eier abschneiden und sie in sein dreckiges Maul stopfen.« Er breitete die Arme aus, als wäre das keine große Sache für ihn. »Das macht mir nichts aus, aber er hat Einfluss und sein Tod würde Fragen aufwerfen. Die Bullen würden ermitteln. Ich will nicht das FBI auf den Fersen haben.«

Hope zwang sich zu einem Lächeln. »Das verstehe ich. Danke, dass du mich gewarnt hast.«

»Ich weiß, dass du mich nicht leiden kannst«, sagte Juan plötzlich und blickte verächtlich auf sie hinab. »Du hältst dich für was Besseres, sowas mag ich nicht. Ich hab es für meine Frau getan. Weil du ihre Schwester bist und sie dich liebt.«

KAPITEL 18
HOPE
* * *

VORSICHTIG BALANCIERTE HOPE über den Steg. Schiffe waren nicht ihr Ding und das von Coleman sowieso nicht. Galant reichte er ihr die Hand und half ihr an Bord der Yacht. Als seine Finger ihre berührten, zuckte sie unwillkürlich zurück, doch sie riss sich sofort wieder zusammen. Coleman durfte auf keinen Fall merken, wie sehr sie ihn verabscheute.

»Willkommen auf meinem bescheidenen Boot«, sagte er mit einem breiten Grinsen. Er wirkte bestens gelaunt.

Der Himmel war wolkenlos, die Sonne strahlte und die luxuriöse Yacht bot jede Annehmlichkeit, die man sich wünschen konnte. Ein Außenstehender würde Hope beneiden. Doch sie war alles andere als beneidenswert, denn sie betrat die Höhle des Löwen und musste dabei auch noch so tun, als würde sie sich darüber freuen.

Die halbe Nacht hatte sie wachgelegen und darüber nachgegrübelt, ob sie den Ausflug mit Scott absagen sollte. Letztendlich hatte sie beschlossen, es durchzuziehen, denn die Sache war mittlerweile persönlich. Der Dreckskerl prügelte Frauen. Ryan wollte ihn zu Fall bringen und sie würde ihm dabei helfen.

Da Ryan sie unter den neuen Voraussetzungen niemals mit Scott zusammen auf ein Boot gelassen und vielleicht sogar etwas Unvernünftiges getan hätte, hatte sie vorerst davon abgesehen, ihr Wissen mit ihm zu teilen. Das bedeutete allerdings auch, dass ihr niemand helfen konnte, sollte die Sache brenzlig werden.

Für den Fall der Fälle hatte sie Pfefferspray, ein Klappmesser und Kupfersulfat in ihre Handtasche gepackt, doch falls die Situation eskalierte, bevor sie Coleman das Brechmittel in den Drink schmuggeln konnte, würde es schwierig werden, an die Sachen ranzukommen. Egal. Scott sah sie anders als die Frauen, für die er bezahlte, und sollte er wirklich übergriffig werden, würde sie ihm einfach kräftig in die Eier treten, ihre Handtasche schnappen und das Messer rausholen.

»Ich hoffe, du hast einen Bikini dabei«, sagte Scott und hakte sich bei ihr unter. »Wenn wir auf dem offenen Meer sind, können wir eine Runde schwimmen.«

Er führte sie über die Yacht, zeigte ihr stolz den Außenbereich und sämtliche Kabinen, inklusive Schlafzimmer. Während Hope sich lobend über die geschmackvolle Ausstattung äußerte, starrte er sie die ganze Zeit an, als würde er sich vorstellen, wie es wäre, mit ihr in seinem Bett zu liegen. Es widerte Hope an.

Auf einem Tisch im Außenbereich sah sie einen Laptop.

»Hast du dir etwa Arbeit mitgebracht?«, fragte sie hoffnungsvoll.

Scott stieß einen Seufzer aus. »Wegen der Spendengala. Als der Hauptorganisator muss ich mich um alles Mögliche kümmern. Aber keine Sorge, ich checke nur ab und zu meine E-Mails, den Rest der Zeit bin ich nur für dich da.«

»Gut zu wissen.« Hope zwang sich zu einem Lächeln. Wenn das so weiterging, würden ihr später vor lauter verkrampftem Gegrinse die Wangen wehtun. Ein Glück hatte sie den Spionagestick mitgebracht, den Ryan ihr gegeben hatte, denn wenn Scotts Laptop so offen herumstand, könnte sie im Laufe des Tages durchaus drankommen. Dann wäre das wenigstens schon mal erledigt.

Je weiter der Tag fortschritt, umso schwieriger wurde es für Hope, sich Coleman vom Leib zu halten. Offenbar glaubte er fest, er könnte sie verführen. Dafür fuhr er alles auf. Edle Speisen, Champagner und stimmungsvolle Hintergrundmusik. Nach dem Lunch lud er sie zu der Spendengala ein und schlug dann vor, in den Whirlpool zu steigen. Hope tat, als würde sie sich freuen - über die Einladung und über den Whirlpool und überlegte dann fieberhaft, wie sie an Scotts Laptop rankommen könnte.

Im Whirlpool streifte er sie immer wieder mit seinem Bein und legte schließlich eine Hand auf ihr Knie. Hope versteifte sich. Sie hasste seine Berührung und sie hasste es, wie er sie ansah, wie ein leckeres Steak, von dem er unbedingt ein Stück abbeißen wollte.

Mit dem Zeigefinger strich er über ihre Schulter und meinte, sie besäße eine außerordentliche Anziehungskraft. Hope lachte und tat so, als hätte er einen Scherz gemacht.

Dann kam ihr eine Idee. Es war riskant und widerlich, aber auf diese Weise könnte sie Coleman dazu bringen, sie ein paar Minuten lang aus den Augen zu lassen. Sie erwiderte seinen Blick und leckte sich über die Lippen, um ihn glauben zu lassen, dass seine Verführungsversuche endlich Wirkung zeigten.

»Du bist ein kleines Luder, hab ich recht?« Grinsend rückte er näher, strich dann über ihre Lippen und schob seinen fleischigen Daumen in ihren Mund. Hope hätte am liebsten gekotzt, als sie ihre Zunge über seinen Daumen gleiten ließ und kurz an ihm saugte. Sie tat es für die Zukunft aller Frauen, die der Dreckskerl missbraucht hatte und noch missbrauchen würde.

»Was hältst du davon, wenn wir ins Schlafzimmer gehen?«, fragte sie.

Coleman war sofort dabei. Er sprang aus dem Whirlpool und präsentierte dabei seine Erektion, die selbst durch die enge Badehose hindurch nicht besonders beeindruckend wirkte. Im Gegensatz zu Ryan war er von Mutter Natur nicht gesegnet. Als Hope aus dem Pool stieg, gab er ihr einen festen Klaps auf den Hintern. Hope schrie erschrocken auf. Damit hatte sie nicht gerechnet. Coleman lachte nur. Fest legte er einen Arm um ihre Taille und führte sie in sein Schlafzimmer. Dort an-gekommen wirbelte er sie sofort herum und presste gierig seine Lippen auf ihre, dabei stieß er mit seiner Zunge tief in ihren Mund. Sein Bart kitzelte unangenehm. Mit seinen Pranken umfasste er ihren Hintern und knetete ihn derb, gab ihr dann einen weiteren Klaps.

Angewidert schob Hope ihn zurück. Es kostete sie einige Kraft, denn Coleman wollte sie gar nicht mehr loslassen.

»Warte. Ich muss noch mal an meine Tasche«, sagte sie. »Wie wäre es, wenn du dich auszieht und im Bett auf mich wartest? Ich habe eine kleine Überraschung für dich.«

»Na gut.« Coleman rieb seinen Minischwanz an ihrer Hüfte. »Aber beeil dich. Wir haben einiges vor.« Er zwinkerte ihr zu. »Ich hoffe, du stehst drauf, wenn ich dir mal so richtig den Hintern versohle.«

Selbst in ihren Ohren klang Hopes Lachen falsch. »Ich weiß nicht. Wir werden sehen.«

Coleman gab ihr einen letzten Klaps und warf sich dann lachend auf das Bett. Hope verließ mit wiegenden Hüften das Schlafzimmer. Kaum draußen hetzte sie zu ihrer Handtasche, kramte den Stick heraus und hetzte weiter zum Laptop. Immer wieder blickte sie über ihre Schulter, um zu kontrollieren, ob auch niemand kam. Ihr Herz hämmerte gegen ihre Brust. Ryan hatte gesagt, der Stick würde die Arbeit erledigen. Sie bräuchte ihn bloß in den PC zu stecken. Ihre Hand zitterte, als sie das tat. Fünf Minuten musste das Ding nun steckenbleiben. Sie hetzte zu ihrer Handtasche zurück und nahm das Kupfersulfat heraus. Juan hatte gesagt, sie bräuchte bloß einen Teelöffel voll. Sie hatte aber keinen Teelöffel und konnte nur grob schätzen.

Sie nahm die Dose und hetzte zum Laptop zurück. Der Ventilator schien einiges zu tun zu haben, denn er summte laut. Noch zweieinhalb Minuten. Die Hälfte der Zeit war um. Ein Geräusch hinter ihr ließ Hope erschrocken herumfahren. Sie spähte in den Raum und zu dem Aufgang dahinter. Niemand war da.

Hektisch schraubte sie die Dose auf und hielt sie unter ihre Nase. Das Kupfersulfat war blau und roch scharf und beißend. Sie könnte es mit allem verdünnen, hatte Juan gesagt, allerdings könnte er nicht garantieren, dass Scott es nicht herausschmecken würde. Na gut, das war in ihrem Fall egal, denn sie hatte beschlossen, es selbst zu nehmen. Sie sah sich um. Auf dem Wohnzimmertisch stand noch ein halbvolles Glas Champagner. Das musste reichen. Sie rannte hin und schnappte es. Dann kippte sie ein wenig von dem Brechmittel hinein. Wie schnell würde es wirken? Juan meinte, ziemlich schnell. Doch wie schnell war das? Der Stick brauchte noch achtzig Sekunden und sie wollte möglichst erst im Schlafzimmer kotzen. So richtig schön eklig, damit Scott keine Lust mehr hatte, ihr den Hintern zu versohlen.

Es piepste. Der Stick war fertig. Erleichtert zog Hope ihn raus und verstaute ihn wieder in ihrer Handtasche, zusammen mit dem Kupfersulfat, dann trank sie den Champagner und verzog das Gesicht. Wie man das Zeug irgendjemandem unterjubeln sollte, war ihr ein Rätsel. Es schmeckte ekelhaft. Plötzlich hörte sie Scott nach ihr rufen.

»Mary? Was dauert da so lange?«

Hope leerte das Glas und stellte es ab. »Tut mir leid. Mir ist plötzlich schlecht geworden«, rief sie zurück.

Die Übelkeit kam tatsächlich unmittelbar und heftig. Erschrocken hielt sie sich die Hand vor den Mund. Im nächsten Moment kam Scott um die Ecke. Er war nackt.

Hope riss die Augen auf, beugte sich vor und erbrach sich in die Obstschale auf dem Tisch.

»Tut mir leid«, wimmerte sie und stürmte zur Reling, um die zweite Kotzwelle ins Meer zu entlassen. Sie hörte, wie Scott einen barschen Befehl erteilte. Wahrscheinlich beauftragte er den Stuart, die Kotze wegzuwischen, dann kam er zu Hope. Er hatte sich einen Bademantel übergestreift. Gott sei Dank.

»Liebe Güte. Was ist denn los? Hast du was Falsches gegessen?«, fragte er. Ein genervter Unterton schwang in seiner Stimme mit.

»Keine Ahnung.« Hope würgte lautstark. Um den dramatischen Effekt zu steigern, versuchte sie, den Brechreiz zu unterdrücken.

»Komisch. Ich habe alles gegessen, was du auch gegessen hast«, meinte Scott.

Hope übergab sich zum dritten Mal und wischte sich dann mit dem Handrücken über den Mund. »Ich fühle mich schrecklich. Könnten wir bitte zurückfahren?«

Der Ausdruck, der über Colemans Gesicht huschte, ließ es ihr eiskalt den Rücken runterlaufen. Er sah aus, als würde er ihr am liebsten eine Ohrfeige verpassen, weil sie es wagte, ihm nicht zur

Verfügung zu stehen. Sein kalter Blick heftete sich auf ihr Gesicht, huschte dann über ihren Körper.

»Wir holen das nach«, versprach Hope und würgte erneut.

Coleman riss sich zusammen und kramte wieder sein liebenswürdiges Lächeln hervor. »Natürlich. Ich werde dem Stuart sagen, er soll dir einen Kamillentee machen.«

Hope nickte. »Danke. Das ist nett.« Hoffentlich sah sie so scheiße aus, wie sie sich fühlte. Das Kupfersulfat war wirklich krass.

Sobald sie sich ausgekotzt hatte, schlüpfte sie in ihre Kleider und legte sich auf das Sofa. Der Stuart brachte ihr Tee und einen kühlen Lappen, den sie sich dankbar auf die Stirn legte. Ihr Magen beruhigte sich langsam wieder.

Scott setzte sich ihr gegenüber. »Ich habe dem Kapitän bescheid gegeben. Wir fahren wieder zurück.«

»Danke.« Hope fühlte sich elend und völlig ausgelaugt.

Scott schlürfte ein Glas Whiskey und starrte sie an. »Sobald wir an Land sind, solltest du einen Arzt aufsuchen.«

»Das werde ich.« Ihr Magen krampfte sich schmerzhaft zusammen. Ächzend legte sie eine Hand auf ihren Bauch.

Es folgten die längsten vierzig Minuten ihres Lebens, bis die Yacht endlich anlegte und Hope das Schiff verlassen konnte. Coleman stützte sie und bot ihr an, sie zu seinem Arzt zu bringen, weil er angeblich der beste war, doch Hope behauptete, sie würde lieber zu ihrem eigenen Arzt gehen.

Coleman verhielt sich höflich, doch er war eindeutig wütend und genervt. Sie merkte es an der Art, wie er sie fester als nötig packte und seine Finger in ihr Fleisch grub. Wann immer er glaubte, sie würde es nicht merken, sah er sie mit diesem seltsamen Ausdruck im Gesicht an. Eine Mischung aus Gier und Missmut, weil er nicht bekommen hatte, was er wollte.

Hope war unglaublich erleichtert, als sie endlich zuhause war und die Wohnungstür hinter sich schließen konnte. Körperlich am Ende, aber zufrieden warf sie sich auf das Sofa, zog den USB-Stick aus ihrer Tasche und betrachtete ihn. Hoffentlich hatte sich ihr Einsatz gelohnt.

KAPITEL 19
RYAN
* * *

RYAN SPÄHTE AUS DEM Seitenfenster seines Wagens. Sein Herz schlug schneller als er Hope über den Gehweg kommen sah. Dass hinter der mordlustigen Kratzbürste in den viel zu großen Kleidern eine außergewöhnliche junge Frau steckte, bei der ihm jedes Mal, wenn er sie sah, der Atem stockte, hätte er niemals für möglich gehalten.

Schnell stieg er aus und öffnete die Beifahrertür. »Guten Morgen.«

Ihr Lachen wirkte ehrlich und befreit und ihm fiel auf, dass er das zum ersten Mal so empfand. Wenn sie lachte, war sie immer misstrauisch geblieben, jederzeit bereit, auf Konfrontationskurs zu gehen. Oft hatte sie ihn entweder ausgelacht oder verächtlich angelacht, doch diesmal schien es so, als würde sie sich wirklich freuen, ihn zu sehen. Vielleicht lag das daran, dass er seine Wettschulden einlösen würde und sie vierundzwanzig Stunden lang über ihn verfügen durfte. Er könnte sich einige Sachen vorstellen, wo sie gerne über ihn verfügen dürfte, doch Sex war bestimmt nicht das, was Hope im Sinn hatte.

»Also dann«, sagte sie breit grinsend. »Bist du bereit, dich der Wirklichkeit zu stellen?«

»Ich dachte, ich löse meine Wettschulden ein«, gab er zurück.

»Genau. Und ich habe beschlossen, dir eine Prise Realität zu verabreichen.« Sie musterte ihn. »Hab ich dir nicht gesagt, du sollst dich ausnahmsweise mal nicht Schickimicki mäßig anziehen?«

Ryan sah an sich hinab. »Das ist eine Jeans und ein Hemd. Normaler geht es nicht.«

Mit einem Seufzen deutete Hope auf sich. »*Das* ist eine normale Jeans. Du trägst die Schickimickiausgabe davon. Und statt ein Hemd hättest du ruhig ein T-Shirt anziehen können.« Sie winkte ab. »Egal. Wir können unterwegs eins besorgen.«

»Ich trage keine ungewaschenen Sachen«, entrüstete Ryan sich.

Hope bedachte ihn mit einem vorwurfsvollen Blick. »Bist du ein Mann oder ein Jammerlappen? Vierundzwanzig Stunden. Das ist der Deal. Du tust, was ich sage.«

Sie warf die Wagentür zu. »Im Übrigen nehmen wir heute den Bus.«

Er riss die Augen auf. »Spinnst du? Warum sollte ich mit dem Bus fahren?«

Hope hakte sich bei ihm unter. »Du scheinst es nicht zu kapieren. Du hast *kein* Auto. Und auch *kein* Geld. Vierundzwanzig Stunden lang wirst du nicht reich, sondern arm sein.«

* * *

Auch mit dem Bus kam man von A nach B, doch es war wesentlich unbequemer als mit dem Auto und dauerte doppelt so lang. Je weiter sie nach Downtown vordrangen, umso zwielichtiger wurden die Gestalten. In der Metro war es am schlimmsten. Ryan war nie bewusst gewesen, wie viele verrückte Menschen es gab. Wie sie lebten. Fasziniert beobachtete er das bunte Gewusel um sich herum. Er sah Obdachlose, die in irgendeiner Ecke lagen und schliefen, mitten am Tag auf dem schmutzigen Boden. Am Pershing Square schleppte Hope ihn zu einem kleinen Stand, an dem Touristenkram verkauft wurde, hauptsächlich billiger Ramsch. Dort kaufte sie ihm ein hässliches, weißes T-Shirt mit einem knallroten Los Angeles Aufdruck vorne drauf.

»Zieh das an«, sagte sie.

Ryan starrte sie an, als hätte sie den Verstand verloren. Sie grinste verschmitzt. »Na komm schon. Wenn du brav bist, gibt's nachher eine Belohnung.«

»Na gut«, brummte er mürrisch. Er hatte sich auf den Deal eingelassen, jetzt würde er es durchziehen. Wenigstens kannte ihn niemand und die Belohnung wollte er natürlich unbedingt haben! Hinter dem Souvenirstand zog er sein Hemd aus und streifte das T-Shirt über. Hope nahm das Hemd und reichte es dem nächsten Obdachlosen. »Hier. Verkauf es. Das ist mindestens hundert Dollar wert.«

Ryan machte eine finstere Miene. Hope war wirklich ein Biest. »Um genau zu sein, hat das Hemd zweihundertdreißig Dollar gekostet«, zischte er ihr zu. »Ich hoffe, die Belohnung ist das wert.«

Hope lachte auf. »Ganz bestimmt ist sie das.«

Zügig gingen sie durch die Straßen. Zuerst kamen sie nur an vereinzelten Zelten vorbei, doch es wurden immer mehr. Am Ende waren auf den Gehwegen ganze Zeltreihen aufgebaut. Sie sahen aus wie bunte Riesenpilze. Die Straßen waren verdreckt, die ganze Gegend wirkte grau und ungepflegt. Aus seinem Wagen heraus war der Anblick schon unangenehm gewesen, doch mittendrin zu stehen, die Armut sozusagen mit allen Sinnen zu erleben, war eine völlig neue Erfahrung für Ryan. Interessanterweise liefen auch normale, saubere Menschen aller Hautfarben zwischen den Obdachlosen hindurch. Sie ignorierten das Elend um sich herum, als würden es nicht existieren. Die Obdachlosen saßen vor ihren Zelten am Straßenrand. Hope grüßte sie wie alte Freunde und erzählte Ryan Geschichten darüber, wie sie auf der Straße gelandet waren, was sie vorher gemacht hatten. Fast alle hatten ganz normale Jobs besessen, ein Haus und Familie gehabt. Drogen hatten viele zerstört, an zweiter Stelle kamen die schlechte Wirtschaftslage und Krankheit. Es waren auch viele Kriegsveteranen darunter, die nach ihrem Militärdienst einfach nicht ins Leben zurückgefunden hatten.

»Sie haben für unser Land gekämpft und jetzt werden sie einfach vergessen«, sagte Hope. Ihre Worte klangen bitter, es schien ein Thema zu sein, das sie sehr persönlich nahm.

Ryan bemerkte einen dunkelhaarigen Mann mit einem ungepflegten Dreitagebart. Er war ungefähr in seinem Alter und unter dem Schmutz sah er nicht mal schlecht aus. Er hielt den vorbeieilenden Passanten einen Teller hin. Ein paar Münzen lagen darauf. In der anderen Hand hielt er ein Schild. *Nicht alle sind obdachlos wegen Drogen* stand darauf geschrieben.

»Hi Elliot«, grüßte Hope den Mann. »Wie geht's?«

Sein stumpfer Blick hellte sich auf, als er Hope bemerkte. »Hey Hope. Meine wunderschöne Nachtblume. Wo ist deine Mom?«

»Sie macht einen Entzug.«

»Gut. Sehr gut.« Er musterte sie. »Oh hey. Was hast du mit deinen Haaren gemacht?«

»Gefärbt.« Hope warf ihre Locken auf den Rücken und drehte sich einmal um sich selbst. »Gefällt es dir?«

Elliot grinste breit. »Und wie. Jetzt würde ich dich vom Fleck weg heiraten.«

»Danke. Nett, dass du das sagst.« Hope tat geschmeichelt. Sie wandte sich an Ryan. »Elliot hat Kunstgeschichte studiert, doch nach dem Studium fand er keine Arbeit und musste sich mit Gelegenheitsjobs über Wasser halten. Nach einer Trennung landete er dann auf der Straße.«

Elliot musterte Ryan. »Wer is' der Kerl?«

»Das ist Ryan. Ein guter Freund«

»Hey Mann. Freut mich, dich kennenzulernen.« Elliot klemmte sich das Schild unter den Arm und wollte Ryan abklatschen. Ryan schlug widerwillig ein. Er wollte lieber nicht daran denken, wen oder was dieser Mann alles angefasst und wann er sich zum letzten Mal die Hände gewaschen hatte.

»Wo sind deine Sachen?«, fragte Hope.

»In meiner Wohnung.« Mit einem schiefen Grinsen deutete Elliot auf ein kleines, graues Zelt, das zwischen Gerümpel und einer windschiefen Plastikabdeckung stand. Davor saß eine dicke Frau auf einem klapprigen Gartenstuhl.

»Ach. Du hast jetzt ein Zelt? Das find ich super.«

Er zuckte mit den Schultern. »Ich teil es mir mit Shelly.«

»Aha. Und was macht die Jobsuche?«

Elliots Miene verfinsterte sich. »Hab's aufgegeben. Ohne Wohnung find ich nie was.«

»Schöne Scheiße«, sagte Hope und sah Ryan plötzlich erwartungsvoll an, als wollte sie irgendeinen hilfreichen Tipp von ihm.

Ryan fühlte sich unbehaglich. Er hatte immer fest daran geglaubt, dass jeder für sein Glück und seinen Erfolg selbst verantwortlich ist. Das war auch so, doch manche hatten von Geburt an wesentlich schlechtere Voraussetzungen. Ihnen wurden nicht nur Steine, sondern ganze Felsbrocken in den Weg gelegt. Er hatte höchstens zweihundert Dollar Bargeld bei sich. Sollte er Elliot das Geld geben? Er sah sich um. Elliot war nur einer von vielen. Jeder Einzelne von ihnen bräuchte das Geld.

»Hör zu, wir müssen weiter. Aber ich schau die nächsten Tage nochmal vorbei«, sagte Hope.

»Versprochen?«, fragte Elliot.

»Versprochen.«

Er warf einen Blick auf Ryan und beugte sich dann näher zu Hope. »Aber ohne den komischen Kerl, meine kleine Nachtblume.«

Er hatte die Stimme gesenkt, doch Ryan hatte seine Worte trotzdem verstanden. Wahrscheinlich war das von Elliot so gewollt. Spontan legte er einen Arm um Hopes Taille und zog sie näher, was lächerlich war. Elliot war schmutzig und obdachlos. Es gab nicht den geringsten Grund, um eifersüchtig zu sein. Noch dazu war ihm Eifersucht eigentlich fremd.

Sie gingen zur nächsten Bushaltestelle und fuhren weiter. Hope saß neben ihm und sah ihn erwartungsvoll an. Sie wollte, dass er etwas sagte. Er erwiderte ihren Blick. Ihr Duft stieg in seine Nase, die Mischung aus sinnlich und sanft, scharf und weich. Wie der Duft von Blütenblättern, mit einem Hauch Vanille und Ingwer. Er verspürte das Bedürfnis, ihre Hand zu nehmen, was genauso lächerlich war wie die Eifersucht auf einen Obdachlosen. Er war ganz und gar nicht der Typ, der Händchen hielt.

»Was ist mit deinem Vater passiert?«, fragte er.

Hope sah weg und starrte stattdessen aus dem Fenster. »Er ist tot.«

»Das tut mir leid. Wie ist er gestorben?«

»Er war in der US-Army«, begann sie und stockte. »Ich will jetzt nicht darüber reden, okay?«

Ryan nickte. Er wollte gerne mehr über sie erfahren, aber nicht das, was er mit Hilfe eines Privatdetektivs herausfinden könnte. Er wollte Persönliches, wollte, dass sie sich ihm öffnete, doch er wusste einfach nicht, wie er das anstellen sollte. Bisher war es ihm nie wichtig gewesen, ob und was eine Frau über sich erzählte. Bisher hatte er nur Frauen gekannt, die so waren wie er. Reiche Frauen, aus gutem Hause, die über andere Reiche, die steigenden Immobilienpreise oder das Jetsetleben redeten. Hope dagegen war wie eine unbekannte Welt, die er erforschen wollte. Eine Wildkatze - ungezähmt, unberechenbar. Die Menschen, die er kannte, definierten sich über das, was sie besaßen und beurteilten auch andere danach.

Hope war anders.

Sein Status war ihr egal. Sie fühlte sich nicht *wegen* des Gelds zu ihm hingezogen, sondern *trotzdem*.

»Hattest du eine glückliche Kindheit?«, fragte er. Sie wollte nicht über ihren Vater reden, also versuchte er über Umwege, ihr Informationen zu entlocken.

Hope runzelte die Stirn. »Warum fragst du mich plötzlich so ein Zeug?«

»Ich weiß nicht. Ich möchte es einfach gerne wissen.«

»Warum?«, hakte sie nach.

Ryan nahm eine ihrer Locken zwischen die Finger und zupfte daran, er konnte einfach nicht anders. Er musste sie berühren.

»Du zeigst mir all das«, er deutete auf die anderen Fahrgäste. »Diese Menschen. Wie sie leben. Ich will einfach wissen, wie du gelebt hast.«

»Wie soll ich schon gelebt haben? Wie alle hier«, gab sie abwehrend zurück und schaute wieder aus dem Fenster. Sie distanzierte sich innerlich. Ryan stieß einen Seufzer aus. Die Mauer, die sie um sich herum errichtet hatte, war undurchdringlich. Einen Blick auf die wahre Hope gewährte sie nur, wenn sie betrunken oder erregt war.

In der 5th Street stiegen sie aus. Hope führte ihn zur Los Angeles Mission, einer Obdachlosenunterkunft. Schon beim Näherkommen bemerkte Ryan die lange Schlange, die sich vor dem Eingang gebildet hatte. Manchen sah man die Obdachlosigkeit an, andere lebten entweder noch nicht so lange auf der Straße oder wehrten sich gegen die Verwahrlosung, indem sie halbwegs saubere Kleider trugen, die Bärte stutzten und versuchten, sich einen stolzen Gang zu bewahren. Einer in der Reihe las im Stehen ein Buch.

»Worauf warten die Leute?«, fragte Ryan.

»Es gibt gleich Mittagessen. Hier hat Mom oft die einzige warme Mahlzeit bekommen. Sie konnte sich duschen und ihre Kleider waschen. Manchmal hab ich ihre Sachen mit in den Waschsalon genommen, aber das mochte sie nicht. Sie war paranoid und dachte immer, jemand würde ihre Sachen klauen.«

Ryan verspürte ein unangenehmes Druckgefühl im Magen. Einerseits wollte er am liebsten umkehren und sich der Einlösung seiner Wettschulden verweigern, andererseits hatte er die Wette verloren, weil er überheblich gewesen war. Nur weil Hope sich nicht gewählt ausdrückte und billige Klamotten trug, hatte er sich für intelligenter gehalten. Er war ein Idiot und hatte es verdient, sich einen Tag lang unbehaglich zu fühlen.

Eine etwa sechzigjährige, grauhaarige Frau, die sich als Claire vorstellte, führte sie durch das Obdachlosenheim. Sie erklärte ihnen, dass fast sechzigtausend Menschen in Los Angeles obdachlos wären und sie leider nur wenigen helfen konnten. Sie zeigte ihnen die Schlafsäle, die Duschen, den Aufenthaltsraum und die Küche, die aussah wie die Großküche in einer Kantine. Dort reichte sie ihnen zwei Schürzen und strahlte Ryan an. »Hier bitte. Mrs. Anderson meinte, Sie wollen gerne in der Küche helfen. Wir sind immer froh, wenn sich unsere Mäzenen aktiv beteiligen.«

»Bitte?« Ryan starrte sie verständnislos an, warf Hope dann einen fragenden Blick zu. *Mäzen?* Seit wann unterstütze er Obdachlosenheime?

Hope grinste und nahm schnell die Küchenschürzen. »Das macht er gerne.«

Claire teilte sie für den Spüldienst ein. Hope räumte die Spülmaschine ein und aus und Ryan musste das hereinkommende Geschirr vom Essensresten befreien. Durch das Sichtfenster sah er die schier endlose Schlange an hilfsbedürftigen Menschen vor der Essensausgabe.

»Was hast du der Frau versprochen?«, zischte er Hope zu, während er einen Teller abspritze und ihn an Hope weiterreichte.

»Ich habe ihr gesagt, dass du die Mission mit einer großzügigen Spende unterstützen willst.«

Er hatte sich gewundert, warum Claire zwei Fremde so bereitwillig durch die gesamte Mission geführt hatte. Nun kannte er den Grund. Spenden war kein Problem, aber Hope hätte ihn vorher darüber informieren sollen. »Hattest du nicht gesagt, bei der verlorenen Wette ginge es nicht um Geld?«

Klirrend platzierte Hope das Geschirr in der Spülmaschine. »Ich wollte, dass du das Obdachlosenheim von innen siehst und das ging nur mit einer großzügigen Spende.«

Ryan blickte über die Schulter. Die anderen Helfer waren mit dem Essen, das in überdimensionalen Edelstahltöpfen vor sich hinblubberte, beschäftigt. Einer öffnete gerade Brottüten und legte die Scheiben auf große Teller. »Wie viel hast du ihr versprochen?«

Hope füllte Spülmittel in die Kammer. »Ich hab keine genaue Summe genannt, hab ihr nur gesagt, dass du sehr reich bist und die Mission als dein soziales Projekt auserkoren hast. Was du daraus machst, ist deine Sache.«

Ryan schnaubte. Er hatte jetzt also ein soziales Projekt. Darüber würden sie später noch reden. Als sie Hunger bekamen, aßen sie das, was auch die Obdachlosen bekamen. Tomatensuppe, Hackbraten und fertiger Kartoffelbrei, der wie pürierte Pappe schmeckte. Ryan hielt sich lieber an Brot. Anschließend führte Hope ihn durch die Straßen und bat ihn, sich vorzustellen, er würde für acht Dollar Stundenlohn in der Küche eines Diners arbeiten. Sie fragte ihn, ob er damit eine Familie ernähren könnte, was er natürlich verneinte.

Eine Stunde später fuhren sie zum Grand Hope Park, holten sich einen Becher Kaffee und setzten sich auf eine Bank.

»Ich liebe diesen Park«, sagte Hope. »Immer wenn ich hierher komme, fühle ich mich sofort besser.«

Ryan betrachtete sie. Sie war ungewöhnlich ernst, aber nicht auf die übliche, trotzige Weise, sondern tatsächlich ernst. Traurigkeit lag in ihren Augen. Eine leichte Brise wirbelte die Locken in ihr Gesicht und sie strich sie mit einer eleganten Geste zurück. Ryan liebte ihr Gesicht und ihren Hals. Er war lang und schmal, ein kleines Muttermal zierte ihre Halsbeuge.

»Geht es dir denn schlecht?«, fragte er.

»Mir geht viel im Kopf rum, aber es ist okay.« Sie griff in ihre Hosentasche und zog den USB-Stick heraus. »Ich habe ihn gestern an Colemans Laptop angeschlossen«, sagte sie. »Fünf Minuten, wie du verlangt hast. Das müsste reichen.«

»Wow.« Ryan nahm den Stick. Er war überrascht, dass sie es tatsächlich geschafft hatte und auch noch so schnell. »Wie hast du das gemacht?«

»Wir waren auf seiner Yacht.« Ein Schatten huschte über ihr Gesicht, und sie mied seinen Blick.

Ein mieses Gefühl breitete sich in Ryan aus. Coleman nutzte die Yacht, um Frauen zu beeindrucken. Ryan hatte seine Worte noch genau im Kopf. *Du glaubst gar nicht, wie willig die Weiber auf so einem Boot werden. Das ist wie ein schwimmendes Vorspiel.*

»Wie bist du an seinen Laptop gelangt?«, fragte Ryan beklommen. »Er hat ihn sicher nicht einfach rumstehen lassen.«

Hope reckte das Kinn. »Doch. Ich musste nur dafür sorgen, dass er mich ein paar Minuten lang aus den Augen lässt.«

Sie verheimlichte ihm etwas. »Und wie?«

»Frag nicht«, sagte sie und verzog das Gesicht. »Es war ... unappetitlich.«

Aus dem miesen Gefühl wurde eine kalte Ahnung. Was hatte Hope getan? Er wollte es wissen. »Hast du ...«, er schluckte hart. »Hast du mit ihm gevögelt?«

Hopes Kopf ruckte zu ihm herum. Ihr Blick war noch immer traurig, doch es lag auch wieder die alte Wut darin. »Nicht für eine Million Dollar würde ich den Kerl ranlassen. Er ist ein perverses Schwein.«

»Okay. Gut.« Ryan spürte Erleichterung, aber nur, bis sie weitersprach.

»Wie kannst du glauben, dass ich mit ihm ficken würde, nur um an Informationen zu gelangen?«, zischte sie. »Kennst du mich oder kennst du mich nicht?«

»Ich weiß es nicht. Ich weiß nicht, was du tun würdest und was nicht«, stieß Ryan hervor. Langsam wurde er wütend. »Du lässt mich nämlich nicht an dich ran, Hope. Woher soll ich es also wissen?«

Hope schüttelte schnaubend den Kopf. »Wir sind keine Freunde, Ryan. Nur weil ich mit dir gevögelt habe, bedeutet das nicht, dass ich dir vertraue. Dafür braucht es mehr als deinen Schwanz.«

»Naja. Mein Schwanz ist der einzige Weg, um zu dir durchzudringen«, gab Ryan zurück. Ihre Worte verletzten ihn, aber wenigstens waren sie ehrlich.

»Wohl eher, um in mich einzudringen«, gab Hope mit einem vorwurfsvollen Blick zurück. »Du denkst doch an nichts anderes.«

Ryan rieb sich seufzend über das Gesicht. So kamen sie einfach nicht weiter. Er könnte wieder anzüglich werden - die Vorlage war perfekt - doch damit würde er ihren Vorwurf bestätigen. Sie diskutierten und wurden dann scharf aufeinander. Es war immer das gleiche Spiel. »Worüber streiten wir eigentlich?«

Sie zuckte mit den Schultern. »Wir wissen nichts voneinander und das nervt dich. Keine Ahnung warum.« Sie wandte sich ihm zu und sah ihn eindringlich an. »Hör zu. Du musst Coleman zu Fall bringen, alles andere ist unwichtig. Nimm den Stick und tu, was du tun musst. Ich verlass mich drauf, dass du den Mistkerl auffliegen lässt.«

Überrascht hob Ryan die Augenbrauen. »Woher kommt dieses plötzliche Engagement?«

Auf einmal wirkte Hope nervös. Sie trank von ihrem Kaffeebecher, ganz eindeutig um ihm nicht sofort antworten zu müssen.

»Was ist los?«, bohrte Ryan nach.

»Coleman ist ein mieser Scheißkerl«, sagte Hope. »Ein Sadist. Er schlägt und missbraucht Prostituierte.«

Im ersten Moment glaubte Ryan, er hätte sich verhört. »Scott hat sich nie mit Frauen aus der Unterschicht abgegeben«, sagte er fassungslos. »Er verachtet sie.«

»Genau. Und weil er sie verachtet, verprügelt er sie, bis sie tagelang nicht mehr arbeiten können.«

Kaltes Entsetzen kroch durch Ryans Körper. »Woher weißt du das?«

»Das tut nichts zur Sache«, wiegelte sie ab.

Genervt kniff Ryan in seine Nasenwurzel. »Meine Güte, Hope. Könntest du mir bitte ein einziges Mal eine ehrliche und umfassende Antwort geben?«

»Ich darf dir meine Quelle nicht verraten, okay? Vertrau mir einfach. Es ist wahr.«

Tausend Gedanken purzelten in Ryans Kopf herum. Coleman war ein Sadist? Und Hope hatte den Tag mit ihm auf seiner Yacht verbracht.

»Du bist mit ihm allein gewesen. Den ganzen Tag!«, stieß er schockiert hervor. »Hast du es gewusst, bevor du auf seine Yacht gestiegen bist?«

Hope rollte mit den Augen. »Jetzt reg dich nicht auf. Es ist gut ausgegangen. Das ist alles, was zählt.«

Wütend sprang Ryan auf. »Ist es nicht. Du hast mir nicht mal bescheid gegeben. Er hätte sonst was mit dir anstellen können. Hast du völlig den Verstand verloren?«

Lässig lehnte Hope sich zurück und schlürfte an ihrem Kaffee, bevor sie antwortete. »Du hättest es mir verboten, aber es war wichtig. Jetzt haben wir hoffentlich belastendes Material und die Einladung für die Spendengala. Außerdem muss ich dich wohl nicht daran erinnern, dass du mich mit dem Mistkerl zusammengebracht hast.«

Plötzlich sah er sie mit anderen Augen. Sie war stur wie ein Esel, das hatte er gewusst, doch sie war auch taff und furchtlos und unglaublich unvernünftig. Wenn jemand ihr Gerechtigkeitsempfinden verletzte, war sie knallhart und vergaß dabei ihre eigene Sicherheit.

»Ich will den Kerl hinter Gittern sehen«, bestätigte sie mit hartem Blick, der ihre Entschlossenheit verdeutlichte.

»Und dafür hast du dein Leben riskiert.« Er sagte das leise und unaufgeregt. Es war auch keine Frage, sondern eine simple Feststellung.

»Jetzt übertreib es nicht.« Sie tat lässig, doch Ryan konnte sehen, wie knapp es für sie gewesen war.

»Wie hast du es geschafft, ihn auf Abstand zu halten?«, wollte er wissen.

Hope grinste schief. »Ich hab ihm vor die Füße gekotzt.«

* * *

Ryan begleitete Hope nach Hause. Der Tag hatte ihn völlig durcheinandergebracht. Was Hope ihm gezeigt und erzählt hatte, veränderte sein Weltbild. Er brauchte Zeit, um über alles nachzudenken und die Dinge sacken zu lassen. Er geriet viel zu sehr in Hopes Bann und das war nicht gut. Am Ende entdeckte er noch sein Gewissen. Bereits jetzt überlegte er, welchen Betrag er der Obdachlosenmission spenden müsste, um wirklich etwas zu bewirken.

Außerdem war da die Sache mit Coleman. Er musste den USB-Stick überprüfen und ein paar Anrufe tätigen, um herauszufinden, woher Hope ihre Information bezogen haben könnte. Wenn Coleman seine sadistischen Neigungen tatsächlich an Prostituierten auslebte, wäre das ein Skandal. Dann bräuchte es nicht mal mehr die Spendengala, um seinen Ruf zu zerstören.

Im Grunde wäre das eine Erleichterung, denn Ryan wollte nicht, dass Hope auch nur eine weitere Minute in Gesellschaft dieses Mistkerls verbrachte.

»Kommst du noch mit rauf?«, fragte Hope und riss ihn damit aus seinen Gedanken. Sie schlug einen lässigen Tonfall an, doch Ryan hatte das Gefühl, das mehr hinter der Frage steckte. Er zögerte.

»Du bekommst noch deine Belohnung«, erinnerte sie ihn. Ihr zweideutiges Grinsen verriet, an was sie dabei dachte.

Ryan verspürte das vertraute Kribbeln, sein Schwanz regte sich. Er wollte diese Frau mehr als er je eine Frau gewollt hatte, doch sein Kopf war nicht frei. Zuerst musste er sich über Einiges klar werden.

Er beugte sich vor und suchte ihren Blick. Mit dem Daumen strich er zart über ihre Lippen. »Weißt du eigentlich, wie verführerisch du bist?«

Hope schluckte. »Worauf wartest du dann noch?«

Er presste seinen Mund auf ihren. Es sollte eigentlich bloß ein kurzer Kuss werden, doch Hopes Lippen öffneten sich sofort, ihre Zunge stieß gegen seine und er dachte an all die Dinge, die sie mit dieser Zunge tun könnte. Die sie miteinander tun könnten. Verdammt. Diese Frau war wie eine Droge. Einmal wenigstens wollte er kein hastiges Gefummel, keinen schnellen Fick. Er wollte sich Zeit lassen, wollte sich tief in ihr vergraben, immer wieder, in allen Positionen. Er wollte sie bis an ihre Grenzen bringen und darüber hinaus.

Aufstöhnend riss er sich von ihr los. »Ich muss nach Hause. Die Daten auf dem Stick auswerten«, sagte er alles andere als überzeugt.

Hope wirkte überrascht und auch ein wenig beleidigt. »Bist du sicher?«

Er nickte. Zum Ja sagen fehlte ihm die Kraft.

»Okay.« Sie wich zurück. Ihr Stolz verbot es ihr, zu betteln.

»Wir sehen uns morgen«, presste er hervor, drehte sich um und ging zu seinem Wagen.

* * *

HOPE

HOPE WAR WÜTEND. Und frustriert. Sie hatte Ryan ein eindeutiges Angebot gemacht und der Kerl hatte es abgelehnt. Nachdem er wochenlang seine Finger nicht von ihr lassen konnte, war das mehr als seltsam. Hatte sie ihn mit ihrem Ausflug vertrieben? Ein Blick auf die andere Seite der Welt konnte einem verwöhnten Kerl wie Ryan die Lust rauben. Vielleicht sah er sie jetzt auch mit anderen Augen.

Innerlich hatte sie nie wirklich zu den Ärmsten der Armen gehört, aber objektiv betrachtet eben doch. Sie hatte nicht auf der Straße gelebt, aber viel gefehlt hatte nie.

In ihrem schönen, sauberen Badezimmer, das sie nach diesem Tag umso mehr zu schätzen wusste, zog sie sich aus und stellte sich unter die Dusche. Sie liebte ihr Bad. Die Duschkabine war geräumig und getrennt von der Badewanne. Aus dem tellergroßen Duschkopf strömte Wasser in genau der Stärke, wie sie es gerade brauchte. Sie konnte sich einfach nur berieseln lassen, wie von einem warmen Sommerregen oder sich kräftig abspritzen. Die Fliesen waren cremefarben und sahen aus wie neu, die Fugen waren schimmelfrei und ihr standen gleich zwei Waschbecken zur Verfügung. Das war genial. Schon allein für dieses Badezimmer hatte sich die Gefahr, in die sie sich begeben hatte, gelohnt.

Nach dem Duschen schlüpfte sie in Jogginghose und T-Shirt und kuschelte sich auf das Sofa. Zum ersten Mal seit Jahren fühlte sie sich zuhause. Im Fernsehen lief nichts Interessantes, also nahm sie stattdessen ihr Smartphone und schrieb ihrer Mutter, die seit ein paar Tagen einmal täglich ihr Handy benutzen durfte. Anschließend chattete sie mit ihrer Schwester. Bis es klingelte.

Ihr Herz machte einen Sprung. War das Ryan? Hatte er es sich anders überlegt?

Obwohl sie wusste, dass sie cooler reagieren sollte, rannte sie fast zur Tür und betätigte den Türöffner, dann riss sie die Wohnungstür auf und wartete. Doch es war nicht Ryan, der um die Ecke kam, sondern sein Vater.

Hopes Magen krampfte sich zusammen. »Mr. Parker. Was machen Sie hier?«

»Guten Abend Hope.« Robert Parker grinste breit. Seine Haut war so braun gebrannt, als hätte er zwei Wochen lang an einem Südseestrand gelegen und sich gesonnt. Das helle Hemd hatte er bis zur Brust aufgeknöpft, sodass Hope seine Brustbehaarung sehen konnte. Sein Gesicht war glatt rasiert, die grauen Haare perfekt frisiert. Für sein Alter sah er attraktiv aus, doch in seinem Inneren war er hässlich. Beklommen wich Hope einen Schritt zurück und nahm die Tür in die Hand, damit sie sie notfalls zuwerfen konnte.

»Was wollen Sie von mir?«, fragte sie.

Robert deutete in ihre Wohnung. »Sollten wir das nicht lieber drinnen besprechen?«

»Nein. Nicht wirklich.«

Robert Parker lachte, als hätte sie einen Scherz gemacht. »Keine Sorge. Ich möchte dir bloß ein Angebot unterbreiten.«

»Was für ein Angebot?« Sie blieb misstrauisch. Ihr fiel nichts ein, was der Kerl ihr *unterbreiten* könnte.

»Lass uns das doch bitte drinnen besprechen. Du musst wirklich keine Angst vor mir haben.«

Sie hatte keine Angst. Sie wollte den Kerl bloß einfach nicht in ihrer Wohnung haben. Er war ein alternder Lüstling.

»Mein Angebot ist ein wenig heikel«, fuhr Parker fort. »Es betrifft meinen Sohn.«

Es betraf Ryan? Das weckte Hopes Neugier. »Also gut.« Widerwillig ließ sie ihn ein.

Er blickte sich interessiert um. »Eine schöne Wohnung, die mein Sohn dir überlassen hat. Du musst wirklich eine magische Pussy haben.«

Hope ballte die Hände zu Fäusten. Warum hatte sie den Kerl bloß reingelassen? Sie war so dumm. »Könnten Sie bitte zum Punkt kommen? Ich bin müde und will ins Bett.«

Er wandte sich ihr zu und musterte sie. Sein Grinsen wurde noch anzüglicher. Hope erschauerte. Gab es denn nur noch perverse Säcke auf dieser Welt?

»Du willst ins Bett? Das klingt sehr verlockend«, gab er augenzwinkernd zurück. »Dann komme ich gleich mal zu meinem Angebot.«

Abwehrend verschränkte Hope die Arme vor der Brust. Hoffentlich war es nicht das, was sie dachte. »Wenn es um Sex geht: Vergessen Sie's!«

»Lass mich doch erstmal erklären.«

Hope richtete sich kerzengerade auf, um größer zu erscheinen. Robert Parker war kein großer Mann, nicht so wie Ryan. Mit hochhackigen Schuhen würde sie ihn überragen. »Das brauchen Sie nicht. Ich kann an Ihrer Visage sehen, was Sie wollen.«

Parker verengte die Augen zu Schlitzen, sein Lächeln erstarb. »Na gut, dann können wir uns das Geplänkel sparen und gleich zum Punkt kommen. Ich will dich ficken. Es muss nicht exklusiv sein, mein Sohn darf dich weiterhin haben, doch andere Männer sind tabu. Dafür zahle ich dir fünfhundert Dollar. Pro Abend.«

Sprachlos starrte Hope ihn an. Sein Angebot war abartig und eigentlich müsste sie ihm eine schallende Ohrfeige verpassen und ihn hochkant rauswerfen, doch zuvor hatte sie eine Frage. »Weiß Ryan, dass Sie hier sind?« Ihre Stimme klang frostig, sie konnte ihre Abscheu nicht verbergen.

»Noch nicht, doch darüber musst du dir keine Sorgen machen. Er wird sich damit abfinden. Du bist nicht die Erste, die wir beide ficken.«

Das wurde ja immer abartiger. »Tatsächlich? Und das macht Ryan nichts aus?«

Robert lachte schallend. Seine Zähne waren so weiß und perfekt, dass es sich bestimmt um Zahnimplantate handelte. »Anfänglich hat er mir jedes Mal eine Szene gemacht, aber langsam gewöhnt er sich daran. Zumindest hat er das letzte Mal nichts mehr dazu gesagt. Außerdem muss ihm klar sein, dass du nicht nur ihm gehörst.«

Hope spürte Übelkeit in sich aufsteigen. Dieser Mann war größenwahnsinnig und völlig empathielos. So wie sie Ryan kannte, würde er seine Freundin niemals freiwillig mit seinem Vater teilen. Wie konnte der alte Lüstling bloß annehmen, es wäre anders? Das machte sie fassungslos. Mit einem solchen Vater grenzte es an ein Wunder, dass Ryan halbwegs normal geblieben war.

»Vielleicht habe ich Ryan Exklusivität versprochen«, gab Hope kalt zurück. »Weil er so viel für mich tut.«

Robert ließ sich nicht aus dem Konzept bringen. »Möglicherweise hast du das getan, aber meiner Meinung nach ist das alles eine Frage des Preises. Hat Ryan denn Exklusivität verlangt? In dem Fall können wir die Sache auch diskret behandeln.«

Robert trat näher. Hope wich zurück. Ihr Puls war auf hundertachtzig. Ihre Hände zitterten vor Wut und weil sie dem Kerl unbedingt eine knallen wollte.

»Ich bin bereit, mein Angebot auf siebenhundert Dollar zu erhöhen und die Affäre geheim zu halten, doch davor würde ich mich gerne von deinen Qualitäten überzeugen«, sagte Robert. Seine Augen blitzten gierig. »Also leg los.«

»Wie bitte?« Hope lachte schnaubend auf. Der Mann war wirklich unglaublich.

Parker deutete auf ihren Körper. »Zieh dich aus!«

»Nein!« Hope starrte ihn fassungslos an. Merkte er denn nicht, dass sie seinem Vorschlag weder zugestimmt, noch ihm irgendwie zu verstehen gegeben hatte, dass sie mit ihm ins Bett steigen würde?

Parker hob fragend die Augenbrauen. »Na gut. Fangen wir mit etwas Leichterem an.« Er begann, an seinem Gürtel herumzunesteln. »Zumindest deine oralen Fähigkeiten sollten mich überzeugen.«

»Stopp!« Hope konnte nicht mehr. Das war einfach zu viel.

Robert hielt inne. »Was ist?«

Hope deutete zur Tür. »Raus hier! Verschwinden Sie aus meiner Wohnung, und zwar SOFORT!«

»Lehnst du mein Angebot etwa ab?« Parker wirkte tatsächlich überrascht.

Hope stemmte die Arme in die Hüften. »Und wie ich das tue. Für kein Geld der Welt würde ich mich von Ihrem verschrumpelten Altmännerschwanz vögeln lassen.«

Robert verengte die Augen zu Schlitzen. Zorn umwölkte sein Gesicht. »Du kannst mich nicht rauswerfen. Es ist die Wohnung meines Sohnes, du kleine Schlampe. «

»Ist mir scheißegal. Verschwinde, bevor ich die Cops rufe!«

»Du ... dreckige Hure.« Schneller als sie es ihm zugetraut hätte, schnappte er sie und stieß sie rückwärts. Hope stolperte gegen die Rückseite des Sofas. Mit zwei Schritten war Robert bei ihr und verpasste ihr eine schallende Ohrfeige, die Hopes Ohren klingeln ließen. »Na warte«, zischte er. »Dir werd ich's zeigen.«

Brutal zerrte er an ihrem T-Shirt. Hope hörte den Stoff reißen. Sie schüttelte die Benommenheit ab, riss brüllend ihr Knie hoch und rammte es zwischen seine Beine. Jaulend krümmte Parker sich zusammen. Im selben Moment wurde die Tür aufgestoßen. Ryan stürmte ins Wohnzimmer.

»Du verdammtes Dreckschwein.« Er fasste seinen gekrümmten Vater am Kragen, schleifte ihn zur Wohnungstür und stieß ihn schwungvoll in den Flur. Sein Vater stolperte gegen die gegenüberliegende Wand und richtete sich dann stöhnend auf. »Was soll das?«, keuchte er.

»Du widerlicher, alter Sack«, stieß Ryan hervor. »Mach, das du hier wegkommst. Ich bin endgültig fertig mit dir!«

»Bist du verrückt geworden? Die Schlampe ist gemeingefährlich«, stieß sein Vater hervor.

»Leider ist sie nicht gefährlich genug«, stieß Ryan hervor. »Denn sonst hätte sie dir die Eier abgeschnitten, anstatt bloß reinzutreten.« Damit warf er die Tür zu.

Hope richtete sich auf. Ryan atmete schwer und wirkte unglaublich wütend. Mit zwei großen Schritten war er bei ihr.

»Ist alles Okay?«, fragte er und berührte sanft ihre Wange.

Hope nickte. Nichts war gut, aber was sollte sie sagen? Sie konnte wohl kaum zugeben, wie sehr das Verhalten seines Vaters sie verletzte. »Alles gut. Ich würde nur gerne meine Backe kühlen.«

Ryan führte sie ins Badezimmer. Hope setzte sich auf den Wannenrand, währenddessen hielt Ryan einen Waschlappen unter kaltes Wasser, ging dann vor ihr auf die Knie und presste ihn vorsichtig auf Hopes gerötete Wange.

»Das Schwein hat dich geschlagen«, sagte er. Neuer Zorn umwölkte seine Augen.

»Hab schon Schlimmeres erlebt.« Hope verzog das Gesicht. Das Mitgefühl in seiner Stimme und seine Fürsorge rührten sie. Normalerweise kümmerte sich niemand um sie. »Wie bist du eigentlich reingekommen?«

Er machte eine schuldbewusste Miene. »Ich hab einen Ersatzschlüssel. Als ich dich schreien hörte, wollte ich nicht erst klingeln.«

Sie war so froh über seine Anwesenheit, dass der vorwurfsvolle Blick relativ gemäßigt ausfiel. »Dein Vater ist ein riesen Arschloch. Tut mir echt leid für dich«, sagte sie.

Er zuckte mit den Schultern, doch sie sah, wie sehr ihn das Thema belastete. »Er ist ein Weiberheld. Mein Leben lang hab ich mich für ihn geschämt. Als er dann anfing, meine Freundinnen anzubaggern, fing ich an, ihn zu hassen.«

Das konnte Hope verstehen. »Und deine Mom?«

»Sie will nur sein Geld, alles andere ist ihr egal. Er fickt alles, was nicht bei zehn auf dem Baum ist und sie hat Affären. Sie führen die perfekte Ehe.« Unter der Bitterkeit, die aus seinen Worten klang, zog sich Hopes Herz zusammen. Auch reiche Menschen hatten Probleme und nicht zwangsläufig ein glückliches Leben. Die Erkenntnis wühlte sie auf, vor allem, weil sie ein völlig falsches Bild von Ryan gehabt hatte.

»Das tut mir sehr leid«, sagte sie betroffen.

»Schon gut.« Ryan zwang sich zu einem Lächeln. »Es tut mir leid, was mein Vater dir angetan hat. Du bist der loyalste, ehrlichste und schönste Mensch, den ich je kennengelernt habe. Sowas hast du nicht verdient.«

»Niemand hat das«, wisperte sie. Ein warmes, blubberndes Gefühl überschwemmte ihr Herz und füllte sie völlig aus. Ihr T-Shirt war zerrissen und sie merkte, wie es ihr langsam über die Schultern rutschte. Zuerst wollte sie es wieder hochziehen, doch sie tat es nicht. Stattdessen sah sie Ryan an. Seine Augen wahren wahrhaftig, sein Gesicht offen. Er sorgte sich um sie und er achtete sie. Was interessierten sie Männer wie Robert Parker? Ryans Meinung bedeutete so viel mehr. Aus der Wärme in ihrem Inneren wurde ein Kribbeln. Sie hob den Arm und berührte sein Gesicht. Spürte die Bartstoppeln unter ihren Fingern, seine Haut.

»Busenblitzer«, sagte Ryan und deutete auf ihr T-Shirt. Es war über ihre Brüste gerutscht.

»Mir egal.« Hope strich über seine Lippen, zeichnete den Lippenbogen nach und stellte sich vor, wie sie diese Lippen mit ihren berührte. Wie sie sich küssten. Langsam ließ Ryan den Waschlappen sinken. Knisternde Spannung lag in der Luft. Erotische Energie, die sich über Wochen hinweg aufgestaut hatte und die nun ungebremst nach außen drang.

»Hope«, wisperte Ryan.

Er umfasste ihr Kinn, beugte sich vor und küsste sie. Ganz sanft, als hätte er Angst, ihr wehzutun. Hope schlüpfte mit den Armen aus dem T-Shirt, sodass es bis zu ihrer Taille rutschte. Ihr Oberkörper war nackt. Diese Nacktheit wollte sie an Ryans Nacktheit reiben. Sie wollte ihn. Wollte ihn mehr als sie je irgendwas gewollt hatte.

Sie küssten sich zart und sinnlich, ließen sich Zeit. Schließlich richtete Ryan sich auf, fasste sie unter den Hintern und hob sie hoch. Hope schlang ihre Arme und Beine um ihn und ließ sich von ihm ins Schlafzimmer tragen.

Behutsam legte er sie aufs Bett und beugte sich über sie. Er war so groß, sein Schatten hüllte sie vollständig ein. Zärtlich strich er über ihre Brust, zog brennende Spuren über ihre Haut. Mit den Fingern umkreiste er ihre Nippel, zupfte an ihnen, während er ihr Gesicht betrachtete, als wollte er sich jede Kleinigkeit einprägen. Erregung schoss wie ein Blitz durch Hopes Körper. Sie drängte sich ihm entgegen, wollte ihn endlich in sich spüren und dieses brennende Verlangen stillen. Ungeduldig vergrub sie ihre Finger in seinem Haar. »Küss mich.«

»Bist du sicher?« Ryans Gesicht zeigte die Anstrengung, mit der er seine Erregung zu kontrollieren versuchte. »Ich will dich. Du kannst dir gar nicht vorstellen, wie sehr.«

»Doch, das kann ich«, wisperte Hope. »Weil ich dich genauso will.« Es war, als würde eine andere aus ihr sprechen. Eine Hope, die keine Angst mehr davor hatte, ihre Gefühle zu zeigen.

Ihre Lippen fanden sich zu einem Kuss, der schnell wilder wurde. Ungeduldig zerrte sie an seinen Kleidern und er ebenso ungeduldig an ihren. Küssend und einander berührend zogen sie sich aus. Ryan richtete sich schließlich auf und streifte seine Hose ab. Zum ersten Mal sah Hope ihn nackt. Im Halbdunkel des Schlafzimmers schälte sich seine muskulöse Gestalt aus dem Zwielicht. Lichtstreifen, die vom Badezimmer hereinfielen, hoben seine Konturen hervor. Die breiten Schultern, der definierte Bauch, der ein sexy V bildete, die muskulösen Schenkel. Hope fühlte sich wie in einem dieser kitschigen Liebesromane, wo die Heldin den starken Krieger bewunderte und sich dafür schämte, dass sie bei seinem Anblick ein feuchtes Höschen bekam. Ryan war kein Macho, wie die meisten Kerle, die sie kannte, aber er war ein Mann, der wusste, was er wollte und es sich nahm. Das machte sie unglaublich an.

Plötzlich packte er sie an den Beinen und zog sie an den Bettrand. Hope quietschte überrascht auf.

»Ich will deine nackte Pussy sehen«, sagte er. Vor Erregung klang seine Stimme rau und dunkel.

Er spreizte ihre Beine und bedeutete ihr, sie auf die Bettkante zu stellen. Dann kniete er sich hin und strich sachte über ihre Spalte. Hope stöhnte auf. Seine Berührung sandte elektrische Impulse durch ihren Körper.

»Du bist schon feucht«, stellte er fest, während er ihre Klit umkreiste und dann langsam einen Finger in sie schob. Hope stöhnte. Was er da machte, *wie* er das machte, war unglaublich erregend.

»Ich will dich schmecken«, raunte Ryan.

Seine Zunge ersetzte seinen Finger, tanzte über ihre empfindlichste Stelle, als hätte er sein gesamtes Erwachsenenleben damit verbracht, Frauen zu befriedigen. Es fühlte sich unbeschreiblich gut an. Er fickte sie mit seinem Finger, während er sie leckte.

Hope warf sich ihm entgegen, zerfloss unter seiner Berührung. Sie spürte, wie sich tief in ihr etwas zusammenzog, spürte die Hitze, die sich zwischen ihren Schenkeln ballte und nach Erlösung drängte. Mehr. Sie wollte mehr.

»Oh ja. Ryan«, rief sie. Ihr Körper spannte sich an, sie krallte die Hände in das Laken. Genau in diesem Moment saugte Ryan an ihrer Klit und stieß zugleich einen zweiten Finger in sie hinein. Hopes Zehen kräuselten sich, als sie hechelte und schließlich laut stöhnend zum Höhepunkt kam.

Atemlos lag sie auf dem Rücken. Kein Mann hatte es je geschafft, sie schon mit dem Vorspiel zum Höhepunkt zu bringen und ihr Laute zu entlocken, die klangen wie die einer rolligen Katze. Ryan war es mit Leichtigkeit gelungen.

Mit dem Handrücken wischte er sich über die Lippen und legte sich neben sie, eine Hand auf ihrem Bauch.

Hope drehte den Kopf zur Seite und sah ihn an. »Ich muss zugeben, das war ziemlich gut.«

Er grinste selbstgefällig. »Das war noch längst nicht alles.«

»Ach ja?« Hope rollte sich zur Seite und stützte sich auf ihren Arm. Aufreizend strich sie über seine harte, männliche Brust, tastete tiefer bis zu seiner Erektion. Ryan keuchte, als sie seinen Schwanz umfasste.

»Für einen Weißen bist du ziemlich gut gebaut«, sagte sie.

Ryan knurrte. »Wenn du mich damit in meiner Männlichkeit bestärken willst, dann mach weiter. Es gefällt mir.«

Sie drückte ihn auf den Rücken und beugte sich über ihn, ihre Nippel rieben über seine Haut, was schon wieder erregende Schauer durch ihren Körper jagte.

Ryans Blick war dunkel vor Lust. »Was hast du vor?«

»Ich will mich revanchieren«, sagte sie und küsste ihn auf den Mund. Sie schmeckte sich auf seinen Lippen. Dann küsste sie seinen Hals, leckte über seine köstliche Haut, spürte seinen rasenden Pulsschlag unter ihrer Zunge. Seine Brust war glatt und hart, genau wie sein Bauch. Unten angekommen umfasste sie seinen Schwanz, leckte erst über die Spitze, umkreiste sie mit ihrer Zunge, bis sie den salzigen Tropfen schmeckte, dann fuhr sie seine gesamte Länge entlang.

»Shit, Hope. Ich glaube, du willst mich in den Wahnsinn treiben«, stieß Ryan keuchend hervor.

Hope nahm seinen Schwanz in den Mund, ließ ihn langsam tiefer gleiten, so tief sie konnte. Ryans Reaktion ließ ihren Körper vor Erregung vibrieren. Er beobachtete sie, ungezügelte Lust stand in seinem Blick und eine Gier, die eine lange, schlaflose Nacht versprach. Aber unter dem Offen-sichtlichen versteckten sich noch andere Gefühle. Empfindungen, die Hope berührten und wegen denen sie mehr wollte, als ihn nur zu befriedigen. Sie wusste nicht genau, was sie wollte ... es war ... einfach mehr. Er vergrub seine Hände in ihrem Haar und dirigierte ihren Rhythmus.

»Nimm die Hand weg, ich will nur deinen Mund«, keuchte er.

Hope tat es. Sie liebte es, wenn er sie erst machen ließ und dann irgendwann die Kontrolle übernahm. Wenn er sich nahm, was er wollte und es trotzdem schaffte, sie zu befriedigen. Sie war schon wieder extrem erregt und wollte ihn endlich in sich spüren.

Ryan schien den gleichen Gedanken zu haben, denn plötzlich entzog er sich ihr, schnappte sie und warf sie auf den Rücken. Mit seinen Knien drückte er ihre Beine auseinander und positionierte seinen Schwanz an ihrer Öffnung. Sein konzentrierter Blick war auf ihr Gesicht gerichtet. »Was willst du, Hope?«

Sachte stupste er gegen ihre Spalte, ohne jedoch in sie einzudringen. »Ich will, dass du mich fickst«, stieß Hope heiser hervor.

Mit seiner Schwanzspitze drang er in sie ein und stoppte dann. »Höre ich ein Bitte?«

»Du bist gemein.« Hope hob ihr Becken, in der Hoffnung, er könnte dieser Einladung nicht widerstehen. Doch er konnte.

Ryan zog sich zurück und grinste fies. »Wenn du willst, dass ich dich ficke, musst du mich darum bitten, Hope.«

Sie bedachte ihn mit einem giftigen Blick. Er wollte ihre Unterwerfung und verdammt, sie würde sich ihm unterwerfen. Ihr Körper stand in Flammen, sie würde alles tun, um das Feuer zu löschen. Was auch immer diese Nacht mit ihnen machte, was auch immer sich verändern würde, sie akzeptierte es. »Okay. Okay. Bitte.«

Ryan knurrte zufrieden, nahm ihre Beine hoch und spreizte ihre Schenkel, dann drang er langsam in sie ein. Dehnte ihr williges Fleisch. Jeden Zentimeter seines Vordringens beobachtete er. Das Verlangen in seinem Gesicht war schier überwältigend. Hope stöhnte auf.

Als er sie vollständig ausfüllte, hielt er erneut inne und sah sie an. »Ich will, dass du nur noch mit mir fickst«, knurrte er.

Hope hätte alles gesagt und alles versprochen, wenn er sich nur endlich bewegen würde. Sie wollte Reibung und tiefe, lange Stöße. Er tat es, doch viel zu langsam. Er wollte sie reizen. Doch seine Zurückhaltung trieb nicht nur sie an ihre Grenzen, sie verlangte auch ihm alles ab. Gequält verzog er das Gesicht. »Verdammt Hope. Sag es, damit ich dich endlich ficken kann. Sag, dass du mich willst. Dass ich der Einzige für dich bin.«

»Das bist du«, stieß Hope atemlos hervor. Gierig wölbte sie ihm ihren Unterleib entgegen. »Du bist der Einzige für mich.«

Mit einem erleichterten Stöhnen stieß Ryan zu.

KAPITEL 20
HOPE
* * *

»Mein Vater hat sich umgebracht«, sagte Hope in die Stille hinein. Sie lag in Ryans Arm. Nachdem sie die letzten Stunden ununterbrochen gevögelt hatten, brauchten sie eine Pause. »Es war zwei Jahre, nachdem er seinen aktiven Dienst bei der Army beendet hatte.«

Sie wusste nicht, warum sie ihm das plötzlich erzählte. Vielleicht, weil sie mittlerweile einiges über ihn wusste und fand, dass er ebenfalls ein paar Geheimnisse verdient hatte. Vielleicht auch, weil sie sich einen großen Schritt aufeinander zubewegt hatten. Gefühle waren eigentlich nicht ihr Ding, doch irgendwie hatte Ryan es geschafft, die Mauer, die sie um sich herum errichtet hatte, zu durchbrechen.

»Wie alt warst du?«, fragte Ryan.

»Ich war acht. Er hatte Albträume wegen seines Einsatzes in Afghanistan und war depressiv. Meine Mom hatte keine Geduld mit ihm. Sie wollte, dass er seinen Hintern hochkriegt und sich einen Job sucht.«

Gedankenverloren strich Ryan über ihre Schulter. »Von was habt ihr gelebt?«

»Er bekam eine kleine Rente von der Army, aber die reichte hinten und vorne nicht. Wir mussten in eine Sozialwohnung ziehen. Die, die du vor einem Jahr gekauft hast.« Den Vorwurf konnte sie nicht vollständig aus ihrer Stimme verbannen.

»Ich hab meinen Dad gefunden«, fuhr sie fort. »Er lag auf dem Boden im Schlafzimmer in seiner eigenen Kotze. Keine Ahnung, ob er es sich anders überlegt hat und noch versuchte, ins Bad zu kommen, um die verdammten Schlaftabletten wieder auszukotzen oder ob er im Delirium einfach aus dem Bett gefallen ist. Auf jeden Fall war er tot.«

»Das war bestimmt ein Schock«, sagte Ryan. Er drängte sie nicht zum Reden, doch er hakte nach.

»Ich war total fertig, konnte zwei Tage lang nicht aufhören, zu heulen. Danach hab ich nie wieder geheult.« Sie stieß ein freudloses Lachen aus. »Mom hat immer gesagt, ich hätte in diesen zwei Tagen meinen lebenslangen Tränenvorrat verbraucht. Ich hab echt geheult wie ein Schlosshund.«

»Hat deine Mom gearbeitet?«

»Nicht durchgehend, aber ja. Sie hat gearbeitet. Mindestlohn und beschissene Arbeitszeiten. Meine Schwester und ich waren oft alleine.« Sie sah zu Ryan auf, forschte in seinem Gesicht nach einer Veränderung. Sie wollte nicht, dass er sie bemitleidete und sie mit anderen Augen sah. »Das soll jetzt nicht klingen, als würde ich mich selbst bemitleiden. Ich kam klar. Dadurch, dass meine Mom kaum Zeit hatte, hatten wir viele Freiheiten.«

»Ein Kind braucht Halt und keine Freiheiten«, sagte Ryan. Zärtlich strich er eine Haarsträhne hinter ihr Ohr.

In Hopes Innerem zog sich etwas zusammen. Plötzlich hatte sie einen Kloß im Hals, den sie schnell wegräusperte. »Hast du denn Halt gehabt?«

»Nicht wirklich«, gab Ryan zu und ließ den Arm sinken.

Hope stieß einen Seufzer aus. »Wir sind ganz schön verkorkst, was?«

Ryan zog sie fester in seinen Arm und küsste ihre Stirn. »Das stimmt, doch es ist nichts, was sich nicht wieder richten ließe.«

»Findest du?«

Er beugte sich über sie. Seine Augen schimmerten wie ein nächtlicher See. »Du nicht?«

Sie schluckte hart. Sie wusste nicht, ob sich das, was in ihr kaputtgegangen war, jemals wieder richten lassen würde. Sie mochte nur wenige Menschen und vertraute niemandem. »Wie?«

Ryan küsste sie zart. Auf die Wangen, auf die Stirn und auf ihren Mund. Sein harter Körper drückte sich gegen ihre Weichheit. Der perfekte Gegensatz. Er legte eine Hand auf ihre Brust und streichelte sie.

»Durch Sex?«, fragte Hope.

»Nein.« Ryan rollte sich zwischen ihre Schenkel, stützte sein Gewicht auf seine Arme und sah auf sie hinab. Hope spürte seine wachsende Erektion. Sie hätte nicht gedacht, dass das in dieser Nacht noch einmal passieren würde. Er antwortete nicht, sah sie einfach bloß an. Soviel Ungesagtes lag in seinem Blick. Er musste es nicht aussprechen, weil Hope es bereits wusste. Sie wusste es, seit sie ihn das erste Mal geküsst hatte. Dieser Mann war ihr Schicksal.

»Wie?«, wiederholte sie. Ein banges Zittern lag in diesem einen Wort.

»Durch Liebe«, antwortete er und drang in sie ein.

KAPITEL 21
HOPE
* * *

Die Vorbereitungen für die Spendengala waren fast genauso aufwändig wie die Runderneuerung am Anfang, nachdem Ryan sie von der Straße aufgelesen hatte.

Ryan hatte extra eine Kosmetikerin und den Hairstylisten bestellt und sie anschließend mit Diane zum Shoppen geschickt. Die Tatsache, dass Hope eine eigene Wohnung bewohnte, schien Diane milde zu stimmen, denn sie war wieder ein wenig freundlicher. Wahrscheinlich glaubte sie, Hope wäre endlich aus dem Weg. Hope ließ sie in dem Glauben.

Am Abend vor der Gala holte Ryan sie ab und fuhr mit ihr in seine Villa. In der Öffentlichkeit durften sie sich nicht zeigen, damit Scott nicht erfuhr, dass sie sich weiterhin trafen. Die Terrasse stand voller Kerzen und er hatte einen Tisch decken lassen. Wie ein Gentleman zog er ihren Stuhl zurück, damit sie Platz nehmen konnte. Ein Kellner schenkte Wein ein und trug dann die Vorspeise auf: Caesar Salad.

»Du meintest mal, das sei dein Lieblingssalat«, sagte Ryan. »Deshalb habe ich ihn für dich bestellt.«

»Danke.« Hopes Herz hüpfte vor Freude. Er hörte ihr zu, das gefiel ihr.

Es war das erste Mal seit ihrer gemeinsam verbrachten Nacht, dass sie sich trafen und Hope hatte sich auf den Abend gefreut. Sie hatte sich sogar beim Singen ertappt. Unter der Dusche. Das war krank. Die Gefühle und das Glück, das sie empfand, machten ihr

Angst. Ebenso die tiefen Blicke, die sie einander zuwarfen. Es lag so viel Hoffnung und Sehnsucht, so viele Erwartungen in Ryans Blick, dass Hope überlegte, ob sie einen Streit vom Zaun brechen sollte, um sich nicht mehr so glücklich fühlen zu müssen.

Sie räusperte sich. Vielleicht würde ein unangenehmes Thema helfen. »Hast du die Informationen auf dem USB-Stick ausgewertet?«

Ryan spießte ein paar Salatblätter auf. »Der IT-Spezialist, den ich engagiert habe, hat das übernommen. Scott hat tatsächlich Dreck am Stecken, und zwar nicht zu wenig. Er schmiert Ämter und Politiker. So bringt er schwierige Bauvorhaben durch.«

»Was ist mit den Prostituierten? Konntest du was darüber herausfinden?«

»Scheinbar hat er Bilder gemacht, doch die sind extra verschlüsselt und unscharf.« Er sah sie über das Weinglas hinweg vorwurfsvoll an. »Allerdings habe ich herausgefunden, wer die Treffen mit den Frauen arrangiert hat.«

Hope schluckte hart. Ryans Blick verriet ihr, dass er es wusste. »Ach ja?«

Fragend hob er die Augenbrauen, als wollte er sagen: *wirklich? Du spielst weiterhin die Ahnungslose?* »Deine Schwester hat mich auf die richtige Spur gebracht«, meinte er. »Sie ist mit Juan Davila verheiratet, dessen Hauptgeschäft ist der Drogenhandel, doch er hat seine Finger auch in der Prostitution.« Er ließ die Gabel sinken und beäugte sie. »Aber das weißt du sicherlich.«

Hope starrte ihn einfach nur schweigend an.

»Mein Informant hat es schließlich bestätigt«, fuhr Ryan fort. »Dein Schwager hat Coleman die Frauen beschafft.«

Hope schnappte das Weinglas und leerte es in einem Zug. Auch wenn sie gewusst hatte, dass er das früher oder später herausfinden würde, war es ihr peinlich und es trübte ihre Freude. Wie viel musste er erfahren, bevor ihm klar wurde, dass sie nicht die Richtige für ihn war? Bevor er den Respekt vor ihr verlor?

Sie wollte nach der Weinflasche greifen, doch Ryan kam ihr zuvor. Er nahm die Flasche und füllte ihr Glas.

Hope lehnte sich zurück. »Tja, jetzt weißt du alles über meine Familie. Wir sind Asoziale und kriminell.«

»Dir ist klar, dass ich nicht mit diesen Leuten in Verbindung gebracht werden darf?«, fuhr er fort.

Hope schnaubte resigniert. Das konnte sie ihm nicht mal verübeln. »Dein guter Ruf. Ich weiß.«

Ihre Worte klangen sarkastisch und sie schämte sich dafür, denn im Grunde hatte er recht. Er war ein Geschäftsmann, gehörte zur High Society. Die Leute mussten ihm vertrauen, sonst würden sie keine Geschäfte mit ihm machen. Nicht nur Scott Coleman hatte durch den Kontakt mit ihr viel zu verlieren. Ryan ging es ebenso. Ihr Herz zog sich schmerzhaft zusammen. Sie würde ihn verlieren. Das war keine Überraschung. Überraschend war bloß, wie weh es tat.

»Es gibt einen Ausweg«, sagte Ryan. Er klang ruhig und überlegt, als hätte er lange darüber nachgedacht.

»Einen Ausweg? Wofür?«, stieß Hope hervor. Was war bloß mit ihrer Stimme los? Jetzt klang sie auch noch bitter, als wäre sie wirklich enttäuscht.

Er streckte den Arm aus und nahm ihre Hand. »Für uns. Damit wir zusammenbleiben können.«

Er wollte mit ihr zusammen sein. Sie hatten nie offiziell darüber gesprochen, weil es von Anfang an absolut unwahrscheinlich und absurd gewesen war, doch die Dinge hatten sich geändert. »Du willst trotz meiner drogensüchtigen Mutter und meines kriminellen Schwagers mit mir zusammen sein? Ist das dein Ernst?«

Er nickte. »Es ist mein voller Ernst.«

»Und ... wie soll das funktionieren?«

»Ganz einfach: Du gehst nicht mit Coleman zu der Gala.«

Hope verstand nicht, worauf er hinauswollte. »Was macht das für einen Unterschied, ob ich hingehe oder nicht?«

Ryan stieß den Atem aus. »Wenn ich ihn dort bloßstelle, werde ich damit auch dich bloßstellen. Die Leute werden Fragen stellen, Reporter werden über dich recherchieren und zwangsläufig deine Verbindung zu Juan Davila finden. Vielleicht werden sie dir eine Mittäterschaft andichten oder behaupten, du würdest für Davila arbeiten. Wenn du nicht mit Coleman auf die Gala gehst und wir stattdessen die ganze Geschichte vergessen, bleibst du anonym.«

Das klang wunderbar. Sie könnte ein neues Leben beginnen an der Seite eines Mannes, den sie sich in ihren kühnsten Träumen nicht hatte vorstellen können. Ein Mann, der sie wollte, obwohl sie arm war. Ein Mann, der jede andere haben konnte.

Traurig ließ sie die Schultern hängen. »Das kann ich nicht. Coleman ist ein Schwein. Er muss für seine Taten büßen.«

»Wir finden einen Weg, ihn büßen zu lassen«, sagte Ryan.

»Welchen denn?« Hope zog ihre Hand aus seiner. Wenn er sie berührte, war es fast unmöglich, sich seinen Argumenten zu verweigern.

Aufseufzend fuhr er sich durch die Haare. »Ich weiß nicht. Irgendeinen.«

»Nein!« Energisch schüttelte Hope den Kopf. Sie musste hart bleiben. Die Sache war mittlerweile persönlich, und wenn Ryan und sie keinen Weg fanden, wie sie zusammen sein und trotzdem für Gerechtigkeit sorgen konnten, dann sollte es eben nicht sein. »Ich werde das durchziehen. Um deinetwillen und für die Frauen, die wegen Coleman leiden mussten.«

Der Kerzenschein zog flackernde Spuren in Ryans Gesicht. Der Blick, mit dem er sie musterte, drang tief in sie hinein und entblößte ihre Seele. Schicht für Schicht wie eine Zwiebel, bis er zu ihrem Kern gelangte, den sie immer für dunkel und hart gehalten hatte. Jetzt war sie sich da nicht mehr so sicher. Es musste wohl etwas Gutes in ihr stecken, wenn sie bereit war, ihr persönliches Glück für die Gerechtigkeit zu opfern.

»Was ist? Warum schaust du mich so an?«, fragte sie, als sie seinen intensiven Blick nicht mehr aushielt.

»Ich liebe dich«, sagte er leise und wirkte selbst völlig erstaunt über die Worte.

Sein Geständnis war wie ein Stich in ihr Herz. Warum musste er sowas sagen? Ausgerechnet jetzt? War das sein letzter Trumpf?

»Ryan. Hör auf. Nicht jetzt, bitte.«

»Warum nicht? Es ist die Wahrheit. Du bist die beeindruckendste Frau, der ich je begegnet bin und es ist das, was ich für dich empfinde.«

Sie zwang sich zu einem Lächeln, das ihrem Empfinden nach bloß eine ziemlich verzerrte Ausgabe eines Lächelns war. »Warum? Weil ich versucht habe, dich umzubringen?«

Das Schmunzeln, das er daraufhin zustande brachte, wirkte zugleich amüsiert und traurig. Langsam stand er auf und kam um den Tisch herum auf sie zu. Er beugte sich vor und stützte sich links und rechts von ihr auf der Stuhllehne. Hope saß ein-gekeilt zwischen seinen Armen. Sein Duft, seine Nähe und dieser Blick ... Ihr Herz schlug sofort schneller. »Ryan? Was hast du vor?«

Er fesselte ihren Blick mit seinem. »Ich werde dich jetzt nackt ausziehen und dich lieben, Hope. Dann werden wir etwas essen und uns erneut lieben. Wir werden das so lange und ausgiebig tun, bis sich diese Nacht unauslöschlich in unser Gedächtnis gefressen hat. Ich will, dass du dich erinnerst. Dass du dich an mich erinnerst. An jeden einzelnen Augenblick.«

Tränen schossen in ihre Augen. Es war das Schönste und Traurigste und Gemeinste, was jemals jemand zu ihr gesagt hat. »Ich hasse dich«, stieß sie heiser hervor.

»Das macht nichts«, sagte Ryan und beugte sich näher, bis sein Gesicht nur noch wenige Zentimeter von ihrem entfernt war. »Dann liebe ich dich eben doppelt so viel.«

Bevor sie etwas entgegnen konnte, verschloss er ihre Lippen mit einem Kuss. Währenddessen zog er sie hoch, umschlang sie mit seinen Armen und drängte seinen harten Körper gegen ihren. Hopes Knie wurden weich. Jeder Kuss, jede Berührung war unendlich kostbar und unendlich erregend. Sie wollte in seiner Umarmung versinken und nie wieder auftauchen.

Ryans Mund wanderte zu ihrem Hals, sie spürte seine Zunge und seinen heißen Atem auf ihrer Haut. Mit einer Hand schob er ihren Rock hoch und krallte sich in ihren Hintern, so wie sie es liebte und er scheinbar auch. Hope schlang ihre Arme um seinen Hals und presste sich ebenso fordernd und verzweifelt an ihn wie er an sie.

Ryan öffnete den Reißverschluss ihres Rockes und zog ihn über ihre Hüfte, Hope tat dasselbe mit seiner Hose. Hemd und T-Shirt wurden ebenfalls in Windeseile abgestreift. Ihre Küsse wurden wilder, ihre Bewegungen waren ungeduldig und fiebrig, als könnten sie es kaum erwarten, sich endlich zu vereinen.

»Ich will dich« stieß Ryan keuchend hervor. Er griff zwischen ihre Beine, rieb über ihre Spalte und kontrollierte, ob sie bereit für ihn war.

Sie war es. Seit ihrem allerersten Kuss war sie im Grunde dauerbereit.

Ryan war wie von Sinnen. Mit einer ausholenden Geste fegte er das Geschirr vom Tisch. Die Kerze fiel in den Pool und verlöschte zischend. Er nahm Hope hoch und legte sie auf den Tisch. Seine wilde Gier sandte heiße Wellen durch Hopes Körper. Keuchend warf sie sich ihm entgegen, wollte ihn endlich in sich spüren. Dass irgendwo ein Kellner herumlungerte, der darauf wartete, den nächsten Gang zu servieren, war ihr völlig egal. Ryan spreizte ihre Beine, zog sie bis an den Tischrand und drang mit einem Ruck in sie ein. Hope schrie auf. Ein heißer Blitz fuhr durch ihren Körper, ihre Erregung schoss in schwindelnde Höhen.

»Sieh mich an!«, befahl Ryan.

Er stieß zu. Ihre Blicke verschmolzen. Hope sah ihre Lust gespiegelt in seinen Augen. Sie sah das Verlangen und den Schmerz. Diese Nacht gehörte ihnen. Er legte seinen Daumen auf ihre Klit und stieß härter zu. Eine Welle schlug über Hope zusammen, heftiger als alle zuvor. Sie wölbte den Rücken, ihr ganzer Körper verkrampfte sich und riss Ryan mit in ihren ersten Höhepunkt.

Er beugte sich vor und küsste sie, während er in ihr blieb. Dann hob er sie hoch und trug sie ins Wohnzimmer auf das Sofa. Dort küssten sie sich weiter und liebten sich ein zweites Mal. Diesmal langsam und zärtlich. Hope verlor jedes Zeitgefühl. Irgendwann merkte sie, dass sich ihre Lippen geschwollen anfühlten und dass ihre Beine schmerzten, weil sie ständig gespreizt waren.

»Ich glaube, wir brauchen eine Pause«, sagte sie. »Wie wäre es mit Essen und einer Dusche?«

Ryan setzte sich auf und warf einen Blick auf die Terrasse. »Der Tisch ist gedeckt. Wir können sofort loslegen.«

Hope deutete auf ihre nackten Körper. »Was ist mit unseren Klamotten?«

Er grinste verschmitzt. »Brauchen wir die?«

»Ich weiß nicht. Ich hab noch nie nackt gegessen.« Hope rappelte sich auf und dehnte ihre steifen Glieder.

»Hm. Okay. Ich glaube, wir sollten uns bedecken, sonst kann ich nicht essen, weil ich dir die ganze Zeit auf die Titten starre«, stellte Ryan fest.

Statt ihre Kleider anzuziehen, wickelten sie sich in Handtücher und setzten sich an den Tisch. Hope fasste ihre Haare im Nacken zusammen und besah sich das Essen. Dünne Steakstreifen und Rucola auf Ciabattabrot. »Will ich wissen, wer das alles aufgeräumt und das Essen hergerichtet hat?«, fragte sie.

Ryan schmunzelte. »Mach dir darüber keine Gedanken. Die Angestellten haben schon Schlimmeres gesehen.«

»Ich bin aber kein Snob«, gab Hope mit einem vorwurfsvollen Blick zurück. »Und es ist mir peinlich.«

»Heute Nacht bist du ein Snob. Morgen kannst du wieder putzen und kochen und den Müll raustragen.«

Sie verzog das Gesicht. »Es würde dir guttun, wenn du diese Aufgaben auch mal übernehmen würdest.«

Lässig zuckte Ryan mit den Schultern. »Vielleicht mach ich das, aber erst, nachdem wir gegessen und ich dich noch mindestens dreimal gevögelt habe.«

»Alle Achtung. Du hast viel vor. Hoffentlich hast du Viagra da.« Lachend steckte Hope ein Stück Fleisch in den Mund. Es schmeckte köstlich. Den Bissen spülte sie mit einem großen Schluck Wein runter.

»Das brauche ich nicht«, gab Ryan zurück. Verlangen blitzte in seinen Augen auf. »Denn ich habe dich. Dein Anblick ist wirkungsvoller als Viagra.«

»Vielen Dank für das Kompliment. Aber weißt du was? Zur Not gebe ich dir auch Starthilfe.« Hope nahm die Serviette und tupfte sich geziert die Mundwinkel ab. »Mit meinem Mund.«

Er knurrte leise. »Sei lieber still und iss. Eine weitere Pause bekommst du nicht.«

Nach dem Essen entließ Ryan den Kellner. Hope bestand darauf, weil sie sich unbehaglich fühlte, solange noch jemand im Haus war. Außerdem tat ihr der Mann leid. Er konnte sich bestimmt Besseres vorstellen, als ihnen die ganze Nacht lang hinterherzuräumen und zuhören zu müssen, wie sie es miteinander trieben. Als Ryan zurückkam, riss er ihr das Handtuch runter, nahm sie hoch und sprang mit ihr in den Pool. Eine Weile neckten sie sich und plantschten im Wasser herum, bis die Küsse wieder länger und fordernder wurden und sich Ryans Erektion gegen Hopes Schenkel drückte.

Sie liebten sich im Pool und auf einer Liege neben dem Pool, dann verlegten sie ihr Liebesspiel in Ryans Schlafzimmer. Hope kostete seinen Körper, jeden Zentimeter Haut und nahm sich vor, sich seinen Geschmack und seinen berauschenden, männlichen Duft einzuprägen. Natürlich hoffte sie, dass dies nicht ihre letzte Nacht sein möge, doch tief in sich wusste sie, dass sie sich etwas vormachte. Sie wollte keine heimliche Affäre sein, mit der er sich in billigen Motels traf, bis er etwas Besseres fand. Und falls sie erwischt werden würden und Ryan dadurch sein Geschäft verlor, würde er sie dafür hassen. Das könnte sie nicht ertragen.

Also nahm sie, was sie kriegen konnte und liebte ihn mit allen Sinnen: mal wild, mal zärtlich, mal leidenschaftlich. Im Morgengrauen schlief sie völlig erschöpft in seinen Armen ein.

KAPITEL 22
HOPE
* * *

COLEMAN FUHR MIT seinem Lamborghini vor. Er hatte sich von der Spendengala losgeeist, um sie persönlich abzuholen.

»Ich bin froh, dass es dir wieder gut geht«, sagte er, nachdem sie eingestiegen war.

»Ja. Der Magen-Darm Infekt war wirklich heftig«, gab Hope zurück. »So schlimm hatte ich es noch nie.«

Immer wieder sagte sie sich, dass dies der letzte Abend war, an dem sie Colemans Gegenwart ertragen musste, dann war sie frei. Keine Verpflichtungen mehr, keine reichen Schnösel, kein Ryan. Letzteres verursachte ihr einen schmerzhaften Stich.

Auf der gesamten Fahrt konnte Coleman kaum die Finger von ihr lassen. Ständig hatte er die Hand auf ihrem Arm oder ihrem nackten Knie liegen und Hope ärgerte sich über das hochgeschlitzte Kleid, das immer wieder ein Bein freilegte. An den gierigen Blicken, die er ihr zuwarf, konnte sie erkennen, dass er sie am liebsten schon auf dem Weg zur Gala vernascht hätte.

»Übrigens. Ich habe uns für heute Nacht eine Suite gebucht«, raunte er ihr grinsend zu. Anscheinend glaubte er, sie würde sich darüber freuen.

Hope zwang sich zu einem Lächeln. Bei der Vorstellung, die Nacht mit diesem Mann verbringen zu müssen, bekam sie eine Gänsehaut. Außerdem war es anmaßend von ihm, davon auszugehen, dass sie nicht ablehnen würde. Coleman litt an totaler Selbstüberschätzung, so viel war sicher.

Ryan hatte ihr gesagt, sie bräuchte einfach nur die höflichen Fragen der anderen Gäste zu beantworten und ansonsten könnte sie den Mund halten und lächeln. Von den weiblichen Begleitungen wurde nichts anderes erwartet. Das fand Hope einerseits ziemlich mies, andererseits musste sie dadurch keine Angst davor haben, einen Fehler zu begehen.

Mit stolz geschwellter Brust führte Coleman sie in den Festsaal des Ritz-Carlton. Hope hatte sich zuvor Bilder und Zeitungsartikel über vergangene Spendengalas angesehen und Ryan hatte ihr den Ablauf genau erklärt. Nachdem Coleman sie jedem vorgestellt hatte, würden die Presseleute, die sich vor dem Hoteleingang tummelten, einen Tipp über ihre wahre Identität bekommen.

Hope musterte die anderen Gäste. Alle hatten sich aufgebrezelt und stellten ganz offen ihren Reichtum zur Schau. Die anwesenden Politiker biederten sich an, jeder wollte sein Wahlkampfkonto füllen. Offiziell ging es darum, Parteispenden für die Republikaner zu sammeln. Coleman hatte ihr gesagt, dass er John Haights Wahlkampf unterstützen wollte. Der Mann war ein konservativer Hardliner und wollte hoch hinaus, dafür war ihm jedes Mittel Recht. Coleman stellte ihm diese Mittel zur Verfügung und erwartete im Gegenzug, dass Haights die Immobiliengesetze in seinem Sinne beeinflusste. Das galt gemeinhin als Bestechung, nur konnte ihm das niemand nachweisen.

Coleman nahm zwei Champagnergläser von einem Tablett und steuerte auch sogleich auf einen kleinen Mann mit Halbglatze zu. John Haights. Er begrüßte ihn überschwänglich, die Männer schüttelten sich die Hände, dann stellte Coleman Hope vor, natürlich als Mary. Wie Ryan vorhergesagt hatte, stellte Haights nur die üblichen höflichen Fragen, machte ihr ein Kompliment über ihr Aussehen und wandte sich dann wieder Coleman zu. Hope blickte unauffällig zur Uhr. Zwei Stunden musste sie bleiben, damit Coleman die Chance bekam, sie jedem vorzustellen. Dann würde sie Ryan anrufen und ihm mitteilen, dass er die Presseleute informieren konnte.

Da die Männerrunde sie langweilte, entschuldigte sie sich und ging auf die Toilette. Der Raum war ein Traum aus Marmor und dunklem Holz. Es duftete nach Gras und Sommerblüten, das Licht war gedämpft und schmeichelte dem Teint. Sie drehte das Wasser am Waschbecken auf und hielt die Hände unter den kühlen Strahl, als Diane plötzlich hinter ihr auftauchte.

Zornig funkelte sie Hope durch den Spiegel hindurch an, drückte dann die Toilettentüren auf und kontrollierte, ob sich jemand in den Kabinen befand. Das war nicht der Fall.

»Du lässt dich also weiterhin von Ryan vögeln?«, begann sie.

»Ich wüsste nicht, was dich das angeht.« Hope stellte das Wasser aus, zupfte Tücher aus dem Spender und trocknete ihre Hände.

»Ich habe dich gewarnt. Du sollst die Finger von ihm lassen!«, zischte Diane.

Hope hatte wirklich keine Lust, sich jetzt auch noch mit Diane auseinandersetzen zu müssen. Der Abend war anstrengend genug.

»Und warum sollte ich auf dich hören? Du bist nicht meine Mutter.«

Völlig unerwartet grabschte Diane den Ausschnitt ihres Kleides und zerrte ihn mit einem kräftigen Ruck nach unten. Der dünne Träger riss, ebenso der Stoff.

»Du Miststück.« Mit einem Schrei stieß Hope Diane zurück.

Die stolperte gegen den Waschtisch, griff den Spender mit den Zupftüchern und warf ihn nach Hope.

Hope duckte sich gerade noch rechtzeitig. »Was soll das? Bist du verrückt geworden?«

»Oh nein. Ich habe nur endgültig die Nase voll von dir. Mal schauen, was Scott von deiner kleinen Abmachung mit seinem Erzfeind hält«, stieß Diane hervor, stürmte zur Tür und verschwand.

Hope ballte die Hände zu Fäusten und blickte ihr wütend nach. Dann drehte sie sich zum Spiegel und begutachtete den Schaden. Das Kleid war ruiniert. So konnte sie unmöglich auf die Party zurück. Verdammt. Wahrscheinlich war genau das Blondies Plan gewesen. Jetzt konnte sie Coleman alles brühwarm erzählen.

Hektisch zog Hope ihr Smartphone aus der Handtasche und tippte eine Nachricht an Ryan.

Du musst deinem Kontaktmann bescheid

geben. Die Sache muss sofort laufen. Diane wird Coleman alles erzählen.

Hope konnte förmlich sehen, wie Ryan fluchte, und musste unwillkürlich lächeln.

Was ist passiert?

Sie hat mich bedroht. Hast du Bescheid gegeben?

Es kam keine Antwort. Hope brach der Schweiß aus. Sie konnte nicht länger in der Toilette bleiben. Aber wie sollte sie raus mit einem Kleid, das ihr über die Brüste rutschte? Ein Busenblitzer, während sie im Blitzlichtgewitter stand, wäre eine Katastrophe.

Sie nahm den kaputten Träger und hielt ihn fest, was ziemlich bescheuert aussah, dann verließ sie die Toilette und suchte Coleman. Wo war er? Hatte Blondie ihn bereits zur Seite genommen? Hoffentlich nicht.

Ryan konnte die Beweismittel von dem USB-Stick an die Polizei weiterleiten, doch Coleman würde sich einfach den besten Anwalt nehmen und die Sache als den Angriff eines Konkurrenten abtun. Deshalb musste sein Ruf öffentlichkeitswirksam vor seinesgleichen zerstört werden. Mit einem Konservativen, der mit einer Frau ausging, die mit Prostitution und Drogenhandel in Verbindung gebracht wurde und der sich regelmäßig Prostituierte für seine zwielichtigen sexuellen Vorlieben mietete, würde niemand mehr Geschäfte machen wollen. Selbst wenn seine Taten nicht bewiesen werden könnten - sein Ruf wäre ruiniert.

Hope versuchte, ruhig zu bleiben, während sie den Festsaal absuchte. Da war er! Er nahm gerade in einer Sitzecke Platz. Diane war bei ihm. Hoffentlich war es noch nicht zu spät. Hope musste alles auf eine Karte setzen. Sie stürmte an Diane vorbei, beugte sich über Coleman, sodass er einen tiefen Einblick in ihren Ausschnitt bekam, und küsste ihn zart auf die Wange.

»Da ist ja meine Zuckermaus.« Grinsend zog Coleman sie auf seinen Schoß. »Diane wollte mir gerade etwas über dich und Ryan Parker erzählen.«

»Ach wirklich?« Hope legte einen Arm um Colemans Schultern und blickte zu Diane auf. Blondie stand da, wie zur Salzsäule erstarrt. Offenbar versuchte sie, Ruhe zu bewahren, doch in ihrem Blick lag unterdrückter Zorn. Hope spürte Colemans Pranke an ihrer Hüfte. Seine Finger bohrten sich in ihr Fleisch. Krampfhaft hielt sie den zerrissenen Träger fest.

Coleman umfasste ihr Kinn und zwang sie, ihn anzusehen. »Sei ehrlich. Lief da was zwischen dir und Parker?«

Er schlug einen lockeren Ton an, als würde er sie bloß tadeln wollen, doch seine Augen straften seine flapsige Wortwahl Lügen. Sein Blick war scharf und eiskalt.

Hopes Herz schlug in einem schnellen Stakkato. Offenbar hatte Diane nur die Affäre erwähnt, nicht aber den Racheplan.

»Darüber sollten wir unter vier Augen reden«, sagte sie schnell. »Außerdem ...« Sie ließ den zerrissenen Träger sinken. »Ist mein Kleid kaputtgegangen. Ich muss es dringend flicken. Könnten wir bitte schauen, ob wir irgendwo Nähezeug finden?«

Coleman runzelte die Stirn. Dianes Grinsen wurde regelrecht bösartig. »Was für ein dummes Missgeschick. Vielleicht könnt ihr in die Suite gehen? Im Schrank liegt immer Nähzeug.«

Oh nein. Entsetzt sah Hope zu ihr auf. Nicht die dämliche Suite. Da wollte sie ganz bestimmt nicht hin.

Coleman war da offenbar anderer Meinung. »Gute Idee. Das machen wir«, sagte er, hob Hope von seinem Schoß und stand auf. »Aber wir müssen uns beeilen. In einer halben Stunde muss ich wieder zurück sein.«

Diane grinste gehässig. Sie wusste, dass sie Hope in echte Bedrängnis gebracht hatte. Unbehaglich folgte sie Coleman zu den Fahrstühlen. Vor dem Haupteingang warteten die Reporter. Wenn sie Coleman nur irgendwie dazu bewegen könnte, mit ihr rauszugehen.

»Könnten wir kurz an die frische Luft? Mir ist irgendwie komisch.«

Coleman stapfte ungerührt weiter. »Du kannst dich im Zimmer ausruhen«, gab er knapp zurück.

Panisch blickte Hope über die Schultern zur Eingangstür. Ein Mitarbeiter stand hinter dem Counter und lächelte unverbindlich. Sollte sie sich einfach weigern, Coleman zu begleiten? Aber dann wäre der Plan gescheitert. Sie holte ihr Smartphone raus und tippte eine Nachricht an Ryan.

»Wem schreibst du da?«, fragte Coleman.

»Meiner Mom. Sie will mich nächste Woche besuchen«, log Hope.

*Muss mit Coleman aufs Zimmer,
sonst fliegt alles auf.*

Die Antwort kam, als sie gerade den Fahrstuhl betraten.

Vergiss den Plan und verschwinde!

Hope schluckte hart. Dafür war es zu spät. Die Fahrstuhltüren schlossen sich. Coleman starrte sie von der Seite an, wie der böse Wolf, der es kaum erwarten konnte, das arme Rotkäppchen zu fressen. Ein Lächeln brachte Hope nicht mehr zustande. Die Sache war ernst, das spürte sie. Der Kerl war brutal und ihr körperlich überlegen. Wenn er versuchen würde, sie zu vergewaltigen, blieb bloß ein gezielter Tritt oder der Überraschungseffekt.

Sie beruhigte sich mit dem Gedanken, dass er seinesgleichen nie so behandeln würde wie die Prostituierten. Auf der Yacht hatte er sie zwar angebaggert, war aber trotzdem höflich und zurückhaltend geblieben.

Der Flur erschien ihr endlos lang. Coleman fasste sie am Arm und führte sie ab wie eine Gefangene. Sein Griff war fest. Hopes Magen krampfte sich zusammen. Von dem freundlichen Mann war nichts mehr zu spüren. Coleman zog die Schlüsselkarte aus seiner Hosentasche und hielt sie vor den Scanner, dann öffnete er die Tür. Ungeduldig schob er Hope in das Zimmer, warf die Tür zu und schloss sie ab.

Hope fuhr herum. Sie musste nichts sagen, sein Blick verriet ihn. Eiskalt und berechnend grinste er sie an. Neben der Tür entdeckte sie einen bulligen Kerl in schwarzem Anzug. Er trug eine dunkle Sonnenbrille und rührte sich nicht.

»Was soll das?«, stieß Hope hervor. »Was macht dieser Mann hier?«

Coleman winkte ab. »Kümmer dich nicht um ihn. Der passt bloß auf, dass du keine Dummheiten machst.«

Ein kalter Brocken sackte in Hopes Bauch. Sie war in eine Falle gelaufen. Wo waren ihre gottverdammten Instinkte?

Coleman stieß einen Seufzer aus. »Du machst also gemeinsame Sache mit Parker. Das ist wirklich enttäuschend für mich.«

»So ein Quatsch.« Hope spürte, wie sie erbleichte. »Hat Diane das behauptet? Die Frau ist bloß eifersüchtig und will mich schlecht machen, weil Parker sie abgewiesen hat.«

Coleman trat auf sie zu und baute sich drohend vor ihr auf. »Das hat er. Ich weiß. Wegen einer kleinen Schlampe wie dir.« Er schnaubte. »Habt ihr wirklich geglaubt, ich bekomme das nicht raus?«

Hope straffte sich. Sie würde keine Angst zeigen, das wollte der Kerl ja bloß. »Ohne Diane hättest du gar nichts rausbekommen.«

Coleman lachte schnaubend auf. »Ich verrate dir was, *Mary* oder sollte ich lieber sagen: *Hope*.« Er funkelte sie zornig an. »Ich bin nicht dumm. Ich habe mich umgehört und festgestellt, dass niemand außer Diane und Ryan dich kennt. Und auch deine angebliche Familie konnte ich nicht finden. Also hab ich dich die letzten beiden Tage beobachten lassen, weil ich wissen wollte, was du so treibst, wenn du nicht mit mir zusammen bist, und siehe da: Gestern hast du bei Parker übernachtet. Das fand ich ...« er rieb über sein Kinn und tat als würde er eine passende Formulierung suchen. »Ärgerlich. Schließlich wollte ich keine Schlampe ficken, die Ryan vorher durchgenudelt hat. Also hab ich Diane angerufen und ein wenig mit ihr geplaudert.«

Übelkeit stieg in Hope empor. Er hatte alles gewusst. Deshalb war Diane wütend gewesen, weil Coleman ihr erzählt hatte, dass Ryan und sie noch immer was miteinander hatten.

»Tja. Dann sind wir wohl aufgeflogen. So ein Pech.« Hope wollte an ihm vorbeigehen, doch er schnappte ihren Arm und hielt sie fest.

»Hiergeblieben! Wir sind noch nicht fertig.« Sein eiskalter Blick verursachte Hope eine Gänsehaut.

Hope riss ihren Arm los. »Ich finde schon, dass wir das sind.«

Er packte ihren Hals und drückte zu. »ICH sage, wenn wir fertig sind. Verstanden?« Spucketropfen flogen in ihr Gesicht.

Krampfhaft hielt Hope ihr Kleid fest, mit der anderen Hand versuchte sie, seine Pranke von ihrem Hals zu lösen.

»Willst du mich jetzt verprügeln, so wie du es mit den Nutten getan hast?«, stieß sie keuchend hervor.

Einen Moment lang wirkte er verdutzt. Damit hatte er anscheinend nicht gerechnet. Sein Griff lockerte sich. »Was hast du gesagt?«

Hope atmete tief ein. »Du hast mich schon richtig verstanden. Ich weiß von deinen sexuellen Vorlieben oder sollte ich lieber sagen: von deinen perversen Neigungen?«

Röte schoss in Colemans Gesicht. Hope machte sich bereit. Sie würde kämpfen, notfalls auch gegen zwei Männer. Der Bodyguard neben der Tür rührte sich zwar immer noch nicht, doch wenn sie Coleman in die Eier trat, würde er sicher eingreifen. Ehe der Mistkerl die Neuigkeit verdauen konnte, riss Hope sich los und hechtete an ihm vorbei zur Zimmertür. Er fuhr herum und riss sie an den Haaren zurück. Ein scharfer Schmerz durchzuckte sie und sie schrie auf.

Im selben Moment hämmerte es gegen die Tür. Coleman ließ sie los und fuhr fluchend herum. Auch der Bodyguard sah zur Tür.

»Mach sofort die Tür auf!« Das war Ryan.

Vor Erleichterung hätte Hope am liebsten losgeheult. Sie rief seinen Namen und hechtete an dem überraschten Coleman vorbei. Der versuchte, sie zurückzureißen, doch sie rammte ihm mit aller Kraft den Ellenbogen in die Seite. Ryan hämmerte erneut gegen die Tür.

»Mach auf, sonst lass ich die Tür öffnen.«

Coleman starrte Hope hasserfüllt an. Er hielt sich die Seite. Scheinbar hatte sie ihn an der richtigen Stelle getroffen.

»Soll ich öffnen, Sir?«, fragte der Bodyguard.

»Nein. Ich mach das«, stieß Coleman hervor. »Das wirst du büßen, du Miststück!«, zischte er Hope zu und riss die Tür auf.

Ryan war nicht allein. Ein Mitarbeiter des Hotels und zwei Reporter standen neben ihm. Die Kameras klickten, Blitzlicht blendete Hope. Ihr desolater Zustand war perfekt. Ihre Frisur war in Auflösung begriffen und ihr Kleid zerrissen. Ihr Äußeres war ein Beweis für Colemans Unzurechnungsfähigkeit. Ryan zog sie blitzschnell aus dem Zimmer und in seine Arme. Coleman warf die Zimmertür zu.

»Gott sei Dank. Ich hab mir solche Sorgen gemacht«, sagte Ryan, dann angelte er sein Smartphone aus der Hosentasche.

»Was hast du vor?«, fragte Hope.

»Ich rufe die Polizei. Der Dreckskerl hat dich angegriffen. Jetzt ist er geliefert.«

»Nein. Nicht.« Sie wollte nicht zur Polizei. Sobald die erfuhren, wo sie herkam, würden sie in ihr nur noch die billige Nutte sehen und sich auf Colemans Seite schlagen. Schließlich war er ein ehrbarer Geschäftsmann.

»Warum nicht?«, fragte Ryan verständnislos.

»Ich will es einfach nicht. Die Fotos und die Daten, die du bekommen hast, müssen reichen.« Wie sollte sie ihm erklären, das Gerechtigkeit für ihn selbstverständlich war, für ihresgleichen jedoch leider nicht? Nein. Die Fotos und die Presseberichte waren genug, mehr konnte sie nicht für Ryan tun.

Die beiden Pressetypen bedankten sich, sichtlich erfreut über das Bildmaterial und die exklusive Story. Ryan führte Hope durch einen Seiteneingang nach draußen und fuhr sie nach Hause. Er versuchte, sie dazu zu überreden, die Polizei einzuschalten, doch Hope blieb standhaft. Eher würde sie mit Juan ein Drogengeschäft abwickeln, als sich den abfälligen Blicken der Cops zu stellen.

Hope hätte am liebsten geheult, aber das kam natürlich nicht infrage. Sie heulte nicht. Mit zusammengepressten Lippen starrte sie aus dem Fenster und versuchte nicht darüber nachzudenken, wie es nun weitergehen würde. Sie fühlte sich wertlos und gedemütigt. Nicht nur von Coleman, auch von Diane, Ryans Vater und ja, auch von Ryan. Sie wollte keinen Mann, der sie verheimlichen musste. Dem sie beruflich schadete, einfach bloß, weil sie existierte.

»Ich würde gerne meinen Highschoolabschluss nachholen«, sagte sie in die Stille hinein. Sie hatte den Gedanken gar nicht laut aussprechen wollen, es war einfach aus ihr herausgeplatzt. Robert Parker, Diane und Scott Coleman hatten sie wie Dreck behandelt. In den Augen dieser Leute war sie Abschaum. Ungebildet, arm und kriminell. Jemand wie sie verdiente keinen Respekt.

Doch sie wollte respektiert werden und dafür musste sie etwas ändern.

»Okay. Wenn du willst, helfe ich dir dabei«, sagte Ryan.

Sie sah ihn an. »Die Pressetypen haben gesehen, wie du mich in den Arm genommen hast. Wie willst du das erklären?«

Ryan zuckte mit den Schultern. »Keine Ahnung. Mir fällt schon was ein.«

Ryan wollte sie in ihre Wohnung begleiten, doch Hope lehnte ab. »Wir müssen Abstand halten«, sagte sie mit der Wagentür in der Hand. »Außerdem will ich lieber alleine sein.«

Auch wenn es ihr das Herz aus der Brust riss, war das die Wahrheit. Sie brauchte Zeit, um die Ereignisse zu verarbeiten und über alles nachzudenken. Sie musste herausfinden, welchen Weg sie einschlagen wollte.

»Bist du dir sicher?« Er sah sie mit einem seltsamen Ausdruck im Gesicht an, den sie lieber nicht analysieren wollte. Der Augenblick hatte etwas Endgültiges. Sie beide spürten das.

Hope nickte. »Gute Nacht«, presste sie hervor. Ihre Kehle war wie zugeschnürt.

»Gute Nacht«, sagte Ryan.

Hope warf die Tür zu und verschwand.

KAPITEL 23
RYAN
* * *

Ryan öffnete die Glastür und ließ Ella den Vortritt. Die Maklerin verzog ihre kirschroten Lippen zu einem Lächeln.

»Danke.« Sie stieß einen Seufzer aus. »Es war ein langer Tag. Hast du Lust auf einen Drink?«

Einen Drink könnte er gut gebrauchen, doch nicht unbedingt mit Ella. Sie war fleißig und hübsch und würde ihm den Abend sicher nicht nur mit einem Drink versüßen, doch er hatte keine Lust auf ihre Gesellschaft. »Nein, ich muss nach Hause. Hab noch Arbeit zu erledigen.«

»Du arbeitest zu viel«, stellte sie lachend fest und strich freundschaftlich über seinen Arm. »Gönn dir einfach mal eine Pause.«

Er lachte schnaubend auf. »Eine Pause? Was ist das?«

»Wem sagst du das?« Seufzend beugte Ella sich vor und drückte ihm einen Kuss auf den Mund. Ryan war völlig perplex. Das tat sie sonst nie. Aus den Augenwinkeln bemerkte er ein Blitzen und hörte das Klicken. Ein Paparazzo. Verdammt. Er hatte nicht damit gerechnet, dass er zehn Tage nach der Spendengala immer noch ein Foto wert war, schließlich hatte er sich bereits ausgiebig zu seinem Verhältnis zu Hope geäußert. Es gäbe keines, hatte er behauptet. Coleman hätte ihm die Frau vorgestellt. Das war alles.

Warum wurde er ausgerechnet jetzt fotografiert?

Ella schien nichts bemerkt zu haben. »Tut mir leid«, sagte sie. Mit dem Daumen rieb sie den Lippenstift aus seinem Mundwinkel. »Das sollte bloß eine kleine Aufmunterung sein.«

Es klickte erneut.

Unwirsch schob Ryan ihre Hand weg. »Hör auf. Ich mach das.« Er sah sich um, suchte nach dem Paparazzo, und entdeckte ihn auf der anderen Straßenseite. Die Sache erschien ihm verdächtig. Hatte jemand das Foto inszeniert? Aber aus welchem Grund?

Bisher hatte er sich aus dem Medienrummel weitestgehend rausgehalten. Coleman dagegen war die Klatschpresse rauf und runter gegangen. Sein Ruf in der High Society war zerstört. Der Gedanke ließ Ryan immer wieder lächeln. Doch die Rache war bittersüß, denn er hatte einen hohen Preis bezahlt: Hope.

Außerdem waren die Daten auf dem USB-Stick bisher nicht als Beweismaterial zugelassen worden. Colemans Anwalt hatte das verhindert, ebenso die Hausdurchsuchung, die der Staatsanwalt beantragt hatte.

Ryan verabschiedete sich von Ella und eilte in die Tiefgarage. Er wollte nach Hause und Hope anrufen. Er rief sie regelmäßig an und genauso regelmäßig ignorierte sie seine Anrufe. Ab und zu schrieb sie ihm eine Nachricht, dass sie Zeit bräuchte und noch nicht so weit war, um mit ihm zu reden. Ryan verstand es nicht, doch er akzeptierte es.

Natürlich hatte die Presse herausgefunden, wer Hope Anderson war und mit wem ihre Schwester verheiratet war. Coleman behauptete, sie hätte ihn hintergangen. Er hätte ihre Lügen geglaubt und ihr viel Geld gegeben, und als er herausfand, dass sie ihn bloß ausgenutzt hatte, wäre er ausgerastet. Es täte ihm leid. Dabei machte er ein Gesicht wie ein geprügelter Hund. In der öffentlichen Meinung war Hope die hinterhältige Hure, die den reichen Trottel in sich verliebt gemacht und ausgenommen hatte. Ryan wollte mit Hope darüber reden, doch bisher weigerte sie sich stur.

Da er nicht bis zuhause warten wollte, schrieb er ihr wär-end der Fahrt eine Nachricht.

Wir müssen reden. Bitte Hope.
Gib dir einen Ruck. Es ist wichtig!

Die Ampel schaltete auf Grün. Er drückte auf Senden. Sobald er zuhause war, würde er sie so oft anrufen, bis sie endlich dranging. Er wollte sie sehen. Mit ihr zusammen sein. Irgendwie mussten sie das hinbekommen.

Mit der Funkfernbedienung öffnete er das Tor zu seinem Anwesen und fuhr in die Garage. Das Garagentor stand offen, was ihn wunderte. Er erinnerte sich nicht daran, es offen-gelassen zu haben. Vielleicht hatte der Gärtner oder die Putzfrau es geöffnet.

Er parkte den Wagen. Auch die Verbindungstür zum Haus stand offen. Wütend warf er sie zu. Das war wirklich nachlässig. Jeder könnte einfach so ins Haus eindringen. Er musste herausfinden, wer das gewesen war und ihn zurechtweisen.

Er betrat gerade das Wohnzimmer, als er hinter sich Schritte hörte. Er fuhr herum. Eine Faust krachte in sein Gesicht. Schmerz explodierte in seinem Kopf. Er taumelte rückwärts. Blut schoss aus seiner Nase. Vor ihm stand ein maskierter Mann. Ein zweiter Mann schnappte ihn und drehte ihm die Arme auf dem Rücken, der andere rammte ihm die Faust in den Bauch. Ryan reagierte instinktiv. Er drehte sich zur Seite und trat dem Mann hinter sich die Beine weg. Der Kerl fluchte.

»Mach schon. Verpass ihm das Zeug«, stieß er hervor.

Ryan schnellte herum. Er sah eine Injektionsnadel direkt vor seinem Gesicht, wollte sie wegschlagen, doch der Angreifer rammte sie ihm in den Hals. Sein Herz pumpte wie ein Presslufthammer. Schwärze senkte sich auf ihn herab.

Bevor er die Besinnung verlor, dachte er an Hope.

KAPITEL 24
HOPE
***

WIR MÜSSEN REDEN. Bitte Hope.
Gib dir einen Ruck. Es ist wichtig!

Zum zehnten Mal in Folge las Hope die Nachricht, dann schaute sie auf und blickte nachdenklich aus dem Fenster. Im Pool schwamm ein Mann seine Runden und sie überlegte, ob sie ebenfalls eine Runde schwimmen sollte. Sie vermisste Ryan. Nein, das war untertrieben. Er war ständig in ihren Gedanken. Die Sehnsucht fraß sie regelrecht auf und das, obwohl sie sich komplett auf andere Dinge konzentrierte. Zum Beispiel hatte sie sich zu Vorbereitungskursen für ihren Highschoolabschluss angemeldet. Im Grunde bräuchte sie die Kurse nicht. Das bisschen Bio, Englisch und Mathe war kein Problem, doch sie wollte sichergehen, dass sie auch das Richtige lernte.

Außerdem hatte sie sich einen Job gesucht. In einer Boutique für Strandmoden am Venice Beach. Es war zwar nur ein Teilzeitjob und sie bekam nur den Mindestlohn, aber da sie keine Miete zahlen musste, würde sie schon über die Runden kommen. Sobald sie ihren Highschoolabschluss in der Tasche hatte, würde sie versuchen, ein Stipendium fürs College zu ergattern, denn sie wollte unbedingt studieren. Soziale Arbeit oder Public Administration.

Wenn das nicht klappte, würde sie versuchen, einen Kredit aufzunehmen. Ryan hatte ihr natürlich einen zinsfreien Kredit angeboten, hatte ihr das Geld fürs College sogar schenken wollen, doch sie hatte abgelehnt. Aus Stolz. Bevor sie allerdings den Rest ihres Lebens für den Mindestlohn schuften müsste, würde sie wohl über ihren Schatten springen und seine Hilfe annehmen.

Sie ging ins Schlafzimmer und überlegte, ob sie nachgeben und zu Ryan fahren sollte. Im Grunde war es höchste Zeit. Außerdem wollte sie ihn gerne wiedersehen. Weil die dämlichen Presseleute sie tagelang verfolgt hatten, hatte sie sich das Auto ihrer Schwester geliehen. Hinkommen wäre also kein Problem.

Kurzentschlossen schlüpfte sie in einen Jeansrock und ein Top und machte sich auf den Weg. Mit Sonnenbrille und einer Basecap sorgte sie dafür, dass ihr Gesicht nicht sofort zu erkennen war.

Das Tor zu Ryans Anwesen stand offen. Das tat es nur tagsüber, wenn er zuhause war. Hope schaute sich um. Sie konnte keinen Paparazzo entdecken. Schnell bog sie in die Auffahrt ein. Das Garagentor stand ebenfalls offen. Das war allerdings nicht normal. Seit wann war Ryan so nachlässig? Sie parkte den Wagen, stapfte zur Haustür und klingelte. Der Gärtner war nirgendwo zu sehen und auch sonst niemand. Na gut, das war nicht wirklich verdächtig. Ryans Angestellten waren nicht den ganzen Tag da und wenn, hielten sie sich im Hintergrund. Die meiste Zeit bemerkte man sie nicht.

Hope wartete ungeduldig und zunehmend aufgeregt, doch niemand öffnete, also klingelte sie erneut.

Hoffentlich lag Ryan nicht mit einer anderen im Bett.

Nein. Das war Quatsch. Er würde nicht zehn Tage lang immer wieder anrufen und sie um ein Treffen bitten, nur um dann mit einer anderen ins Bett zu steigen. Trotzdem verkrampfte sich ihr Herz bei der Vorstellung.

Sie wollte gerade ein drittes und letztes Mal klingeln, als die Tür geöffnet wurde. Vor ihr stand ein Fremder. Er war sehr groß, ein regelrechter Riese, hatte ein kantiges Gesicht und eine schiefe Nase, die offenbar bereits mehrmals gebrochen worden war. Sein dunkelblondes Haar war millimeterkurz.

»Was willst du?«, fragte er. Sein Akzent klang russisch. Er musterte sie kalt von oben herab.

»Ich will zu Ryan. Ist er da?«

»Nein«, gab der Kerl knapp zurück.

Hope runzelte die Stirn. Der Kerl log. Ryans Autos standen vollzählig in der Garage und das Tor war offen, das bedeutete, Ryan war zuhause. Wer war der Kerl überhaupt und warum behandelte er sie wie einen Eindringling? Er sah aus wie der typische Schläger. Hatte Ryan etwa einen Bodyguard eingestellt und ließ sich verleugnen? Das passte nicht zu ihm.

»Wo ist er?«, hakte Hope nach.

»Unterwegs.«

Wow. Der Kerl war wirklich nicht gerade auskunftsfreudig. »Wann kommt er zurück?«

Die Miene des Kerls verfinsterte sich. Offenbar begann sie, ihm auf die Nerven zu gehen. »Keine Ahnung. Bin nicht sein Babysitter.«

»Das habe ich auch nicht behauptet.« Abwehrend verschränkte Hope die Arme vor der Brust. »Was mich zu meiner nächsten Frage bringt: Wer bist du eigentlich?«

Der Kerl trat näher. Drohend ragte er vor ihr auf. »Gegenfrage: Wer zur Hölle bist *du*?«

Okay. Der Kerl war ein Profi im Einschüchtern, aber damit war er bei ihr an der falschen Adresse. Von einem Typen wie den würde sie sich bestimmt nicht entmutigen lassen. »Ich bin eine Freundin. Ryan und ich waren verabredet.«

Der Kerl verzog keine Miene, als er antwortete. »Tja. Pech. Dann hat er dich wohl versetzt.«

Im Haus bemerkte Hope eine Bewegung. Jemand huschte durchs Wohnzimmer. Ein weiterer Mann. *Das* war definitiv verdächtig. Hope musterte den Kerl mit zusammengekniffenen Augen. Sie kannte Typen wie ihn. Skrupellose Kriminelle, die für Geld alles taten. Hier war etwas im Gange. Aber wenn sie herausfinden wollte, was es war, musste sie einen Rückzieher machen.

Hope tat, als wäre sie genervt. »Dieser Mistkerl. Also gut. Wenn du ihn siehst, würdest du ihm bitte ausrichten, dass ich da war und ziemlich sauer auf ihn bin?«

»Klar. Mach ich.«

Hope grinste herablassend. »Danke.« Leise vor sich hinschimpfend wandte sie sich ab und stapfte zu ihrem Wagen. Sie spürte die Blicke, die ihr folgten. Wahrscheinlich versuchte der Typ abzuwägen, ob sie misstrauisch geworden war. Hoffentlich hatte sie noch rechtzeitig die Kurve gekriegt. Als sie an ihrem Wagen ankam, hörte sie die Haustür ins Schloss fallen. Hope wagte einen Blick zurück und huschte dann schnell in die Garage. Sie musste herausfinden, was hier vor sich ging und um das zu schaffen, musste sie ins Haus.

Sie zog ihre Schuhe aus und schlich zur Tür, die in den Durchgang zur Küche führte. Sie war verschlossen, doch Hope kannte den Code. Die Tür öffnete sich mit einem Klicken. Auf leisen Sohlen schlich sie Richtung Küche. Sie hielt inne, als sie eine Männerstimme hörte.

»Er sollte sich beeilen. Der Kerl wacht gleich auf. Er wird bestimmt nicht brav dasitzen und warten.«

»Er ist gefesselt, Mann. Der kann uns höchstens blöd anglotzen.« Das war der Russe, der ihr die Tür geöffnet hatte. Hope erkannte seine Stimme.

Vorsichtig spähte sie um die Ecke. Die beiden Männer standen neben der Kücheninsel. Der Russe biss gerade in ein Sandwich, der andere zog nacheinander die Messer aus dem Messerblock und begutachtete die Klingen.

»Aber seine Tussi war da«, gab er zurück.

Der Russe wischte sich über den Mund. »Er hat keine Tussi.«

»Klar hat er. Ich hab's in der Zeitung gelesen.«

»Das is' eine Nutte und nich seine Tussi.«

Der andere Kerl schnaubte verächtlich. »Na und? Sie kann eine Nutte und seine Tussi sein.« Er zog das größte Messer aus dem Holzblock und fuhr mit dem Zeigefinger über die Klinge. »Nicht schlecht. Die Dinger sind scharf.«

»Hör auf mit dem Scheiß«, murrte der Russe, zog sein Smartphone hervor und schaute auf das Display. »Der Boss will wissen, ob die Luft rein ist.«

Widerwillig schob der Kerl das Messer zurück und warf dem Russen einen finsteren Blick zu. »Wir sollten die Sache abblasen, Dimitri. Die Tussi is' nich wie die reichen Weiber. Die hat garantiert geschnallt, dass hier was nicht stimmt.«

»Hör auf zu heulen wie eine verdammte Pussy.« Dimitri tippte auf seinem Smartphone herum. »Ich sag dem Boss, dass die Luft rein ist, dann machen wir Parker kalt, kassieren die Kohle und verschwinden.«

Hope zuckte zurück. Sie hatte das Gefühl, als hätte sie einen Stein verschluckt, der nun mit einem Rutsch in ihren Bauch sackte. Die Kerle wollten Ryan umbringen. Das musste sie verhindern, aber wie? Ohne Schusswaffe hatte sie keine Chance.

Leise trat sie den Rückzug an. Schweiß brach ihr aus allen Poren. Panisch duckte sie sich hinter den SUV in der Garage. Sollte sie die Cops rufen? Sie hasste die Cops, aber sie waren Ryans einzige Chance.

Es sei denn ...

Zitternd zerrte sie ihr Smartphone hervor. Die Option war nicht viel besser als die Cops, aber wenigstens würde sie nicht befragt und durchleuchtet werden. Sie wählte die Nummer. Ihre Schwester ging sofort dran. »Hey, wie komm ich zu der Ehre, dass du dich mal meldest?«

»Layla. Ich brauche deine Hilfe«, stieß Hope wispernd hervor und duckte sich tiefer hinter den Wagen.

»Was ist los?«, fragte ihre Schwester alarmiert.

Hope erklärte das Problem.

»Ich schick Juan«, sagte Layla sofort. »Er wird euch helfen.«

Hope bedankte sich und legte auf. Dass Juan kommen würde, gefiel ihr nicht, aber wenn jemand Ryan retten konnte, dann er und seine Gang. Mit klopfendem Herzen kauerte sie hinter dem Wagen und wartete. Ihr ganzer Körper schien unter Strom zu stehen.

Plötzlich fuhr ein Wagen die Auffahrt hinauf. Eine schwarze Limousine mit getönten Scheiben. Das war nicht Juan. Hope biss nervös auf ihre Lippe. Der Wagen hielt direkt neben Laylas Schrottkarre. Scott Coleman stieg aus. Sein Anblick war keine Überraschung für Hope. Offenbar wollte er sich an Ryan rächen und ihn ein für alle Mal loswerden.

Coleman sah sich kurz um, beäugte ihren Wagen und ging dann Richtung Eingangstür davon. Beunruhigt starrte Hope auf die Einfahrt. Ihre Nerven lagen blank. Wo blieb Juan? Wenn er nicht bald aufkreuzte, war es zu spät. Sie zählte die Sekunden, dann hörte sie plötzlich Schritte. Jemand näherte sich. Dimitri. Hope kauerte sich auf den Boden und hielt den Atem an. Bestimmt hatte Coleman nach dem Wagen gefragt. Sie hätte ihn wegfahren und zu Fuß zurückkommen sollen.

Dimitri hielt vor dem Garagentor inne und sah sich um. Hope überlegte, ob sie unter den SUV kriechen sollte. Flach presste sie sich gegen die Beifahrertür. Sie wagte es nicht, sich auch nur einen Millimeter zu rühren. Dimitris Schritte entfernten sich, dann war es still.

Sekunden verstrichen. Juan brauchte zu lange. Vielleicht wollte er ihr nicht helfen. Sie musste die Cops rufen. Zitternd nahm sie ihr Smartphone hoch. Ihr Finger schwebte über dem Notfall Button.

Plötzlich hörte sie einen Laut. Im nächsten Augenblick legte sich eine Hand von hinten über ihren Mund. »Sieh mal einer an. Die kleine Nutte hat sich versteckt.«

Dimitri schlug ihr das Smartphone aus der Hand und zerrte sie auf die Beine. Hope wand sich und trat nach hinten aus, doch Dimitri war wie ein Fels. Er fing ihre Gegenwehr mühelos ab. Brutal zerrte er sie ins Haus.

»Hier ist sie«, keuchte er, als er sie in die Küche stieß. Hope stolperte und fiel auf die Knie. Dimitri fasste sie an einer schmerzhaften Stelle im Nacken und sorgte auf diese Weise dafür, dass sie unten blieb.

Coleman trat in ihr Blickfeld. »Wusst ich's doch, dass sie noch hier herumlungert. Sie ist eine hartnäckige, kleine Schlampe.«

Er griff in Hopes Haare und zerrte ihren Kopf hoch. Sein Gesicht war rot vor Zorn. »Dann müssen wir dich eben auch beseitigen«, zischte er. »Aber zuerst werde ich dich ficken, und zwar vor den Augen deines hübschen Lovers.«

Übelkeit schwemmte über Hope hinweg. Der Mann war eine Bestie. »Du bist ein kranker Irrer«, stieß sie hervor.

Coleman näherte sich ihrem Gesicht. »Und wenn schon. Lieber ein Irrer als eine tote Nutte.«

»Boss. Wir haben keine Zeit für sowas«, sagte der andere Kerl. Er war dunkelhaarig und kleiner als Dimitri, doch ebenso breit. »Lasst uns die Sache hinter uns bringen.«

Coleman fuhr herum. »Ich habe für die Nutte bezahlt, jetzt nehm ich sie mir. So viel Zeit muss sein. Fesselt sie und bringt sie ins Schlafzimmer, dann holt ihr Parker dazu.«

Die beiden Männer waren nicht überzeugt, so viel konnte Hope erkennen, aber das half ihr nicht, denn Coleman bezahlte sie, also taten sie, was er von ihnen verlangte. Dimitri schleppte sie die Treppe hinauf ins Schlafzimmer. Hope wehrte sich. Immer wieder rutschten ihre Füße durch die Treppenstufen, was den Russen jedoch nicht störte. Er zerrte sie einfach weiter. Der andere Kerl half ihm. Gemeinsam fesselten sie Hopes Arme und Beine, dabei verzogen sie keine Miene, als wäre sie bloß eine gefühllose Puppe.

»Glaubst du, wir dürfen zugucken?«, fragte der andere Kerl, während er Hope mit einem schmutzigen Taschentuch knebelte. Seine Augen blitzten gierig.

»Ist mir scheißegal«, gab Dimitri zurück und zog Hopes Arme hinter dem Rücken fest.

Als Hope ausreichend verknotet war, verließen die beiden das Zimmer, um Ryan zu holen. Coleman betrat den Raum. Er stellte sich an das Fußende des Bettes und musterte sie.

»So mag ich das.« Er grinste breit. »Jedes Mal, wenn ich dich sah, habe ich mir vorgestellt, wie es wäre, dich hilflos vor mir liegen zu sehen, damit ich dich benutzen kann, wie es mir gefällt.«

Hope konnte nichts tun, als in ihren Knebel zu schimpfen und ihn hasserfüllt anzusehen. Die Wut auf den Kerl verdrängte sogar ihre Angst.

Coleman lachte auf, kam um das Bett herum und setzte sich auf den Bettrand. »Übrigens habe ich Parker verraten, was ihn gleich erwartet.« Sein Grinsen wurde noch breiter. Er genoss die Sache sichtlich. »Ich muss sagen, Dimitri und Ahmed haben ihn ziemlich übel zugerichtet, aber das hat seine Lebensgeister wieder geweckt.« Mit dem Zeigefinger strich er über Hopes nackte Beine bis zum Saum ihres Jeansrocks. »Ich hätte es nicht für möglich gehalten, aber der Kerl ist total in dich verknallt. Das macht die Sache noch viel besser.«

Hope starrte ihn an. Alles in ihr wünschte sich, sie könnte dem Schwein die Kehle durchschneiden.

Coleman beugte sich über sie und sah ihr direkt in die Augen. »Es wird mir ein Vergnügen sein, ihm vor seinem Tod das Herz herauszureißen«, knurrte er.

Hope rammte ihre Stirn gegen seinen Kopf. Coleman schrie auf und zuckte zurück. Blut schoss aus seiner Nase. Hopes Schädel dröhnte.

Coleman presste die Hand auf seine Nase. »Du verdammtes Miststück. *Das* war einmal zu viel. Ich werde dich ...«

Weiter kam er nicht. Ein lauter Knall zerriss die Stille. Etwas Warmes spritzte auf Hopes Gesicht. Dann sah sie das Loch in Colemans Kopf und das herausströmende Blut. Langsam kippte er nach vorn. Panisch schrie Hope in ihren Knebel. Juan zog Coleman zurück und schob ihn achtlos vom Bett.

»Das war wohl Rettung in allerletzter Minute«, stellte er grinsend fest und dann: »Du siehst scheiße aus.«

Er steckte die Pistole weg, zog ein Messer und befreite Hope von ihren Fesseln. Keuchend sog sie die Luft in ihre Lungen. Tränen rannen ihre Wangen hinab.

»Juan«, stieß sie hervor. »Was ist mit Ryan?«

»Er lebt.«

Er lebt. Gott sei Dank! Sie richtete sich auf. »Ist er verletzt?« Natürlich war er das. Colemans Schläger hatten ihn übel zugerichtet.

Juan hob spöttisch die Augenbrauen. »Was kümmert dich dieser Kerl?«

Hope wischte das Blut aus ihrem Gesicht. »Juan. Antworte mir! Ist er okay?«

Juan winkte ab. »Mach dir keine Sorgen. Der ist zäh. Er wird schon wieder.«

»Ich muss nach ihm sehen.« Hope rappelte sich auf und stapfte nach unten. Juan folgte ihr. Ryan lag auf dem Sofa. Er sah fürchterlich aus. Die Augen waren zugeschwollen und er hatte eine lange Platzwunde an der Stirn, Blut klebte in seinen Haaren und an seinem Mund, sein Hemd war schweißgetränkt und ebenfalls voller Blut. Hope ging neben ihm in die Knie und nahm seine Hand. Seine Mundwinkel zuckten, was wohl ein Lächeln sein sollte.

Zwei Männer aus Juans Gang standen daneben. Einer sagte etwas auf mexikanisch.

»Er hat gekämpft wie ein Löwe«, übersetzte Juan.

»Wir müssen einen Krankenwagen rufen«, stieß Hope hervor. Ihre Augen schwammen in Tränen.

»Das könnt ihr machen, aber erst, wenn wir weg sind«, sagte Juan. »Ihr müsst euch eine Geschichte ausdenken, wegen der Leiche.«

Verdammt. Daran hatte sie nicht gedacht. »Wo sind die beiden Männer?«

»Die sind weg«, sagte Juan.

Verwirrt runzelte Hope die Stirn. »Was heißt das? Leben sie etwa noch?«

»Ihr Auftraggeber ist tot. Damit hat sich die Sache für sie erledigt. Es war nichts Persönliches.« Er bedachte Ryan mit einem strengen Blick und sah dann wieder Hope an. »Ich hab ihnen versprochen, dass dein Freund sich nicht an ihr Aussehen erinnert. Daran sollte er denken, wenn er mit den Bullen redet.«

»Okay. Kein Problem.« Hope wusste, wie das in Juans Welt lief. Er hatte ihr geholfen, doch er wollte keinen Ärger mit den Russen provozieren, deshalb hatte er die beiden Männer laufen lassen.

Hope wartete, bis Juan das Anwesen verlassen hatte. »Ich rufe jetzt einen Krankenwagen«, sagte sie dann zu Ryan. »Lass uns kurz überlegen, was wir sagen wollen.«

»Warum ... hast du nicht ... die Cops gerufen?«, fragte Ryan. Das Reden fiel ihm offenbar schwer.

»Ich ...« Hope senkte den Blick. »Ich hasse die Bullen, das weißt du doch.«

»Und ich hasse es, zu lügen.« Ryan versuchte ächzend, sich aufzurichten, sackte aber wieder zurück. »Du musst gehen«, meinte er.

Ein kalter Brocken sackte in Hopes Bauch. »Warum? Nein. Ich bleibe bei dir.«

»Das geht nicht ...«, stieß er hervor und verzog ächzend den Mund. Offenbar hatte er starke Schmerzen. »Gib ... mein Handy. Ich ruf den Krankenwagen.«

Hope war verzweifelt. Sie wollte ihn nicht alleine lassen, doch offenbar sah er das anders. »Ryan ... ich wollte dich retten, und zwar ohne den Stress, den die Cops dann immer machen.«

»Ich weiß.« Aus seinen Augenschlitzen sah Ryan sie an und tastete nach ihrer Hand. »Danke. Aber ich übernehme ab hier.«

Hopes Herz zog sich schmerzhaft zusammen, dann nickte sie.

Mit zitternden Fingern wählte Ryan den Notruf. »Hier spricht Ryan Parker«, sagte er. »Man hat mich überfallen. Ich bin verletzt. Kommen Sie schnell. Ich wohne in eins neun sechs fünf Loma Vista Drive.«

Hope starrte ihn an. Plötzlich hatte sie ein ganz mieses Gefühl.

»Sie sind gleich da«, sagte Ryan. Hope hätte schwören können, dass der Blick, mit dem er sie unter seinen zugeschwollenen Augenlidern betrachtete, hart und unnachgiebig war. »Du musst gehen.«

Langsam stand Hope auf. Ihr Körper fühlte sich tonnenschwer an und sie war auf einmal schrecklich traurig und müde. Deutlicher als jemals zuvor merkte sie, wie tief der Graben war, der sie trennte und an diesem Tag hatte sie ihn noch tiefer gemacht. Ryan war nur knapp einem Mordanschlag entkommen und statt die Polizei zu rufen, hatte sie ihren kriminellen Schwager herbeizitiert. Für normale Menschen war das kein normales Verhalten.

»Tut mir leid«, wisperte sie.

»Schon gut.« Ryan stöhnte und schloss die Augen, als könnte er ihre Gegenwart nicht länger ertragen. »Lass die Tür auf, wenn du gehst.«

KAPITEL 25
HOPE
* * *

RYAN MELDETE SICH NICHT. Hope kontrollierte alle fünf Minuten ihr Handy, weil sie auf eine Nachricht hoffte und jedes Mal, wenn sie das tat, verachtete sie sich mehr, weil sie sich wie eine verliebte Idiotin benahm. Irgendwann hielt sie es nicht mehr aus und schrieb ihm eine Nachricht.

Wie geht es dir?

Auf eine Antwort wartete sie vergeblich. Die Medien brachten einen kurzen Bericht über den Überfall. Scott Coleman hätte versucht, Ryan Parker zu ermorden, hieß es. Die Sache wurde als die Tat eines Verrückten abgetan. Laut Medien wurde Ryan im Cedars-Sinai Medical Center behandelt, doch Hope erfuhr weder etwas Genaues über seinen Zustand, noch ob er wieder entlassen worden war. Sie machte sich große Sorgen und überlegte ernsthaft, einfach hinzufahren und nach ihm zu sehen.

Dann erschien ein anderes Foto im VIP-Magazin, das Hopes Sorge einen gewaltigen Dämpfer verpasste. Ryan stand auf der Straße und umarmte eine zierliche Blondine. Sie küssten sich sogar. Ella M., so hieß es in dem Artikel, sei eine erfolgreiche Immobilienmaklerin und Ryan Parkers Freundin. Bisher hätten die beiden ihre Beziehung geheim gehalten. Unter Tränen sagte Ella M. aus, wie froh und dankbar sie wäre, dass Ryan den Überfall überlebt hatte und meinte, dass Scott Coleman ihr schon immer unheimlich gewesen wäre.

Wütend warf Hope die dämliche Zeitschrift in die Ecke. Ryan hatte eine Affäre mit einer Angestellten. Sie hatte es geahnt. War sie überhaupt die Einzige gewesen? Sie war sich da nicht mehr so sicher. Die Erkenntnis schmerzte umso mehr, als dass ihr das, was in Ryans Haus passiert war, noch immer zu schaffen machte. Immerhin war sie bedroht und beinahe vergewaltigt worden, das ließ sich nicht so einfach wegstecken. Ihre einzige Ablenkung waren ihre Arbeit und die Vorbereitung auf ihren Highschoolabschluss. Sie wollte unbedingt die Beste sein, sonst bräuchte sie sich gar nicht erst für ein Stipendium zu bewerben. Und von Ryan würde sie keinen Cent annehmen, so viel war sicher!

Einen Tag später kam endlich eine Nachricht von Ryan. Er war wieder zuhause und wollte mit ihr reden. Bevor sie antwortete, schwamm Hope eine Stunde durch den Pool und dachte nach. Dann bat sie ihn darum, sie in Ruhe zu lassen und wünschte ihm Glück für die Zukunft. Das tat weh, verschaffte ihr aber zugleich auch eine gewisse Befriedigung, weil sie endlich eine Entscheidung getroffen hatte. Sie wollte nicht mehr mit den reichen Tussis konkurrieren und sie wollte sich auch nicht mehr verstecken müssen. Außerdem war die Affäre schon demütigend genug, da musste sie sich nicht noch von ihm erzählen lassen, wie leid ihm alles täte und wie schade es wäre, dass es nicht geklappt hatte. Bla bla bla.

Am Nachmittag fuhr Hope mit dem Bus zum Venice Beach. Die Arbeit in dem Bademodegeschäft war gar nicht übel. Außerdem war sie dort wenigstens unter normalen Menschen mit normalen Problemen, die sich normal verhielten. Nicht wie diese reichen Snobs, die irgendwie alle einen an der Waffel hatten.

Um halb neun fuhr sie in ihre Wohnung zurück. Auf dem Heimweg kontrollierte sie ihre Nachrichten. Ryan hatte ihr dreimal geschrieben.

Nummer 1:
Was ist los? Warum willst du nicht mit mir reden?
Nummer 2:
Hope, bitte antworte mir. Ist etwas passiert?

Nummer 3:
Falls es um das Bild in der Zeitung geht: Es ist nicht so, wie es aussieht. Ella arbeitet für mich.

Hope schnaubte. Ja klar. Es war nie so, wie es aussah. Und als wäre der Umstand, dass diese Ella für ihn arbeitete, ein Hinderungsgrund. Wenn sie eines über Männer wusste, dann, dass man ihnen niemals, unter keinen Umständen, trauen durfte. Abgesehen davon musste dieses ewige Hin und Her zwischen Ryan und ihr endlich ein Ende haben.

* * *

Am nächsten Tag besuchte sie ihre Mutter. Es war das erste Mal seit ihrer Einlieferung und Hope war entsprechend aufgeregt. Wie würde es ihr gehen?

Ihre Mutter saß auf einer Bank im Garten hinter dem Haupthaus. Sie war dünn, aber nicht mehr ausgemergelt. Ihre Hautfarbe war wieder normal und die Pusteln fast alle verschwunden. Sie begrüßte Hope lächelnd und mit klarem Blick.

Ihre Mutter erzählte von ihrer Therapie und Hope berichtete von der neuen Wohnung und dass sie ihren Highschoolabschluss nachholen wollte. Zum ersten Mal seit Jahren führten sie eine ganz normale Unterhaltung.

»Hope. Wer bezahlt das alles hier eigentlich?«, fragte ihre Mutter irgendwann.

»Ein Freund«, antwortete Hope ausweichend.

Ihre Mom wusste, wer Ryan Parker war und würde nicht verstehen, warum der Mann, der sie aus ihrer Wohnung geworfen hatte, zu ihrem Wohltäter mutiert war. Damals im Wagen war sie zu benebelt gewesen, um ihn zu erkennen.

»Derselbe Freund, dem du die neue Wohnung zu verdanken hast?«, hakte ihre Mutter nach. Sie war wieder clean und gab sich nicht mehr mit Ausflüchten zufrieden.

Hope nickte. »Er will uns helfen.«

Die Neugier ihrer Mutter war geweckt. Sie beugte sich näher. »Sei ehrlich. Ist er dein Freund?«

Der heftige Stich, der durch ihr Herz zuckte, überraschte Hope. Sie schluckte den Kloß im Hals und schüttelte den Kopf. »Nein.«

»Warum tut er dann das alles für uns?«

Hope ballte die Fäuste. »Mom, bitte. Ich möchte nicht darüber reden.«

Ihre Mutter stieß einen Seufzer aus. »Werde ich ihn wenigstens irgendwann kennenlernen? Ich würde mich gerne bei ihm bedanken.«

»Das brauchst du nicht«, wehrte Hope ab. »Er schuldete uns einen Gefallen. Außerdem hab ich die Schulden abgearbeitet.«

»Abgearbeitet?« Ihre Mom runzelte die Stirn. »Hast du dich etwa ... verkauft?«

»Scheiße nein. Ich hab einen Auftrag für ihn erledigt, okay?«

Die Hoffnung, ihre Mom würde sich mit der Erklärung zufriedengeben, erfüllte sich nicht. Hope hatte völlig vergessen, wie penetrant die Frau sein konnte.

»Was für einen Auftrag?«, fragte sie.

»Darüber kann ich nicht reden. Es ist kompliziert.«

»Du hast doch nicht etwa Drogen über die Grenze geschmuggelt? Ich will mit sowas nichts mehr zu tun haben.«

»Keine Drogen und kein Sex, okay? Es war alles ganz legal.« Halbwegs zumindest.

»Welcher Mann bezahlt eine Klinik wie diese und überlässt dir eine viertausend Dollar Wohnung, weil er dir was schuldet? Wofür schuldet er dir was?«

Genervt stieß Hope den Atem aus. Scheinbar würde ihre Mutter nicht lockerlassen. »Es ist Ryan Parker, okay? Er bezahlt das alles hier. Bist du jetzt zufrieden?«

Ihre Mutter erbleichte. »*Ryan Parker*? Oh mein Gott, Hope. Wie konntest du dich mit diesem widerlichen Kerl verbünden?«

»Er ist nicht so schlimm, wie wir dachten«, wiegelte Hope ab.

»Ist er nicht?«

»Nein.« Hope konnte ihrer Mutter nicht in die Augen sehen, aus Angst davor, sie könnte die Wahrheit erkennen: dass sie sich nicht nur mit Ryan verbündet, sondern sich auch in ihn verliebt hatte.

»Woher weißt du das?«

»Mom! Könntest du bitte aufhören, mich mit Fragen zu löchern?« Hope raufte sich die Haare. Warum hatte sie das Thema überhaupt angesprochen? Es war toll, dass ihre Mom sich wieder für ihr Leben interessierte, aber in diesem Fall auch extrem nervig. »Wenn du nach Hause kommst, werde ich dir alles erzählen, aber jetzt nicht.«

»Na gut, ich hör auf zu fragen.« Seufzend gab ihre Mutter nach. »Ich hab keine Ahnung, wie du an den Kerl rangekommen bist und warum er das alles für uns tut, aber weißt du, was ich glaube?«

»Nein, was?« Abwehrend verschränkte Hope die Arme vor der Brust. *Ich will es nicht wissen,* dachte sie missmutig.

»Ich glaube, du liebst den Kerl.«

Hope lachte schnaubend auf. »Blödsinn. Wie kommst du auf sowas?«

Ihre Mutter legte eine Hand auf ihren Arm und lächelte sie mitfühlend an. »Du bist meine Tochter. Ich sehe das.

* * *

Die Trommler trommelten einen wilden Rhythmus und Hope tanzte so ausgelassen wie seit Jahren nicht mehr. Übermütig streifte sie ihre Zehensandalen ab und tanzte barfuß. Zwei starke Cocktails in Verbindung mit einem kargen Abendessen sorgten dafür, dass sie aus sich herausging und das, obwohl Isaac bisher nicht gerade die beste Unterhaltung war. Er arbeitete als Lifeguard und war beinahe täglich in den Bademodenshop gekommen, bis er sie schließlich angesprochen und um ein Date gebeten hatte.

Er war sympathisch und er sah gut aus. Blond, braun gebrannt und gut gebaut, deshalb hatte Hope seine Einladung angenommen. Außerdem dachte sie, es wäre schön, mal mit einem netten, normalen Mann auszugehen. Dass er Veganer war, hatte sie allerdings nicht gewusst, sonst hätte sie es sich überlegt oder wäre zumindest nicht mit ihm essen gegangen.

Das Abendessen fand Hope zum Kotzen und sie hatte gerade genug runtergewürgt, um nicht unhöflich zu erscheinen. Schlimmer als Linsenbraten und lauwarmer Bulgar-Gemüse-Salat waren allerdings Isaacs endlose Monologe über gesunde Ernährung und die *dein Körper ist dein Tempel* Sprüche, die sie nur mit Hilfe von zwei extrastarken und extragroßen Mai Tais ertragen konnte.

Anschließend schleppte Isaac sie an den Venice Beach auf eine Strandparty, die glücklicherweise ziemlich cool war. Für einen Weißen tanzte er außerdem recht passabel, schien also kein kompletter Idiot zu sein.

Anschließend brachte er Hope nach Hause. Sie war gut gelaunt, bis Isaac sein Lieblingsthema zur Sprache brachte.

»Kaum zu glauben, dass du keine Vegetarierin bist«, meinte er. »Du siehst gar nicht wie eine Fleischesserin aus.«

Das mochte daran liegen, dass Ryans Köchin ihr nur wenig mageres und hochwertiges Fleisch zu essen gegeben hatte. Die ersten Tage hatte Hope die Burger vermisst, doch mittlerweile hatte sie sich daran gewöhnt, auch mal was Gesundes zu essen, vor allem, weil sie sich damit tatsächlich besser fühlte und besser aussah. Trotzdem nervte es sie, dass Isaac das ansprach. Was sie aß, war ihre Sache.

»Vielleicht hab ich gute Gene«, sagte sie. »Oder ich gehöre zu denen, die Fleisch gut verwerten können.«

»Aus gesundheitlicher, ethischer, ökonomischer und ernährungsphysiologischer Sicht ist das völliger Quatsch«, sagte Isaac. »Wenn es dich interessiert, kann ich dir dazu jede Menge Infomaterial zukommen lassen.«

Bloß nicht. Hope wollte nicht missioniert werden, doch sie hatte auch keine Lust, mit ihm über ihre Essgewohnheiten zu diskutieren, deshalb nickte sie. »Okay.«

»Weißt du Hope, das Schlimmste ist, dass sowohl der menschliche als auch der tierische Organismus Emotionen in Form von Energie in seinen Organen und im Gewebe speichert. Mit jedem Stück Fleisch, das du isst, gelangt ein Teil der gespeicherten Emotionen in deinen Körper. Auf dem Weg zur Schlachtbank erleiden die Tiere Schreckliches und diese Gefühle nimmst du in deinen Körper auf. Das willst du ganz sicher nicht.«

»Das hört sich ja schrecklich an«, gab Hope zu. Das Thema mochte vielleicht sogar interessant sein, aber für ein Date völlig unbrauchbar. Sie hatte einen schönen Abend verbringen und sich ablenken wollen, aber Isaacs Vorstellung von einem schönen Abend unterschied sich anscheinend grundlegend von ihrer.

Vor der Haustür stieg Hope erleichtert aus seinem Elektroauto. Isaac begleitete sie zur Tür. Sie hätte gerne darauf verzichtet, wollte aber nicht unhöflich sein. Zwei Minuten lang würde sie das Date schon noch ertragen.

»Also dann. Gute Nacht. Danke für die Einladung, es war sehr schön«, sagte sie. Seit wann kamen ihr diese Floskeln so problemlos über die Lippen? Als hätte sie die Ghettobraut abgelegt wie ein Kleid, das ihr nicht mehr passte.

»Mir hat es auch gefallen. Du bist eine tolle Frau«, sagte Isaac.

Hope bedankte sich mit einem unverbindlichen Lächeln.

»Wollen wir das wiederholen? Wann hast du Zeit?«, fragte er.

»Ich muss nachschauen. Am besten du rufst mich an.« Aus irgendeinem Grund wollte sie ihn nicht komplett verschrecken, denn im Grunde war er gar nicht so übel. Vielleicht war tatsächlich noch ein zweites Date drin, immerhin hatte sie am eigenen Leib erfahren, dass man sich auch auf den zweiten Blick verlieben konnte, sogar in seinen Feind.

Isaac legte einen Arm um ihre Taille, beugte sich vor und küsste sie. Er schmeckte nach Sonne und Wind. Nach Leichtigkeit und einem richtigen Leben. Einem Leben, nach dem Hope sich sehnte, und das dank Ryan in greifbare Nähe gerutscht war. Sie hatte alles, was dafür nötig war.

Issac küsste nicht schlecht, auch wenn der Kuss kein Feuer in ihr entzündete oder ihr weiche Knie bescherte, so wie Ryans Küsse es immer getan hatten. Sie legte die Arme um seinen Hals und stellte sich vor, es wäre Ryan, der sie gerade im Arm hielt. Oh Mann. Was war ihr Problem? Sie musste den Kerl endlich vergessen. Warum schlich er sich immer wieder in ihre Gedanken? Das war so nervig.

Es gibt viele Frauen, die mit reichen Kerlen zusammen sind, hatte Layla gesagt. Juan hatte seiner Frau erzählt, dass Hope *total auf den Typ stand*, woraufhin Layla sie so lange bedrängt hatte, bis sie ihr die ganze Geschichte erzählte.

Wenn Hope mit Ryan zusammen wäre, hätten sie beide eine gute Partie gemacht, fand Layla. Dass ihre Schwester Juan ernsthaft als gute Partie bezeichnete, war lächerlich.

Issac zog sie näher und Hope spürte seine wachsende Erregung. Seine Hände glitten über ihren Rücken und streichelten über ihren Po.

»Du bist unglaublich sexy«, hauchte er in ihren Mund.

Hope horchte in sich hinein. Kein Kribbeln im Bauch, keine Hitze. Nichts. Sie stand nicht auf den Kerl. Sie könnte ihn mit in ihre Wohnung nehmen, doch mehr als lauwarmer Sex ohne Höhepunkt würde dabei wahrscheinlich nicht rausspringen. Zum Frühstück würde er ihr dann einen Weizengras Smoothie und Tofubratlinge machen. Der Gedanke war so abtörnend, dass sie den Kuss beendete.

»Ich muss gehen«, sagte sie.

Isaac schaute sie an wie ein Hundewelpe. »Bist du sicher? Ich finde zwischen uns stimmt die Chemie. Wir könnten uns noch besser kennenlernen.«

Wir könnten uns besser kennenlernen. Langweiliger ging es kaum. Hope wollte Sex. Sie wollte einen harten Schwanz und einen Mann, der wusste, was sie wollte. Der ihr alles gab und ihr alles abverlangte. Sie wollte überwältigt werden von purer Lust. »Tut mir leid. Ich bin müde. Ruf mich an.«

Hope drückte ihm einen Kuss auf die Wange und verschwand im Inneren des Hauses.

* * *

Hope kam gerade aus der Dusche, als es klingelte. Da sie niemanden erwartete, machte sie das sofort nervös. Sie war noch immer nicht vollständig über den Vorfall mit Ryans Vater und Coleman hinweg. Mit klopfendem Herzen ging sie zur Tür und schaute durch den Spion.

Vor der Tür stand Ryan.

Ihr Herz machte einen Sprung. Ihr ganzer Körper schien plötzlich taub zu werden und ihre Knie wurden weich. Er lebte. Ein hautfarbenes Pflaster auf der Stirn und gelbe Ränder um die Augen herum war alles, was noch auf den Überfall hindeutete. Hope wollte die Tür aufreißen und ihn umarmen. Wollte sein Gesicht mit Küssen bedecken, sich an ihn schmiegen und seinen Duft atmen. Und genau deshalb durfte sie die Tür nicht öffnen. Ryan war ihre Achillesferse.

Sie schluckte hart, während sie ihn durch den Spion hindurch reglos beobachtete. Er klingelte erneut.

»Hope? Bist du da?«

Seine Stimme ließ sie erschauern. Die Sehnsucht in ihrem Herzen wurde so groß, dass sie die Fäuste ballte und die Fingernägel in ihre Handflächen grub, um sich bei Vernunft zu halten. Die Affäre würde niemals gut ausgehen. Besser sie beendete das jetzt als später, wenn aus Vernarrtheit echte Liebe geworden war.

»Wenn du da bist: Bitte mach auf. Ich muss mit dir reden.«

Oh Gott nein. Bloß nicht. Sie fühlte sich schwach und elend und legte traurig ihre Stirn gegen die Tür. Ryan war nur wenige Zentimeter von ihr entfernt, sie bräuchte nur die Tür aufzumachen ...

»Ich weiß nicht, warum du mich nicht mehr sehen willst oder was ich getan habe, aber was auch immer es ist: Es tut mir leid«, sagte Ryan. Seine Stimme war so nah. Hope legte die Hand auf das kühle Holz und schloss die Augen. Warum ging er nicht endlich?

Eine Minute lang stand sie still, dann hörte sie Schritte, die sich entfernten. Tränen schossen in ihre Augen, trotzig wischte sie sie mit dem Handrücken weg.

Aus Frust schrieb sie eine Nachricht an Isaac und bat ihn um ein weiteres Date, doch bevor sie auf Senden drückte, löschte sie den Text schnell wieder. Sich einem anderen an den Hals zu werfen war keine Lösung.

Dann machte sie sich für die Arbeit fertig und verließ das Haus. Sie schlug gerade den Weg zur Bushaltestelle ein, als sie den Mann bemerkte, der sie von der gegenüberliegenden Straßenseite aus anstarrte. Sie stockte.

Es war Ryan.

Diesmal setzte ihr Herz komplett aus, nur um dann doppelt so schnell weiterzuschlagen. Er trug eine Sonnenbrille, ein weißes Hemd und eine graue Stoffhose. Die Hände hatte er in den Hosentaschen vergraben. Der Wind zerzauste sein Haar. Er sah zum Niederknien aus.

Er rührte sich nicht, sah sie einfach nur an. Hope trug ebenfalls ihre Sonnenbrille und tat ebenfalls nichts anderes als ihn anzustarren. Weiter vorn sah sie, wie der Bus sich näherte. Wenn sie ihn erwischen wollte, musste sie sich beeilen. Ruckartig drehte sie den Kopf weg und eilte weiter. Der Bus stoppte, die Türen öffneten sich zischend. Hope warf einen letzten Blick auf Ryan und stieg dann ein.

KAPITEL 26
HOPE
* * *

HOPE STELLTE DEN Blumenstrauß in ein großes Wasserglas und öffnete die Karte.
Herzlichen Glückwunsch zum Highschoolabschluss.
Kein Absender. Den brauchte es auch nicht. Außer ihrer Schwester und ihrer Mutter gab es nur einen, der wissen konnte, dass sie gestern ihren Highschoolabschluss bestanden hatte, und zwar mit Bestnoten. Darauf war sie mächtig stolz.

In dem Umschlag befand sich eine weitere Karte. Es war eine persönliche Einladung für die Eröffnung eines neuen Obdachlosenheims. Ryan Parker hatte der Los Angeles Mission ein Gebäude zur Verfügung gestellt. Hope wurde freundlich gebeten, sich am nächsten Tag um achtzehn Uhr dort einzufinden.

Überwältigt sackte sie auf einen Stuhl. Sollte sie hingehen? Bestimmt würde sie Ryan dort treffen.

Seit fünf Wochen hatte sie ihn nicht mehr gesehen. Ihre Gefühlslage war stabil. Mittlerweile verging auch mal eine Stunde, ohne dass sie an ihn denken musste, doch über ihn hinweg war sie noch lange nicht. Die Nächte waren am schlimmsten. Dann lag sie wach und sehnte sich nach ihm.

Am Ende des Tages siegte die Neugier und Layla, die ihr anbot, sie zu begleiten und sie seelisch und moralisch zu unterstützen. Ihre Schwester war mittlerweile im sechsten Monat, sah aber aus, als würde sie kurz vor der Entbindung stehen.

»Sag mal, bist du sicher, dass du keine Zwillinge bekommst?«, fragte Hope, als sie zu Layla in den alten Ford stieg.

Layla lachte und rieb sich über den Bauch. »Ziemlich sicher. Ich glaube mein Arzt hätte es erwähnt, wenn er zwei Babys gesehen hätte.«

»Du warst beim Arzt?«, hakte Hope nach.

»Warte. Ich zeig's dir.« Layla kramte ihr Portemonnaie aus der Handtasche, öffnete es und zog ein kleines Bild hervor. Es war ein Ultraschallbild. »Das ist sie.«

»Sie?« Hope nahm das Bild und betrachtete es. »Wird es ein Mädchen?«

Layla nickte. Sie strahlte über das ganze Gesicht. »Juan ist total aus dem Häuschen. Er meinte, wenn sie so schön wird wie ihre Mutter, bräuchte sie in dreizehn Jahren einen Aufpasser.«

Hope betrachtete ihre Schwester. Sie freute sich für Laylas Glück und hoffte, dass es lange anhalten würde. Realistisch war es nicht, dafür war Juans Job zu gefährlich.

Die neue Obdachlosenunterkunft befand sich Downtown, nahe der Julian Street, wo Hopes Mom einst ihr Zelt aufgeschlagen hatte. Das Eckhaus umfasste drei Stockwerke. Unten waren ein kleines Lebensmittelgeschäft und ein Schnellrestaurant gewesen, die hatten schließen müssen, als das Gebäude verkauft worden war. Die Fassade war renoviert und neu gestrichen worden. *Downtown Mission* stand in großen, weißen Lettern über der Tür. Im Inneren des Gebäudes waren die Renovierungsarbeiten noch in vollem Gange, aber mehrere Räume im ersten Stock waren bereits renoviert und mit Stockbetten ausgestattet. Es gab einen sauberen Waschraum mit Duschen, mehrere Toiletten und Waschbecken sowie eine behelfsmäßige Küche. Ein großes Plakat an der Wand zeigte, wie die Unterkunft später aussehen würde. Ein Stockwerk war komplett für Frauen und Kinder gedacht, die dort auch über einen längeren Zeitraum wohnen konnten.

»Nicht übel«, stellte Layla fest.

Hope zwang sich zu einem Lächeln. Der Text neben dem Plakat zog ihre Aufmerksamkeit auf sich.

DIESE MISSION WIRD FINANZIERT VON UNSEREM GROSSZÜGIGEN SPENDER RYAN PARKER

»Wahnsinn«, stieß Layla hervor. »Dein Typ hat das alles bezahlt. Ich fasse es nicht.«

»Er ist nicht mein Typ«, gab Hope zurück.

Layla schnaubte. »Wenn du meinst. Ich wette, er hat das wegen dir getan.«

»Warum sollte er? Wir sind nicht zusammen.«

»Na und? Was hat das damit zu tun? Schau dich an. Du bist immer noch total in ihn verknallt. Vielleicht geht's ihm genauso.«

»Bin ich nicht.« Hope klang ein wenig zu abwehrend, das merkte sie. Sie empfand es als Schwäche, so viel für jemanden zu empfinden, mit dem sie nicht zusammen war.

»Ja klar. Red dir das nur ein.« Layla grinste.

»Hallo. Herzlichen Willkommen in der Downtown Mission«, sagte eine Frau hinter ihnen. Sie war dunkelhäutig, hatte kurze Locken und trug eine knallrote Brille mit passendem roten Lippenstift. Um den Hals trug sie eine schmale Goldkette mit einem Kreuz. »Ich bin Naomi und leite die neue Unterkunft. Wie ich sehe, interessieren Sie sich für unsere Mission. Leider ist sie noch nicht offiziell eröffnet.«

»Oh. Na dann ...«, sagte Hope.

»Wir haben eine Einladung bekommen«, warf Layla ein und stieß Hope in die Seite. »Zeig sie ihr.«

Mit einem entschuldigenden Lächeln kramte Hope die Karte aus ihrer Handtasche.

Naomi bekam leuchtende Augen. »Oh. Die ist von Mr. Parker. Er ist ein großartiger Mann. Wir können ihm gar nicht genug danken. Er hat das Gebäude gekauft und es der Mission überschrieben und er übernimmt die Kosten für sämtliche Renovierungsarbeiten. Die Situation der Obdachlosen ist katastrophal, deshalb haben wir uns mächtig beeilt, um wenigstens schon mal für zwanzig Personen Platz zu schaffen.«

»Unsere Mom war drogensüchtig und lebte lange Zeit auf der Straße«, sagte Layla. »Wir wissen, wie schrecklich das ist. Die Mission war eine große Hilfe.«

»Das tut mir leid.« betroffen legte Naomi eine Hand auf Laylas Arm. »Was ist aus Ihrer Mutter geworden, wenn ich fragen darf?«

»Mr. Parker hat ihr geholfen. Er hat ihr einen Drogenentzug finanziert. In einer Woche darf sie nach Hause.«

Fassungslos starrte Hope ihre Schwester an. Warum erzählte sie dieser Frau das alles? Einer Fremden? Sie hatte immer gedacht, dass Layla die Drogensucht ihrer Mutter nicht im gleichen Maße belastete wie sie, aber wie es aussah, hatte sie sich geirrt. Die Worte sprudelten nur so aus Layla heraus.

»Unser Dad starb, als wir noch Kinder waren. Das war ein harter Schlag für unsere Mom. Ich glaube, davon hat sie sich nie wieder erholt, deshalb bin ich so froh, dass sie eine zweite Chance bekommen hat«, plapperte Layla weiter. Hope wäre am liebsten im Erdboden versunken.

»Das ist wunderbar. Viele Menschen bekommen dank Mr. Parker nun eine zweite Chance«, sagte Naomi. »Und da Sie eine persönliche Einladung haben, dürfen Sie sich gerne überall umsehen. Möchten Sie vielleicht das Stockwerk für die Frauen besichtigen? Es ist noch nicht fertig, aber man kann erkennen, wie es werden wird«, bot Naomi an.

»Eigentlich haben wir ...«, fing Hope an.

»Ja gerne«, ging Layla dazwischen.

Naomi winkte sie hinter sich her. »Dann kommen Sie, ich zeige Ihnen den Weg.«

Hope warf Layla einen vorwurfsvollen Blick zu. Was bezweckte sie damit? »Du willst wohl unbedingt, dass Ryan und ich uns über den Weg laufen«, zischte sie ihrer Schwester zu.

»Ich finde, ihr solltet euch aussprechen«, gab Layla zu.

»Er hat sich nicht mehr bei mir gemeldet. Ich würde sagen, sein Wunsch, sich auszusprechen, hält sich in Grenzen.« Dass er vor ihrer Tür gestanden und sie ihn auf der Straße ignoriert hatte, verschwieg sie lieber.

»Hör auf. Ich weiß, wie stur du sein kannst«, gab Layla zurück. »Außerdem weißt du doch gar nicht, ob er überhaupt da ist.«

»Ist mir egal. Ich werde nicht mit ihm reden! Sobald wir uns die Frauenunterkunft angeschaut haben, gehen wir. Basta!«, gab Hope zurück.

Am Treppenabsatz drehte Naomi sich zu ihnen um. »So. Hier sind wir«, sagte sie und deutete den Flur entlang. »Schauen Sie sich in Ruhe um. Wenn sie Fragen haben, ich bin in meinem Büro.«

»Okay.« Layla wartete, bis Naomi verschwunden war, und stapfte dann ins erste Zimmer. Hope war genervt und sah deshalb nicht ein, ihrer Schwester zu folgen. Stattdessen schlenderte sie den Flur entlang und warf kurze Blicke in die Zimmer, die teilweise bereits eingerichtet waren. Helle Holzmöbel, ein Wandregal und richtige Betten. Sonnenlicht flutete durch die hohen Fenster in die Räume und ließ alles hell und freundlich erscheinen. Dies war ein Ort der Hoffnung. Am Ende des Flurs befand sich ein Büro. Hope spähte durch die offene Tür und stockte. Ryan stand mit dem Rücken zu ihr an einem Schreibtisch, neben ihm ein Mann. Er hielt einen Bauplan in der Hand, auf dem er Ryan irgendwas zeigte.

Hope wollte zurückweichen, doch ihre Beine reagierten nicht sofort. Wie auf Kommando drehte Ryan sich um. Sein Blick fiel auf sie. Hope hatte das Gefühl, als würde ihr jemand den Boden unter den Füßen wegreißen. Er sah so gut aus. Elegant, männlich, überlegen. Er trug einen Dreitagebart, der ihn noch attraktiver machte.

Hope räusperte sich. »Entschuldigung. Ich wollte nicht stören.« Sie fuhr herum und stürmte davon.

»Entschuldigen Sie mich«, hörte sie Ryan sagen, dann seine Schritte. Er fasste sie am Arm. »Hope. Warte.«

Hope versuchte sich zu wappnen, doch die Gefühle, die sie wochenlang unterdrückt hatte, sprudelten hervor wie aus einer frischen Quelle. Tausend Schmetterlinge flatterten in ihrem Bauch und ihr Herz schlug so schnell, als wäre sie die Treppen hinauf gestürmt.

Langsam drehte sie sich um. »Hey. Wie geht es dir?«

Sie versuchte so zu tun, als wären sie alte Bekannte, die sich zufällig über den Weg gelaufen waren.

»Es geht mir gut.« In seinen Augen tobte derselbe Sturm wie in Hopes Herzen. Er wollte so viel sagen und konnte es nicht. Das erleichterte Hope. Sie war nicht die Einzige, der die Begegnung zu schaffen machte.

»Ich freue mich, dass du gekommen bist«, sagte er unverbindlich, dann lächelte er und sorgte dafür, dass Hope ganz warm wurde und ihr Herz anzuschwellen schien, bis es ihren ganzen Brustkorb ausfüllte.

»Natürlich. Was du hier geschaffen hast, ist beeindruckend.« Hope deutete in die Runde. Smalltalk war gut, der bewahrte sie vor einem albernen Gefühlsausbruch. »Wie bist du darauf gekommen?«

»Durch dich.« Sein Lächeln wurde liebevoll, was noch viel schlimmer war, weil sie dem nichts entgegenzusetzen hatte. »Erinnerst du dich an die verlorene Wette?«

Sie nickte. Natürlich erinnerte sie sich. Sie erinnerte sich an jede verdammte Minute, die sie mit diesem Mann verbracht hatte.

»Ich habe eingesehen, dass im Leben vieles schief laufen kann, und wollte meine jahrelange Ignoranz wiedergutmachen.«

Musste er jetzt auch noch genau das Richtige sagen? Diesen Mistkerl konnte man nur lieben.

»Übrigens: Herzlichen Glückwunsch zur bestandenen Prüfung«, fuhr er fort.

»Woher weißt du davon?«

»Ich weiß alles, was du tust«, gab er zurück.

»Also verfolgst du mich?«

Er nahm sie am Arm, drängte sie in eines der Zimmer und schloss die Tür. Unbehaglich sah Hope sich um.

Ryan beobachtete sie aus zusammengekniffenen Augen. »Schau nicht so ängstlich. Ich werd dich schon nicht fressen.«

Hope reckte das Kinn. »Da wär ich mir nicht so sicher, immerhin stalkst du mich.«

Er stieß den Atem aus und trat auf sie zu. »Dir sollte klar sein, dass ich dich im Auge behalte, denn diese beiden Kerle laufen noch frei herum.«

Hope wich zurück. Er hatte recht, aber sie würde einen Teufel tun und das zugeben. »Sie werden uns nichts tun. Nicht, solange wir den Mund halten.«

Vielleicht erinnerte ihn das daran, dass sie in verschiedenen Welten lebten. Vielleicht hörte er dann auf, sie auf diese Weise anzusehen. Als wollte er sie verschlingen. Ryan trat wieder einen Schritt vor und Hope wich zurück. Gleich würde sie mit dem Rücken gegen die Wand stoßen.

»Wie geht es dir?«, fragte er sanft.

Hope zuckte mit den Schultern. »Alles super.«

»Ich spreche von dem Überfall. Belastet er dich?«, hakte er nach.

Das tat er. Wenn es an ihrer Tür klingelte, zuckte sie jedes Mal zusammen und auf der Straße hielt sie ständig nach verdächtigen Personen Ausschau. »Ich komme klar. Was ist mit dir? Die Kerle haben dir ganz schön zugesetzt.«

Die vier Zentimeter lange Narbe auf seiner Stirn bezeugte die Tat. Instinktiv hob Hope die Hand und berührte die Stelle. Ryan schnappte hörbar nach Luft. Er schluckte hart. Schnell zog Hope die Hand wieder zurück.

»Ich habe mir eine Schusswaffe besorgt und trainiere noch härter als zuvor«, gab er zu, dabei rückte er noch näher an sie heran. Hope spürte die raue Wand im Rücken. Er beugte sich vor. »Warum hast du mich ignoriert, Hope?«

»Weil ...«, es gab Gründe. Gute Gründe, doch in Ryans Nähe und unter seinem stürmischen Blick erschienen sie ihr plötzlich lächerlich. »Wir passen nicht zusammen«, sagte sie. »Als du da lagst, schwer verletzt und mich vorwurfsvoll an-gesehen hast, weil ich nicht die Cops gerufen habe, wurde mir das bewusst.«

Er schnaubte. »Wie bitte? Wie hätte ich dich vorwurfsvoll ansehen sollen? Meine Augen waren komplett zugeschwollen.«

»Aber ... du hast mich weggeschickt ...«, schmollte sie.

»Ich habe dich weggeschickt, damit du nicht in die Sache mit reingezogen wirst.«

Na gut, so konnte man es auch sehen. »Für mich klang es wie: Verschwinde aus meinem Leben.«

Er lachte auf und schüttelte den Kopf. »Entschuldige, dass ich mich nicht richtig ausgedrückt habe. Ich hatte starke Schmerzen und konnte nicht klar denken.«

Sie sollte lieber die Klappe halten, wenn sie sich nicht noch lächerlicher machen wollte, als sie es ohnehin schon tat.

»Und was ist mit dieser Ella? Oder mit Diane? Die passen viel besser zu dir.« Ah Mist. Jetzt klang sie wie eine eifersüchtige Idiotin. Warum konnte sie nicht einfach den Mund halten?

Ryan stützte sich rechts und links von ihr gegen die Wand und brachte sein Gesicht nah an ihres. »Ich entscheide, wer zu mir passt.«

Hope drückte sich flach gegen die Wand. Ihr Körper kribbelte, weil Ryan ihr so nah war. »Wenn du meinst.«

»Das meine ich, ja.« Er schmunzelte. »Ich werde alles versuchen, um die Frau meiner Wahl für mich zu gewinnen, und zwar endgültig.«

»Aha. Und wie willst du das anstellen?« Ihr war klar, dass sie ihn damit provozierte. Doch das machte nichts. Sie hatte sowieso schon längst verloren. Die harte Ghettobraut schmolz unter Ryans Blick dahin.

Er beugte sich vor, sein Gesicht war nun direkt neben ihrem. Sie spürte seine Wärme, den rauen Dreitagebart an ihrer Wange. Seine Lippen streiften ihre Haut und Hope erschauerte. Dass ein Mann eine solche Wirkung auf sie haben könnte, hätte sie nie für möglich gehalten.

»Ich werde sie herausfordern«, knurrte er leise in ihr Ohr. Seine Lippen wanderten über ihren Hals bis zu ihrer Halsbeuge, dann wieder hinauf. Er sah sie an. Sein Mund war höchstens zwei Zentimeter von ihrem entfernt. Hopes Lippen prickelten. Sie wollte einen Kuss. Wollte es so sehr, dass es schmerzte. Doch er küsste sie nicht.

»Ryan. Ich weiß nicht ... es ist kompliziert«, stotterte sie.

»Ist es nicht.« Sein Blick verflocht sich mit ihrem. Hope spürte, wie er seinen harten Körper gegen ihren presste, als wollte er ihr unbedingt nahe sein, als würde sie ihn magnetisch anziehen. »Eigentlich ist es sogar ganz simpel.«

»Ich will keine geheime Affäre sein«, stieß Hope krächzend hervor. Das war ihr letztes und schlagkräftigstes Argument.

»Ich auch nicht«, gab Ryan zurück. Er legte eine Hand auf ihre Wange, vergrub seine Finger in ihrem Haar. »Ich will mit dir zusammen sein, und zwar nur mit dir. Ganz offiziell.«

Seine Worte brannten sich in ihr Bewusstsein. Er hatte sie nicht vergessen. Er wollte sie und Himmel nochmal, sie wollte ihn auch. Die letzten Wochen waren die Hölle gewesen.

»Ich liebe dich«, sagte er und rückte wieder ein wenig von ihr ab. »Und ich glaube, dass du mich auch liebst.«

Hope schloss die Augen. Die magischen Worte. *Ich liebe dich.* Wie gerne würde sie es aussprechen. Ihr Herz zitterte wie ein kleines Vögelchen. Sie atmete tief durch und sah ihn wieder an. »Aber ... du bist reich. Ich bin arm. Du weißt, wie das aussieht.«

Ryans Blick wurde härter. »Na und? Das ist bloß Geld. Sowas wie das hier kommt dabei raus, wenn wir unsere beiden Welten miteinander verbinden. Ich weiß nicht, wie du das siehst, aber ich finde das ziemlich genial.«

Hope sah sich in dem Zimmer um, als könnte es ihre Bedenken zerstreuen. Die Wahrheit war: Sie hatte panische Angst davor, enttäuscht zu werden. Ryan stand so weit über ihr. Er konnte sich alles leisten, die Frauen lagen ihm zu Füßen. Sie würde ihn irgendwann langweilen und er würde sie verlassen und ihr das Herz brechen.

»Ich habe Angst«, gab sie zu.

»Ich auch«, sagte Ryan zu ihrer Überraschung und lehnte seine Stirn gegen ihre. »Liebe ist ein Wagnis, doch ich will es wagen. Ich will mit dir zusammen sein.«

»Ist das dein Ernst?«

»Mein voller Ernst.« Ryan umfasste ihr Gesicht. »Warum sollten wir nicht zusammen sein? Nur weil wir Angst haben, verletzt zu werden? Du könntest mich ausnutzen, meinen Ruf ruinieren, mir den letzten Penny aus der Tasche ziehen. Es ist mir egal. Wenn du willst, überschreibe ich dir heute noch eine Million Dollar und schaffe das Thema Geld damit ein für alle Mal aus der Welt.«

Hope lachte schnaubend auf. »Du bist vollkommen verrückt, weißt du das?«

Ryan grinste. »Nicht so verrückt wie die Frau, die ich liebe.«

Sie küssten sich, sanft zuerst und hingebungsvoll. Der Kuss war wie ein Versprechen. Ein Schwur, der sie aneinander band. Ryan würde sie niemals verlassen und sie würde ihn niemals verlassen. Warum sollte sie auch? Niemand konnte so küssen wie er oder so lieben. Niemand hatte jemals die wahre Hope hinter der rauen Fassade erkannt.

Stöhnend presste er sich an sie und sie spürte, wie sein Schwanz größer wurde und sich hart gegen ihren Bauch drückte.

»Siehst du, was du mit mir machst?« Er schnappte ihre Arme und presste sie gegen die Wand. Der Rauputz rieb über ihre Haut. »Ich kann nicht genug von dir bekommen. Du gehörst zu mir, Hope.«

»Okay«, stieß Hope wispernd hervor.

»Okay was?« Seine Augen funkelten gierig.

»Ich gehöre zu dir.«

Er presste seine Lippen auf ihre, teilte sie mit seiner Zunge. Hope drückte ihre Hüften an ihn. Sie wollte ihn in sich spüren, wollte, dass er das Feuer stillte, das seit Wochen in ihr brannte und das nur einer löschen konnte. Sie küssten sich wilder, leidenschaftlicher. Das Verlangen war überwältigend. Er ließ ihre Hände los und betastete stattdessen ihren Körper, fuhr die Konturen nach, als wollte er sichergehen, dass alles noch an Ort und Stelle war. Ungeduldig schob er ihren Rock hoch und krallte seine Finger in ihren Po. Hope presste sich an ihn, suchte Erleichterung in Reibung und Druck, doch es war nicht genug. Zu viel Kleidung, zu wenig Haut. Gierig zerrte sie sein Hemd aus der Hose und strich über seinen nackten Rücken. Seine Haut. Sein Duft. Das war es, was sie wollte. Was sie brauchte.

Ryan hob ihr Bein an, nahm sie dann plötzlich hoch und trug sie zu dem Bett. Vorsichtig legte er sie auf die Matratze.

»Ryan, die Matratze ist nicht bezogen«, stieß Hope hervor.

»Mir egal. Dann kauf ich eben eine Neue«, gab er knurrend zurück und legte sich zwischen ihre Beine. Er küsste ihren Hals hinab, während er ihr Top nach oben zerrte und stöhnend ihre Brust umfasste. Hope umfing ihn mit ihren Schenkeln, sodass er sich gegen ihre Mitte drücken konnte.

»Bitte fick mich«, flehte sie.

Flüchtig dachte sie daran, dass die Tür nicht verschlossen war und jederzeit jemand hereinkommen könnte. Es war ihr egal. Sie konnte nicht warten. Sie brauchte ihn. Jetzt. »Beeil dich.«

Er zerrte ihren BH nach unten und senkte seine Lippen auf ihre Nippel. Sein Saugen und Lecken brachte sie fast um den Verstand. Mit einer Hand öffnet er seinen Gürtel und seine Hose, dann fetzte er ihren Slip zur Seite. Hope hörte das Reißen des Stoffs. Ein erregender Blitz durchzuckte sie. Sie spürte, wie seine Schwanzspitze gegen ihre Öffnung stupste, und hob sich ihm entgegen.

»Warum so ungeduldig?«, knurrte er.

»Ich kann nicht mehr warten, Ryan. Bitte ...« Himmel, sie benahm sich wie eine läufige Hündin, bettelte ihn sogar an.

Er hielt inne, grinste fies auf sie hinab. »Du wirst mich nie wieder ignorieren, verstanden?«

»Nie wieder«, versprach Hope.

»Und warum wirst du es nicht mehr tun?« Er drang ein wenig in sie ein, dehnte ihre Pforte gerade so weit, um ihre Lust zu steigern, und hielt dann inne. »Warum nicht, Hope?«

Hope starrte ihn an. Mit aller Macht drängten sich die Worte in ihren Mund. »Weil ich dich liebe.«

»Ja verdammt.« Keuchend sackte er nach vorne, drang mit einem Stoß in sie ein, dabei hielt er ihren Blick. Sehnsucht und ein unstillbares Verlangen standen in seinen Augen. Er vergrub sich tief in ihr, zog sich dann langsam wieder zurück und stieß erneut zu. Fest und tief. Hitze ballte sich in Hopes Unterleib. Sie brauchte ihn, doch er brauchte sie ebenso und das war ein Trost. Sei konnte sich fallenlassen und ihm vertrauen.

Ihre Vereinigung war kurz und intensiv. Hope stöhnte laut, als sie kam. Ryan verschloss ihre Lippen mit einem Kuss und kam ebenfalls. Ihre Lust verklang in einem langen, zärtlichen Kuss. Hope schlang die Arme um seinen Hals und wünschte sich, sie müsste ihn nie wieder loslassen.

»Ich liebe dich«, wisperte er in ihren Mund.

»Ich liebe dich auch«, sagte sie und plötzlich waren die Worte ganz leicht.

Ein wenig beschämt verließen sie fünfzehn Minuten später das Zimmer. Hope hatte ihre Kleider gerichtet und ihre Haare zu einem Zopf im Nacken zusammengefasst. Der Slip war allerdings nicht mehr zu retten, sodass sie ohne Unterwäsche herumlaufen musste. Ryan grinste nur darüber. Beim Verlassen des Zimmers fasste er unauffällig unter ihren Rock und ließ seine Finger kurz über ihre Mitte gleiten.

»Hör auf damit«, zischte Hope ihm zu.

»Tut mir leid, aber das konnte ich mir einfach nicht verkneifen. Du ohne Unterwäsche. Das macht mich total scharf.«

Hope sah ihn über die Schulter hinweg anzüglich an. »Spar dir das für später.«

Seine Augenbrauen zuckten fragend in die Höhe. Er wirkte amüsiert. »Heißt das, ich bekomme noch mehr?«

»Fünf Wochen, Ryan. Zweiundvierzig Tage und Nächte. Das ist eine lange Zeit. Ich hoffe, du bist ausgeruht.«

Ryan grinste breit, seine Augen blitzten auf. »Darauf kannst du dich verlassen.«

Hopes Schwester wartete unten auf sie. Sie saß im Aufenthaltsraum und starrte gelangweilt auf ihre künstlichen Fingernägel. Als Hope und Ryan den Raum betraten, schaute sie auf. »Na endlich. Ich dachte schon das Haus hätte euch verschluckt.«

»Sorry. Wir hatten einiges zu klären.« Hope spürte, wie sie errötete.

»Klären, alles klar.« Grinsend rieb Layla über ihren Bauch. »Mein Mann und ich hatten auch einiges zu klären, deshalb bin ich jetzt schwanger.«

Aus einem Nebenraum kam Naomi. Sie stutzte, als sie Hope und Ryan zusammen sah. »Mr. Parker. Wir haben Sie gesucht. Der Architekt möchte mit Ihnen sprechen.«

»Tut mir leid, Naomi. Meine Freundin und ich hatten etwas zu besprechen.«

»Die Dame ist Ihre Freundin?«, fragte Naomi überrascht.

Ryan legte einen Arm um Hopes Taille. »Das ist sie und Sie können sich bei jeder Frage auch vertrauensvoll an Mrs. Anderson wenden. Diese Mission haben sie nämlich ihr zu verdanken.«

»Tatsächlich?« Naomi betrachtete Hope mit einem völlig anderen Blick. »Das haben Sie gar nicht erwähnt.«

»Sie ist immer so bescheiden«, erklärte Ryan und zog Hope näher. »Ich finde, das muss sie nicht sein. Sie ist eine tolle Frau und das darf ruhig jeder wissen.«

Hope war das Lob unangenehm und auch die Art, wie Naomi sie plötzlich ansah. Voller Hochachtung. Sie bedankte sich sogar bei ihr.

»Was soll das?«, zischte Hope ihm zu, sobald Naomi wieder verschwunden war.

Ryan grinste. »Solange du mit mir zusammen bist, was sehr, sehr lange sein wird, wirst du dein Licht nie wieder unter den Scheffel stellen. Das lass ich nicht zu. Du bist intelligent, talentiert, stark und wunderschön und du solltest dich nicht scheuen, das jedem zu zeigen.«

»Ryan ... »Wieder einmal war Hope sprachlos. »Du bist ein Idiot.«

Layla trat hinzu und hakte sich bei Hope unter. »Ganz ehrlich, Schwesterherz? So einen Idioten will ich auch. Ich glaube, ich muss ein ernstes Wörtchen mit meinem Mann reden.«

Als sie die Mission verließen, fühlte Hope sich, als würde sie schweben. Es war ein komisches Gefühl, fast schon beängstigend. Sie schaute erst Layla und dann Ryan an und erkannte plötzlich den Ursprung dieses seltsamen Gefühls:

Zum ersten Mal in ihrem Leben war sie einfach nur glücklich.

Ende

Printed in Germany
by Amazon Distribution
GmbH, Leipzig